李良枝《イ・ヤンジ》《이양지》セレクション

温又柔　編・解説

白水社

李良枝セレクション　目次

Ⅰ　小説

Ⅱ　エッセイ

カバー写真　Photo by Kee Sung Ryu
装幀　中島浩

I 小説

由《ユ》熙《ヒ》

由熙《ユヒ》の電話を切った時から、私は落ち着きを失くした。

机の上には処理しなければならない伝票や書類がたまっていた。しかし、仕事に全く身が入らなくなってしまった。

そのうちに、腕時計が四時をさした。

見上げると、会社の時計も同じ時刻をさしていた。

しばらくしてやり残していた仕事を始め、六時少し前にその日の仕事を終えるとすぐ身仕度をした。六時ちょうどに会社を出た。

走り寄ってきた空車のタクシーを呼び止め、乗りこんだ。タクシーが家の方向に向かって走り出すと、思い出したようにまた落ち着きを失くした。電話での由熙の声がまるで今話しているような鮮やかさで迫ってきた。タクシーが信号の前で急ブレーキをかけるごとに、瞬いた瞼の内側に由熙が現われ、走り出すとともに遠のいた。

タクシーを使って家に帰ることなど滅多にないことだった。一分でも早く帰りたかった。しかし、家までの道のりは、いつもより長く、バスに乗って帰る時よりも車が揺れ、止まる信号の数も多く感じられた。

会社を出てくる時、社長と同僚に挨拶をしてきただろうか、私はそんなことを考え始めた。ついさっきまでのことがよく思い出せない。時間からすれば数分前の、タクシーに乗りこむまでの自分のことがはっきりとしなかった。

寒かった。風も強かった。ソウルは春の日が短く、朝晩はまだ冬のように日中との温度差が激しい。ブレーキの音が前からもうしろからも聞こえ、からだがぐらつくたびに、バッグを抱え、背中を丸めた。

家の前でタクシーを降りた。

来た道の角の方に戻っていくタクシーを、私は降り立った同じ場所に立ちつくしながら見つめた。ごくわずかに傾斜しながら下がった坂道の左側の角の向こうに、タクシーが消えていった。

家の前の道に人の姿はなく、道の角からも人や車が現われ出てくる気配はなかった。今し方消えたタクシーの轟音もすでに聞こえなくなった。

記憶の中の由熙の声が、私の背中を突ついた。声そのものに滲みこんでいる視線の動きも立ち現われた。声と、その視線に誘われ、私は振り返った。由熙が横に立っていた。坂道の上方を見上げているその横顔がはっきりと思い出された。六ヵ月前のある日と同じように、私は由熙と並んで立ち、うしろにある岩山の連なりを見上げた。

坂道は右にくねり、道に沿って続く人家が見上げる私の視界の下方で静まり返っていた。その上方に、岩山がそそり立っていた。丸みを帯び、ところどころ鋭く突き立ち、灌木を岩の間に繁らせている岩山の稜線は、下方の人家を包みこむように、あるところではのしかかるようにも続き、一つ一つの岩肌を夕暮れの春の風の中に晒していた。凛とした静けさは、星のない重たげな空全体に広がり、岩山の周りの空の色は薄くぼっと輝いていても見えた。

視線は、過去のある日と同じように一番高いところに位置する岩の表面に引きつけられた。

——바위《パウイ》（岩）

由煕の声を思い出し、その発音を真似るようにして私は呟いた。ウィの音を強調し、ことさら正確に発音しようとしていた由煕の、かえってぎこちなく聞こえたその声が蘇えった。

風は冷たく、険しさを感じるほど、刺々しく強かった。手を交差させ、両腕を抱いて慄えている自分の姿も、六ヵ月前の、冬に近づいていた日の自分を思い出させた。あの日、この坂道の少し下で、厚手のカーディガンを羽織り、その端を引っ張りながらカーディガンをからだに巻きつけるようにして私は立っていた。風もやはり冷たく、刺々しかった。

向き直り、また人気のない坂道の角の方を見た。いつまで立っていても誰もそこからは現われてきそうになかった。

由煕は、この国にはもういないのだ。

そしてこの家にもいず、この道に現われることもない。

風の中に立ち、道の角を見つめているうちに、自分がようやく落ち着きを取り戻していることに気づいていた。

低い石の段を上り、鉄扉の横にあるチャイムを押した。

——ヌグセヨ？（誰ですか）

インターフォンから叔母の声が聞こえた。

——チョエヨ（私です）

叔母の、小さな機械の中で響きを変えた声に向かって私は答えた。

家の中にあるインターフォンのボタンが押されると自動的に鉄扉の鍵が開く。金属を叩くような音がして鍵が開き、鉄扉を押すと小さな庭が現われた。私は中に入り、鉄扉を閉めた。余韻を聞き取り、道の方にやはり人が歩いてくる気配がないことを確かめるようにして、まだ少し立ったままでいた。

玄関口に続く石畳の右側には花壇が作られていた。左側には以前犬小屋があったが、由熙がこの家に住むようになる少し前に犬が死んだ。今は犬小屋は取り除かれ、木の台がそこに置かれ、空の植木鉢がいくつか積み重ねられていた。

外とは違う匂いが、小さな庭に入った時から辺りにたちこめていた。その匂いで、自分が住んでいる家に帰ってきたことを今更のように思い、匂いに敏感になっている自分に気づいて戸惑いもした。

肩のうしろ辺りから、イイニオイ、と遠い日に呟いた由熙の日本語の声が聞こえてくるような気がした。

叔母がいるはずの居間の窓には明かりが点されていた。しかし、玄関口の右側に続く応接間のサッシ戸も、玄関そのものも暗かった。

二階を見上げた。石の手摺りの向こうにベランダがあり、二つの部屋の窓が並んでいた。右側の私の部屋の窓も、由熙がいた左側の部屋の窓も暗かった。家全体の暗さが外の闇の中に沈み、一層重たげに庭を覆い、いつもより静けさが広がっている家の周りを何度も見回した。

私であれ、由熙であれ、インターフォンで返事をしたなら、叔母は必ずと言っていいほど先に中から玄関のドアを開け、私達を迎えてくれた。応接間は明るく、玄関口の外灯もそんな時はいつも点されていた。しばらく前から叔母は左膝を痛めていたが、それでも手が空いてさえいれば先に中からドアを開けてくれた。昨日までそうだった。

叔母は居間にいて、居間の電気だけをつけていた。中からは声は聞こえてこなかった。手が空かず、玄関に出られない時は決まって外に向かって名前を呼びかけてくるはずの叔母の声が、いつまでたっても聞こえてこなかった。

玄関のサッシのドアを開け、

――ただいま。

と私は言った。サッシを縁どった金属とコンクリートの地肌が擦れ合い、ギイッ、ギイッ、と音をたてた。その音がいつになく耳に障った。暮れきろうとしている家の上に広がった空の、それでもまだどことなく薄青さを滲ませている色も、風の冷たさも、そしてドアの擦れ合う音も、季節感を越えて由煕を真近に思い出させてくるようだった。暗い家の中の静けさも私の胸を刺した。

やはり、叔母は居間にいた。

だが応接間との間を遮ぎっている居間の戸口のカーテンは閉ざされたままだった。

ソファにバッグを置き、叔母を呼ぼうとしてためらった。手持ぶさたと妙なうしろめたさとで棒立ちになったように立ちすくんだ。ソファの肩に指先を当てた。そこに線を描きながら指先を動かした。厚いソファの布地の中に指先に力を入れてくいこませ、離してはまた線を描くことを繰り返した。

叔母の沈黙が続いていた。カーテンが開くのを待ち、叔母の声が聞こえるのを待った。二階にすぐにでも上がっていきたい衝動にかられたが、そのたびにソファに指先をくいこませた。

――由煕は一時過ぎに出て行ったわよ。

ふいをつかれ、私は戸惑った。見るといつの間にか叔母がカーテンを開け、居間の戸口に坐っていた。少しの間、何故そうして棒立ちになっていたのか、自分でも忘れていた。叔母は新聞を読んでいたらしい。手にしていた老眼鏡を、そう言ったあとでケースにしまった。叔母のうしろに、床に広げられた新聞が見えた。

――あなた、由煕がどんなに淋しい思いをして飛行機に乗ったと思うの。

語気は激しかった。この家の庭に入った時から、家の暗さですでに叔母の咎めを受けているような心地にさせられていたことを、私は他人事のように思い返し、わけもわからずに深い溜息をついた。叔母には言い訳する言葉がなかった。応接間や玄関の暗さの中に、はかなく、冷んやりとした慄え出しそうな空洞感を嗅ぎとった。

――早びけするって、空港にはきちんと見送りに行けるし、会社にはもう許可を取ってあるって、あなた昨日までそう言って約束していたくせに、今朝になって急にだめだなんて言い出すのね。電話もしてこない人なんてどこにいますか。お昼休みの時間だってあるじゃないの。何て薄情なの？いくら待っても電話がないから、由熙に、ここから会社に電話してみたらって言ったのよ。でも空港に着いてからオンニ（おねえさん）には電話を掛けますすって言ってたわ。電話はあったの？

私は黙りこくったまま、首を前に振り、頷いた。

――かわいそうでたまらなかったわ。私が送っていくって言ったのよ。重い物は持てそうもないけれど一緒に行ってあげるって。でも由熙は断わった。あの大通りまでは行くって言ったの。タクシーに乗るところまでは見届けたいと思ったから。でも、坂道の角のところで、あの子、もうここでお別れしますって言って、私を家に帰そうとするのよ。ようやく膝が治ってきたのだから、こういう時こそあまり歩かない方がいいって、あの子はそう言ってひとりで行ったわ。アジュモニ（おばさん）、アンニョンヒケセヨ（さようなら）って、私の手を握って、私を抱いて、何度も振り返りながら歩いて行ったわ。

ソファの肩に、指先をくいこませた。

同じソファに、由熙はこの家に初めてやって来た日に坐った。今もそこにいて、自分が由熙の頭と肩を、うしろから見下ろしているような錯覚に捉われた。

――最後までしてあげられるだけのことはしてあげなくちゃあだめよ。本当のきょうだいみたいに仲が良かったんじゃないの。見送りに行くのが当然だし、電話だけでも掛けて来るのが当たり前だわ。あの子をひとりぼっちで空港に行かせることになるなんて、考えてもいなかったことだから、私、心苦しくてしかたがなかった。

叔母に言い訳する気持ちは起こらず、ただ気まずい思いで立ちつくしていた。確かに、今朝になって早びけはできないと言い出したのだ。すでに許可はとっていたが、会社にも、今日になって急に早びけする必要がなくなったと言ったのだった。

自分にも、そして由煕にも腹を立てていた。由煕は、いくら説得しても大学を中退する意思を変えず、数週間近く続いた二人の口論は無駄に終わってしまっていた。それでも怒りや苛立ちは昨日までようやくおさまっていたというのに、とうとう日本に発つという今朝になって急にたまらなくなった。冷静に空港まで行けない気がした。手を振り、搭乗口で別れる場面を想像すると、一体どんな言葉とどんな表情とで由煕に対したらいいのか、自信がなくなってしまった。

――あなたの複雑な気持ちもわかるわ。それは私だって同じだもの。でもね、あの子の気持ちをまず先に考えてあげなさいよ。S大学に留学に来て、苦労してようやく四年生になれたというのに、卒業できないまま日本に帰らなければならなくなってしまったのよ。本人が一番辛かったはずよ。あともう一歩で卒業だったのに。かわいそうでしかたがないわ。あれだけ悩んでいたんだもの。

叔母は語気を落ち着かせていった。咎める口調は少しずつ消えていったが、言葉を遮ることはやはりできなかった。話はまだまだ続いていきそうだった。区切りを見つけて、早く二階に上がって行きたかった。

――私もどれだけ説得したか知れない。由煕には何度も言ったの。胃炎ぐらいだったら一ヵ月休んで養生すれば良くなるはずだって。それにそれくらいの欠席だったら、在日同胞の留学生だもの、先生方もわかってくれるはずだって、本当に何度も何度も話してみたのよ。場合が場合だったら、私が大学に行って教授の一人一人に会って事情を話してあげてもいいと思っていた。こんなこと、今更言ってもしようがないことだけれど、あんなによく勉強する学生だったから残念なのよ。何だか、まだしっくりとこないし、口惜しくてね。他人事みたいには考えられないのよ。

叔母は同じ姿勢のまま、老眼鏡のケースを握りしめながら話し続けていた。

この叔母が見てきた由熙と、私が見てきた由熙とはどこかがずれ、違っているのかも知れなかった。一階と二階の匂いも微妙に、それでいてはっきりとその濃さや流れ方が違っているように感じられた。この階下で叔母に見せてきた由熙と、二階で私に見せてきた由熙自身の表情そのものも違っていたのかも知れなかった。

確かに違っていた。

叔母が知らない由熙を私は見、叔母が想像すらできない由熙の言葉を聞き、それらを由熙につきつけられてきたと思っていた。中退する意思を変えない由熙に根つきた時、私は半ば命令するように、叔母と大学の方には健康上の理由から中退するという形で通すように、と念を押してもいたのだった。

しかし、互いが抱いているイメージがどうくい違おうと、由熙は今日からこの家にはいない、という事実だけははっきりとしていた。叔母が叔母なりにどう由熙のことを考え、思い出し、それらと自分が知っている由熙の姿がどれだけ違い、ずれていようと、いなくなった、という確かさだけは変えようもなかった。由熙はいず、これからもいない、という事実を認めるしかなく、それが結局は私と叔母が行きつく一致点なのかも知れなかった。

――かわいい、本当にいい子だった。もっとあの子に気を遣ってあげていればよかったって、そう思うとね。でも、もう何を言っても遅いんだわね……。

独り言のような口調に変わっていた。叔母も、単に胃炎という理由で由熙が中退したとは思っていず、体のいい言い訳に過ぎないことは充分に気づいているはずだった。

伸ばした左脚の膝の辺りを揉み始めた叔母は、私がそこに立っていることなど忘れてしまったように、焦点がぼやけた呆とした顔つきでうつむき、応接間の床に視線を落としていた。

生返事をし、私はソファに置いた自分のバッグを取った。叔母も淋しいに違いなかった。私自身は由熙を妹のように思っていた。そして叔母も、娘が結婚し、まるでその替わりのようにこの家に住むことになった由熙を、自分の娘のように思っていたことを知っていた。

――あの子の部屋に行ってみればわかるわ。あの子、タンスと机を置いていったわ。タンスはアジュモニかオンニが必要だったら使って下さいって。もしいらなければ、次に下宿する人に訊いてみて、使うようであればあげるし、いらなければ好きなように処分して下さいって。机は私が貰ったの。いい机だものね。あの子、机だけは売りたくないし、他の誰にもあげたくないって。私かあなたが持っていてくれるとうれしいって言ってたけれど、あなたは机を持っているでしょう。だから私が貰ったの。本棚は、同じS大学の留学生のお友達に譲ったのよ。午前中に取りに来てたわ。

階段の電気をつけた。何も言わずに二階に行きかけている私を、叔母は咎める気配すら見せなくなっていた。

私は階段をそっと上り始めた。

――初めて人に二階の部屋を貸そうと思ったら、やって来た子だった。それも在日同胞の女の子だった。何かの因縁みたいにS大学の学生で、死んだあの人の後輩だった。初めてのことばかりで私なりに気を遣ってきたつもりだけれど、でも結局はこんなことになってしまった。卒業式にはどんなことがあっても行くつもりだったのに。初めてあの子がこの家に来た日、卒業式にはきっと行こうねって、あなたとも話したわよね。S大学には一度行ってみたかったもの。東崇洞《トンスンドン》から移転したあとのS大学は見たことがなかったから。……もしあなたの叔父さんが生きていたら、自分の後輩だと言って、きっと他人事じゃないようにあの子をかわいがっていたと思うわ。卒業式にも行ったはずよ。あの子を絶対に中退なんてさせなかった。……きっと、私やあなたよりももっと厳しく叱って、励まして説得してくれたはずだと思うわ。あなたの叔父さん、Ｓ大学を愛していたもの。誇りにしていたもの。

叔母は、私がすでに階段を何段か上りかけていても話をやめようとはしなかった。死んだ叔父が近くに現われ、叔父と話し続けているように口調もどことなく虚ろだった。叔母は多分、私が二階に上りきったあとも、ひとりでそうしてぼんやりと話し続けているのかも知れなかった。

それは由煕が言っていた通り、タンスの一番上のひき出しの中に入っていた。

胸にひき出しの角が当たり、私はわずかに後退りした。三十センチ大の茶封筒はかなりぶ厚かった。手を伸ばそうとして、思いとどまった。すぐ目の前にありながら、茶封筒に手を出すのがためらわれた。口惜しさで、からだが慄えた。

何故いなくなってしまったのか、何故由煕はこの国に居続けられなかったのか、と今更どうしようもないとわかっているはずの疑問が、腹立たしさや火照りとなってつき上げてきてもいた。

——이《イ》 나라《ナラ》（この国）

立ちつくした私の脳裡に、由煕の声がよぎっていった。自嘲するように呟いた日、他の言葉の間に皮肉と軽蔑をこめて吐き棄てるように言った日、苦し気に他に替えて言う言葉が見つからずにおろおろとしながら呟いた日、哀願するように言った日、さまざまな由煕の表情と同じ言葉の違った響きが思い出された。

——이《イ》 나라《ナラ》 사람《サラム》（この国の人）

よぎる由煕の声は強い音をたてて弾けた。玄関のドアの、ギイッ、ギイッ、と擦れる音が、声の記憶のあとに続いた。

剝ぎ取ることはできなかった。

二つの言葉の記憶には、由煕がさまざまな表情を見せていた分だけ、それらと対していた私自身の姿が重なり、塗りこめられていた。日本語訛りというしかない発音の不確かさと抑揚の記憶にも、さまざまな日の思いが隠されていた。

剝がしても剝がしても、記憶はかえって厚みを増していくように思われた。

くすぶり続け、伸ばそうとする手を押しとどめる何かを振り切り、私はひき出しの中から茶封筒を取り出した。想像以上に重かった。その場で中味を見ようとして、またためらった。茶封筒をかかえ、ドアの方に歩いていった。

——オンニ、お願いがあるんです。私の部屋のタンスの一番上のひき出しを開けてみて下さい。そこに封筒に入れたものが入っています。それをオンニに預かっておいてほしいんです。

由煕は、空港から私の会社に電話を掛けてきた。三時半過ぎのことだった。いまから乗ります、と言ったあとでしばらく黙り、オンニ、と私を呼んで話し始めたのだった。

——もし何かあって失くなってしまったとしても、それはそれで構いません。預かったからといって、オンニが負担に思う必要は全くないんです。こんなお願いを急に言ってごめんなさい。どうしようかと迷いました。棄ててしまうことも燃やしてしまうこともできなくて、かといって日本に持って行く気持ちにもなれなかった。……実は、私があの家に住むようになってから書きためていたものなんです。棄てられなかった。……オンニ、できればオンニが処分して下さい。持っていてくれなくていいから棄てて下さい。

由煕はひきつったように声を慄わせて言った。

――わかったわ。あなたの言う通りにするわ。

私は言った。

待つまい、と思いながらも朝出勤してからずっと、私は電話を気にしていた。何度、家に電話を掛けようと思ったか知れなかった。早びけはしない、と会社に言ってしまったことを後悔もした。しかし、掛けられなかった。由熙が掛けてきてくれればいい、と思い続け、昼食の時にも外には出て行かず、ことさら用事を作って机から離れなかった。

――四時だったわよね。

――ええ。

――もうすぐね。

――ええ。

――あのあなたの部屋の左側のタンスね、その一番上のひき出しというのね。

――ええ。

――中味を見てはだめなんでしょう。

――……でもオンニには読めないはずだから、日本語だから。

由熙の最後の言葉は、別れの言葉としては当然の、オンニ、アンニョンヒケセヨ、という挨拶だった。

――チャル・カ（元気で）

私も短く、冷静に言葉を返した。

由熙が先に電話を切ってくれることを願い、切れる音を待っていたのに、由熙は電話を切ろうとはしなかった。一秒、二秒、と数えられるかどうかわからないくらいのわずかな時間だった。

――ユヒ、カジマ（由熙、行ってはいけない）

声になって出かかろうとしていた言葉を、由熙は受話器の向こうで感じ取ったのかも知れない。そのまま何も言わず、由熙は電話を切った。私も、切れる音を聞き取り、言葉を呑みこみながらようやく受話器を置いた。

部屋には、タンスと机以外、荷物は全くなくなっていた。

ドアを開けた時、私はすっかり日が暮れてしまったことを部屋の中のがらんとした光景と暗さによって気づかされた。そして最後の手綱が切られてしまったような思いとともに、由熙がいなくなってしまったことも、改めて突きつけられたのだった。

机は、今は脚が折りたたまれ、一枚の厚い板となって右側の壁に立てかけられていた。

ドアに沿った壁に今朝まで本棚が置かれていた。本棚と壁とでできた角からドアの入口まで、座蒲団一枚分ぐらいの空いた場所があった。ドア口の、自分が由熙の部屋に来るたびによく坐っていたその場所に私は坐り、茶封筒を、伸ばした膝の上に置いた。

がらんとし、荷物が片付けられてしまった部屋は、荷物があった時よりもかえって狭くなったように感じられた。

由熙はまだこの部屋にいた。

気配が確かに残っていて、立ち去ろうとした私を引き止め、その場所に坐らされたような気がしてならなかった。

リノリウムを敷いた床は、かすかに温かかった。叔母がボイラーを入れ始めたのだろう。春の日の朝晩は、まだ時折オンドルを温ためなければならないほど肌寒かった。

——李由熙……。

声にならない声で呟いた。由熙が自分の名前を初めて名乗った六ヵ月前の日のことが思い出された。

――こんなに温かい、こんなに。

部屋の中央で、記憶の中の由熙が床の上にかがみこんだ。両手を床に当て、そのうちに坐ってうずくまった。

目を閉じた。

胸が痛く、膝の上の茶封筒にも慄えが伝わっていくようだった。


去年の十月、それはあと数日で月が替わるという最後の土曜日のことだった。由熙は初めてこの家を訪ねて来た。

午後もかなり遅い時刻だった。

四時過ぎくらいだったろう。土曜日は午前中で会社が終わることになっていたが、ほとんど三時に帰ることが多く、会社から戻ってしばらくして不動産屋の電話を取ったのだから、四時は確実に過ぎていたはずだった。

すでに十二年近く、私は同じ会社に勤め続けていた。亡くなった叔父の紹介で、在学中に就職は決まっていた。歴史と古美術を中心にした小雑誌を出している会社だった。社長と同僚が二人いるだけの小さな会社で、外に出たり人と会うのが苦手な私は、事務や校正などの机に坐る仕事を中心にして働いていた。

叔父は、私が大学四年の夏に亡くなった。亡くなる少し前にこの家を建てたのだが、叔父の書庫でもあり、物置きのようにも使っていた部屋に私が住むことになった。

光仏門《カンファムン》にあるその雑誌社に就職することがはっきりと決まると、大学時代とは違って京畿道の田舎にある実家から、片道二時間あまりもかけて通うことが難しくなった。大学時代にも遅くなって帰れなくなった時や、試験が続いた日などは、この家によく泊まっていたのだ。その頃は、いとこがいたこの部屋に泊まっていた。

由熙が住むことになった半年ほど前まで、この部屋は叔母の娘である私のいとこが使っていた。いとこは結婚し、アメリカに行った。私よりも三つ年下だった。英文科を出たいとこはアメリカを旅行することが夢だった。在米同胞の会計士と出会い、恋愛したいとこは、旅行ではなく、半ば永久的にアメリカに住むことになった。

十二年近くの間、私はこの家で暮してきた。叔母やいとことは、気まずいこともぶつかることもほとんどなく、いとこが結婚してからは叔母と二人きりで静かに暮してきていた。

いとこは、家を処分し、江南《カンナム》（漢江の南側）にアパートでも買って暮すことを叔母にすすめていた。家一軒の維持費はかなりの出費であり、こまごました気苦労や叔母の淋しさを考えての上だった。しかし、叔母は江南に住むことを嫌った。新興の土地は肌に合わないと言い、江南にたちこめている排気ガスで濁った空気はかえって寿命を縮める、とも言った。叔母は何よりも、叔父が建てたこの家を手放したくなかったのだった。

その日、私が不動産屋の主人からの電話を取った。叔母は庭に出て、花壇の手入れをしていた。

——下宿を捜している女子学生が来ているんですって。

私は庭に向かって言った。電話を替わろうと思っていたのだが、手が汚れていた叔母の替わりに私が不動産屋の話を聞くことになった。うちはチョンセで部屋を出しているって言ってごらんなさい、という叔母の言葉を伝えた。

——それは私もわかっているんですけれどね。この学生さん、チョンセは額が高くて前金を準備できないと言うんです。でも下宿代としてならある程度の金額を月々出せるって言っているんです。実は、日本から来た在日同胞の留学生なんですよ。日本にはチョンセのような部屋の貸し方はないから、チョンセのこと、よく理解できないらしいんです。前金を払って部屋を借りて、その金の利子が部屋代みたいなことになって、出て行く時は前金の全額をまた返してもらえるんだと、その方が月々金を払うよりもずっと得なんだと、いくら説明してもわからないみたいなんです。

私は、不動産屋の主人が言うことを庭にいる叔母に伝えた。どこの大学に通っているのかしら、と叔母は言った。その通りを不動産屋の主人に訊いた。

――S大学の国文科に通っている学生さんです。私もね、S大生がどうしてまたこんな遠いトンネ（町）に下宿を捜そうとしているんだろうと思って訊いてみたんですよ。ここからじゃあS大学までバスで一時間以上はかかりますからね。乗り替えもしなければならないでしょう、通うのに大変ですよ。でも、とにかくこの辺りが気に入ったからだ、と言っているんです。感じのいい学生さんです。下宿をいろいろ替えてきて、ようやくここだと思えるトンネを捜せた、とも言っているんです。母国に来てかなり不便な思いをしてきたんでしょうねえ。何だか、他人事のようには思えなくなりましてね。それでお宅だったら、と思って電話してみたんですよ。お宅だったら静かだし、それに女ばかりですしね。どうでしょう、アジュモニにちょっと訊いてもらえませんか。どうでしょうか、お願いします。

不動産屋の主人は、その学生に相当親身になっているようだった。

私は聞いた通りのことを叔母に伝えた。

大通りの角にある狭い不動産屋の事務所が思い出された。ソファのセットと事務机で一杯の狭い事務所に、一人の女子学生がいることも想像してみた。学生は、電話をかけている主人の様子を心配そうに見つめているだろう。主人は体格のがっしりした、顔もいかつい感じのする初老の男だった。叔母も私も顔見知りで、主人の人の好さを知ってはいたが、初対面であり多分言葉の不自由な学生には、主人の印象は私が初めて主人を見た頃と同じように恐く、身構えてびくびくしてしまっているに違いなかった。事務所の壁には、大韓民国、と印刷された大きな地図が掛けられていた。その下に坐っている一人の女子学生を思い浮かべ、まだ見たこともない学生にすでにどことなく興味を覚えている自分に気づいていた。

Ｓ大学は、韓国では最高水準の大学だった。初めから、私はＳ大学を受験する気持ちはなく、女子大学であるＥ大学が志望校で、志望通りに受かり、卒業していた。学生がもしＥ大生であったなら、後輩に当たり、自分もきっと他人事とは思えず親身になっていたろうと思えた。だが、大学は違っていてもその学生に好奇心にも似た興味を持ち、叔母が断わらなければいいのだが、と思い始めていた。在日同胞に会うのも初めてのことだった。

――部屋をまず見てもらってから決めてもらおうかしらね。気に入るかどうかもわからないしね。

叔母は言った。そのすぐあとで、あの人の後輩になるのね、と小声で続けた叔母の声を聞いた。亡くなった叔父もＳ大出身だった。

――そうですか、それはよかった。すみませんがね、略図を持たせて学生さんをひとりで行かせますから、外に出て待っていてもらえませんか。これからちょっと他のお客さんが来ることになっているんですよ。事務所から離れられないんです。

不動産屋の主人は言った。電話を切ると、私は庭に面したサッシ戸の前に行った。叔母に、ひとりで来るらしいから外に出てるわ、と言った。

――そうしなさい。

と叔母は言いながら振り向き、

――食事が口に合わなかったら困るわねえ、どうしようか。

と私に返事を求めているのか、独り言なのかはっきりしない口調で言った。

——下宿を何度か替えてきているって言ってたしね。ちょっと気を遣うことになるかも知れないわね。

私は言った。

——それにしても、こんなトンネにまで下宿を捜しに来るなんて。ここの辺りがいくら気に入ったと言っても、学校に通うのに不便でしょうにねえ。

——卒業者名簿でも調べたのかしら。叔父さんのこと、どこかで聞いたのかしら。

——まさか。

冗談めかして言った私の言葉に、叔母はいかにもうれしそうに笑った。

——真面目な学生さんだったらいいんだけれどね。汚くされたりうるさくされたりする学生さんだったら困るわね。それに思想的にだって日本から来たんだから、危いことがあるかも知れないわ。日本には北の朝鮮総連があるから。

——感じのいい学生さんだって、あの主人も言ってたけれど。

——わからないものですよ。もしかしたら下宿を追い出されて転々としているのかも知れないわ。どこかで聞いたことがあるもの。韓国に留学しに来ている在日同胞の学生は、ほとんど梨泰院《イテウオン》辺りで遊んでばかりいて、ちっとも勉強しないんだって。日本円は高いから、きっと金遣いも荒いんでしょうよ。

——でも叔母さん、S大生よ。遊んでいては勉強についていけないわ。他の留学生はどうか知らないけれど、まさかS大生が。

——本当に真面目な学生さんだったらいいんだけれどねえ。

私と叔母は、そんな会話をかわした。

カーディガンをそのまま肩に羽織り、私は外に出て行った。叔母も私と入れ替わるようにして、花壇の中でかがんでいた腰を上げ、家の中に入ってきた。

その日の情景は、些細なことまでがはっきりと今でも思い出せる。

当時、私は鬱病というほどではなくても、その頃を頂点のようにして塞ぎこんでしまう日々を送っていた。結婚する機会をただ何となく逃してしまい、すでに三十代の半ばになっていることに気づき、自分の将来について不安になっていたせいだと思えた。もともと積極的な性格ではなかった。塞ぎこむと時折自分でもはっとするほど、自分で自分を貶しめていくような自虐的な考え方をするようになっていた。そのうちにそんな時間がたび重なり、結婚にも、そして仕事にも魅力や気力を感じなくなっていった。ますます迷路に入っていくように、私は塞ぎこんだ。

——物事を、そんな風にいちいち悪い方にばかり考えてはだめよ。

そう叔母に言われ始めたのは、いとこがこの家を結婚して出て行く少し前からのことだった。先にいとこが結婚したから、そのことで塞ぎこむようになったとは思えなかった。だが、

——あなたもいい人がいたら早く結婚しなさいよ。

叔母にはよくそう言われるようにもなっていた。

気分が晴れず、いつもけだるかった。こんなに何事にも興味や意欲が湧かず、一日一日に魅力を感じられないまま生きていったのなら、これから自分はどうなっていくのだろう、そんな不安が頭を押さえつけるようにのしかかった。そのうちに日課の些細なつまずきにさえ、自分を責めたてていくような考え方、感じ方から逃れられなくなっていた。

半年前のその頃の、そんなある日に由熙は現われた。

外は肌寒かった。

石塀で仕切られた家の庭と、鉄扉から出た外とでは、風の強さが違っていた。

私は肩に羽織っていたカーディガンの両端を引っ張った。手を胸の前で交差させ、カーディガンをからだに巻きつけるようにして、道の下方にある角を見つめた。

予感めいたものを、すでにその時に感じていたかどうかは、今となってははっきりとしない。感じていた、とも思えるし、鬱病のようだった当時の自分は見知らぬ学生の存在に興味は覚えていても、それは一時の、瞬間的なものであって、生活のどんな変化にも関心はなくなっていたのではなかったか。そんな気もする。

しばらくすると、道の角に一人の女の子が現われた。初めはその女の子が下宿を見に来た学生とは思えず、私はぼんやりとしていた。高校生のようだった。なんとなく女の子だということはわかるが、髪が短く、眼鏡をかけていて、女の子っぽい少年と言ってもおかしくはないほどだった。

かなりのところまで近づいてきて、学生は私に会釈した。

——不動産屋さんの紹介で来ました。

学生は言った。ぎこちなく、硬い発音だった。日本語訛りというより、慶尚道訛りに近い感じがした。待っていた学生だとわかり、私は少し驚きながら会釈を返した。

白いVネックのセーターとその中に着た紺のポロシャツと同じ紺色のズボンを穿いていた。どう見ても大学生とは思えないほど童顔だった。小柄であり、ズボンを穿いた腰の線のふくらみや歩き方の雰囲気で、ようやく女の子とはわかっても、やはり中性的な感じがした。声すらがそうだった。

——お名前は？

私は訊いた。

——イ・ユヒと言います。

学生は答えた。

どんな漢字を書くのか、と続けて訊いた私に、李由熙、と字を教え、学生はどうしたわけなのか照れ臭そうに薄く笑い、うつむいた。

――ここよ。

と私は言い、石段を上がって鉄扉の前に立った。チャイムを押し、インターフォンの叔母に答えた。痛々しさ、と言えばいいのだろうか。私はすでに由熙に気になる何かを感じ、惹かれてもいた。その韓国語は、思った以上にぎこちなかった。初めて会う人間の前だから人見知りをして思うように喋れないのかも知れない、そう思ってもみた。いかにも由熙は仕草も硬くぎこちなく、人見知りが強い印象を与えた。

眼鏡のレンズは薄目で大きかった。顎がわずかに張り出し、丸顔と言うよりは四角顔だった。目はくっきりとして大きく、唇も意志の強さを感じさせるように形よくひきしまっていたが、全体の顔かたちの中で鼻だけが意外に小さく貧弱だった。大きな眼鏡は、そんな鼻を目立たなくさせていた。

色白で、目の下にそばかすが散り、まるで少女のようなかわいらしさを持っていながら、一体どこがそう思わせるのか、由熙は少年のような芯の強さ、頑なさも感じさせる女の子だった。

自分に近い何かを感じていたのかも知れない。こもりがちで、すぐには人とうちとけられない雰囲気が何となく自分と似ている、と一方的に思っていたような気もする。

家の中に入り、叔母と引き合わせ、すぐに私たち三人は二階に上がった。

家の間取りは簡単だった。一階の左側に応接間、右側に居間とその奥に食堂があり、二階は応接間のちょうど上の辺りと居間の上辺りとに、左右に二つ部屋があった。階段は家のほぼまん中にある格好になっていた。洗面室は下の玄関口を入ったすぐ左側に一つと、二階の階段を上りきったところにもあった。

階段は、木のしっかりとした手摺りが取りつけられていた。叔母は毎日欠かさず手摺りを磨き、木の一本一本が光沢を放っていた。

応接間のところから階段を上り、踊り場で左に上がっていくと、その階段と並行するように廊下が伸びていた。廊下の右側に洗面室があり、その端にはベランダに出て行く戸口があった。階段を上からのぞける廊下の手前の一部に、木の手摺りが欄干のようになって続いていた。

廊下に沿った壁の、間隔を置いて並んでいる二つのドアの右側の方が、いとこのいた部屋のドアであり、左側が私の部屋のドアだった。由熙が使うことになった右側の部屋がちょうど応接間の上に当たり、私の部屋が居間の上に当たっていた。

——静かなところですね。それにお部屋がこんなに広いなんて。

部屋に入るなり、由熙は言った。

叔母も私と同じような印象を由熙から受けているようだった。由熙の笑顔はあどけなかった。少年とも少女とも見えるその全体から感じ取れる印象で、世話好きな叔母はきっと好感を持ったに違いない。由熙はどう見ても、勉強もせずに遊んでいる不良な学生とは思えなかった。

庭に面した窓の外は、ベランダだった。ベランダは私の部屋の窓の下にも続き、狭い回り廊下のように二階をハングルのㄷの字形にとり囲んでいた。

——こちらの方も開けていただけませんか。

由熙が言った。

部屋には庭に面した窓と、右側の壁の上方にある窓の二つがあった。しかし、右側の窓は隣りの家の二階と屋根が見えるだけで、いとこがいた頃は家具が置かれ、開けられたことは滅多になかった。その窓の外のベランダにはテンジャン（味噌）などが入れられた甕が並んでいた。

百五十センチあるかないかのような小さな由熙の背丈にはその窓は高すぎ、鍵にまで手は届かないだろうと思えた。叔母が窓を開けると、由熙はつま先で立ちながら窓辺に手を掛け、じっと外の上方を見上げていた。

——見えないんですね。ここからはあの岩山は全く見えないんですね。

由熙は言った。窓を離れ、わずかにうつむいて見せた由熙の横顔が、どことなく悲し気で、私と叔母は顔を見合わせた。

——温かい。

しばらく部屋を見回していた由熙が、そのうちに床の上にかがみこんだ。坐り、さらにかがみこみ、手のひらで床を撫でながら、こんなに温かい、こんなにと言った。少し大げさな感じすらした。近くに誰がいても全く気にしていないような由熙の集中した様子に、子供っぽさと同時にやはり何か痛々しさとしか言えないものを感じた。ちょっと変わった子だわね、と言わんばかりの表情で見返してきた叔母に、私も、そうね、と口には出さずに頷いた。

——そろそろ朝晩寒くなってきましたからね。時々ボイラーを入れることがあるのよ。さっき入れたばかりだから、まだそんなには温かくなっていないんだけれど。

叔母が言った。叔母を見上げるようにして由熙は立ち上がった。

——アジュモニ、冬の間中オンドルは温かくしてもらえますか?

——もちろんよ。

——私、大学の授業がない時はほとんど部屋にいることが多いんです。出ていく用事もあまりないから昼間もいることが多いんですが、オンドル、温かくしてもらえますか?

——ええ。

――こんな日でも、つけてくれるんですね。

由熙は床に目を落とし、ひとりごとのようにぼんやりと呟いた。

――今までいた下宿は、温かくしてくれなかったの？

横から私が口をはさんだ。

由熙は言いにくそうに床を見つめたまま、首を傾けた。

――そういう下宿もありましたから……。

私と叔母は顔を見合わせた。下宿屋というのがどういう事情のものなのか、私たちは全くと言っていいほど知らなかった。

――燃料を節約している家が多いものね、寒い思いをしてきたのね。

叔母が由熙を慰めるようにそう言った。

私と叔母の首筋辺りまでしかない小さな由熙が、黙ってうつむいているとよけいに小さく見えた。もともとの性格なのか、それとも母国とはいえ知らない土地に来ているためなのか、由熙は何かいつも緊張しているようにからだを強張らせ、内側にこもりながら周りを警戒している、そんな印象を与えた。少年か少女のようなまだ成長しきらない脆く柔らかな部分が、緊張の隙間からふと現われると、それが痛々しさや危うさとなって感じられるのだろう、と私は由熙のその瞬間の表情を見ながら考えていた。

下に行きましょうか、と言い出した叔母に続いて、私たちは階段を降りていった。

三人は応接間のソファに坐った。コーヒーを用意した叔母と並んで私は庭を背にした壁の方に坐り、由熙と向かい合った。

叔母と由熙は月々払う金額について話し始めた。叔母はチョンセで部屋を貸し、まとまった金を得ようとしていたらしかったが、由熙に会い、由熙を見て、下宿の形で部屋を貸すことをすぐに心に決めていたようだった。叔父の残した遺産と、江南に持っている土地とで生活は充分に維持できていた。食事を作ることが好きな叔母にとって、由熙のような下宿生はその腕が発揮できる一つの楽しみにもなるだろう、と私はひとりで考えていた。

金額が決まり、翌日の日曜日に越してくることに決まった。

——コマプスムニダ（ありがとうございます）

由熙は叔母と私を交互に見ながら、頭を下げた。

——今、何年生？

——三年生です。

——専攻は？

——一応、言語学なんですけれど、まだ実ははっきりとしていないんです。

叔母と由熙のやりとりを、私は横で黙って聞いていた。

——日本から来たというのに、難しい勉強をしているのね。

——ただ必死についていっているだけです。

——実はね、私の主人もS大だったのよ。主人は経済学部だったけれど。

叔母の言葉に、由熙は見開いた目を輝かせ、そうなんですか、と声を上げた。

——今はどこのトンネに下宿しているの？

——〇〇洞です。

——そう、あそこもS大にはちょっと遠いわね。いろいろと下宿を替わってきたそうだけれど、どうして？　食事が合わなかったのかな？

——いえ、そういうことではないんですけれど、ただ……。

由熙は言いにくそうに目を伏せ、二階で見せていたのと同じように首を傾け、固く口をつぐんだ。

私は由熙の視線とその目に惹かれていた。

目の白い部分が、幼い子供のように青みさえ帯びていて、くっきりと瞳の黒を浮き立たせていた。瞬きすることが少なく、人をじっと見て話す視線に、外面から受けとった印象とは違って強く人にくいこんでくるような力を感じ取った。

その声にも特徴があった。口調はゆっくりとしている方だったが、息遣いに慌てた感じがところどころはさまり、分裂した、と言ったらいいのか、定まらず、不安定な何かを感じさせた。高音ではなく、低音でも決してなく、いい声とも言いきることはできなかったが、言い出す言葉の初めと語尾がどこか掠れるように淡く、それでいて聞こえてくる声に何か強い力があった。

——主人の後輩に当たるのだから、私もあなたにできるだけのことはしたいわ。言いにくいかも知れないけれど、前にいた下宿のどんなところがいやだったか教えてくれない？　参考にしたいの。

叔母は言った。

口をつぐんだままだった由熙は、もじもじとし、膝にのせた指を動かし始めた。本人はそうしていることに気づいていない様子だった。片方の爪で片方の爪の横を掻き、できたささくれを、また片方の爪で掻いているのだった。叔母は私を見、私も叔母を見返した。

——こんないいお家じゃあなかったんです。こんなに静かなトンネでもありませんでした。私、韓国に来てから下宿を八回も替えました。大学の寄宿舎に行くのはいやだったんです。韓国を知るためには一般の人たちの家にいる方がいいし、生活にも早く慣れるだろうと思ってましたから。だから下宿にいたんです。どこも、こんなにいいお家ではありませんでした。自分も、何だか意地を張ってて、こういうトンネの家を捜そうとは思いませんでした。

――きっとうるさかったのね。勉強ができなかったんでしょう。

叔母がそう言うと、由熙はもう頷くしかないといった風な困った顔をし、固くつぐんだ口許をゆるめ、首を前に振った。錯覚なのかも知れなかったが、唇がかすかに慄えていた。今にも泣き出しそうにも見えた。話題を変えてあげなければ、ととっさに思ったのだろう、叔母はすぐに、

――日本はどこにお家があるの？

と訊いた。

――東京です。

由熙が答えた。

――そうなの。私の主人は貿易関係の会社をしていたんだけれどね。年に一、二度くらいは日本に行っていたのよ。

――そうなんですか。

――もう二十年近くも前になるけれど、私も実は主人につれられて日本に一度だけ行ったことがあるのよ。ヨコハマに行って、それからトウキョウタワーにも行ったわ。

――アジュモニは日本語がおできになるんですか？

――主人はね、日帝時代にもやらされていたから喋れたわ。でも私は小さかった頃少し聞いたことがあるくらいで全くできないの。アリガトウゴザイマス、とゴメンナサイ、くらいね。

――アジュモニの発音、なかなかいいですよ。

由熙は言い、初めて笑った。

以前いた下宿がどんな風なところだったのか、私はまだ気がかりだった。叔母も同じだろう、と思った。しかし、由熙はいやな質問からようやく解放されたと安心したように、表情をやわらげ、表情の動

きもはっきりと出すようになっていた。自分の生まれた日本のことが話題にされていたからなのかも知れなかった。

話題が変わったまま、叔母と由熙のやりとりは続いていった。叔母は、下宿のことに触れまいとし、その表情を読み取りながら由熙に気を遣っているようだった。

——日本では同胞がいろいろと差別を受けているようね。死んだ主人も怒っていたし、新聞やテレビでもよく見るわ。

——そうみたいですね。

——あなたも知っているでしょう。

——ええ、昔はそういうことを知って私も驚きましたけれど、でも、私自身は直接差別を受けたりいじめられたりしたことはないんです。

由熙は言った。表情から緊張が消え、うちとけた雰囲気になってからは喋る韓国語も滑らかになった。正直に、いかにも賢こそうに答える由熙に私は好感を持った。

——けれども、日本人てやっぱり許せないし、嫌いだわ。過去のことがあるから、この感情はどうしようもないわね。

叔母の言葉に、由熙はぴくりと眉をひきつらせ、視線を落とした。この子の前では日本人に関してのことはあまり言わない方がいいのかも知れない、と思った。叔母も同じことに気づいたはずだった。

——私の住んでいたところは、まわりが日本人ばかりでした。父も母も韓国人ですが、同胞とのつき合いは全くといっていいほどありませんでした。大学までずっと日本の学校に通っていましたし、日本人のお友だちしかいませんでした。ある頃まで自分が韓国人であることを隠していたのですから、隠そうとしてきた怯えみたいなものも差別と言ってしまえば言えるでしょうけれど、でも、私自身は、こちらで言われているような激しい差別を直接受けてきたわけではないんです。

由煕は言った。

――家族は？

――父は亡くなりました。六年前です。きょうだいは、母の違う兄たちが三人います。みんな結婚していて、私だけがこんな歳なのにオモニ（母）から送金してもらって勉強しているんです。腹違いですけれど、仲はとってもいいんです。

この家に初めて入ってきた時よりもずっと韓国語は滑らかになり、態度にもぎこちなさはなくなってきていたが、私はある想像をふとさせられ、由煕に見入った。

――オモニはおいくつなの？

――五十三です。

――そう、私より少し下ね。

叔母が言った。

日本のことに話題が移り始めた時から、由煕の態度に微妙な変化があったことを私は見て取っていた。下宿を替わるたびに、多分同じことを訊かれてきたに違いない。本人も同じように答えてきたに違いない。しかし、言い慣れてしまったからとは思えない不透明なものを、私は由煕の口調から感じ取っていた。

――このオンニはね、Ｅ大の国文科を出たのよ。

叔母が言った。考え事に気を取られ、少しの間、叔母と由煕の話を聞いていなかった。

――オンニは何を専攻されたんですか？

由煕が訊いてきた。

――私は現代文学よ。

――じゃあ、卒論も。

――ええ。

――何を書かれたんですか。

由煕はからだを乗り出すようにして訊いた。くっきりとした瞳の部分が、眼鏡の向こうで輝いた気がした。

――李箱《イサン》て知っているでしょう。

――ええもちろん、私、好きです。

――彼のことについて書いたのよ。

――そうですか。

由煕はうれしそうに背を伸ばし、頬をほころばせながら溜息までついた。

――私、李箱は、好きというより驚かされました。すごいと思いました。

由煕は私をくい入るように見つめた。表情の動きが、思っていた以上に激しく、正直であることに驚かされた。すぐに人を信じきってしまうような、やはり脆さとしか言えないような危うさを感じた。今までいた下宿で一体どんな目に遭い、どんな思いをしてきたのだろう、とそんなことを連想させられもした。

――あなたは、韓国の小説家では誰が好きなの？

私が訊くと、

――実は、大学の勉強についていくのに忙しくてそんなに読んでいないんです。

由煕は少し口ごもりながらそう言った。

――小説を読むなんて大変だわ。知らない単語も沢山出てくるでしょうし。

叔母が口をはさんだ。

――ええ、もちろん難しいんですけれど、怠けているだけなんです。でも、李光洙《イグァンス》は読みました。学生たちは日帝時代のことがあるから、御用文学者だと言って毛嫌いしていますけれど、私は、ちょっと彼に対しては複雑な気持ちがあるんです。

由熙は声を落とした。多分、学生たちの前では李光洙がいいとは言っていないに違いなかった。

――李箱と李光洙は、全然違うわね。

私は言った。

――ええ、ですが、李光洙って気になってしかたがないんです。

由熙はやはり私の目をくい入るように見返しながら言った。

――もう三年生も終わりだから、あなたも卒論のことは考えているんでしょう。

私は言った。

首を大きく左右に振り、由熙は照れくさ気に、どこか苦し気な表情も滲ませながら唇を歪めた。

――どうしたらいいのか、何をテーマにしていいのか、まだ全く決まっていません。

肩を落として由熙は言った。

表情が一度ほぐれると、由熙は思いをかなり正直に曝け出し、そして脆く、傷ついていくのだろうと思った。自分にも心当たりがあった。自分も似たようなことを繰り返し、曝け出すことを抑え、こもることを覚えてきたと言えるのかも知れなかった。

私と由熙の二人の会話を聞きながら、横に坐った叔母が始終にこにこしていることには気づいていた。叔母は、相当に由熙が気に入ったようだった。私の出たE大もそうだが、S大学も、先輩と後輩の絆が強いことで有名だった。叔母は、死んだ叔父に替わって由熙と対しているような気分になっているのかも知れない、とその満足そうな表情をかいま見ながら私は考えていた。

二人の会話の区切りを待っていたように、叔母が口をはさんだ。

——ところで由熙さん、あなたはからいお料理は大丈夫なのね？

由熙が叔母に向かって、ええ、と頷くと、また叔母と由熙の会話が始まった。

私は退き、時折声を上げて笑い出しもしている二人の様子を見ていた。以前いた下宿の話題には触れなくても、この家に下宿することが決まった以上、叔母としても何かと由熙に訊いておきたいことがあるはずだった。しかし、話したがっているのはかえって由熙の方であり、叔母の方が由熙につられて話を続けているようにも感じられた。

私の時もそうだったが、由熙は叔母が口を開く時も耳をすまし、まるでにじり寄ってくるような親しさで、私たちの声を聞く仕草を見せた。

——ちょっと早く話し過ぎたかしら？

——いいえ。

——私の韓国語、よく聞き取れないのではないの？

叔母が訊いていた。私も少し前から何度か訊いてみようと思っていたことだった。

——いいえ、みな聞き取れます。よくわかります。

由熙は言った。別に首をかしげるわけでもなく、答えもずれているわけではなく、聞き取れているはずだとは思っていたが、私や叔母の言葉を聞いている時の、由熙の集中した態度は、怪訝な印象すら与えた。

——W大学という大学です。

日本の大学を二年で中退したという由熙に、どこの大学か、と叔母が訊いていたところだった。

それにしても、と私は思っていた。

目の前の由熙をこうして真近に見、その声を聞いていると、少年か少女のような弱々しさやあどけなさがふっと消え、声のその質にも似た大人っぽさが目許に広がり、はっとさせられる。

その韓国語にしても、言語学を専攻しているというにしては、由熙の発音はあまりにも不確かで、文法でも初歩的な間違いが目立ち、気になってしかたがなかった。ㅋ《クッ》や、ㅌ《トゥッ》、ㅍ《プッ》、などの類いの破裂音が全く出来てはいない上に、ㄲ、ㄸ、ㅃ、などの音もはっきりと出せず、ㄱ、ㄷ、ㅂ、と区別されないまま発音されていた。由熙の韓国語を聞いたなら、何を喋っているのかよく聞き取れない韓国人もいるに違いなかった。

真面目で賢こそうではあったが、空の星を摑まえるくらいに難しいと言われているS大学に、この子はどういう風にして入ったのだろう。大学時代の同窓生で、アメリカに留学していた友人がいた。彼女は、論文を書くことができても会話は難しい、と言っていた。しかし、彼女の英語はもっと流暢で由熙ほどたどたどしくはないように思えた。

話に区切りがつくのを見はからい、私は由熙に訊いた。

——日本でもウリマル（母国語）はかなり話せていたの？

——いいえ、少しだけです。初めは独学でした。家では全くと言っていいほど使っていませんでしたから。

私は訊いた。

——じゃあ、S大学にはどういう風にして入ったの？

この質問も、由熙はすでに何回となく訊かれていた様子だった。由熙の発音の不正確さや表現のたどたどしさを聞き取り、訝しくさえ思っている私の表情や口調も、由熙はすでに読み取っていたようにも思えた。

——特別な試験を受けて、受かったのです。

由熙は言った。

訊かれることに慣れてはいても、その目や声の調子に力がなくなり、言い訳するような後ろめたさのようなものが伝わってきた。由熙は続けた。

——韓国の、母国の大学に留学するために、母国修学生という名目で一年間通う予備校のような学校があります。そこには在日同胞だけでなく、海外の、いろいろな国から来た僑胞学生も集まっています。そこで、国語と英語と歴史を習うんです。そして、そういう海外に育った留学生のためだけの、本国の学生たちには想像できないくらいに簡単な試験を受けて大学に入ります。ある大学の場合などは、面接だけして無試験で入れるようなところもあります。

由熙は言いながら、私と叔母の表情を盗み見るように、目を何度か瞬かせた。言いにくそうな話になると、由熙はとたんにぎこちない韓国語を喋り始めることに気づかされた。

叔母も私も、初めて聞く話に驚いていた。受験戦争にあけくれ、親も子供も必死になっている韓国の学生たちの事情を思うと、いくら海外同胞とはいえ、あまりにも特別に扱われ、優遇されているような気がしてならなかった。海外同胞は母国を知らずに育つ。それには同情できても、だからと言ってどの大学にも特別に入れると言うのは、やはり複雑な思いにさせられた。

由熙の拙い韓国語に対しても、日本に生まれ育ったからしかたがないとはいったん理解できても、どこかしっくりとせず、やっかみにも似た腹立たしさを消し去ることができなかった。

——それじゃあ、日本で大学を中退して、こちらに来て一年間その学校に通って、それで今年S大学の三年生なのね。そうすると、由熙さんはいくつなの？

叔母が訊いた。

――私、実は入学したのと同時に休学届けを出して、二年間日本に戻っていたのです。

由熙はそう言い、

――二十七です。

と、もじもじしながら続けた。

まあ、と叔母は声を上げ、私も思わず一緒に声を上げた。妙な、何とも言えない沈黙が続いていたあとだった。歳の話題で、由熙もほっとしたようだった。

――でも、満では二十六です。韓国は全部数えで言いますよね。だから、私、歳を訊かれるたびに一つ歳を取っていくみたいで、ちょっといやなんです。

由熙は笑いながら言い、肩をすぼませた。

とってもそんな歳には見えないわ、と叔母は言い、私も叔母と目を見合わせて笑った。

夕暮が迫っていた。

翌日の日曜日は、午前中のうちに越して来ることに決まり、帰る由熙を、私と叔母とで見送った。

――イイニオイ。

玄関を出ようとした時、運動靴を履いて顔を上げた由熙が言った。庭に出ても、叔母のうしろにいた私は、肩の辺りで独り言のように呟く同じ声を聞いた。日本語だとすぐに気づいた。似た言葉を、この家に入った時にも聞いたことを思い出した。

叔母は鉄扉のところで見送り、先に家の中に戻った。私が大通りまで由熙を送りながら一緒に不動産屋に立ち寄り、下宿が決まったことを主人に話すことになった。

私たちは薄暗くなった家の前の坂道を歩き出した。

――このトンネは、本当に静かなんですね。いつもこんな感じなんですか？

――そうよ。

高い石塀と、似たような鉄扉の門を持つ家が坂道の両側に並び、うしろにも家並は続いていた。道は、私の家の辺りから次第に傾きを増していた。

人の姿はなく、厚い石塀の連なりは、夕暮の静けさを一層引き立てているように思えた。

――でも、ここからS大学は遠いのよ。通うの、自信ある？　一時限の授業がある日なんてきっと大変よ。

私は言った。

――いいんです。ここが気に入ったんです。ここのところ毎日毎日、いろんな番号の市内バスに乗って下宿を捜していました。よかった。ようやくいいところが見つかって。

――そんなにうるさいところばかりにいたの？

私の問いに由熙は答えず、笑っただけだった。少しして横を歩く私を見上げるようにしながら立ち止まり、視線で誘い、由熙はうしろの方を振り返った。私も由熙につられて立ち止まり、坂道の上方を振り返った。

――あの岩山、……オンニ、見て下さい。低く遠くまで連なった山脈の、あの岩の姿がとってもきれい。バスから見えた時は見とれてしまいました。ここにしようと思って、そして不動産屋を捜して歩きました。

――…………。

――静かなトンネだし、あの岩山が毎日見れるなら、と思うとすっかり気に入ってしまいました。トンネが静かなだけでなく、静かに暮している人たちにようやく出会えた気がして、そのこともうれしいです。

由熙は言った。目を伏せ、恥ずかしそうに最後の言葉を小さく呟いた。チョヨンハン（静かな）という形容詞の発音は正確だった。それだけでなく、その音に由熙の独特な思いがこめられているのを感じ取ってもいた。

長い溜息をついた。

由熙の記憶は、小さな塊りとなって、胸の奥で揺れ続けていた。

小さな塊りは、ある日のふとした出来事や由熙の表情がよぎり思い出されると、そのたびに弾け、動悸をかすかに高鳴らせた。

由熙がいないしんとした部屋を見回した。

厚い茶封筒は、膝の上に置かれたままだった。茶封筒を見つめ、指先でその上をなぞった。

——우《ウ》・리《リ》・나《ナ》・라《ラ》（母国）

小さく声を出しながら、茶封筒の上に四文字のハングルを書いた。また口惜しさがこみ上げ、からだが慄え出した。目を閉じ、こらえた。それでも慄えがとまらない気がした。思いきって立ち上がり、右側の窓を少し開けた。冷たい風が、少しずつ部屋の中に吹きこんできた。息をついた。まるでそこに由熙がいるようだった。机の前に坐っている由熙に声をかけ、空気を入れ替えたら、と言って窓を開けたある日の自分とそっくりに、息をつき、窓の前に立っていることを思った。

電気をつけた。

少しして電気を消し、またつけた。

試験勉強をしていた由熙が電気をつけ放したまま、机の上にうつぶして寝ていた日の光景を思い出していた。私は由熙を起こし、名前を呼びながらその肩を揺すった。

――どうするの、このまま勉強を続けるの？　それとも眠るの？　眠るんだったらお蒲団に寝なさい。私が敷いてあげるから。さあ由熙、どうするの。

起きなければ、と由熙は何度も呟いてはまた机の上にうつぶした。そのうちに由熙は立ち上がり、顔を洗う、と言った。真夜中で、二時を過ぎていた。私はふらふらと歩く由熙を支え、洗面室までついて行った。

眠る、と言った日は蒲団を敷いた。机に並行するように蒲団を敷き、私がこの部屋の電気を消した。去年の暮にあった学期末テストと、今年に入って由熙が最後に受けた四年生の一学期の中間テスト、つい数週間前に終わったそれらのテストの二回を、私はまるで受験間近の妹と一緒にいるような気持ちで過ごした。

暗記中心の勉強の仕方が問題にされてはいるが、由熙の勉強の仕方も、徹底した暗記によるものだった。その集中力には驚かされた。

――オンニ、明日は私のために少し早起きして私を起こしてね。会社に行く前の一時間、私とつき合ってね。

試験日の前日に由熙は言った。

朝、由熙を起こし、顔を洗っている間に部屋のポットで私が湯をわかし、コーヒーを淹れた。由熙は机の前に坐り、向かい側に坐った私にノートをさしだした。

――どのページでもいいわ。開いて、上に書いてある項目を言ってみて。私が全部暗誦できたら下のページの番号が書いてあるところに赤いボールペンでチェックしてね。

ノートには最初のページからほぼ丸一冊、由熙の文字で試験範囲の内容が項目別にまとめられていた。その日にある試験の科目が、たとえば三科目であれば三冊のノートになるのだが、それを由熙はすべて暗記していた。形容詞も副詞も語尾も、単語一つ間違えずに覚えきっているのだった。

由熙が書くハングル文字は、決して上手なものとは言えず、読みにくい文字もあったが、特徴のある書き慣れた印象を与えた。由熙の文字を何度も見、字面の癖を覚えていくうちに、そこにどこか大人びた由熙の表情や声、視線を思い返しもしていた。

宿題のレポートを提出する時も、私が下書きを読んで誤字や表現の間違いを直した。由熙は、話し言葉の実力からは想像できないほど、書く韓国語は巧みだった。いかにも日本語を直訳したような、意味は想像できても一読すると何のことかさっぱりわからない表現をしていることもあったが、時には、はっとさせられるような言い回しを使っていたりもした。

しかし、私は少しの間に知った。

由熙は試験がある前と、提出しなければならないレポートがある時以外、ほとんどハングルを書きもせず、読みもしていなかった。由熙の部屋の本棚には、大学で使う教科書や資料以外は、すべて日本語の本が並んでいた。すでに引っ越してきた日に驚いたことだった。日本語の本ばかり、十箱ほどの箱に詰められていた。本は床の上にも積まれていた。本棚に入りきらないそれらの本も、すべて日本語の本だった。本が、よく日本から送られてきた。何倍もの値段で売っているというこちらの本屋で買ってくることもあった。

——思想関係の本ではないわよね。

叔母は初めの頃、日本から本が届いているのを見るとよくそんなことを言った。由熙には全くその心配はないわ、と叔母に言いながら、叔母が考えていることよりも、日本語の本ばかりそうして読んでいる由熙に、わけのわからない苛立ちと腹立たしさを覚えていた。試験を受ける由熙に付き合い、レポートの下書きを直しているうちに、ある日、私は思わずかっとし、由熙を怒鳴った。

――由熙、あれだけ言ってきたのに、どうしてティオスギ（分かち書き）ができないの。文節の、ほらここもここも、もっときちんと間を空けないとだめでしょう。ここも、ここもよ。空け過ぎかと思うくらい空けて書きなさい。ティオスギの癖を早くつけるのよ。日本語みたいにだらだら書いてばかりいてはだめなのよ。わかっているんでしょ、あなたが書いているのは日本語ではないのよ。こんなレポートじゃあ、見ただけでうんざりされてしまうわ。答案用紙だったら読んでももらえないかも知れないのよ。日本語ばかり読んでいるからよ。この部分の言い回しだって何度注意したらいいの。もっと上手になれるはずなのに、あなた、ちっとも努力しようとしないのね。日本語の本ばかり読んでいるからだわ。

由熙の表情が忘れられない。

自分から吐き出した皮肉な言葉を、私は気まずく思い出し、それ以上続けられずに黙ってしまった。うつむいた由熙は、奥歯を何度も噛んでいた。机の横に坐り、肘を机につけて前かがみになりながら由熙の前に置いたレポートを見ていた私は、その頬がぴくぴくと動いていることに気づいた。怒ったからだったのだろうか。言葉を返せない口惜しさや辛さからだったのだろうか。息をする音が次第に荒くなり、ずっと黙っていた由熙は、思いきったように、

――オンニ、一人にさせて下さい。

うつむきながら声を押し出すようにしてそう言った。

今、机は壁に立てかけられていた。

折りたたまれた机の脚を、一つ一つ立てながら、由熙がいた時のように、庭側の壁から坐る分ぐらい

を離し、置いてみた。

思いつき、床に置いたままにしていた茶封筒を取り、机の上にのせた。そして、由熙が坐っていたように机の前に坐った。

この家に来るまで、由熙は金属の脚がついた小さな折たたみ式の机を二つ並べて使っていたらしかった。下宿してきた部屋がどの部屋も狭く、長く居続けられそうであれば新しいきちんとした机を買おうと思っていたが、結局は買わずに来た、と由熙は言った。

下宿するようになった次の週の土曜日、私は由熙と机を買いに行った。

朝出勤する時に、由熙に会社の近くの喫茶店を教え、三時少し過ぎに待ち合わせることにした。この部屋の外の、欄干のようになっている廊下の手摺りのところで立ち話をしたのだった。

家具を安く買える家具の問屋街のようなそのトンネの名前は知っていたが、行ったことがなく、会社で同僚にバスの番号と行き方を確かめるつもりだ、と私は言った。由熙は二人で机を買いに行くことに決まった前の晩から機嫌がよかった。その朝は、まだ眠そうな顔をしてパジャマのまま廊下にでてきたが、すぐにうれしそうにはしゃぎ始めた。

――オンニって、ソウルを意外に知らないのね。私がいままでいた下宿のトンネも、行ったことがないところが多かったものね。

――そうなの。実はまだ、南大門市場にも行ったことないのよ。

私は言った。本当のことだから何気なく口にしただけだった。人の大勢いる場所が苦手でもあり、行く必要がなかったから行かなかっただけだった。

由熙はびっくりし、心底驚いたように、チョンマリエヨ（本当ですか）、と繰り返した。

――よかった。本国のオンニだって行ったことがないんだったら、私も行ったことないけれど、それでもいいのよね。何だか韓国に来たら当然行くべきところみたいにみんなが言っているから、別に行きたくもないのに変なうしろめたさを感じてたの。よかった。本当によかった。

そして、机、机、と言いながら廊下を何度も飛び上がった。驚き方もはしゃぎ方も大げさで、少し呆然とさせられたほどだった。由熙は、そんな時、少年か少女のような表情を曝け出した。私たちは会ってまだ一週間しか経っていなかった。幼児と言ってもいいほど、その思いの表わし方が直截だった。

日本から来た由熙は、ソウルに住んできた私よりもさまざまなトンネの名前を知り、住んできていた。私よりも多くの韓国人を見、韓国人の家庭を知っていたとも言えた。由熙の、いかにも脆そうな柔らかな部分は、私にすら想像もできないソウルの風に当たってきたに違いなかった。

放っておけない、とそう言ったほうが当たっている。

韓国人の生活に慣れようとして下宿を転々としてきたという由熙に、同じ血の、同じ民族の、自分のありかを求めようとする思いをひしひしと感じさせられていた。単に妹のように由熙を受け入れようと思っていた私は、同時に、韓国人として、韓国人になろうとしてあがいている由熙を、いたいけな、放っておけない存在として感じ始めている自分に気づいていた。

待ち合わせた喫茶店に、由熙はすでに来て私を待っていた。喫茶店からはすぐ出ることにした。そわそわとし、机のことに気を取られ、生返事ばかりしている由熙の様子はおかしなくらいだった。

外を歩き出すと、私は由熙の手を握った。由熙は少しびくりとしてためらった。

——オンニ、韓国人て、よく手をつないで歩いていますね……。私、まだ慣れなくて。女の人はほとんど手をつないでいるし、時々、男の人同士が手をつないで歩いているところも見ますよ。

由熙はそう言うと、ようやく覚悟を決め、大げさに一つの決心をしたというように手をさしのべてきた。

私は笑っただけで黙っていた。親しい間柄であれば私たちには当然のことだった。そんな些細なことにも、いちいち大変なことに気づいたように言う由熙がおかしくもあった。

少し歩くと、ただ親しいからというだけではなく、由熙の手を強く握らなければならなくなった。鍾路の通りに出てから、由熙は急に口をきかなくなった。鍾路二街のバス停に向かって歩いていくうちに由熙の歩調が次第に遅くなり、手を握った私が由熙を引いて歩いていく格好になった。

土曜日の、それも午後だった。

歩道を往きかう人の波は想像以上に混雑していた。肩を押されたらしく、すぐにうしろで由熙がよろめいた。そんなことが二、三度続いた。そのうちに、すれ違う通行人を避けながら、由熙は私に近寄り、背中に隠れるようにして歩き始めた。

風が強い日だった。真冬を思い起こさせるような鋭い冷たさを含んだ風が吹いていた。轟音も、人声も、風に吹きまくられ、かえって音量を増し、激しく往きかっているようだった。

バス停に立つと、にじり寄るようにして横に立った由熙が、私の左の二の腕を握り、うつむき続けた。バスの番号を捜しながら、車道の方にばかり気を取られていた私は、すでに一言も口をきかなくなり、黙り続けている由熙を人ごみに疲れたものとばかり思っていた。目的のバスはなかなか来なかった。私たちの前を、横を、バスから降りた人、バスに乗る人の群れが忙し気に往きかった。そのうちに腕を握っていた由熙の手が少し慄えているのに気づいて振り返った。

由熙はずっとうつむいたままだった。

——どうかしたの？　由熙、どこか具合いでも悪いの？

答えず、やはりうつむいたまま口を閉じていた由熙が、少ししてようやく首を振った。私は前にかがみこみ、由熙の顔をのぞいた。

——気分が悪くなったのね。由熙、そうでしょう。

——大丈夫。

かすかに、私にだけ聞き取れるような小さな声でそう言った。

待っていた番号のバスが見えた。

——由熙、バスが来たわよ。乗っていく？　それとも具合いが悪いんだったら今日はやめにする？

私はまたかがみこんで由熙に訊いた。由熙は、やはり私にだけ聞き取れ、だがさっきよりも小さくかすかな声でぶつぶつと何かを呟いていた。瞬きもせず、歩道の一点に視線を落とし、その視線も全く動かさず、由熙は私の声も聞こえていないように呟き続けていた。日本語だった。顔には血の気がなく、蠟で固められた人形のように頰をぴくりともさせず、ただ唇だけがかすかに動いているだけだった。日本語を全く知らない私には、その由熙の呟きが呪文のように聞こえた。その妙に迫力のある緊迫した表情に、足がすくむ思いがした。

——帰ろうか。由熙、そうしよう。

私は言った。

由熙には何もかもが聞こえていたのだ。私にはわかった。答えたくなかったのだ。そうも感じた。由熙はぴたりと呟くのを止めた。数度深く息をすると、小さく、

——行く。

と言い、顔を上げた。目を合わせたがその視線はぼんやりとしていて他の事を考えているように焦点が定まっていなかった。

私は走り出した。バスはバス停の標識よりもかなり離れたところに止まるようだった。由熙の手を握りしめ、うしろの由熙を振り返る暇もなく、私はバスを目指して走った。

かなりの人が降りたが、乗客の最後の方で乗りこんだ私たちは空いた席を捜すことができなかった。当然坐れないとは思っていたが由熙が心配だった。入口近くに立ち、吊革を握った。バスに乗ってからもやはり由熙はうつむきがちで元気がなかった。

由熙は、急ブレーキがかかるたびにまるで骨がない動物のようにぐらりと体を大きく揺らせ、横にいる乗客にもたれかかった。由熙がそうなるたびに、何度も私がその肩を支えなければならなかった。

——毎日S大までバスに乗って通ってきたんでしょう。からだを支えるバランスの取り方、忘れちゃったの？　私は十二年以上、ソウルのバスに乗ってきましたからね。どんな急ブレーキでもぐっと力を入れてからだを揺らさない重心の取り方なら、大学で講義ができるくらいよ。

笑わせてみようと思い、そう言ったのだった。しかし、由熙は笑いもせず、何の反応もしなかった。窓の方に目は向けられていたが、動く窓の外の様子を見ていないことはすぐにわかった。視線は動かず、表情もなかった。朝のはしゃぎようも、喫茶店での浮き上がった仕草も、別人のようになくなってしまっていた。

何箇所目かの停留所で、ちょうど私たちが立っていたところの座席が空いた。その二人用の座席に、由熙を窓側に坐らせ、並んで腰かけた。

由熙の横顔を見るのが辛くなっていた。内向的な性格に互いの近さを直感し、いとこといた時よりももっと親しくなれそうな気もしていたが、由熙のふと気が変になったような、傍に誰がいてもすっと自分の中にこもっていく瞬間は、どこか痛々しくもあり、同時に私を怯えさせもした。本当に気が変になってしまったらどうしよう、とその時も考えていた。

運転手が、ラジオのボリュームを上げた。男女のアナウンサーが、番組に送られてきた葉書を読み上げ、その内容について少し話し、リクエスト曲がかかり始めた。

気づくと、由熙は目を閉じながらうつむき、唇を硬く嚙んでいた。何かに必死に耐えているという様子だった。

——由熙。

私は肩を抱いた。

——どうしたの、何か喋って、喋ってくれなければわからないわ。

耳許で強く言った。由熙は聞こえているはずだった。それが私にはわかった。聞こえていても、音を拒絶し、声をはねのけている感じが伝わった。

ラジオのボリュームは実際大きかった。新聞への投書で、バスの中でのラジオの音がよく問題にされるようになっていた。私自身は、運転手たちの労働条件にこそ問題があるのだと思っていた。ラジオは眠気醒ましであり、気分転換の一つの方法に違いなかった。だが、普段そう自分が考えていても、その時は別だった。由熙が顔を上げ、オンニ、大丈夫よ、と言わなかったなら、私はもう少しで運転手にボリュームを下げてくれ、と言っていたところだった。

——次で降りようか。由熙、あなた疲れてるのよ。お家に帰りましょう。

由熙は首を振った。顔には相変わらず血の気がなく、目も虚ろだったが、由熙は私を安心させるように薄く笑いかけた。

しかし、降りなければ、と決心したのは、それからすぐあとのことだった。

乗った客に混じって物売りの男が乗りこみ、入口近くの、私たちが坐った座席のすぐ斜め前で口上を喋り始めた。男は揺れるバスの中の座席を見渡しながら、手にした売り物の携帯用の小さなナイフを掲げ、独特な口調と抑揚とで喋り続けた。

普段なら何でもなく、見慣れたバスの中のそんな光景が、由熙といたことで一変した。

少しずつうつむき、歯をくいしばっていた由熙が、そのうちにがたっと頭を膝の上に落とし、両手で耳を塞ぎ始めた。私は由熙の背中に覆いかぶさるようにしてその肩を抱き、硬く耳に押し当てている手に触った。

――由熙、大丈夫？　由熙。

私は必死だった。通路にいる乗客たちがみな見ていると思っていたが、人目など気にしている余裕はなかった。

由熙は声を出して泣いていた。

轟音と物売りの声とで辺りには聞こえなくても、一緒にかがみこんだ私には、由熙の低い泣き声がはっきりと聞こえていた。

物売りは、乗客の膝に売り物のナイフを置き、また少し喋って回収していった。次の停留所で物売りがバスを降り、ようやく声が消えた。

――由熙、ね、次で降りよう。

泣き声は止まっていたが、由熙はうつぶしたままだった。耳から手を離し、その時には私の手を膝の上で握り返していた。

由熙はようやくからだを起こした。眼鏡が涙と息で曇っていた。私が差し出したハンカチを取り、コマプスムニダ、と小さく言いながら、目許とはずした眼鏡を拭いた。

――オンニ、行く、机、買いたい。

眼鏡をかけ直した由熙は、私の方は向かずにそのまうなだれた。韓国語を習い始めたばかりのような、単語だけを並べた拙い言い方だった。

目的の停留所はもうすぐだった。

しかし、私はしきりに降りることをすすめた。ラジオのボリュームがまた上がっていた。由熙もそのうちに頷き、私たちは降りた場所からタクシーに乗り、家に帰った。

夕食をほとんど食べず、由熙は二階に上がったまま下には降りてこなかった。居間で叔母と二人きりになった私は、昼間あった一部始終を叔母に話した。

——あの人だかりで疲れたのよ、きっと。神経質な子みたいだからねえ。

叔母が言った。

——でも、あれほど机が欲しくて、やっと買えるってよろこんでいたのよ。かわいそうに。

私は言った。

由熙を苦しめ、目的地まで行かせなくしたのは何だったのだろう。雑踏と騒音と刺々しい冷たい風、ソウルの光景すべてのせいだったのだろうか。しかし、もしそうであったのなら、それらは私の住むソウルの光景であり、自分の母国の姿だった。するとまるで私自身の責任のように感じられてならず、自分が由熙に机を買えなくさせてしまったような気がしてもくるのだった。

叔母に、自分の気持ちを口ごもりながらようやく伝えた。言葉にすると、思いのどこかがずれていくようだった。しかし、その一日は私にとって衝撃だった。どうにかして、由熙が机を手に入れられるようにしなければならない、と思っていた。

私が話しているうちに、叔母は何かを思いついたようだった。階段のところに行き、叔母は二階の由熙を呼んだ。

結局、その翌日の日曜日に、近くのトンネにある叔母の知り合いの家具屋に行くことに決まった。私がまたついていくことになった。そう決まっても、由熙はやはりしょんぼりと元気がないまま、二階に上がっていった。

六ヵ月近く前のその日に、自分はもっと多くのことに気づき、由熙のことを考えてあげなければならなかったのではないだろうか。今になってそう思い、胸の奥の、由熙という小さな塊りがちくちくと刺すように痛むのを感じていた。

この机から始まり、この部屋の、この机を中心にして、由熙と私との思い出のほとんどが作られてきたと言ってもよかった。

小さな塊りの芯の部分にこの机が横たわり、由熙を支え、私が引きつけられ、記憶の一つ一つがこの机から描かれ、書き続けられてきたようにも感じられてならなかった。

ぶ厚い茶封筒を引き寄せ、机の上に中味を取り出した。

三百枚は充分にあるかと思える厚さだった。紙の束の右側に二つの穴が空けられ、黒い細紐で綴じられていた。由熙が大学でレポートを出す時に、ホチキスで止められないほど厚いものの場合は、そうして穴を空け、紐で綴じていたのを思い出した。何も書かれていず、線だけが残された事務用箋が表紙にされていた。横書き用に使われる紙を、由熙は縦にして使っていた。

表紙のその一枚をめくった。

電話で言っていた通り、一枚目から日本語が書かれていた。次々にめくっていき、左上にあるページの番号を追うと、最後の紙に448と番号が書かれていた。四百四十八枚の事務用箋には、初めから終わりまで、由熙の日本語の文字が書き連ねられていた。

私には日本語が全く読めなかった。読めるのは知っている漢字だけだった。その漢字を追い、辿り、書かれている内容を想像しようとしてみた。すぐに諦めた。無駄だとわかった。だが、それでも目をそらすことができなかった。

文字が、息をしていた。

声を放ち、私を見返しているようだった。

ただ見ているだけで、由熙の声が聞こえ、音が頭の中に積み上げられていくような、音の厚みが血の中に滲んでいくような、そんな心地にさせられていた。

なめらかな文字とは言えなかった。

丸みをおびているようにも見えながら、どこか硬く、角ばった感じもあり、由熙のその外面の印象にも似て、女性的とも男性的とも言えない、由熙独特の雰囲気を感じさせた。

日本語の文字を書く由熙の癖や印象が、ハングルにそのまま現われていたことを私は思い返してもいた。

由熙が書く日本語と韓国語の二種類の文字は、両方とも書き慣れた文字という印象を与え、またどことなく大人びていたが、やはり由熙そのもののように不安定で、不安気な息遣いを隠しきれずにいるようだった。

多分、由熙は毎日のようにこれを書いていたのだろう。この場所に、こうして今の私の位置に坐り、この机の上でこれらの文字を書き綴っていたのだろう。

文字には表情があった。

日付はなく、ところどころ一行か二行空けられて書き綴られていたが、表情の変化がその時々の由熙自身の心の動きを想像させるように、鮮やかだった。ある部分やある文字は泣きながら書いているのではないかと思わせ、ある箇所やある文字は、焦り、怒りもし、また由熙が時折見せていた幼児のような表情や、甘えた声を感じさせるところもあった。

由熙はこれらの日本語を書くことで、日本語の文字の中に、自分を、自分の中の人に見せたくない部分を、何の気がねも後ろめたさもなく晒していたのだと思えてならなかった。

私は息をつき、紙の束から目を離した。

文字の表情は刻まれ、焼きつき、その音たちが記憶の中の声となって、今にも小さな塊りを動かし始めるようだった。

——あ、い、う、え、お。

この音は知っていた。あ、い、う、え、お、と私は呟き、それらの音を由熙に呟かせてみた。由熙は文字となり、その形、その癖に現われて私に呟き返してきた。

階下から小さく物音が聞こえていた。

細めに開けたままにしていたドアの隙間から、夕食を準備している温かい匂いが少しずつ流れこんできていた。

私は、自分が由熙自身に成り替わった気持ちで部屋をまた見回し、文字も見つめ返した。

あれほど親しく、あれほど身近にいて、由熙を妹以上の思いで心配し、同情もし、ある時には真剣に怒ったこともあった。そして由熙自身も私を姉のように慕ってくれているものと信じ、互いに似たところに惹かれ合っていたはずだと思っていた。

しかし、由熙は遠かった。

由熙が書くハングルを見慣れてきたせいか、由熙が書く日本語の文字に、異和感は少しも覚えなかった。毎日のように顔を合わせていた由熙が、私の知らない一人きりの時間に、これらの文字を書いていたのだという事実に、由熙の遠さ、二人のどうしようもない距離を感じずにはいられなかった。

文字に引きつけられながらも、私は、奥歯を嚙みしめたくなるような、不快で、腹立たしい感情を抑えられずにいた。

放っておけない、と思い、由熙が韓国に対して感じている不満を、いちいちが自分のことのように、ある時はすまなくさえ思い、少しでも、一日でも早く、と由熙がこの国の生活に慣れてくれることを願っていた自分の誠意が、由熙のそれらの日本語の文字によって裏切られたような気がしてならなかった。

この家に住み始め、二人が仲良くなり、慣れるに従い、由熙は大学や外で見聞きしてきた不満や愚痴をよく言い始めるようになった。

この国の学生は、食堂の床にも唾を吐き、ゴミをくず入れに棄てようとしない、と由熙は言った。トイレに入っても手を洗わない、教科書を貸すとボールペンでメモを書き入れて、平気で返してくる。この国の人は、外国人だとわかると高く売りつけてくる、タクシーに合乗りしても礼一つ言わない、足を踏んでもぶつかっても何も言わない、すぐ怒鳴る、譲り合うことを知らない……。

——オンニ、韓国語にはね、受動態の表現がほとんどと言っていいほどないのよ。オンニ、それを知っていましたか？

皮肉な、聞いているのもたまらなくなってくるような意地悪気な口調だった。

初めのうちは、そのいちいちに私は弁解した。そうなの、ととぼけ、由熙の口調や蔑みを含んだまなざしにも気づいていないような表情で、知らん顔をしたこともあった。何故自分が弁解するようなことをしなければならないのか、自分の卑屈さがいやになる時も続いた。

だが、それでも私は由熙を思い、少しでも、一日でも早く、とただ由熙がこの国に慣れることを願う一心で、由熙の愚痴や皮肉な言葉に目をつむり、我慢しながら受け止めてきたのだった。由熙のどんな言葉も態度も、日本から来た由熙なりの、この国以外で育った同胞の苦しみから来るものだと、私は自分に言いきかせてもいた。

——由熙、あなたはけちんぼよ。在日同胞っていうのは日本人なんだわ。ううん、日本人以上に韓国をばかにして、韓国を蔑んでいるのね。些細なことをちっとも許そうとしない。目をつむってあげようともしない。由熙、あなたみたいなのは神経質なんかとは違うわ。けちよ。心がけちんぼなのよ。

いつかたまらなくなって、私は怒鳴り返した。赤子の手をひねるのと同じことよ、とも言い返した。この国と言い、この国の人と言う由熙の皮肉で、いかにも狭量な余裕のない言い方にかっとしていた。だが、思いや昂ぶりを、どこにぶつけ、どう処理してよいかわからないでいたのは、私の方ではなく、由熙の方だったのかも知れなかった。

ようやく甘えて何でも話せる姉のような存在に出会い、私にさまざまな不満を皮肉な口調で言いながら、結局は自分の言葉に逆に突き刺され、唾を吐きかけられたように、由熙自身が息苦し気な表情を繰り返していた。

しかし、由熙はやはり遠かったのだ。

私と何を話し、私に何をぶつけても、自分が吐いた言葉と表情の苦い余韻を、由熙はだからこそ韓国語をもっと自分のものにし、もっとこの国に近づこうとすることで乗り越えようとしたのではなく、それとは反対に、日本語の方に戻ろうとしていた。日本語を書くことで自分を晒し、自分を安心させ、慰めもし、そして何よりも、自分の思いや昂ぶりを日本語で考えようとしていたのだった。

知らぬ間に肩から力が抜け、私は長い息をついた。

すでにこの国からいなくなってしまった由熙に、こうして腹を立てても今更しかたがないことだ、と私は心の中で呟いた。

もう終わったのだ。

部屋の静けさと空洞感に、再び包みこまれていくようだった。がらんとした部屋にたちこめたその胸が痛くなるような静けさが、考え続けることや、昂ぶりをしばらくの間忘れさせ、振り切らせてくれるような気がしていた。

息をつき、立ち上がろうとした。

終わったことなのだ、と同じ言葉を呟き返した。

しかし、立ち上がれず、小さな塊りが重石に変わったように坐らされていく自分に気づいた。由煕はいつ私の中から消えていくのだろう、とぼんやり考えた。自分は、まるで医師のように由煕と対していたのかも知れない、そんなことも思い返した。処方箋もなく、治療をしているという意識もしっかりとしていない医師だったのかも知れなかった。治療……、だがそれにしても、治療とは何と不確かで無責任で傲慢な言葉だろう。

大笒《テグム》（横笛）の音《ね》が思い出された。

音を思い出すと、何故かほっとした。そうして瞬時、息が楽になっていくような思いに浸りながら、同時に小さな塊りが大きく揺れ、胸の奥のあちこちにぶつかっていくような辛さを覚え始めてもいた。

茶封筒を取り出したタンスと、庭側の壁との間に、五十センチほどの隙間があった。そこに、由煕は叔母から貰った古いテレビの台を置いていた。台の上には、大笒《テグム》が載せられていた。他のどんなものも載せず、焦茶色の布で作られたケースに入れられた楽器だけが、いつも台の上に置かれていた。

机の前のこの場所に坐ってみると、横を向けば正面に大笒が見えることがわかった。由煕は、カセットデッキをその台の下に置いていた。

大笒の散調《サンジョ》をよく聴いていた由煕の姿を思い出した。由煕と同じように机に左肘をかけ、壁の角に背をもたれさせた。

時間の前後を忘れ、何枚もの写真のように焼きついた、大笒の音を聴いている由煕の姿が、入れ替わり立ち替わり現われた。想像の中でカセットデッキをもっと手前に引き寄せ、ある日の由煕と同じようにからだを横にし、右肩を壁の角に押しつけた。からだは机と二つの壁の角とカセットデッキとによって、四方から囲まれる形になった。まるで部屋の隅に押しこめられてしまったようだった。

あの日も、やはり由煕は遠かったのだ。

いや、すでにそれ以前からも、この机を買った日からも遠かった。

由煕はからだを机と壁とではさみこむように机をそう配置し、自分で自分を部屋の隅に押しこんでいったのだ。

不安なある鈍い音が、思い出していた大等の音の中から現われた。音が蘇えるのと同時に、散った写真の、まだ生々しい記憶として残っているある日の夜の情景が目の前に映し出された。

鈍い音は、この今でもはっきりと耳に迫って聞こえていた。

その日、私は真夜中に由煕の部屋から響いてくるその鈍い音に起こされた。もともと眠りが浅く、小さな音でもよく目を醒ましてしまう方だった。音の近さで由煕の部屋からだとはすぐにわかったが、一体何を打ちつけている音なのかは思いつかなかった。しかし、音はいかにも不吉で、忌わしい何かを予感させた。重く、鈍く、間隔はまちまちだった。

ハナ、トゥル、セッ、ネッ（いち、に、さん、し）、と聞こえてくる音を数えながら、ベッドから飛び起き、廊下に出た。とっさに、何故か叔母には気づかれてはならない、と思い、手摺りから踊り場の下を見下ろした。

由煕の部屋のドアを叩いた。

鈍い音は止まっていた。

少しして、中から由煕がドアを開けた。すでに三時近かった。

無言で立っていた由煕が、私を見ても何も言わず、ただ首をぐらぐらとさせていた。由煕のうしろをのぞいた。机の上に焼酎の瓶が見え、由熙からも酒の匂いが漂っていることに気づいた。

――由熙。

私が呼んで中に入ろうとすると、由熙はそんな私から逃げるようにしてふらふらとしながら机の方に歩いた。カセットデッキは机と壁との間を塞ぐように机の脚許から壁と垂直に置かれていた。由熙はデッキをまたぎ、その机の前の四方を囲まれた空間の中に、やはり逃げこむように入っていった。

近づいてくる私に横顔を向け、ぐんなりとして壁に背中をもたれさせていた由熙が、そのうちに机の上に左腕と頭をのせて倒れかかった。

小さく、大笒の散調がカセットデッキから聞こえていた。

――ひとりでお酒を飲んでいたの？　由熙、女の子が何てことをするの。

私は由熙の向かい側に坐り、机の上にからだをのりだした。焼酎の瓶には、中味が二センチほど残されていただけで、コップの中の焼酎も飲み干されていた。いつも由熙がそれでコーヒーを飲んでいたミルクカップだった。

由熙は、床に落としていた右手を上げ、ぶらぶらとその右手を振り、机の上を叩いた。焼酎の瓶の横にノートが積まれていた。ノートの上に眼鏡が置かれていた。左腕に頭をのせ、机の上にだらりと倒れかかっていた由熙が顔を動かし、私を下から見上げるようにちらりと見た。また元のようにだらりと顔を伏せ、言いたい言葉を呟こうとしては思いとどまるように、そんな仕草を繰り返した。

――由熙。

私は名前を呼ぶ以外に言う言葉が思いつかなかった。鎮まり返った部屋の中にいると、音に耳が慣れていき、小さかった由熙の足許にあるカセットデッキの音が次第に大きく聞こえてくるような気がした。

ノートのその数冊は、S大学の名前が表紙に印刷されていた。中世国語、音韻論、古典小説概論、……眼鏡を机の上に置き直し、ノートを一冊ずつ見ていくと、つい数日前に終わった試験科目のものであることがわかった。ノートを少しだけめくると、下のページの番号のところに私自身がつけた赤いボールペンのサインがあった。

由煕が右手をのばし、机の端にあった別のノートを取り、開いた。鉛筆立てからボールペンを一本ぬき取り、何かを書き始めた。

언니《オンニ》
저는《チョヌン》 위선저입니다《ウイソンジャイムニダ》
저는《チョヌン》 거짓말강이입니다《コジンマルジャンイイムニダ》

（オンニ
私は　偽善者です
私は　嘘つきです）

由煕は書き終えるとボールペンをノートの上に叩きつけ、焼酎の瓶を持った。やめなさい、と瓶を取り上げようとした私の手からひき剝し、瓶のまま残った焼酎を飲み干した。若い女の子がひとりで酒を飲む、ということに初めは驚き、咎める気持ちで向き合っていたのが、呆然としているうちに何か悲しく、辛くなった。

우리나라《ウリナラ》
（母国）

由煕は書いた。文字は大きく、酔いで手が揺れ、乱れていた。由煕はページをめくり、そこにさらに大きく우리나라、と両側のページいっぱいに書いた。ボールペンを紙にくいこませ、破っていくような勢いで、四つの文字を書きつけた。

――何があったの？　由熙。

私はようやく口を開いた。　机に倒れかかったまま、横から自分の書いた文字を見つめていた由熙が泣いていることに気づいた。由熙はノートの紙をまとめて数枚めくり、現われた白い空白にまた書き始めた。

사랑할《サランハル》　수《ス》　없습니다《オプスムニダ》

（愛することができません）

由熙は洟をすすった。嗚咽を上げ、ボールペンを持ったまま口許に垂れた涎を拭った。濡れてしまったのも構わずに、由熙はまた紙をめくり、右手をのせた。紙に涎がつき、涙をぬぐった指先が触れた紙も濡れた。

돼금《テグム》　좋아요《チョワヨ》

돼금소리는《テグムソリヌン》　우리말입니다《ウリマリムニダ》

（テグム　好きです

テグムの音は　母語《ウリマル》です）

ただでさえ手が揺れ、乱れ続ける文字が、濡れた紙に穴を開け、薄く見えなくなってもいた。

そのうちにカセットデッキの音が止まった。朦朧とした目で由熙はからだを起こし、私と向かい合った。視線は定まらず、首をふらふらとさせていた。由熙、と私はやはり名前を呼ぶ以外、言う言葉を捜せずにいた。

由熙はそのまま壁の方に倒れた。頭の左側を壁にぶつけた。からだを起こし、また倒れかかって頭をぶつけた。私は立ちあがり、カセットデッキをまたぎながらその狭い空間に入り、急いで由熙を抱きかかえた。重く、頭をぶつける鈍い音の余韻が部屋中にたちこめていた。由熙はもがき、壁の方にずれ、強く小刻みに頭をぶつけ始めた。手を由煕の頭に当てた。酔いつぶれているとは思えない力だった。私の手の甲が壁に当たった。由煕を思いきり抱き寄せた。由煕は私の腕を振り払い、机の上にうつぶした。嗚咽が低く、掠れていた。私は茫然として、その狭い空間の中でなすすべもなく由煕の肩を見つめていた。

この場所だった。

あの日も由煕はここにいて、私も机と壁にはさまれたこの空間の中にいた。

由煕は毎日ここに坐り、今、私の目の前にあるこの日本語の文字を書き綴り、大笒の音を聴き、大笒を見つめていたのだ。

今も、右手の甲が、あの時の由煕の頭の力と重なって壁にぶつかり、疼き始めてくるようだった。

——あなた、大笒を習ってみたら？

と、いつか言ったことがあった。由煕は、聴いているだけでいい、と言い、首を振った。何気ない、何の意味もないと思っていた記憶の一つだった。

由煕は、だがそれにしても大笒という楽器にあれほど惹かれ、音の美しさをよく私に話していたのに、何故直接習ってみようとはしなかったのだろう。

岩山にしても同じだった。

問わず語りのように、この辺りの岩山の光景の美しさをよく由煕は私に話した。叔母は日曜日の早朝には必ず登山をし、薬水《ヤクス》（山水）を汲んできていた。何年も前に、叔母やいとこに誘われて、私も登ってみたことはあった。たった一度登ってそれきりだった。出不精な上、関心がなかった。

——由煕、あなた、叔母さんと山に登ってみたら？

いつだったか私は言った。あれほど岩山が気に入っていたというのに、叔母の誘いを受けても断わっているのを知っていた。

——私は見ているだけでいいの。

由熙はその時もそう答えた。

大笒も習わず、岩山にも登らないまま、由熙はこの家から出て行った。出て行くことが決定的になったのは、数日前の中退届を出した日だった。

その日の由熙の言葉が、今、いやに意味あり気に迫って思い出されてくるようだった。由熙が言いたかったこと、由熙が思いつめていたことの、私自身はそのかけらすら気づかずに、声さえも聞きたくない気持ちで顔をそむけていたことも思い返された。胸が痛かった。その時の由熙の声が、小さな塊りの中から弾け、聞こえてくるようだった。

——オンニとアジュモニの韓国語が好きです。……こんな風な韓国語を話す人たちがいたと知っただけでも、この国に居続けてきた甲斐がありました。私は、この家にいたんです。この国ではなく、この家に。

由熙はうつむき、申し訳ありません、と何度も頭を下げた。私の説得も、数週間続いてきた涯しないほどの口論や議論も、すべて無駄になってしまったのだった。頭を下げる由熙が腹立たしく、見ているのもたまらない気がした。由熙が最後に呟いたその言葉も、冷静に聞くことができず、大した意味も感じ取れずにいた。

夕食の匂いが、階段を這い、ドアの隙間から漂い続けていた。

階下から叔母が私を呼ぶ声がした。

私は息を深くつきながら、由熙の残していった紙の束を閉じ、茶封筒に入れながら、ドア口に向かって叔母に答えた。

立ち上がり、歩き出そうとしてはっとした。由煕を立たせ、抱きかかえないはずのカセットデッキが足許を塞いでいるような気がし、戸惑った。由煕を立たせ、抱きかかえた時の重みが蘇えった。茶封筒を握った右手の甲にも、疼くような痛みを覚えた。

部屋を見回し、腕にかかえた茶封筒を確かめ、ドアを閉めた。由煕の残したその荷物は、自分の部屋の、本棚についているひき出しの中にしまっておくつもりだった。

廊下に出、自分の部屋に向かおうとしてふと足を止めた。

後退りし、ドアに右肩を近づけ、誰もいないはずの部屋の気配をうかがうように耳をそばだてた。

同じ姿勢で、そんな風にドアの前に立ち、中から聞こえてくる由煕の声を盗み聞きした日のことを思い出した。

日本語だった。

由煕は何かの文章を読みあげているのか、流れと抑揚のある声で、日本語を声を出して読んでいた。

自分の腕の中には、由煕の文字が束ねられていた。私は文字となった由煕を抱きかかえているような気がした。目に焼きつき、刻まれた文字の連なりが、まるで絵のようになってよぎっていった。

聞こえてくる声は文字であり、文字が音となって響いてくるようだった。

紙の束の感触が胸を伝わり、胸の奥の小さな塊りと触れ合って、私のからだの中に由煕の声を響かせていた。

叔母と二人だけの夕食を取った。

テーブルには黄色いキッチンマットが向き合って二枚だけ並べられていた。手前の席の一枚は今日からなかった。

会社から帰ってきた時は怒っていた叔母も、食堂で顔を見合わせた時には、すでに機嫌を直し、見送りのことについては全く口に出さなくなっていた。

黙って食事を続けていた叔母が、しばらくして口を開いた。

——人に部屋を貸すのがいやになってしまったわ。由煕みたいないい子だったら別だけれど、情が移ると別れるのが淋しくてだめだわ。

私はただ、ええ、とだけ言って頷いた。由煕を話題にしたくはなかった。ユヒ、という名前すらも言ったり聞いたりしたくなかった。辛く、息苦しく、何よりもまだ口惜しかった。

——トゥブチゲ（豆腐鍋）は、あの子の大好物だったわねえ。

叔母は言った。

しばらくはこうして由煕の思い出話が続いていくのだろう。何日か、何十日か、由煕の話が繰り返され、そのうちに由煕の気配がこの家から消え、話題にもならなくなっていくのだろう。私自身の気持ちの中でも、その日を待たなければならないはずだった。

トゥブチゲの汁を叔母はすすり、私もすすった。

——かわいい子だったね。あんな歳にはとても見えない子だったね。

叔母は言った。私は黙って頷いた。

——こうしていつかトゥブチゲを作っていた時のことを思い出すわ。由煕が台所に来て、おいしそうって私のうしろからのぞくの。そしたら急に、アジュモニ、ちょっとごめんなさいって言って、スプーンですくってふうふう言いながら食べるのよ。もう少し煮こまないと味が出ないのにって私が言っても、何度もそうやって食べて、マシッソヨ（おいしい）って言って私に抱きついてきたわ。お鍋の湯気で眼鏡が曇ってね。それをね、由熙ったら、着ていた服の袖を引っ張って手を入れて、袖の端を摑みながら、そこに輪を描くみたいにして袖口でレンズを拭くの。まるで目を直接拭くみたいにしてね。仕事がおかしくて笑ってしまったわ。かわいらしくてしようがなかった。

叔母と一緒に私も微笑み、そんなことがあったの、と呟いた。

似たような仕草を私も何度か見ていた。

机を買いに行き、頼んだ机が届いた日に、そんな仕草を初めて見たのではなかったろうか。

叔母の知り合いの家具屋は親切で、あの日の翌日の日曜日に買いに行った時は、由熙に不安な態度は全く現われなかった。人だかりの騒々しい場所には行かずにすみ、家から十五分ほどのその家具屋に私たちは散歩がてら歩いて行った。

由熙は椅子に坐って使う机を嫌がっていた。学生時代も会社でも家でも、私はずっと椅子に坐る机を使い続けていた。床に坐る机の方がかえって疲れ、姿勢が悪くなるような気がしていた。そのことを由熙に言っても気は変わらなかった。由熙は床に坐る机にこだわっていた。家具屋には私が言ったような椅子を使う机ばかりがあり、坐り机にしても小さいものか、あるいは大きくても縁取りが付いているものしか売っていなかった。

注文し、由熙のいう縁が付いていない机を取り寄せることに決め、その日は家に帰った。帰り道も、私たちは歩いた。由熙とかわした会話は、今でも思い出せる。面白い子だな、と思い、ちょっと変わった子だな、とその時は思っただけだった。前日の、バスの中でのことがあった。その言葉を、ただ神経質なところから来るものと決めつけ、深く取り合おうとはしなかった。

——オンニ、ハングルは何故横書きに書くようになってしまったの？　李朝期のハングルも、日帝時代も、解放後のしばらくの間もずっとハングルは縦書きに書かれてきたのに、どうして、いつの間に横書きに変わってしまったのかしら。

由熙がそんなことを言い出した。

――横書きの方が読みやすいし、書きやすいからよ。そうね、日本語は縦書きだものね。由熙は縦書きの日本語を使ってきたから見慣れないのかも知れないわね。でも、英語も中国語も他の外国語も横書きじゃない。慣れれば大丈夫よ。

私は言った。

――もう三年生も終わるというのに、それに国文科の学生だというのに、私はまだ慣れない。

由熙は小さく呟いた。

――オンニ、訊きたいの。訓民正音《フンミンジョンウム》を創製した世宗《セジョン》大王《テワン》はどう思うかしら。横書きに書かれているハングルを見てびっくりしないかしら。悲しく思わないかしら。

――そうね、多分びっくりするかも知れないけれど、私は喜ぶんじゃないかって思うわ。ハングルを民衆の誰もが使える文字として創製したわけだもの。ハングルが本当に韓国人の国語となって、どんな階層の人もみな使っている今の様子を見たら、きっと喜ぶと思うわ。李朝末期まで、ハングルは婦女子の使う文字として蔑まれていたんだもの。書きやすく、読みやすい横書きに変わっているのを見ても、きっと喜ぶはずよ。

私は言った。

――そうかしら。

由熙は首をかしげながら、いかにも不承気に呟いた。しばらくして二人は他の話題を始めた。

注文した机が来たのは、数日してからだった。

会社から戻り、呼ばれて部屋に入った私に、由熙はこれを見て、と言いながら飛びついてきた。濃い焦茶色の、堂々とした感じのいい机だった。由熙は私の腕に手を回し、絡みつくようにして動きながら、下から私を見上げた。感激よ、オンニ、夢がかなったのよ、と由熙は声を上げた。そのうちに、着ていたトレーナーの袖を引っ張り、ある日の叔母が見たように、出てもいない涙を、まるで直接目許に当てて拭くような仕草で、眼鏡のレンズをこすった。

食堂のテーブルの上に吊り下げられた明かりが揺れた。笠に包まれた電球の光は遠くまで伸びず、明かりの質も温かで柔らかかった。揺れを感じたのは錯覚かも知れなかった。私は明かりを見上げた。記憶の中で私が揺れていたからだった。由熙に絡みつかれ、腕を引っ張られ、今にも自分のからだが揺れ出すような気がしていた。

明かりはテーブルの周囲だけを照らしていた。こもったその光で、テーブルの上の物も叔母の顔も、陰を濃く深く見せていた。

――娘は結婚してアメリカに行ってしまったし、もしあなたが結婚していなくなることになったら、私も娘のところに行かなければならないから、英会話でも始めようかとは思っていたのよ。この歳ですけれどね。でも、由熙がいるうちに日本語を習っておこうかとも思ったの。死んだあなたの叔父さんから、日本に対しての感情を受け継いでしまって私も相当影響を受けていたのね。初めの頃は、由熙には気を遣ったわ。日本から来たというだけで妙な因縁を感じてならなかった。

――習いたいって言ってみたの？

私は訊いた。

――ええ、由熙はいい子だったしね。偏見はいけないことだと思ったわ。日本語をアジュモニに教えてくれない？　っていつか言ったんだけれど、断わられたわ。アルバイトになるわよって言ってみたんだけれどね。どうしてもできない、それだけはできないって、本当に申し訳なさそうにして、ほら、由熙がよくするあの困った時の顔よ。肩をすぼましてうつむいて額に皺を寄せて、そしてこうして唇を尖らせて、小さな男の子みたいになってしまったようなあの顔をしたわ。日本語を教えるということに、どうしてそれほど困ってしまうのか、言いだしたこちらの方がすまなく思ったほどだった。私は、それならそれで構わないって言ったのだけれどね。

叔母は言った。

過去の日を懐しく思い返しているだけのような叔母の言葉を聞きながら、叔母自身は気づいていないだろうと思える由熙の真意を、私は否応なく想像させられていた。

由熙は、叔母だけにではなく、日本語を教えてくれと誰に頼まれても断わっていたに違いない。そんな気がしてならなかった。

しかし、やはり釈然としなかった。

思いを巡らせていくうちに、私は自分の想像にかえってつんのめり、戸惑いながら息を呑んだ。どういう理由からだ、とはっきり決めつけてしまえない気がした。

自分は由熙を知らな過ぎた、という口惜しい思いがつき上げてくるばかりだった。やはり、由熙は遠かった。

今、由熙がいたなら、と無性に思った。今、由熙がいたなら訊いてみたいことが沢山ある。問いかけ、確かめたいことが沢山ある。今、由熙がこの国にいたなら……、私は何度も同じ言葉を心の中で呟き、知らぬ間に唇を噛みしめている自分に気づいた。

——ねえ、叔母さん、叔母さんはどう感じました？　由熙の韓国語、この家に来てからもちっとも上達しなかった。発音も相変わらずめちゃめちゃで、国文科の学生とは思えないくらい文法も間違いだらけだった。もちろん、答案用紙はきちんと書けていたかも知れない。書く方は感心するぐらいで、私もそれはよく知っています。でも、本人自体がうまくなろうとしていなかったんじゃないかって、そうとしか考えられなかった。読むのは日本語の本ばかりだし。由煕はね、韓国の小説なんてちっとも読まないで、日本の小説ばかり読んでいたんです。私、知っているんです。

苛立ちをそのままぶつけるように言いながらも、口の中の苦々しさが辛く、話していること自体に嫌悪感を覚えてもいた。

——うまいじゃないの、あれくらい話せれば充分ですよ。

——でも。

——日本で生まれて育ったんだから、しかたがないわ。それに由煕にしかわからない事情もあるはずですよ。あなたは、叔父さんみたいな民族主義者ね。

——………。

叔母は、二階で私に見せてきた由煕のさまざまな表情を知らなかった。机の前に坐った由煕が、そこに自分を閉じこめるようにカセットデッキを置き、机を壁に引き寄せていたことも知らないはずだった。そこで由煕は四百四十八枚の日本語の文章を書き綴っていた。大笒を聴き、その音をウリマル（母語）と言い、音以外の実際のハングル文字を読むことも書くこともせずに、ある日は日本語の朗読をしてもいたのだ。

目に、突然何かが飛びこみ、突き刺さったようだった。由煕の書いた、우、리、나、라、の四文字がノートの白さの中に浮かび、よぎった。

——でも、ああいう子はこの韓国では生きていけなかったのかも知れなかったんだ、とも思っているのよ。残念ではあるけれど、中退して日本に帰った方が、やっぱりよかったんだって、そう思いもするわ。

叔母は言い、箸とスプーンを置いた。叔母の夕食は済んだようだった。

——無理なことを、ずっと我慢し続けていたのよ。

——…………。

——韓国がどんな国かも知らずに、本人は理想だけを持ってやって来たんだわ。その思いは同胞だから私にももちろんわかるけれど、でも結局、由熙は日本人みたいなものですよ。外国に来たようなものなんだから、苦労するに決まっているわ。お金持ちでどこの国よりも清潔なことで有名な日本からやって来たのだものね。見るもの聞くもの、びっくりしてショックを受けていたのよ。

そろそろ片付けようか、と言って立った叔母は、それきり口をきかなかった。私は、全くと言っていいほど食べられなかった。台所に行き、食器を洗っている私のうしろを、叔母は片付けものをしながら動いていたが、二人は黙ったままだった。

叔母の言ったことは理解できた。その通りであろうと思い、中退もしかたがなかったことだと少しの間、知らない他人のことを考えているような気持ちにもなった。しかし、すぐにわけのわからない苛立ちがこみ上げてきた。

——始めたことは最後までやらなければ、あなたのこれからの人生に問題が出てくるはずよ。

繰り返された数日前までの口論の中で、私はそんなことを何度も言った。やはり、今由熙がいても、同じことを言い、説得を続けるだろうと思えた。

——卒業証書なんかが問題じゃないのよ。由熙、問題は居続けるということなのよ。あなたは韓国の一面しか見ていない。韓国をあまりにも知らな過ぎる。自分の感じ方だけが正しいと信じきっている。

自分の声を思い出しているうちに、私はある日のことを思い出し、はっと足がすくむ思いがした。

由熙はその時も机の前に坐り、由熙だけの狭いあの空間に閉じこもりながら、私の話を聞いていた。

大学をやめたい、と相談をもちかけられた日のことだった。二言、三言、何かを言っているうちに机の上に急にうつぶした由熙が、息を押し殺し、そのうちに吐き出すように話し始めた。頭を伏せ、声がこもり、聞きとりにくかった。自分に向かって言葉を吐き出しているようにも聞こえた。

——学校でも、町でも、みんなが話している韓国語が、私には催涙弾と同じように聞こえてならない。からくて、苦くて、昂ぶっていて、聞いているだけで息苦しい。どの下宿に行っても、みな私が嫌いな韓国語を使ってた。いいの。部屋の中に勝手に入って黙ってコーヒーを持って行ったり、机からペンを持って行ったり、服を勝手に着て行ったり、そんなことはどうでもいい。その行為がいやなのではないの。返してもらえばいいことだし、あげてしまえば済むことだから、どうでもいいことなの。でも、その人の声がいやになる。仕草という声、視線という声、表情という声、からだという声、……たまらなくなって、まるで催涙弾の匂いを嗅いだみたいに苦しくなる。

あの時も、私は由熙に話しかける言葉を捜せずにいた。由熙の声は続いていた。

——もうどうあっても、こんなこと、終わりにしなければ……。우리나라《ウリナラ》（母国）って書けない。今度の試験が、こんな偽善の最後だし、最後にしなくてはいけないと思う。中世国語の、訓民正音の試験だった。答案用紙を書いていて、そのうちに우리나라と書く部分に来て、先に進めなくなった。前にもそんなことはあったけれど、でも今度のは手が凍りついたみたいに全く書けなくなってしまった。答案用紙の文章は全部頭の中に入っていたし、その四文字だけ書けば次が書けるはずなのに、書けなかった。手が動かなくなった。本国の学生たちは、すらすらと答案用紙を埋めていっていたわ。横から、うしろから、前から、ボールペンや鉛筆の音がしていた。頭がくらくらとして、倒れそうだった。耳鳴りがして、目の前も揺れていた。……私は書いたわ。誰に、とはっきりわからないけれど、誰かに媚びているような感じを覚えながら、우리나라、と書いた。私は文章の中で四回も、同じ言葉を同じ思いの中で使

って書いた。嘘つき、おべっか使いって、その誰かにいつ言われるかとびくびくしながら答案用紙を書き終わった。……世宗大王よ。その誰かって、世宗大王だった。早く家に帰って、大笒を聴きたいと思った。世宗大王は信じている。尊敬している。でも、この今の、この韓国で使われているハングルは、私はいやでたまらない。なのに、우리나라って書いている。書けばほめられる。世宗大王はみんな見て、知っているわ。

水道の蛇口を止めた。

由熙の声を振り切るように、水の音を止め、私は居間に行った。

叔母は、ボリュームを下げたままにして、テレビをつけていた。テレビを見るつもりはないようだった。叔母がポットを引き寄せ、コーヒーを淹れた。

風が、テレビのうしろのサッシ窓を強く打ちつけていた。窓のカーテンを閉めようとして思いとどまった。ぼんやりと、コーヒーを飲んでいる叔母が窓ガラスを見やっていた。前を歩くことで考え事を中断させたくなかった。

オンドルの床は生温かかった。二階の部屋にはリノリウムが敷かれていたが、一階のこの居間は、ニスで光り、叔母の手で毎日磨き上げられているオンドルそのものの硬い床だった。

居間の壁には、螺鈿細工がちりばめられた天井まで届きそうな家具が並び、壁一面を占めていた。叔母は脚を伸ばし、家具の扉に背をもたれさせた。私もコーヒーカップを持ち、叔母と並ぶようにして坐った。

——淋しいものね。

叔母の横顔が、その向こうにあるテレビの画面を背景にして、少し光って見えた。

——ええ。

私は答えた。

由熙につきっきりだった、と私は六ヵ月間のことをそう思い返していた。会って話した回数やその時間以上に、会わない時の方が由熙のことが気がかりだった。何故か気になり、何故か心配だった。

鬱病に近かったような私の塞ぎは、由熙に会ったことでなくなっていった。自分と近く、自分と似ていても、自分にはない激しさ、自分にはない徹底したこもり方に、言わば毒気を抜かれてしまっていたと言っていいのかも知れなかった。由熙の前にいると、私はかえって磊落にすらなった。そんな自分に気づき、よく驚いてもいた。

——私ね、何故そんなに疚《やま》しく思う必要があるのって、由熙にはよく言ったわ。

——何がですか？

——自分の韓国語が下手だから、国文科に通っていることが恥ずかしくてならないって、よくそう言ってたのよ。さっき、あなたは由熙が努力していなかったみたいなことを言っていたけれど、努力しなければいけないことは、誰よりも本人がわかっていたんだと思うわ。でも、それができないから苦しかったのよ。

——…………。

——韓国に来て、質のよくない人たちばかりに先に会ってしまったから、悪い面だけしか目につかないようになっていたのね。私も聞いてびっくりしたわ。これまで会ったこともないような人たちだった。この私だって同じ本国人でも、由熙みたいに引っ越してしまいたくなっていたかも知れないわ。

——おばさん、私、由熙には言ったんです。一面だけ見てはいけないって。日本人だってよい人たちばかりではないでしょう。だからもっと肯定的に韓国を見なくてはいけないって、よく言ったんです。

——話しにくそうにしてたわ。話したら私の気分を害するだろうと思っていたのね。それはそうですよ。いくら同胞とは言っても由熙は外国人みたいなものですからね。人から家族のことをとやかく言われると、やっぱり腹が立つものですからね。でも、あの子が卒業する日が楽しみだったし、何か不満で引っ越されるようなことがあったら、由熙の先輩であるうちの人に叱られそうな気がしたの。一体前の下宿でどんなことがあったの？　この叔母さんにだけは言ってもいいのよって、由熙を安心させたわ。

居間の入口のカーテンは閉めきられていた。

私はカーテンの向こうにある玄関口のドアに思いを走らせた。

ギイッ、ギイッ、と鳴るあのドアが擦れる音を、由熙は嫌っていた。そのことを、ふとした日、一緒に外に出ようとして知らされた。ドアを開け、閉める間中、由熙は苦しそうに眉をしかめた。小さな男の子が、今にも泣き出しそうな、そんな表情に見えた。

――韓国人って燃えやすくて昂ぶりやすいから、慣れないとびっくりすることばかりだったんでしょうね。

私は叔母に、その時のことを思い出しながら言った。

ある下宿で、下宿の主人の息子たちがほんの些細なことから喧嘩を始め、由熙の部屋の前で暴れたらしかった。恐る恐るドアを開け、様子を見ていた由熙の前で、息子たちは殴り合い、鼻や口から血を出し、止めに入る者はちょうど誰もいず、由熙は警察を呼ぼうとまで考えていたと言った。しかし、ドアは開けられなかった。ドアの外に電話機はあったが、二人の勢いとその光景が怖ろしく、ぶるぶると慄えているしかなかった。そのうちに、息子二人は床をころげ回り、初めに怒り出していた兄の方が、急に走り出して玄関に行った。殺してみろ、とその兄は言い、あっという間もなく、ドアのガラス窓を腕で突き、血をこぼしながら立っていたのだと言った。

由熙は、その話を私に聞かせ、

――こうして話していると笑い話みたいだけれど、でも、あの時の恐さが忘れられないんです。

そう言いながら、やはり眉をしかめた。その兄の腕はガラスでぱくりと割れていたということだった。警察の代わりに、自分が救急車を呼んだのだ、と由熙は言った。おかしくてもそんな由熙の前では笑えなかった。怯えずにはいられないこともわかっていたが、それ程までに深刻に考えている由熙が、あの時はかえって滑稽にすら感じられた。

ドアの音を聞くたびに、由熙は以前にいた下宿のその事件を思い出していたようだった。

――叔母さん、由熙からあのドアについての思い出って聞きました？

――ううん。

私は、由熙から聞いた一部始終を叔母に話した。叔母は驚きながらも、やはり思った通り苦笑しながら聞いていた。そうなのだ、と今更ながら、そんな叔母の反応を見て私は考えた。韓国人ならただ驚いて、困ったものだと苦笑する。由熙にはどうしてもそんな受け取り方ができない。真面目に事件そのものを受け止め、驚き、軽蔑し、他の韓国人もみな同じだ、と思いこんでしまう。恥ずかしく思うのは一緒でも、それが私たちの感じるものとは違い、由熙の場合は蔑みや失望につながっていく。

――ただでさえ神経質な子だったからねえ。私が聞いた話もびっくりするようなことばかりだったもの。韓国人は、どうして外国製のものに弱いのかしらねえ。まるでたかられるみたいにされていたようね。

――でも叔母さん、韓国が好きだって言う外国人はいっぱいいます。テレビでする外国人ののど自慢大会や、雄弁大会に、まるで韓国人みたいに上手に韓国語を喋る外国人がいっぱい出てるじゃありませんか。長く韓国に住んでいる外国人が、あんなにいっぱいいるのに……。

――あなたは、由熙からアボジ（おとうさん）のこと、聞いた？

——いいえ、亡くなったって、この家に初めて来た時に言ってたでしょう。それ以外には聞いていませんけれど。

叔母は黙り、少しの間、うつむいた。私を見ず、居間の床の一点を見つめながら、遠い日を思い出すようにして、話し始めた。

——国文科に通っているのが恥ずかしいとか言ったり、前にいた下宿でのいろんなことも聞いていたから気になってね。あなたは会社に行っていていなかったわ。私、由煕の部屋にお茶を持っていってあげながら、二人でいろいろと話をしたことがあるの。

——……………。

——あの子のアボジは、あの子が中学を卒業する頃、事業に失敗したらしいの。それも同じ同胞の韓国人に騙されてそうなったんだと言っていたわ。詐欺に遭ったらしいのね。それでも由煕のオモニの実家は経済的にしっかりしていたらしくて、実家からの援助を受けてずっと暮していたらしいけれど、由煕のアボジは韓国人を悪しざまに言い続けて、そして亡くなったらしいわ。ひどい話があるものね。アボジは女性の八字《パルチャ》（運）も悪かったみたいね。二人の奥さんたちに死なれて、三人目が由煕のオモニだったらしいわ。いろいろと私にも言えない事情はあるに違いないけれど、でも、由煕は、アボジが亡くなったから自分はこの国に来れたんだ、と言っていたわ。ようやく決心がついて、この国に来たんだと。アボジに自分の国のことを弁護したかったって。弁護できないような気持ちになると、意地になって勉強したって。

——……………。

初めて聞く話だった。驚き、絶句しながら、由煕は、どうして私にはその話をしてくれなかったのだろう、と叔母に対するかすかなやきもちを覚えもした。自分も叔母も、互いが知らない由煕の像を目にし、聞いてきたのだと改めて思い直した。

――いいアボジだったけれど、韓国人の悪口を言うアボジを見るのが、一番辛くていやだったって言ってたわ。大学に入ってから、由熙はたったひとりでハングルを習い始めたらしいの。そして大笒の音を聴く機会が偶然あって、大笒の散調《サンジョ》を聴いて留学することを心に決めたんだって。部屋でね、由熙がカセットを私に聴かせてくれたわ。大切そうにしていた楽器も見せてくれてね、吹く真似もしたわ。アボジが死ぬ前に、この音を聴かせてあげたかったって、そう言って涙ぐんでいた。

――…………。

――笛は一番素朴で、正直な楽器だと思うって、由熙は言った。口を閉ざすからだって、口を閉ざすから声が音として現われる、とも言っていたわ。こういう音を持って、こういう音に現われた声を、言葉にしてきたのがウリキョレ（我が民族）だと、ウリマルの響きはこの音の響きなんだと、由熙は言ったわ。

――…………。

――淋しいわね。本当にいなくなっちゃったのね。あの階段口から、今でも降りて来そうな気がするわ。アジュモニ、今夜のおかずは何ですかって、またうしろから急に抱きついてくるような気がする。

私は、息がつまり、叔母に言葉を返せずにいた。

大笒の音が、耳の中に響いてくるようだった。우리말《ウリマル》（母語）と泥酔した由熙が書いた乱れた大きな文字も、はっきりとよぎっていった。

저는　위선사입니다
저는　거짓말장이입니다

（私は　偽善者です
　私は　嘘つきです）

よぎる文字を追いかけていくうちにたまらなくなり、由熙、と思わず呼びかけそうになった。今、由熙はどこにもいないのに、口から名前が出かかった。

意地になって、とさっき言った叔母の言葉が思い出された。意地になって、……すると、あの時のこともそうだったのだろうか。それだけではない。試験勉強をする時のあの集中した暗記もそんな思いでしていたのだろうか。

——自分をね、オンニ、私は自分をこうして拷問にかけているの。

由熙は言った。今年の一月か二月の、冬休み中のことだった。由熙は、冬休みになっても日本には帰らなかった。S大学に入って、休みに日本に帰らないのは初めてのことだと言い、正月もこの家で過ごした。

休みでも由熙は旅行に行くわけでもなく、外出も滅多にしなかった。一日中とも言っていいくらい部屋にいて、勉強していた。そんなある日に、由熙の部屋をのぞいた。由熙は毎日、国語大辞典を端から読んでいたのだった。韓日辞典をひきながら読み、読んだ単語ごとに赤鉛筆で線をひいていた。

——そうだわ、고문《コムン》（拷問）をひいてみよう。

由熙は言い、ページを開くと意味を口に出して読み上げた。その箇所にも同じように赤鉛筆で印をつけた。真面目なのかふざけているのかわからない雰囲気だった。言葉が大げさで私はくすっと笑ったが、由熙の集中力には異様な感じがあった。すでに、ノートにまとめた数冊分の文章を丸暗記し、試験勉強をしている由熙を知っていた。

記憶の束をめくるようにしながら、勉強していたさまざまな日の由熙を思い返し、私は長い溜息をついた。

風は相変わらず強かった。窓が揺れ、渦巻くようにしてガラスを打ちつける風の音が、居間の中に響いていた。

叔母は床の上に両脚を伸ばし、左の膝を揉み始めていた。

——あの子はね、韓国に来て自分が思い描いていた理想がいっぺんに崩れちゃったのよ。だからきっと、韓国語までがいやになってしまったんだわ。言葉ってそういうものだと思うの。

黙っていた叔母が話し始めた。

——あなたの叔父さんも、亡くなる前にこんなことを話していたわ。慶尚道の叔父さんの生まれたトンネはね、日帝時代から反日意識がその村全体に強かったところだった。有名な反日の闘士も大勢出た場所でね。そういうトンネに生まれて、あの人のアボジも反日感情が強かったから、自分はそんな環境に育ってきたせいか、どうしても日本をよく思えないって言っていたわ。出張で年に一、二度は日本に行くし、十年以上もそうしてきたのに、いまだに日本語がうまく喋れない。読むことも書くこともみなできるのに、話すという段になるとどうしてもだめなんだって。心の底にある自分でも知らない間に培われてきた感情のためなのか、別にうまくなりたいとも思わないものだから、自分でも自分に困っているって、そんなことをよく言っていたわ。

——…………。

——私も娘も、そういうあの人にやっぱり知らない間に影響を受けていたのね。どうしても日本人は好きになれない気がしたもの。娘も第二外国語に日本語は絶対に選ばなかった。だからかも知れないわ。由熙のことが何となくわかるの。とっても悲しいけれど、他人事とは思えないのね。いつだったか、私つくづく考えた。自分の主人と由熙が先輩と後輩で、どういう因縁か由熙がこの家に住むようになって、一人は日本がだめ、もう一人は韓国がだめ、それでいて同じ同胞なんだもの、何てことかと思ったわ。

私には、叔母が話していることがよくわかった。因縁という言葉にも、自分ながらの実感を当てはめさせることができた。しかし、何かすっきりとしなかった。言葉を捜そうとし、自分の少し苛立ちもしている思いを何とか表現できないものかと思った。韓国のいやな面ばかりを見、父親からも悪口を聞かせられてきたから、韓国語までがいやになる、そんな単純なことではないのではないかと思えてしかたがなかった。由煕の日本語に対するこだわりは、韓国語からの反動という風にはとても思えなかった。

本棚のひき出しにしまった由煕の残した紙の束が思い出された。日本語の文字で書かれた一枚一枚の印象が、鮮やかに立ち現われてくるようだった。机の前にかがみこみ、狭い空間に自分を押しこんだ由煕が、大笒の音を聴き、右手に楽器を見ながらそれらの文字を書き綴っている姿も浮かび上がった。

釈然としない胸やけしたような息苦しさはやはり消えなかった。

叔母はテレビの方に顔を向けながら、左膝を揉み続けていた。このひと月ほど前から痛み始めたのだ。裏の岩山にも、登らなくなっていた。叔母は音量を上げようとはしなかった。テレビを見ていないことは私にもわかった。叔母は今、由煕のどんな日の姿を思い出しているのだろう。由煕のどんな仕草や声を思い出しているのだろう。

――あの子はテレビを絶対に見ようとはしなかったわね。

そのうちに叔母は言い、左膝をゆっくりと立てた。またゆっくりと開いて伸ばし、揉み始めた。

――あなたの叔父さんも言ってたわ。日本に出張に行き始めた頃、カラーテレビがとってもめずらしかったって。でも、見る気が全く起こらなくてね。テレビから聞こえてくる日本語の響きがいやでしょうがなかったって言ってたわ。由煕も決して見ようとはしなかったでしょう。言葉の勉強になるし、時代劇は歴史の勉強にもなるから、いい番組があると、見なさいって由煕によく言ってみたわ。でも、あの子絶対に二階から降りてこなかった。宿題があるとかなんとか、いつも理由をつけてテレビを見ようとはしなかった。あなたの叔父さんのことをふっと思い出したら、そうかって段々わかってきたんだけれどね。

叔母は言い、少しの間黙った。

――私、由熙には言わなかったけれど、心の中で応援してたのよ。もう少しだって、今の苦しい気持ちを乗り越えればもう大丈夫だって。日本も韓国も変わりない。人がどう生きていて、自分がどう生きていくかを見つめるのが大切。見つめられるようになれるまで、もう少しの辛抱よって、いつも由熙を応援してたわ。

叔母は、ひとりで口の中に残った言葉を噛みくだき、自分で自分に頷いているように首を何度も前に振った。

私は黙っていた。叔母が知り、自分が知っている由熙がどう違おうと、叔母の言葉には同感だった。由熙自身の問題だったのだ。私たちがいくら気遣い、応援しても、由熙自身が考え、感じ、力を摑まえていくしかなかったのだ。決して弱い子だとは思えなかった。若過ぎたということなのだろうか、とふと考え、そのことを叔母に言ってみようとして、言葉を呑みこんだ。

居間の斜め上が、由熙の部屋に当たっていた。叔母がいい番組があると由熙に言い、私と叔母がその番組を見ていた間中、同じ家の中で、同じ時間に、由熙はあの日本語の文字を書き綴っていたのかも知れなかった。その想像は、私に口を閉じさせ、また何か釈然としない息苦しさを感じさせた。

小さくしているテレビの音よりも、風の音の方が大きいくらいだった。窓は揺れ、そのうちに細かい雨脚が当たるようになった。

――りんごでも剝くわね。

私は言い、台所に立った。居間に戻った私は、叔母と向き合うようにして坐り、りんごをのせた盆を床に置いた。

——由熙は、東京の自分の家に着いているかしら。

りんごを剝きながら私は言った。

——そうね、成田空港から三時間近くかかるって言っていたからね。四時にきちんと飛行機が発ったとして、六時には空港に着くでしょう、そうね、今頃ようやく着いた時分かも知れないわね。

——日本も雨かしら。

叔母は窓を見上げ、私の言葉に、やはり、そうね、と思いにふけっているような虚ろさで答えた。

——日本に着いたら、由熙はまっ先に何をすると思う？　叔母さん。

——そうね。

私は笑いをこらえた。胸の奥の小さな塊りがかすかに動くのが感じられた。悲しく息苦しい嗚咽が小さな塊りから弾け、胸に滲んでいくのを感じ取ってもいた。由熙の嗚咽と自分自身の胸の痛みが、わけもわからずに歪んで笑いになり、吹き出しそうになるのを私はこらえた。

——叔母さん、あの子、まっ先にテレビを見るわ。

私は吹き出した。叔母も私につられ、

——そうね、きっとそうね。

と言いながら、困りきった辛そうな表情で吹き出した。

——ね、叔母さん覚えてる？　由熙のりんご、ほら、こんな風になるの。

りんごの皮を無理に厚く、切れ目の線も無理やり乱れさせながら、五センチほど切った皮を叔母の顔の前に掲げた。叔母は笑った。今度は明るい表情で、互いがある日の同じ由熙を思い浮かべながら笑い合った。

この居間で、いつか私がりんごを剝き、そのうちに思いついたように由熙にりんごを剝かせてみたのだった。由熙は自分が食べたい時でも、いつも私か叔母にりんごを持ってきては、剝いてくれ、と頼んだ。剝けないからだとは思っていなかった。叔母も同じで、ただ由熙独特のあの甘えん坊のような一面なのだろうと思っていた。

りんごがもったいないもの、と言って由熙は逃げた。そんな由熙にようやく剝かせた。厚くぎざぎざに切られた五センチほどの皮が、すぐにぽとりと落ちた。ナイフを持つ手も危なかしかった。

――クロニカ、アッカプチャナヨ（だから、もったいないじゃないですか）

その日の由熙を真似て唇を尖がらせ、わざと拙い発音で肩をすぼませながら、私は言った。叔母はひとしきり笑い続けた。

雨粒が大きくなっていた。雨は明日の朝まで、一晩中は多分降り続くだろう。明日は一日雨かも知れない。日本も雨が降っているだろうか。

叔母は笑い終えると、息をつきながら楊枝にさしたりんごを取った。そして、また大きな溜息をつき、りんごを食べた。私も叔母も、雨の音を聞きながら黙ってりんごを食べた。盆の上に、他の皮と混って由熙の表情を滲ませた小さな皮のかけらが載っていた。

――あの子、これからどうなっていくかしら。日本の大学も中退、それにS大学も中退、……いい人が見つかるといいんだけれどねえ、でないとあなたみたいに婚期を逃してしまうわ。

私は笑いながら、叔母を睨んだ。盆の上の、さっき由熙を真似て剝いた皮を取って掲げた。

――りんごを食べない男の人を捜さなくちゃだめね。

私が言うと、叔母も苦笑した。

何故かその時ふと、坂道の向こうに見える岩山の光景が思い出された。じんと胸が詰まった。小さな塊りが急にふくらんだような気もした。

——叔母さん、由熙は大丈夫ですよ。いつかだんなさまと子供を連れて、ここに来るかもしれないわよ。

私は言った。岩山の光景がちらついて離れなかった。

——由熙は、また韓国に来るかしら、私たちに会いに来てくれるかしら。

叔母が言った。

——来ますよ、きっと。

私は答えた。つき上げてくる強い何かにからだまでが動かされていくようだった。私は叔母にすり寄り、その左膝を替わって揉み始めた。

テレビは音を全く消され、画面だけが映されていた。

外は大雨になっていた。

大きな雨粒が窓に当たって弾け飛び、水を叩きつけたように雨が流れ落ちていた。

叔母は居間の入口のカーテンを開けたままにして、敷居のすぐ横にある電話機を持ってきた。電話機を床の上に置き、その前に坐りこんだ。

——娘が出たら私が先に話して、あとであなたに替わってあげるからね。

叔母は言い、老眼鏡をケースから取り出した。手帳の番号を確かめた叔母が、ニューヨークにいる娘の家のダイヤルを回し始めた。

しばらくすると、向こうが受話器を取り上げたらしい。叔母は高い声を上げ、目を見開き、今そこに娘の姿を見ているようにいとこの名前を呼んだ。

　突然掛けると言い出したのだった。

　私はニューヨークの時刻を計算した。朝七時か八時の間ぐらいのはずだった。だんなさまを会社に送り出す一番忙しい時間かも知れないわよ、と言ったのだが、叔母は私の言葉など耳にも入らないようだった。すでに敷居のところまで行き、電話機を取り上げていた。

　居間の中に、雨の音と娘の名前を呼ぶ叔母の声が、一瞬ぶつかり合い、散っていった。叔母は電話機を床の上で抱きかかえるようにしてかがみこんでいた。話は続き、雨の音と競い合いながら、音と声が居間いっぱいに弾け続けた。

　私は家具の扉に背をもたれさせ、窓を伝う雨の流れを見つめていた。

　すぐ近くに叔母がいて、その横顔も、丸くかがめられた背中も、手を伸ばせば触れられるくらい真近にありながら、少しずつ、叔母の声も雨の音も遠くに聞こえていくようだった。

　――アジュモニとオンニの声が好きなんです。お二人の韓国語が好きなんです。……お二人が喋る韓国語なら、みなすっとからだに入ってくるんです。

　由熙の声が、雨の音と絡み合った叔母の声の向こうから、まるで由熙が歩いて近づいてくるように聞こえてきた。

　娘とではなくても、叔母が外から掛かってきた電話を取り、相手と話している時、その近くにいた由熙が、あの応接間のソファでも食堂の椅子からでも、そしてこの居間ででも、叔母の声にじっと聞き入っている姿を何度も見た。初めてこの家に来た日、親し気に、にじり寄ってくるように私や叔母の話す声を聞いていた姿を思い出された。

　あまりに長く一緒にいて、その声を聞き過ぎ、耳に慣れきってしまったせいか、特に叔母の声や韓国語が由熙がことさら言うほどすてきなものなのか、よくわからなかった。自分自身も照れ臭かった。しかし、こうして距離を置いて聞いていると、由熙の言ったことが何となくわかるような気もする。視線も仕草もからだも、由熙が言うように人の声なのかも知れなかった。

——아《ァ》

私は呟いた。

目を一度閉じ、ゆっくりと薄く目を開けながら、ある日の由熙と同じように、아、とまた呟いた。

記憶の中の由熙の表情を思い浮かべ、眼鏡の中の、その澄んだ目が動くのを、今もすぐ近くにいるようにくっきりと思い描いた。

岩山の光景がちらついた。堂々とした岩肌を晒し、大胆な稜線の流れを見せつけながら聳え立っている岩山の連なりが、何度も何度も、近寄ってきては遠のいた。そのうちに、頂上の岩の一つに大きな亀裂が入った。みるみるうちに裂け目は広がり、岩は二つに割れ、砕け散った。

私ははっとした。胸の奥の小さな塊りも二つに割れて砕け散っていくような気がした。鈍い痺れが、血を伝って全身に広がっていくようだった。

叔母は、まだ電話で話していた。

私がそばにいることなど忘れ、ますます電話機を抱きかかえるようにかがみこみ、受話器の向こうの声を聞きもらすまいとして夢中になっていた。

砕けた破片を集め、元の通りの塊りにまとめるように、立てた両膝を強く抱き、胸を縮ませた。痺れの感覚は少しずつ消えていった。しかし、脆く、今にも裂け目が入りそうな危うさは、じくじくと胸の奥を痛ませた。

由熙が近くにいるようだった。

瞼を閉じると、ある日と同じように真近に由熙がいて、私を見上げてくる気がした。

その日は楽しく、明るい日だったが、今になると辛い記憶に変わっているのがわかった。由熙がいなくなってしまったからこそ新鮮に思い返すことができ、辛くならずにはいられない記憶だとも言えた。

今年に入り、新学期が始まってまもない頃のことだった。二人は登山から帰ってくる時間に登山口で叔母と待ち合わせる約束をした。いつも山から汲んでくる薬水を待ち合わせた私たちが持って帰ることになっていた。外にあまり出ようとしない私たちを歩かせようと、叔母が思いつき、言い出したことだった。

——若い女の子たちが、何てことかしら。山登りは健康にとってもいいのに。ソウルはすてきな都市よ。こんな風にいつも登山ができるのだもの。ソウルに住んでいて、若い人たちが何てことなの。情ない。

一緒に登るのだけは、と断わった私たちに、叔母は笑いながらそう言い、早朝に家を出て行った。散歩しようということになった。私たちは時間より早めに家を出て、ゆっくりと登山口に行くことに決めた。

いつもとは逆に、家の前の道を上の方に歩いていった。坂道が右に折れるところで、手前にある左側に伸びた坂道を下りていった。下りきると、広い道路に出た。道路の向こうにはトンネルがあった。

道路を横切り、由熙が初めて歩くと言った向かい側の坂道を上っていった。傾斜のゆるいその坂道を歩き出すと、人家がぷっつりととだえた。両側には広々とした木立が続き、道の左側に小川が流れていた。二人は欄干の近くをゆっくりと歩いた。

前方には岩山が聳え立っていた。大胆な凹凸の線をくっきりと空の下に浮き上がらせ、視界の端から端までその裾を連ならせていた。

道幅はかなり広かった。

ほんの時折、タクシーが背後から走り寄り、私たちの横を走り過ぎて行った。前方の左側の高台に、西洋風のレンガ造りの家が数軒建ち並び、木立の上にそれらの屋根が見えた。たまに走るタクシーの音以外は、人の姿もなく、鳥の声と小川の水音しか聞こえないしんとした静けさだった。

——ずっと上の方に行くとね、右側の木立の奥に修道院があるのよ。

私は横を歩く由熙に言い、指さした。

——ソウルとは思えない場所ね。オンニ、ここももちろんソウル市なのね。

由熙の言葉に、私は笑って合い槌を打った。

山には登りたくない、と言っていた由熙が、山の近くまで行くことには頷いた。由熙は機嫌がよく、満足そうだった。夜、由熙の部屋で見る張りつめた暗い表情や、不安気な言葉遣いが、その場の由熙を見ていると全く思い出せないくらいだった。

——岩山は美しいってあなたは言うけれど、堂々としていて、勇ましくて、そしてこうしてじっくり見ていると、どこか悲しい感じもするわね。

——そうね、オンニ。

由熙はまっすぐに前方を見上げ、時間をかけてゆっくりと、稜線の流れを辿り、視線を移していった。

——一つ一つの岩に表情がある。オンニはそう思わない？

——ええ、さっきから私もそんなことを考えていたの。

いい天気だった。

風もなく、朝の陽射しは柔らかだった。岩肌の色合いも空の青さも、目に入ってくる光景の何もかもが、おだやかで澄んでいた。

由煕が急にくすりと笑った。

私はそんな由煕を振り返った。

──オンニ、ソウルの岩山って、韓国と韓国人を象徴しているような気がするわ。

笑いをこらえながら言う由煕に、私は何故、と訊いた。

私をちらりと見上げ、山の方を見返しながら、

──だって、みんな岩みたいに裸。何も着てない。いつも曝け出してるの。

由煕は言い、自分の言葉に自分で笑うように吹き出す口許を手で押さえた。

──そうね。

言葉よりも、笑っている由煕を見るのがうれしかった。

欄干に並んで立ち、小川の流れを見つめた。由煕の表情は明るく、おだやかだった。欄干の上にかがみこんで黙っていた由煕が、そのうちに顔を上げ、私を見上げた。

──オンニ。

──何？

──オンニは朝、目が醒めた時、一番最初に何を考える？

由煕が訊いた。

答えが急で思い浮かばず、

──あなたは何を考えるの？

私の方が訊き返した。由煕の答えが聞きたくもあった。

──考えって自分で言ったけれど、考えと言うのとも実は違うの。

由煕はそう言ってふいに口をつぐんだ。言葉を続けようかどうかと迷っている表情だった。少しして、

また口を開いた。

――あれをどう言ったらいいのかなあ。目醒める寸前まで夢を見ていたのか、何を考えていたのか、よく思い出せないのだけれど。私、声が出るの。でも、あれは声なのかなあ、声って言ってもいいのかなあ、ただの息なのかなあ。

――どういうこと?

私は訊いた。

――アーって、こんなにはっきりとした声でもなく、こんなに長い音でもないものが口から出てくるの。

思いもかけなかった答えに、私は笑った。由熙も、そうでしょう、オンニ、おかしいでしょう、と笑って続けた。

欄干からからだを起こし、由熙は私と向き合った。真面目な表情に戻っていた。そして目を閉じ、ゆっくりと薄くかすかに目を開け、アー、と小さく声を出した。ううん、こんなんじゃないな、とひとりで呟き、また同じように目を閉じ、同じ仕草を繰り返した。

黙りこみ、由熙は小川の方に目を落とした。その口の中で、言葉にならない言葉がうごめいているのが感じられた。

――ことばの杖。

――…………。

――ことばの杖を、目醒めた瞬間に摑めるかどうか、試されているような気がする。

――…………。

――아《ア》なのか、それとも、あ、なのか。아《ア》であれば、아《ア》、야《ヤ》、어《オ》、여《ヨ》、と続いていく杖を摑むの。で

も、あ、であれば、あ、い、う、え、お、と続いていく杖。けれども、아、なのか、あ、なのか、すっきりとわかった日がない。ずっとそう。ますますわからなくなっていく。杖が、摑めない。

由熙は、ことばの杖、とも言い、ことばからなる杖、とも言い替えた。

その声が、今でもありありと、瞼に映る由熙の表情とともに思い返された。

記憶が遠のくと、少しずつ叔母の声が間近に聞こえ、窓を打つ雨の音も、耳に迫って響き出した。

私は立ち上がった。

電話は終わりそうになかった。

歩き出し、居間を出た私のことにも叔母は気づいていない様子だった。

応接間のソファのうしろ側に立ち、ソファの肩に指先をつけた。厚い布地の感触を味わいながら、そこに線を描き、ゆっくりと指をくいこませた。

二階に行き、由熙の残していったあの紙の束を見るつもりだった。由熙の文字に引きつけられ、まるで呼ばれたような気にもなって、いたたまれずに居間を立ったのだった。

だが、しばらく同じようにして立ち、私は暗い庭に吹きまくる風と雨を見つめた。

厚く、重い吐息がこぼれた。

この国にはもういない。どこにもいない……。胸の中に自分の呟きが浸み渡っていった。小さな塊りがかすかに慄えた。

妙な痺れを、足先に、手に、胸に、全身に覚え始めた。吐息がその痺れで歪み、息が乱れた。

うしろに向き返り、階段の前に立った。足許がはっきりとせず、重心がとれなくなったようにふらついた。

小さな塊りがぐらりと動いて弾け、由熙の顔が浮かんだ。

――아《ァ》

私はゆっくりと瞬きし、呟いた。

由煕の文字が現われた。由煕の日本語の文字に重なり、由煕が書いたハングルの文字も浮かび上がった。

杖を奪われてしまったように、私は歩けず、階段の下で立ちすくんだ。由煕の二種類の文字が、細かな針となって目を刺し、眼球の奥までその鋭い針先がくいこんでくるようだった。

次が続かなかった。

아の余韻だけが喉に絡みつき、아に続く音が出てこなかった。

音を捜し、音を声にしようとしている自分の喉が、うごめく針の束に突つかれて燃え上がっていた。

刻

化粧が終わった。

鏡から顔を遠ざけ、私は、化粧をし化粧をされた私を、じっと見つめる。

ファウンデーションは、肌の上にしっとりとつややかにのびている。唇は赤く光り、三色のシャドウで濃淡をつけた両瞼は、自分を見つめる自分の視線を抑制するように、時折、重たげにまばたきする。

私は、黙っている。

煙草を取って火をつけた。けむりは唇の隙間からこぼれ、化粧をし化粧をされた私に向かって、吹きつけられる。

そうしている間も、カチッ、カチッ、カチッ、と音をたてて、秒針は動き続けていた。その音以外は何の物音も聞こえない。窓ぎわの方を見た。目ざまし時計は、整理棚の上に置かれていた。

「一時五十三分」

時刻をそう読みとって、思わず身構えた。だが、すでに私の目は秒針の先から離れられなくなっている。二十一秒、二十二秒、二十三秒……秒針は4と5の間を過ぎて、7、8、そして、12、1……首を振る。秒針の先がぶれる。慌しく煙草を消し、また鏡の中を覗きこむ。

化粧ケースは、文机の端に置かれていた。そのふたの裏側が鏡になっていた。日本であれば、ドレッサーの前で化粧をする。だが、ソウルのこの部屋は狭いので、文机の両端を、勉強する時と化粧をする時に使い分けていた。五畳少ししかない部屋でも、坐る位置によって壁の拡がりや天井の高さが違って見える。それに、勉強する自分と向き合うようにして坐り、化粧をすることは、私を妙に刺激していた。

今も、化粧ケースの向こうには、ノートが逆さになって開かれている。その上の韓日辞典も開いたままで、メモ紙がはさまれ、片側のページに何本か、赤い線が引かれているのが見える。ノートの横にあるのは教科書だ。

「統一新羅、の、政治、と、社会、……専制王権の、成立……」

ゴシック文字を辿っていくうちに、化粧を始める前まで、国史の勉強をしていたことを思い出した。文机の脚許には、カードが散らばっている。そこに書かれたハングルも辿ってみる。国語の教科書から抜き出した韓国語の構文だ。国史の前には、国語の勉強をしていたのだな、とまたぼんやりと思い出した。

鏡の中の、赤い唇が動き始める。

「クゴ（国語）、クッサ（国史）、国、クニ、くに、ナラ（国）、ウリナラ（母国）……」

国、という文字の塊り、나라（ナラ）、우리나라（ウリナラ）、という文字の塊りが鏡の前をよぎっていく。ウリナラ、ウリナラ、と呟く自分の声が、次第に大きくなる。

口紅を取り上げた。

紅筆で、また口紅を塗り始めた。声は、私の鋭い視線に怯えたようだ。紅筆が、ゆっくりと言葉を吸いとっていく。ウリナラ、ウリナラ……語尾があやふやになる。声がようやく消える。

カチッ、カチッ、カチッ……秒針は動き続けている。

私は、私を睨みつける。視線をそらさぬように、化粧ケースの両側を手で押さえこむ。革の感触、馴染んでいるはずのその感触に戸惑う。

化粧ケースも目ざまし時計も、ソウルに来る直前に、日本で買った「物」だった。すでに四ヵ月近く、日に何度かケースを開き、そして数えきれないほど、目ざまし時計を見てきていた。この「物」たちは、四ヵ月前と同じ形、同じベージュ色で、私の目の前にある。同じ役割を果たし続けている……。

鏡に顔を近づけた。左側に、伽倻琴《カヤグム》が見えた。十年前から、私の傍にあり続けてきた「物」、その「物」の姿を見つめた。

カチッ、カチッ、カチッ……秒針の音が苛立たしい。音が、何かに向かって私を追いたてる。額から汗が噴き出る。革を摑んだ手のひらも、べっとりとしてくる。

楽器はいつも、狭い部屋の場所をとらないように、座団といわれる頭部を下にして、ドア横の壁に掛けられていた。梧桐の木で作られた共鳴胴の裏には、太陽、地、月を表わす三つの穴が彫り開けられている。壁の上方に打ちこんだ釘に、太陽を表わすその小さな穴を掛けていた。伽倻琴は、時には甘く深味のある音色を出し、時には少し硬質な男性的ともいえる音色を出す。この十年間、その日その日の私が、音色の変化に刺激されてきていた。

すでに、あれから三十分は経っている。

国史の勉強に熱中していた時のことだった。私のふいをつくように、耳許でぶつっ、と音が弾けた。音は空洞の中を伝うような、かすかな余韻を残して消えていった。壁の方を見上げた。絃の一本が切れていた。十二個の雁足が、尖端に絃をはさみ、共鳴胴の上に曲線を描いて並んでいる。その雁足を、右上の方から数えていった。ハナ（いち）、トゥル（に）、セッ（さん）、ネッ（し）……七番目の絃が切れていた。

万年筆を握ったまま、しばらく楽器を見つめた。

まるで裸体の女だ、そう思った。女が逆さになって吊されている。醜く口を開け、一筋の髪を垂らしている。

「………」

自分の声が、胸の奥に響いた。その語気の激しさに気圧された。思わず両膝を抱いた。背筋や腰の辺りに寒気が走る。声が、胸の奥で渦巻き始める。

六番目の紘を睨みつけた。

「早く切れろ、早く切れてしまえ」

私は、吐き棄てた。

伽倻琴は身動き一つしない。ほっそりとして小柄な、その裸体の線を誇示するように、すましきっている。

めまいがした。身体がバラバラに崩れ、歪《いび》つなかけらとなって散っていくような錯覚にとらわれた。

私は、ぶつぶつと同じ言葉を呟き続けている。語気の激しさが、身体を揺さぶる。カチッ、カチッ、カチッ、……秒針のリズムが、苛立ちに拍車をかける。

思いきって立ち上がった。

整理棚のひき出しを開け、はさみを取り出した。振り向いて、伽倻琴を睨みつけた。ゆっくりと近づいていき、六番目の紘の中央の部分を、二つの刃ではさんだ。握っている手に力を入れた。

紘は、ぶつっ、と鈍い音をたてた。

五番目、八番目、二番目、……やみくもに紘を切っていった。渦巻いていた自分の声も秒針の音も、全く聞こえない。私は、私の手の先にある二つの刃を見つめる。はさまれた紘を見つめる。手に力が入るたびに、共鳴胴の木目がぶれる。

はさみを持った女……。女の身体は熱くなっていた。紘を切るたびに、性器の奥に短い痙攣が走った。

女は顔を紅潮させ、昂った荒い息を、裸体の女に向かって吹きかけていた。十二本の絃はすべて床に向かって垂れ下がった。十二個の雁足も、バランスを失って共鳴胴から離れかかっていた。女は、ひきちぎるようにしてそれらをはずし、床に向かって投げ棄てた。雁足はぶつかり合い、からからと虚しい木の音をたてた。

女は荒い息が鎮まるのを待った。

しばらくして、はさみを片付けた。整理棚の上から化粧ケースを取り、文机の端に置いた。ふたを開ける。女は鏡を覗きこむ。上気し、額に汗を浮かべている。その女の顔を、私は、見つめ返す。呼吸のリズムも、はっきりと私が聞き取った。カチッ、カチッ、カチッ、と三つで息を吸いこみ、カチッ、カチッ、カチッ、カチッ、カチッ、カチッ、と六つで息を吐く。……女の息づかいを、私が確かめる。私の息づかいを、女が確かめる。

化粧を始めた。

クレンジングクリームを、顔全体にのばし指先で輪を描くようにしてマッサージする。ガーゼでクリームを拭き取る。化粧水をつけ、乳液をつけ、トーニングローションをつけて肌を引き締める。メーキャップベースの少量を指先に取り、隙間なくのばして化粧の下地をすませた。コンパクトを開ける。スポンジにファウンデーションをつける。ゆっくりと丁寧にスポンジを動かし、肌の光りを抑えていく。右頰、左頰、鼻筋、額、そして顎……。鏡に、ただ白くのっぺりとした顔が映る。一息をつき、口紅のキャップを取る。

ここ数年、化粧の順序は変わっていない。順序を守ることを、私は私に言いきかせていた。

まず紅筆で、唇の輪郭だけをなぞっておく。次に唇はそのままにして、アイシャドウをつける。両瞼を見比べ、シャドウの濃さや目尻の線の仕上がりを確かめる。まつ毛をカールする。マスカラをつける。

下瞼のまつ毛には慎重になった。マスカラのつき具合いで気分が全く違ってくる。目の化粧をすませ、また紅筆を取る。丹念に口紅をつけ、化粧を仕上げていく。

鏡の中の私は、黙ったままだ。

髪をふり乱し、逆さに吊されている「物」も、黙ったままだ。

ケースから手を離した。伽倻琴を見続けていることに疲れ、その場で横になった。火の気のないオンドルの固い床は、心地よかった。目は冴えているのに、頭はぼうっとしている。カーテンがなびいた。汗ばんだ身体に、涼しい風が吹きつけてきた。目をつむった。気まぐれな風はすぐに止み、辺りは重くべったりとした夜風に戻った。

「もう夏なのだな」

呟いた自分の声、そのたわいなさに、私は薄く笑った。

カチッ、カチッ、カチッ、……秒針の音が、夜気をかき分けていく。部屋いっぱいに響いていく。つむった瞼の裏側で、私は、音を見た。光の塊りが、波のように近づいてくる。裂ける。光がくすぶった油煙となって四方に消えかかる。だが、音はとぎれる間もなく、小さな震動とともに、耳朶《みみたぶ》で弾ける。光の塊りが裂ける。

身体をうつ伏せた。

文机の上に手をのばし、煙草と灰皿を取った。ライターをつけながら、床に散らばっているカードを見た。片肘をつき、煙草を咥え、カードの一枚を手に取った。

「………」

目は、ハングルの一文字一文字を辿っているのだが、文字はどうしても意味に結びつかない。奇妙な図柄だ。糸がよじれ、増殖し、ただくねくねと並んでいる。カードをほうり投げた。次々にカードを取り、かざしてはほうり投げていった。

壁ぎわに重ねてある蒲団の上から、枕を取って引き寄せる。枕を胸に当て、灰皿に置いた煙草をぼんやりと見つめる。

「いつまで生きていたいのだろう」

私は、私が呟くのを聞いた。その声の裏側で、私が私を嘲笑していた。

煙草を消す。起き上がる。本棚の隅から便箋と封筒の入った袋を取る。万年筆は、キャップがはずされたままで、ノートの上にころがっていた。便箋を開いた。万年筆の書き具合いを確かめた。壁を見上げ、一瞬、裸体の女を凝視したあと、手紙を書き始めた。淀みなく、文字が湧き出た。

先生、お変わりございませんか。

ソウルは、雨が降らなくなってかなり経ちます。ただでさえ大陸性の乾燥した空気が、よけいにぱさぱさとし、日ごとに埃っぽくなっていくように感じられます。

暑くてかなわない。無神経な車の轟音は相変わらずだし、人々がやりとりする韓国語は何百ホンもの騒音。日本の、あのしっとりとしたやさしい空気が懐しい。

でも、スニは元気です。ハードワークにもめげず、毎日毎日頑張っています。学校の方はとうとう期末試験が近づいてきました。中間試験は校内で二番でした。今度は一番を取りたいと思っています。学校に通う、机を並べて勉強する、ということが、こんなに楽しいことだとは思いませんでした。大学を中退してからというもの、そんな機会など一生やってこないだろう、と思っていたのに、実に六年振りに学校に通っているのです。なかなかのファイトだと、我ながら感心しています。

韓国語も少しずつ上達しています。同じ在日同胞ばかりが集まっている学校なので、やはり休み時間になると日本語を喋ってしまうのが、難といえば難。それにこうやって先生にお手紙するのも日本語だから、環境作りの点では若干の問題はありますが、手紙はどうしても書きたくなってしまうのだもの、しかたがありません。

学校の廊下に貼り紙がしてあって、「韓国語で夢をみよう」と書いてあります。夢はまだ日本語です。夢の中で、先生って呼んでいます。夢でなくても歩きながら、先生って呼んでいる時もあるの。先生、は韓国語でソンセンニム、というのよ。先生は「藤田ソンセンニム」。ちょっと変な感じね。先生のことばかり考えているから、私は日本語を忘れることができません。

おとうさまのご容態はいかがですか。

この間のお手紙にはさんであった、おとうさまのお顔を描いた絵。先生は相変わらず絵がお上手だな、と感心しながら、病室に坐っていらっしゃる先生のことを思って、胸が痛くなりました。

私は先生のことを考えています。愛しています。お手紙にもあったけれど、変な心配はなさらないでね。私のまわりには男の人なんて誰もいないもの。出会うことすらない生活だもの。

もちろん、学校には男の生徒はたくさんいます。でもみんな年下です。平均年齢はだいたい二十歳。日本の学校を終えたり、大学を卒業して、韓国の大学に入学とか編入するために勉強しているのです。彼らからみれば私はおばさん、韓国語で、アジュモニです。

放課後は、すぐに伽倻琴の稽古場に直行して、そのあとは踊りの稽古に行きます。二つの稽古を終えて、下宿に戻ってくるのはたいてい八時過ぎ。それから予習と復習でしょう。こんな生活で男の人に出会うわけがありません。それに出会いたいとも思わないわ、全く興味がないもの。つまらない、時間の浪費です。

先生、今日はお願いがあってお手紙しました。スニの願いをかなえてあげて下さい。

すばらしい伽倻琴を見つけたのです。形もよく、音色もすてきです。他の人の手に渡ると思うと、胸がきりきりしてきます。先生、お願い。銀行の口座にお金を振りこんで下さい。その伽倻琴を弾いて、一日も早く上手になりたいと思っています。

おからだをお大切にね。

期末試験が終わったら、すぐに夏休みです。終業式が済み次第、日本に帰ります。おとうさまがお悪いから、空港まで迎えに来ていただくのは無理でしょうか。スニはわがままは言いません。今、お願いしたいのは、伽倻琴を買ってほしいことだけです。

ではこの辺で、

スニ

万年筆を置く。

一気に書いてしまった手紙を封筒に入れる。長い溜息をつきながら立ち上がり、さっきまでいたオンドルの床の上に横たわった。長く垂らした蛍光灯のひもを引いた。豆電球の小さな明かりだけを残した。

辺りは静まり返っている。

身体はぐったりとしていた。薄闇に慣れた目で、伽倻琴を見た。裸体の女も放心したようにぐったりとして見えた。

「三時五分……四十七秒」

蛍光塗料で光った数字が並んでいる。長針、短針、そして秒針が今の時刻を示している。私は、目ざまし時計を見つめる。この二時間たらずの間の出来事を、順序だてて思い出すのは難しい気がした。手のひらには、はさみの感触も、手紙を書いていた時の万年筆の感触もなくなっていた。しかし、出来事を例証する「物」はある。いくらでもある。床に散らばったカード、煙草、灰皿、化粧ケース、万年筆、藤田宛の手紙、教科書、ノート、現に壁に掛かっている伽倻琴、それに、目ざまし時計……。

私は、笑った。笑い声の間から、ぶつぶつと呟く私の声を聞いた。うつ伏せになり、煙草を取る。ライターで火をつける。それでもまだくすくすと笑い続けている。

「いつ、どこで、だれが、なにを、どうして、どうなった」

私は、私の笑いにせかされ、次第に早口になっていく。いつどこでだれがなにをどうしてどうなったいつどこでだれがなにをどうしてどうなったいつどこでだれがなにをどうしてどうなった……。

文机の脚許に、韓英辞典と英韓辞典が重なっているのが見えた。教科書が一冊、下敷きになっている。手に取り、顔に近づける。「国民倫理」と読みとれた。パラパラとページをめくってみる。……ソ連……使嗾《しそう》……北傀集団……火薬庫……熱い衷国愛情……国民意識……矜恃。

教科書をほうり投げ、灰皿にねじりこむようにして煙草を消した。

両腕の中に顔を埋める。両手を腕にくいこませる。

「笑ってごらん」

私は、言った。

「さあ、笑ってごらん」

声が枕の中に吸いこまれる。

カチッ、カチッ、カチッ、……秒針の音は相変わらず規則正しい。音は耳朶で弾け、身体を揺さぶり始める。喉がかわいていた。台所に行って麦茶でも飲もう、ぼんやりそんなことを考えた。麦茶を飲んで、顔を洗って、化粧をおとして、それから部屋を片付けて……自分の声が意外に明るいことに安心した。

「生きたいのだな」

手をほどき、仰向けになりながら呟いた。私は、薄く笑っていた。

犬が寝返りを打ったのだろう。表門の脇にある犬小屋から鎖が揺れる音がし、餌を入れるアルミの鍋が、コンクリートにこすれる音が続いた。

涼しい風が吹きこんできた。うっとうしかった夜気が、嘘のようにとりはらわれていった。静かな夜だった。昼間の喧噪を圧縮し、その裏側にひそませていることを思うと、夜は、さらに静けさを増すように思われた。

右隣りの部屋には、下宿の主人夫婦が眠っている。左隣りの部屋には、娘のミギョン（美京）、二階には長男夫婦、そして三人の医大生、それからオクスギ（玉淑）……。

オクスギという一人の少女が、玄関の前の広い板の間を隔てて、私の部屋の真向かいにある台所で眠っている。昨夜の喧噪が甦える。どんな誤ちを犯したのだろう。少女はアジュモニ（おばさん）にさんざんぶたれていた。いつものことだが、少女は不気味なほど言葉を発しない。いくら叱られても、ぶたれても、わずかに目を潤ませるだけだ。騒ぎはたいてい怒った方が根負けして終わることになる。オクスギは、今、どんな夢をみているのだろう。

はっとしてドアの方を見た。

少し前から、その物音は聞こえていた。風が何かに当たっているのだろう、と思い、気にもかけていなかった。しかし、物音は風のせいでも、気のせいでもない。ゆっくりした間隔で、確かに人が歩いている。人の足が、板の間を軋ませている。

足音は、私の部屋に近づいていた。とっさに目でカギが掛かっていることを確かめ、両膝を抱き寄せた。足音は、ドアのすぐ前まで来ていた。身体を強張らせてじっとしていると、足音は、私の部屋と居間の間にある階段に掛かった。音をたてないように両手を床につき、這ってドアに近寄る。耳に神経を集中させる。二階の男たちの誰かだ、と私は直感していた。二階には、セオンニ（長男の嫁）以外に女性はいない。彼女ならいくら深夜とはいえ、ことさら人の耳をはばかるような歩き方はしないはずだ。

いつの間にか、足音は、消えていた。踊り場の辺りだな、と思っているうちに、聞こえなくなってしまった。二階のどの辺りの、どのドアを開けたかすらも、わからなかった。止めていた息をすべて吐きるように、長い溜息をついた。

ドアの隅に背をもたせた。

真近に伽倻琴が見える。共鳴胴の側面をこちらに向け、楽器は十二本の絃を垂らし、裸の木目を晒している。

煙草を吸った。思いきり深く吸いこんだ。けむりが、楽器を伝って舞い上がる。辿って天井を見ているうちに、少女の姿が浮かんだ。不快になって、煙草を消した。苛立ちはおさまらず、気づくと、また煙草に火をつけていた。

オクスギは先月の初めに、慶尚南道の田舎からこの家にひきとられてきた。父親は人を殺して刑務所に入り、母親は蒸発してしまったと聞いた。少女は学校に通わせてもらいながら、家事を手伝い、夜は台所の隅で眠る。一応小学校四年生に編入したが、簡単なたし算ひき算もできなかった。

「本当は何歳なのかも、生まれた月日すらわからないんだよ」

とアジュモニは言った。

「シンモ（女中）を頼むのは金が掛かるんだ。最近は昔と違って国が豊かになってきたからね。不幸な子供が少なくなった」

アジュモニが続けると、横からミギョンが口をはさんだ。

「スニオンニ（おねえさん）、日本にも不幸な子供はいるんでしょう?」

「もちろん、たくさんいるでしょうね」

「身近に知らないの?」

ふっと、私は口を噤《つぐ》んだ。不幸、という言葉が気になった。

「だいいち、私が不幸な子供でしたよ」

そう言って肩をすくめると、アジュモニもミギョンも、まさか、というような顔をして笑い出した。

生年月日すらわからないという少女に、羨望に近い感情を覚えていた。

初めて会った日のことを、まだ覚えている。いつものように稽古を終え、夜下宿に帰ってくると、アジュモニが台所から私を呼んだ。

「スニや、この子がオクスギだよ」

少女は、食卓の椅子に坐っていた。アジュモニに促されて立ち上がり、首をわずかに動かして会釈した。頬が赤い、田舎の子供を想像していた私は、少女の意外な可愛らしさに驚いた。そしてすぐ、全身から漂ってくるいやなにおいに顔をそむけたくなった。この子はすでに生理になっているに違いない。そんなことを考えた。

「アンニョンハセヨ(こんにちは)」

と私は言った。少女は、上目づかいで私を見ていた。学校では丁寧な言葉づかいしか習っていず、オクスギのような全くの目下に向かっていう語尾の変化がわからなかった。

「ヨルシミハセヨ(頑張ってね)」

明るく抑揚をつけてそれだけ言い、部屋に戻った。

不幸なその少女に、下宿の家族が同情し気を使っていたのはしばらくの間だけだった。

「スニや、聞いておくれ。この知恵足らずが何をしでかしたと思う」

アジュモニの愚痴が始まり、朝も夜もオクスギの粗相をめぐって、台所が騒然とし始めた。家族に対してはは何をされても硬く口を閉じてしまうオクスギが、下宿している医大生に対してだけは、彼女から話しかけ、笑いかける。時折、玄関口の大きな鏡の前で科を作りながら、歌を歌っている姿を見かけることがある。洗濯や台所の用事はいつものろのろとして叱られてばかりいるのに、外に使いに出るとなると嬉々とし始める。買い物に行く少女の支度は念入りだった。くつ下を穿き、髪をとかす。学校に行く時の靴を穿いて出て行く。

「一旦家を出たら、いつ戻ってくるかわかったものじゃないよ。すぐ下の雑貨屋に買い物にやらせたのに、待っても待っても帰ってこない。スニや、一体この知恵足らずが何をしていたと思う。姿が見えないから坂をもっと下りてみたんだ。そしたら、ほら、途中に男子校に入る道があるだろう。その角でにやにやしながら立っているんだ」

アジュモニの愚痴にうんざりしていた私は、

「そんなことだったら、田舎で預っていた人のところに返してしまったらどうですか」

と言ってみた。しかし、アジュモニは首を振る。

「オクスギはまだ静かだからいいんだよ。口答えだけはしないからね。それにやっぱりかわいそうな子だよ。セオンニも来月は子供を産むだろう。そしたらどうしても人手がいるし」

私は頷くしかなかった。

記憶がとだえると、静けさを破るようにカチッ、カチッ、カチッ、という音が響き始める。目ざまし時計は三時半になろうとしていた。

立ち上がった。

ノブのつまみを動かし、カギを開けた。

下腹部が妙に重たるい。鈍痛がくる。明日あたり生理になるかもしれない。板の間に踏み出しながら、胸の奥でそう呟いた。

ドアを開けたままにして、歩き出した。部屋からうっすらと流れ出る明かりを頼っても、板の間は暗かった。これでは多分、二階の男は壁に手を当てやっとのことで歩いていただろう。オクスギも二階の男も、まだ目を醒ましているかもしれなかった。私の足音にはっとして、耳をたてているかもしれない。普段なら、たった数歩で歩ける板の間が、いやに長く感じられた。

台所のドアを開けた。

手をのばし、冷蔵庫の裏側にある電気のスイッチを入れた。眩しさが身体を打つ。背後の心細い光を押し返すようにして、板の間に拡がっていく。

少女は、背を丸めて眠っていた。

ぴくっと顔を動かしたようだったが、それは気のせいかと思えるほどの、わずかな動きだった。

少女は、寝返りを打った。

私に背中を向けた。シャツがめくれ、背中がのぞいていた。半ズボンから出た足は、ぴくりとも動かない。少女が向き合った壁の上方に、円形の時計が掛かっていた。長針は真下からわずかに左にずれていた。

「三時三十一分」

呟いた自分の声で、我に返った。

麦茶が入っているはずのやかんを捜した。やかんは石油コンロの横に置かれていた。その前に行って腰をかがませ、テーブルや椅子の脚の間から、少女の様子をうかがい、麦茶を飲んだ。麦茶は生ぬるかった。それでもたて続けに二杯、飲み干した。少女は同じ姿勢で眠り続けていた。

茶碗を流し台に置いた。窓ガラスを見た。昼間であれば、高台にある下宿のこの窓からは、びっしりと連なった韓式家屋の瓦屋根が見える。ガラスは油のしみや汚れで曇っていた。ぽつんと点されている遠くの外灯が、その脚を引きのばされて滲んでいる。それ以外は闇一色で塗りつぶされ、何も見えなかった。

背中に、少女の寝息を聞いた。

「…………」

私は何かを呟いた。しかし声は言葉として浮かび上がらず、背後の寝息に混じって消えていった。少女を一瞥し、電気のスイッチを切った。台所のドアを閉めた。階段の下にある洗面所に寄って用を足し、そのまま部屋に戻った。

眠れそうになかった。

電気をつける気にもなれなかった。

ノブを動かし、ドアにカギが掛かったかどうかを確かめ、化粧ケースの前に坐った。部屋の中の光景は、数分前と変わらない。壁に掛かった伽倻琴は、絃を垂らし、息をひそめている。文机の上の様子も、床に散らばったカードも教科書も、そのままだった。みな同じ場所で、同じ形をしている。カチッ、カチッ、カチッ、……秒針の音も規則正しい。

鏡を覗いた。

私は、私を睨みつけた。

唇が何か言いたげに、わずかに動く。見つめ続ける私の耳朶を、秒針の音が打ち始めた。枕を引き寄せて横になった。思いきり大声で何かを叫びたかった。歯をくいしばり、天井の一点を凝視しながら、力いっぱい拳を床に打ちつけた。

たまらなくなって両手で顔を押さえた。手のひらの中に熱い息が拡がる。昂った身体が波打ってくる。豆電球の明かりすら、眩しく思えた。寝返り、枕に頬をこすりつけた。

藤田のことを考えた。続いて崔教授の声を甦えらせた。その声で、藤田の記憶を押し流した。

「スニや」

崔教授の低くかすれた声は、いつものように耳朶をくすぐる。身体の中心を熱くさせる。東京で初めて出会ったのは、おととしの暮だった。数ヵ月して、彼は交換教授の仕事を終え、韓国に帰っていった。そのあとを追うように、去年、私は二度訪韓した。留学を決めたのは、しかし何故だろう。自分の気持ちの動きが、自分でも計りしれない。あの頃は、ただ何かに興奮している自分を、必死に自分が追いかけているようだった。

「ねえ、先生お願い、たった一年よ。一年間だけだから、留学させて」

私は、藤田に頼みこんだ。車を運転しているその横顔が浮かぶ。

「君は気分転換がしたいだけなんだろう」

ぼそりとそれだけ言って、藤田は黙りこくった。私は、ハンドルを握っているその手の甲に唇を当てた。

「お願いだから」

そう言いながら、上目づかいで彼を見つめる。にじり寄り、耳許に囁きかける。何度言ったらわかるのだ、といわんばかりのぶすっとした表情に怯えていた。だが、私は怯えながらも妙にうきうきとし、男の不機嫌を楽しんですらいた。

藤田は医者だった。寡黙なその口調は、表情と同じようにいつもあまり抑揚がない。一見、物事に無関心に見える藤田が、どれだけ執拗な愛撫をし、要求してくるかは私だけが知っているという確信があった。

「部屋を変わってみたらどうだ。習い事を始めてみるのも一法だよ」

「日本にいるのが、いやなの」

「旅行で充分じゃないか。わざわざ留学までして」

「ねえ、お願いよ」

「気まぐれはいい加減にしなさい」

「気まぐれじゃないわ、本気よ。真剣よ」

「気まぐれだ」

私は黙った。しばらくして、口を開いた。言葉はすでに整理し、用意されていた。ただそれを反復するだけでいい。

「先生、伽倻琴も踊りも、きちんと習いたいの。このまま日本でいくら稽古を受けていても、結局趣味で終わってしまうわ。芸はやはり、それが生まれた場所でじかに生活しながら身につけていくものよ。学校はあくまでも韓国語が上手になるように、そのつもりで通うの。韓国人のくせに言葉もろくに喋れないんじゃあ、韓国人とはいえないわ。ねえ、先生、わかって」

自分の声が、甘たるく媚ていることにかえって安心していた。

記憶の映像がとぎれる。

その間隙にしのびこむように、秒針が生々しく音を刻み始める。カチッ、カチッ、カチッ、……私は、枕に頰をすりつけ、横たわったままだった。自分が、ソウルのこの部屋で、今こうしているのだ、という現在の現実感が、秒針の音の生々しさで、かえって脈絡を失っていく。

「存在の現実感、現実の存在感……」

私は、私の声を聞いた。

首をのばし、下から伽倻琴を見上げた。私が在ったこと、在り続けてきたことを例証する「物」、役割を果たし続けてきた「物」、……その木目の模様が不気味に映る。不揃いに垂れ下がった絃の先から、今にも音が聞こえてきそうだ。だが、伽倻琴の音は、思い出したくもなかった。

部屋着の裾に手をのばした。

裾をまくり上げ、両手で乳房を摑んだ。

ゆっくりと胸全体を撫でていく。やわらかい肌のきめに、満足する。右手を這わせ、藤田の唇を甦らせた。その唇が辿りつくように、時間をかけ、下着の奥に、指をさし入れた。

舌先が動く。指先が動く。

乳房を摑んだ左手に力が入る。快感に、びくっと身体が震える。背中を丸める。

「先生」

枕に口をこすりつけ、あえぐ声を押し殺した。指の動きは激しさを増した。

「スニや」

耳もとで囁く崔《チェ》教授の声が聞こえた。彼の引き締まった硬い肌が甦えった。

「ソンセンニム（先生）」

私は、崔教授の胸に唇を這わせる。

「このにおいが好きよ」

そのこめかみから首筋にかけて、鼻をすり寄せる。乾いた土のにおいに似ていた。そのにおいを嗅ぎ、スニと呼ぶ声を聞くだけで、私の身体は小刻みに震え出す。重ねていた頰を離し、乳首を嚙んだ。彼は低い呻き声をあげ始める。

「スニと呼んで」

そう言いながら、唇を腹部に這わせていった。

「もっと呼んで」

私は、彼の性器を握る。すばやく上下に動かしながら、その尖端に、舌をからめていく。

藤田の愛撫は続いていた。右手の指先は、着実に、性器を刺激していた。左手をのばし、化粧ケースの中から乳液の瓶を取った。瓶のふたを口にふくむ。舌をからめる。気の遠くなるような瞬間が、続けざまに襲ってくる。

光の塊りが、脳裡を駆け抜けた。

耳朶で音が弾け、光が裂けた。

油煙となって散りかける光の中に、オクスギの顔が現れた。男の子のようなその身体が、うしろ向きに押し倒されている。少女は蒲団の端を噛みしめ、声を押し殺している。突き出した腰を、男の性器が打ちつける。そのたびに、少女は身体をのけぞらせる。少女の目には、錆びたテーブルの脚が映り、コンロの脇にあるやかんが映り、流し台の下にある残飯入れのかごが映っている。

「…………」

男の口から卑語がもれた。男は、少女の髪を摑んだ。少女の顔は、男の腹部に押さえこまれる。苦いものが喉を燃やす。白濁した液体が、少女の唇からあふれ出る。

光が、裂けた。

カチッ、カチッ、カチッ、……音は続く。

自慰の果てしなさに興醒め、私は、ぐったりと身体をのばした。全身が、汗でべっとりとしていた。

荒い息は、秒針の音すらもかき消していく。しばらくして薄く目を開け、豆電球を見つめた。映像の連写に疲れて、頭はぼうっとしていた。風が吹きこんできた。風は火照った肌の上を、やさしく撫でる。

静かに部屋着をおろした。乳液の瓶を化粧ケースにしまい、煙草を吸った。だいだい色の豆電球の光が、何条にものびて見える。煙草のけむりが、舞い上がっていく。

「何のことはない」

私は、私の声を聞いた。声は、詩の一節を反芻していた。詩人の名前は何だったろう。どの詩集の、どの詩の一節だったろう。

「何のことはない、怠け者の見る夢……」

散文詩の字面がよぎっていく。左ページの中央あたりにその一節があり、活字の横に引いた鉛筆の線までが、はっきりと思い出せた。

軽いめまいがした。

煙草を消し、目をつむった。

このまま眠ってしまってはいけない、という声が聞こえた。私は頷いた。起きてカーテンを閉めなくては、朝の、あの眩しさに、まるで追いたてられるようにして目醒めることになってしまう。それに、あの喧噪だ……。

少し吐き気がした。妙に身体が揺れるのは何故だろう。目ざまし時計がよぎる。よぎっては消えていく。次第に、秒針の音も遠のいていくようだ。音が闇の中、身体の向こうに消えていく。めまいは頭の一点をしびれさせた。身体が深く、沈んでいった。

物音は、全く聞こえなくなった。

手も足も胴も、身体の重ささえも感じられない。まるで水の中に浮遊しているようだ。光だけは認められた。決して眩しくはなく、それでいて充分な明るさを持った光の塊りが、遠くから近づいてきては打ち返し、辺り一面に拡がっていった。

光が裂け、その断層の隙間から突然、人の顔が現われた。そして私は、私の姿を見た。もう長いことそうしているのだろう、疲れきった顔をした私が、その人の傍を往ったり来たりしていた。

男だった。うつ向いているようだった。何故、左側しか見せないのだろう、と私は訝っていた。顔の近く、すれすれのところまで近づいても、顔の右半分はどうしても見えない。男は坐っている。坐ってうつ向いたまま、一点を見続けている。男には触れられない。硬く透明なガラスが、私と男を遮断している。机があった。男は机の前に腰掛けて、何かを見つめていた。身動きしない。手は膝の上で握られている。

壁とガラス戸二枚で仕切られた狭い空間の、いたるところに時計があった。男は左隅に腰掛け、左側だけをこちらに向けて机の上の時計を見つめていた。腕時計だと思う。私は、ガラス戸に書かれたペンキの文字を読む。

「시계수리《シゲスリ》（時計修理）」

男は、修理が終わった腕時計を見ているのだ。私は、相変わらず往ったり来たりしている。そのうちに、ガラス戸に近づき、身体をこすりつけた。大声を張り上げ、男に向かって言った。

「世界は思惟のうちのみにある、と断言した人がいます」

男の唇が、わずかに動いた。

「そもそも、この世などない。思惟する私、などというものも存在しない」

「でも歴史はどうなりますか、時間の存在だけは明らかです。たとえば」

ふいに語気が弱まった。私は顔を赤くさせ、恥ずかしさを押し殺しながら、声を張り上げる。

「日本帝国主義は、三十六年間朝鮮を支配しました。そして現在、この半島は二つのクニに分かれている。一九一〇、一九四五、一九五〇、一九六五、そして一九八×。どうですか、ひき算をしてごらんなさい」

男は、微動だにせず、時計を見つめ続けている。

「何を恐がっているのだろう」

私は、だだをこねる子供のように、ガラス戸から離れない。

「あなたの目の前にある時計をごらんなさい。ほら動いている。動き続けている」

光の塊りが身体を打ちつけ、私はつんのめった。気づくと便器にしゃがみこんでいた。用を足しながら、私が手にした辞書をめくっている。ドアの中央にプレートが貼ってある。プレートの文字を一つひとつ辿り、わからない単語にぶつかると辞書を開く。……性病の検査を受けましょう、無料、秘密厳守……辞書を閉じ、立ち上がって下着を上げる。

「言葉の上達の秘訣はですね、辞書を厭わずに引くことですよ」

私は、国語の教師そっくりに話しながら笑っている。見ると、本当に国語の教師が目の前に立っている。その横にいるのは、国民倫理の教師だ。黒縁の眼鏡を掛け、下腹を突き出し、肘掛け椅子に坐っている。

「今回の試験は、すばらしい解答でしたね。感心しました」

私はうつ向く。煙草が吸いたいな、と考えている。

「一、国家観の形成についてまとめよ。二、第三世界における大韓民国の位置と展望についてまとめよ。三、祖国大韓民国の発展における在日同胞の使命、及び……」

パクパクと口を動かしている私を、誰かが見ている。気配のする方に振り返ると、女が立っている。女は裸だ。ゆっくりと私に近づき、

「何よりもこの国は革新的です」

と言った。

「そうですね」

私はしきりに頷く。

「公衆便所のドアには性病予防のプレートが貼ってあるし、地下鉄の壁にはピルの広告がある。国をあげての性教育です」

「生きたいのです」

「そうですね」

裸の女は、ふっと消えた。

私はまた、時計屋の前を往ったり来たりしている。男も相変わらず、机の上の腕時計を見ている。一体そこには時計がいくつあるのだろう。一畳そこそこの空間に、さまざまな形の時計がひしめいている。カチッ、カチッ、カッチン、カチッ、カッチン、カチッ、……秒針の音もそれぞれのリズムで鳴り響いている。不協和音で頭がしびれそうだ。光の塊りが押し寄せてきた。四方八方から、徐々に私の身体を締めつける。

鼻がつまって息ができない。喉がかれて声もでない。ひどく熱い。太腿の辺りが、焼けつくように熱い。

目ざまし時計のベルが鳴っていた。

鳴り終わるまでは待てそうになかった。瞼の向こうは白く、眩しい。カーテンを閉めずに眠ってしまったことを後悔した。

ゆっくりと目を開ける。両手をかざしながら起き上がる。ようやく目ざまし時計のベルを止めた。静かになったと思う間もなく、台所から金属音が響き、アジュモニの怒鳴り声が聞こえた。水を流す音、包丁の音……たまらなくなり、カーテンの端を摑むと思いきり閉めた。端をいくら重ね合わせても、カーテンは隙間を開ける。隙間から朝の光線が直進してくる。

「オクスガ」

台所で、少女を叱りつけるアジュモニの声も、続いている。

目ざまし時計は、七時をわずかに過ぎていた。

昂りや苛立ちが眉間に集中し、額が肥大し、突出していくようだった。私の目は、すでに伽倻琴の無惨な姿を見ていた。開いたままの化粧ケースを見ていた。散らばったカードを見、国民倫理の教科書を見、藤田宛の手紙を見ていた。

化粧ケースの鏡を覗いた。

くすりと笑う。どう見てもパンダだ。白い顔の中に、マスカラがとれた下瞼ばかりが黒く映っている。鼻を鳴らして自分の顔を笑い、笑った勢いで壁から伽倻琴をはずした。座団を上にして壁に立てかける。やっと息をつくことができた女のかわりに、私も長く息をつく。その上を掛け蒲団でおおう。落ちている雁足をひろうと、整理棚のひき出しにしまいこんだ。

ティッシュに化粧水をふくませて、マスカラをおとす。文机のまわりを簡単に片付け、洗面道具を持つと、ドアを開けた。医大生の二人が玄関口に坐り、こちらに背中を向けて靴を穿いている。ドアが開いた音で振り返った二人は、私に会釈した。

「アンニョンハセヨ（おはよう）」

と、私も挨拶した。

台所のドアが開いていた。テーブルには誰も坐ってはいない。歩きながら、昨夜の板の軋みを思い出

した。洗面所に入り、顔を洗う。下の方が欠け、ところどころ錆びている古い鏡を見ながら、歯をみがく。窓の格子の向こうから、隣家のテレビの音が聞こえてきた。男のアナウンサーは、せわしそうに何を喋っているのだろう。語尾の「다（ダ）」の音がたまらない。表音文字は、聞いているだけでも喉がかわくな、とうがいをしながら、私は吐き棄てる。

水道の蛇口を止めた。

台所から、一連の罵倒語が聞こえてきた。意味は全くわからない。ただ、メロディのように、それらの言葉に聞き慣れている。オクスギは、どんな顔をしてアジュモニの前に立っているのだろう。

部屋に戻った。ノブを数回、がちゃがちゃと動かして、カギが掛かったことを確かめた。洗面道具を片付け、化粧ケースの前に坐る。突然、バタバタと誰かが階段を駆け下りた。重いカバンを置いたのだろう。板の間がドンと響き、靴先を叩く音がしたかと思うと、あっという間に、表門の鉄扉が閉まった。さっき玄関にいたのは、金と姜、今のは鄭だ。私は呟いた。

鏡についている埃をティッシュで拭きとり、いつもの順序で化粧を始めた。マスカラのつき具合いに安心し、唇の形、両瞼のシャドウの濃さと目尻の線にも満足した。私は、化粧をし化粧をされた私に微笑みかける。

「………」

赤い唇が、開きかけた。だが、私は首を振り、私の視線を遮り、化粧ケースのふたを閉めた。

部屋の中を片付け始める。時間割を見ながら、カバンに教科書やノートを入れていく。筆入れ、歯ブラシのセット、小型の石けん、布製の化粧バッグの中に化粧道具が揃っているかどうかを確かめ、ハンカチを二枚、携帯用のティッシュをカバンの脇に入れる。

ファンシーケースを開け、紺のスカートと同色の千鳥格子のブラウスを出した。部屋着を脱ぎ、下着を着替える。ストッキングを穿く。

誰かがドアを叩いた。

「誰?」

そう言いながら、見るとストッキングがでんせんしていた。

「スニオンニ」

オクスギの声だ。私は、ストッキングを丸めてゴミ入れに棄てる。

「何?」

ひき出しから新しいストッキングを取り出す。

「…………」

でんせんがないことを確かめて、ガードルを穿いた。

「何なの?」

「スニオンニ」

ブラウスを着る。

「そこで早く言いなさい。何なの?」

「…………」

スカートを穿き、ファスナーを引き上げた。

「何なのよ」

声を荒げ、しかたなくドアを開けた。オクスギは弁当箱を持って、ぼんやりとドアの外に立っていた。

「ありがとう」

その手からひったくるようにして弁当箱を取り、ドアを強く閉めた。

「オンニ」

しばらくして、か細い声が私を呼んだ。オクスギは、まだ同じところに立っているようだ。

「何?」

「朝ごはんは?」

「朝は食べないこと知ってるでしょう」

ドアに向かって、私は怒鳴った。弁当箱をカバンに入れ、昨夜書いた藤田宛の手紙を、教科書の中にはさみこんだ。

腕時計をつけた。

急がなければならない時刻ではなかった。いつもであれば、コーヒーを飲み、煙草を一本吸いながら、化粧の仕上がりを確かめる。しかし、私は苛立っていた。蒲団でおおった伽倻琴が、狭い部屋ではどうしても目に入ってくる。

カバンを持ち、部屋を出た。

カギを掛け、ノブを数回動かした。わずかの間手を離し、またがちゃがちゃと動かしてみた。玄関で靴を穿きながら、またドアの方を見た。カギはきちんと掛かったろうか、と不安になった。靴を脱ぎ、ドアに走り寄ってノブを動かした。カギは掛かっていた。

表門に近づくと、犬小屋から突然、犬たちがとび出した。犬はすさまじい勢いで吼えたて始めた。勝手口の方を見る。大胆な花柄のパジ(ズボン)を穿いたアジュモニの尻が見える。

「行ってきます」

独り言のように小声で言い、鉄扉を閉めた。挨拶はきちんとした、犬の鳴き声で声が届かなかっただけだ、胸の奥で、私は吐き棄てた。

坂道を下りる。

高台にある下宿から、バス停のある大通りまで、歩いて十五分は掛かった。石塀に囲まれた小ぢんまりした家並がとだえると、坂道の両側には商店街が続いていく。

その間にたくさんの路地がある。ソウルに来た頃、日曜日になると思いついた路地に入り、歩いてみるのが楽しみになっていたことがあった。

ある路地を曲がれば、落ち着いた旧い韓式家屋が続き、またある路地を入っていけば、いかめしい雰囲気の大きな邸宅が並んでいる。まるで迷路のように入りくんでいる路地もある。あれはいつだったろう。気まぐれに歩き進んでいるうちに、都市の一隅とは思えない急斜な岩山にのぼってしまった。小さな、心細くなるほど小さな家が、絶壁に沿って互いに這いつくばるようにして建っていた。あまりの高さと急な石段にびくびくしながら下りていく私を、軒先にいたアジュモニたちが笑っていた。

坂道に面した商店も、みな小さな家ばかりだった。表の二畳ほどの空間を店に使い、その奥の一間を住まいにしている家もある。こんな狭いところで、どうやって食事をし、どうやって何人もの家族が寝ているのだろう、と今でも驚くことがあった。

朝は、店先を覗く余裕などない。すでに汗ばんでいる私に、さらに汗を噴き出させるように、遠くの大通りから学生たちが群がりながら坂を上ってきていた。坂の途中の右手に男子高校があるのだ。学生たちはざわめき、道を埋めつくしながら押し寄せてくる。次第に彼らの顔が近づき、声がはっきりと聞こえるようになると、私はもう学生たちの波に呑みこまれている。

すでに道の左側を歩いていた。身体をかがませて歩いていた。朝はそうして、自分の足先だけを見て歩き続ける。

視界を無数の若い下半身が往き過ぎていく。

足音、人声、その熱気と若さの独特なにおいに、胸を強く押さえこまれる。

最近出来たばかりの、スーパーマーケットの前を通った。その数軒先には、銭湯が現われるはずだった。朝だけ、道傍に台をしつらえて、筆記道具を売っている男がいる。数人の学生が、台のまわりを囲んでいる。

それを目印にして、私はようやく顔を上げた。ゆっくりと歩きながら、道の右側に目を向ける。上へ上へとのぼっていく学生たちの間を縫って、右側の店先に神経を集中させる。

시계수리（時計修理）……。

ガラス戸に目を凝らした。その隅の方に、男の姿が浮かび上がった。男は顔も身体も左側だけをこちらに向けて、じっと坐っていた。手は机の上に置かれている。時計をいじっているようだ。だが、その動きはわずかで、うつ向いた頭も、ぴくりとさえ動かない。いつでもそうだった。男を目にした一瞬間、静止した彫像を見るような錯覚を覚える。

長く見つめる必要はなかった。

「………」

何かを呟きかけた自分の声を遮り、私は視線を元に戻した。また身体をかがめ、自分の足先だけを見て歩き続けた。

時計屋の前を通り過ぎ、緊張がほぐれたせいなのだろう。何度も目を打ちつけていた鮮やかな黄色が何だったのか、やっと合点がいった。食品屋の店先に、大粒のチャメ（真桑瓜）が金だらいの中に山盛りになって並んでいる。朝の強い陽射しの中で、チャメの鮮やかな黄色は、際立っていた。

美容院の前を通り過ぎる。路地をはさんで軽食の店があり、そろそろ大通りが近いことを知る。そこからは大通りまでずっと板塀が続くからだ。板塀に囲まれているのはただの空地だ、といつだったか、下宿の娘から聞いた。

「だってミギョン、バス停の向こうの方まで板塀が続いているじゃないの。厖大な広さよ。一体誰の持ちものなの?」

私は訊いた。

「たくさんお家があったのよ。それをこの国で一番大きな保険会社が買いとったの。そのうちにビルがいくつも建つんだって。今、坂道のまん中あたりまで買収されているらしいわ」

「まん中ってどの辺り?」

「銭湯の辺りかな」

「じゃあ、時計屋さんのところも」

「よくわからないけど」

「ねえ、そうなったら、あそこにいる人たちは立ち退いて、どこに行くの?」

「さあ」

「…………」

板塀で囲まれた空地では、まだ工事は始まっていなかった。商店街もまだ店を閉めてはいない。ビルがいくつも建つ、と聞いただけでも埃が舞い上がる光景が浮かび、口の中がざらついていくようだった。

大通りに出た。

ぶつかりそうになる学生たちをよけながら、左の方にあるバス停を見た。汗を拭いていたハンカチは、かなり湿っていた。連っている市内バスや人だかりを見ると、さらに汗が噴きでてくる。学校に行くには、大通りを渡った向かい側のバス停で、73番のバスに乗ればよかった。しかし、私はバス停とは逆の方向に歩き始める。右側のレコード屋の前を過ぎ、線路の上に架けられた橋を渡り、その向こうにある歩道橋まで歩いていく。

人と車と埃とが朝の陽射しでまぶされていた光景は、橋にさしかかって何かが変わる。音すら消えていくようだった。

線路づたいには、小さな家が密集していた。その瓦屋根や粗末な土塀が、視界の下方にぼんやりとした薄茶色で拡がっていた。低い家並は、空を一段と高くせり上がらせる。何故かほっとするのだった。毎朝、私はその光景に惹かれて橋を渡っていた。

歩道橋が近づいた。横断幕の文字が映った。

「先進祖国、の、創造……」

表意文字も、喉がかわくな、ことさら声を出して漢字を読み上げ、私は、そう吐き棄てた。

一気に階段を駆け上がる。

大通りの向こう側に下り立ち、走り寄ってきたタクシーを止めた。息を殺して乗りこむ。ガソリンのにおいがたまらなかった。

行き先を運転手に告げ、しばらくして化粧バッグからコンパクトを取り出した。コーヒーを飲みたい、そんなことを思いながら、汗で剝がれかかったファウンデーションを塗り直した。朝のラッシュで、タクシーは少し走ってはすぐに止まる。止まるたびに背中がシートに強くぶつかる。轟音の隙間を縫って下宿のアジュモニの声が甦えった。

「スニや、節約をしなくてはだめだよ」

どんな話をしていた時だったろう、アジュモニはいつだったか突然、そんなことを言い出した。

「タクシーにはできるだけ乗らないで、バスに乗るようにしなさい」

「でもアジュモニ、遅刻しそうな時は、しかたがないから乗ってもいいでしょう」

「遅刻しないように、五分早く家を出るようにするんだよ」

「……………」

私は、黙った。

バスはラジオがうるさいからいやだ、とも言えなかった。歌謡曲やニュースの大きな音に、乗客も運転手もどうして平気でいられるのだろう。人いきれや体臭で窒息しそうになる、とも言えなかった。車掌を見るのが辛い、とも言えない。乗りこむ時、降りる時のせわしさにまだ慣れることができない。のろのろとした自分の動作が情けなくなる。パルリ、パルリ（早く、早く）と車掌に肩を押されると、心臓が痛くなる時がある。車掌は私を睨みつける。私の洋服を睨みつける。いい洋服を着て動作の鈍い私は、今、この子にとって何者と映っているのだろう、そんなことを考え始める自分もいやだった。

「節約……」

それでも、素朴でいい言葉だと思いながら、私は呟いてみた。

「そうだよ。ここはいくら自分の国といったって、スニにとっては客地なんだから。いつ何が起こるかわからないだろう。お金は大切に使わなきゃあね」

私は、頷く。

「この間みたいに、さいふをすられてしまうことだってあるんだから」

「あの時は本当に困ったわ。アジュモニのおかげで助かりました」

「普段から、少しずつ節約してお金を貯めておくんだよ。そうすれば何かあった時に助かるからね。スニや、私の韓国語が聞きとれるだろう?」

「ネエ（はい）」

おざなりの返事ではなかった。本当に今後はタクシーに乗るまい、と私は心の中で誓っていた。だが、何となく気恥ずかしい。自分に向かって言いきかせたり、誓いをたてたりしたことを、私は守ったためしがなかった。

「アジュモニも、いろいろ苦労なさったんでしょうね」

話をそらすために、そう言った。案の定、アジュモニは顔いっぱいに皺を寄せ、身の上話を語り始めた。五十年配の女性としては大柄な方だ。肌は日に焼けて浅黒く、手指も足指もごつごつとして骨張っている。それまでに何度も聞いてきた同じ身の上話だった。確かに苦労には違いない。並たいていのことではないに違いない。しかし、私は次第に聞き続けることが苦痛になる。その自己肯定の素朴さに、胸がむせ返りそうになってくる。

「いつどこでだれがなにをどうしてどうなったいつどこでだれがなにをどうしてどうなったいつどこでだれが……」

私は、胸の奥でぶつぶつと呟き続ける。

コンパクトの鏡を近づけた。

少し赤過ぎるかしら、と唇を見ながら、考えた。学生は学生らしく、オレンジ系のやわらかな口紅に変えた方がいいかもしれない。でも、神さまはきっと、赤く妖然と光ったまっ赤な唇がお好きなはずだ……。鏡の中の唇が動いた。私は、私に笑いかけた。

「アガシ（お嬢さん）、どの辺りに止めますか?」

運転手が言った。

コンパクトを閉じた。自分がタクシーに乗っていることを忘れていた。

フロントガラスを見る。学校のすぐ近くまで来ている。

「もう少し先の、あの鉄柵のところで止めて下さい」

そう言うと、運転手はアクセルを踏みながら、

「アガシは韓国語が上手だね。いろいろと面白い話を聞かせてもらいましたよ。在日同胞の事情がよくわかりました」

と言った。

「韓国語はまだまだです。発音だってひどいものでしょう」

私は、言った。言いながら、この運転手と一体どんな話をしていたのだろう、と考えていた。何かを話してはいたようだ。口の中にそんな記憶が残っている。

「おつりは結構ですから」

ドアを閉めながらそう言うと、運転手は二三度、大きく頭を下げた。タクシーはガソリンのにおいを吐き出しながら、走り去った。歩道に立ち、溜息をついた。

腕時計を見た。

始業まで、まだ十五分以上も時間があった。

空を見上げる。夏になったことを今更のように思い出す。首をかしげ、しかたなく歩き出す。

教室に入ると、窓ぎわから三列目前から三列目、いつも坐っている席にカバンを置いた。アンニョンハセヨ、と学生と挨拶をかわしている自分の声が、少し嗄れて聞こえた。椅子に坐り、カバンの中から弁当箱を取り出す。包んだ布の、硬い結び目をほどいていく。毎朝そうだった。学校に着き、授業が始まる寸前になると妙にお腹が空いてくるのだ。おかずは玉子焼きとキムチ、いつも同じようなものばかりだったが、一日のうちで口にする他のどんな食事よりも美味しかった。

「アンニョンハセヨ」

声がして、振り返る。隣りの席にジョンイル（正一）が坐った。私は口を動かしながら目で笑いかけ

る。京都出身の彼の話す韓国語は、ほんの短い挨拶にも関西弁の訛りがあった。

「スニ氏、相変わらず、唯我独尊やね」

「食いしん坊なだけよ。ねえジョンイル、レモンティある?」

「ありますよ」

彼は、小さな魔法瓶を出し、そのふたにレモンティを注いでくれた。そんな彼を見ながら、くすりと笑う。彼が下宿している部屋に遊びに行ってみた時のことを、思い出した。整理棚には、日本から持ってきたティバッグの箱が山積みに置かれ、ポッカレモンの大瓶、カップヌードル、インスタントコーヒー、彼は歯みがきも韓国製は使わないことにしているのだ、と言った。

「ジョンイル、化粧品なら肌に合わないってこともあるけど、歯みがきに関しては、初耳よ」

「いや、スニ氏、ほんまに韓国製の歯みがきは、ボクの歯に合わへんのですわ」

その日の帰り、私は彼から梅干しの瓶詰めをもらった。

ジョンイルは、高校を卒業してすぐに留学してきた。話を聞くと本人の意志というより、父親に半ば強要されてソウルに来ているようだった。

五分前になって、食べ終えた弁当箱を片付けた。レモンティを飲み干し、ジョンイルに魔法瓶のふたを返した。化粧バッグを持ってトイレに行く。トイレには、クラスが違うが顔見知りの女生徒が数人いて、化粧をしたり、煙草を吸いながら雑談していた。

歯をみがいた。

消えかかった口紅を塗り直した。

ジョンミ(正美)とヘジャ(恵子)が入ってきた。

「アンニョンハセヨ」

互いに挨拶をかわす。自分の声が、やはり少し嗄れて聞こえる。二人の女子学生は日本の大学を出て留学してきていた。私とさほど歳は変わらない。だが、互いに「氏」をつけて呼び合っていた。私は、彼女たちに見とれることがある。その真面目さ、清潔さ、あどけなさ、に憧れている。

始業のチャイムが鳴り始めた。

教室に戻ると、担任の教師がすぐに入って来た。出席の点呼が終わると、全員が起立する。黒板の上のスピーカーから「愛国歌」が流れ始める。全員、胸に手を当て、歌を口ずさむ。

毎朝、こうして「愛国歌」を聴いているのに、歌詞を覚えられないのは何故だろう。うつむき、かろうじて口の形を合わせてはいる。だが、一人で歌ってみろ、と言われたら教室から逃げ出すしかない。

初めの二小節だけが感動的だった。

音が電流のように身体を貫いていき、悲壮な感情がこみあげてくる。目が潤む。立っている膝や、胸に当てた手が震えだす。

しかし、そのうちに音は、崩れだす。

耳許で、ぼろぼろになって散っていく。

映画館で「愛国歌」を聴く時も、何かの公演の前に「愛国歌」を聴く時も、夕方六時に街頭で起立し、近くのビルの屋上で揺れる太極旗を見ながら「愛国歌」を聴く時も、初めの二小節だけが感動的だった。

授業が始まった。

午前中は、国語の文法とリーダーが二時間ずつ続く。寝不足で身体がだるかった。弁当を食べたばかりの満腹感もあった。室内は椅子にじっと坐っているだけでも汗ばんでくる暑さだ。居眠りをし、ようやく二時限が終わった。

休み時間にトイレに行った。

歯をみがき、手を洗った。少しさっぱりとして、眠気がとれた気がした。一日のうちで歯をみがいたり手を洗ったりする時だけが、「生きていること」の幸福感を素朴に感じることができるような気がする。手のひらを見てひとりで得心したように、微笑んでいることもある。もしも水不足のパニックが起こったらどうしよう。私はきっと、手に入ったわずかな水を、飲むことには使わずに、それで歯をみがいたり手を洗ったりするに違いない。

ソウルは手を洗える場所が少ない。タバン（喫茶店）のトイレにも、洗面台がついていないところがある。あっても水が出なかったりする。学校のトイレでも何度か断水があった。ソウルに来てから、肌がかさつくようになった。大陸性の乾いた空気と強い風に晒されているからだろう。素朴な幸福感を感じることが、少なくなったせいもあるのだろう。

三時限目のチャイムが鳴った。

教室に入ると、下腹部に鈍痛を覚えた。朝下宿を出た時から、腰の辺りが重たるくひんやりとしていた。下着が汚れたらいやだな、と私は呟いた。

リーダーの教師は猫背で、歩くたびに身体が左右に揺れる。いつもつまらなそうに口をへの字に曲げている。自分から口を開くのが惜しい、とでもいうように彼は授業時間いっぱい生徒に教科書を朗読させる。

「それはねえ、きみい、日本人的発音というものなんだよ」

ようやく口を開けば、必ずこの口癖がとび出した。朗読していた生徒に、同じ単語を何度も発音させる。そのうちに、しかたがないな、といった皮肉な表情で口を鳴らす。そんないつもと同じ雰囲気の授業だった。生徒たちは不愉快そうに黙って下を向き、ただでさえ風のない暑い室内を、いっそう暑くるしくさせていた。教師の日本語で言うその口癖を耳にするたびに、

「それはねえ、先生、韓国人的発音というものなんですよ」

と私は胸の奥で呟き、くすくすと胸の奥で笑っていた。それでも、暑くるしくてたまらなかった。

休み時間になった。

教師が出て行くと、それを待っていたように、背後で男子生徒が何かを叫んだ。今さっきまで教師に皮肉られていた生徒だ。他のクラスの生徒が数人、教室に入ってきた。彼らは一緒になって教師を罵り始めた。在日同胞は関西に多いせいだろう。学校の生徒はそのほとんどが、大阪、神戸、京都、それに九州の出身だった。罵る言葉は関西弁の方が迫力がある。

うるさいな、と思っていた。罵るのだったら韓国語で罵ってごらん、君たちのことを思ってこう言うんだよ……私は、背中で彼らの声を聞きながら、ぶつぶつと呟いた。君たちも、一世の親に頼みこまれ半ば命令されて留学してきた口なのだろう、君たちには、あのぐらいの教師のしつこさが必要なのだ、皮肉られてちょうどいいのだ。

始業のチャイムが鳴り、教師は同じように身体を左右に揺らせ、教室に入ってきた。

その姿が、いつになくたまらないほど不潔に見え、不愉快になった。トイレに行くのを忘れてしまったことを思い出した。おせっかい、おせっかい、とぶつぶつ言い、私は、私をなじった。

授業の途中で、教師は私を当てた。

「イ・スニ、次を読んでみなさい」

朗読しなければならない箇所はわかっていた。しかし、ことさら慌てた振りをして、教科書をめくった。隣りにいるジョンイルの肩をつついた。私よりもジョンイルの方が戸惑っているようだった。焦ってページの上のある箇所を指さし、すぐに顔を赤らめてうつむく。かわいいな、と思いながら、胸の奥で私はくすり、と笑う。

立ち上がり、教師に向かってはっきりと韓国語で言った。

「ソンセンニム（先生）、今から日本人的発音で朗読することになりますが、よろしいでしょうか」

ふいの攻撃に、教師はこまかくまばたきしていた。

「それを直していくために、勉強しているんだろう」

やっとのことのように、そう言った。

私は、視線をおとし、口を噤んだ。

ゆっくりと、いかにも決心したように顔を上げる。鏡を見ているように、自分の赤い唇を思い描く。唇は開き、一気に韓国語を吐き出し始める。

「ソンセンニム、私たちは、在日同胞です。日本で生まれ育ち、日本語ばかりにとりかこまれて生きてきた者たちです。日々、同化と風化を強いられる環境の中にいて、私たちは民族的主体性を確立できないまま、悶々としてきました。ここにいる学生たちは、それぞれが、さまざまな動機を持って、母国留学を決意しました。しかし、ただ一点、ウリマル（母国語）を学ばなければならないのだ、という熱い思いは共通しています。ところがどうでしょう。日本では在日韓国人であることの劣等意識にさいなまれ、ウリナラ（母国）に来ても、蔑視を受ける。いくら努力しようとしても、発音のおかしさばかりを指摘され、水をかけられる。ただでさえ自分の出自、というものを客観視できず、劣等意識を克服できずにいるのです。結局私たちは……」

発音のポイントを、いちいち強調した。すばやく頭の中で日本語を訳し、たどたどしくはあっても、単語の一つひとつをはっきりと並べたてていった。

時々、考えこむように言葉を切る。

ヒロイックな興奮は心地よかった。わずかな沈黙やせっぱつまったような必死な口吻が、悲痛な雰囲気をかもし出しているのも、感じていた。

「わかった、わかった」

教師は、戸惑っていた。早く坐れ、というふうに手を動かし、スリッパの音をたてながら黒板に近づいた。唇をへの字に曲げ、不愉快そうな表情でチョークを取り上げる。黒板に何かを書き始める。

「君、師、父……」

私の目は、漢字を読みとった。

「師の言葉は君主の言葉、それは己れを生み育ててくれる父の言葉でもあり……」

私の耳は、教師の声を聞きとってもいた。教師は、生徒の視線を避けるように、窓の方を見ながら話している。私は立ったままでいる。

少し、めまいがした。

まわりのすべてが、ぼろぼろの粉の集まりのようだ。わずかな明暗の差、色彩の差で、かろうじて人と壁、人と机、人と人とが判別できる。

椅子に腰掛けた。

膝に全く力がない。

ちらりとジョンイルの横顔を見た。彼はうつ向き、目のやり場に困った様子で、もじもじとしていた。疲労感がどっと襲いかかってきた。……おせっかい、おせっかい、私をなじる私の声が聞こえてくる。机の下で両膝を摑み、脚の震えを押さえる。教師はまだ何かを喋っているようだ。だが、声は遠くの方に切れ切れに消えていく。背後から、生徒たちの沈黙や戸惑いが押し寄せてくる。

背を丸め、うつむいた。

声が、身体から漏れてはいないだろうか。

この私が、私を罵倒している声が、聞かれていはしないだろうか。

「イ・スニ」

くだらない、と吐き棄てた私の声が、喉の辺りで弾けた。

「イ・スニ」

教師の大きな声に驚いて、はっと顔を上げた。

「先生のいわんとしたことがわかっただろう」

私は、頷いた。疲れきっていた。脚の震えも止まらない。

「では、さっきの部分を読んでみなさい」

ひとくさりの演説で権威をようやく取り戻したように、教師はそう言いながら、私を睨みつけた。

また、立ち上がった。挑戦的な目で、教師の方を向いた。

「ソンセンニム、すみませんが、お腹の調子がおかしいんです」

すでに、手は化粧バッグを握っている。

「…………」

「シルレハゲスムニダ（失礼します）」

そう言って歩き出した。短い韓国語の発音に満足していた。教室のうしろの壁に突き進み、ドアに向かった。

頭が重くなった。襟足の辺りに、全身の血が硬く凝血してしまったような気がした。目も痛かった。

教室を出て、トイレに入った。

ドアを閉め、化粧バッグの中からタンポンを取り出した。便器にまたがり前かがみになる。セロファンを剝き取ったタンポンをじっと見つめる。綿の白さも、四筋のくぼみにも異常はなかった。

「この中に、秘密の丸粒《がんりゅう》が埋めこまれている」

毎月、生理日になるたびに、胸を突き刺すようなそんな妙な妄想に襲われるのだった。丸粒は体液に触れると化学反応を起こす。中身が溶け始め、強烈なにおいを発していく。残った丸粒の薄い表皮は、子宮の内側に付着する。表皮の層ができる。そのうちにアメーバ状の触手に変わり、子宮や卵巣をかき出し始める。全く無痛のうちに、生殖は不可能になっていく……。

目をつむり、タンポンを挿入した。

「………」

胸の奥で何かを吐き捨てた私の声が、流れる水の音にかき消された。

トイレから出、休憩室に向かって歩いた。どのクラスもまだ四時限目の授業中で、廊下は閑散とし、休憩室もがらんとしていた。

サッシ窓は開け放されていたが、風が入ってくる気配はなかった。ブラインドのひだが斜めに光線を遮っている。窓辺の椅子は、手を触れると焼けつくように熱い。自動販売機でコーヒーを買い、隅の椅子に腰掛けた。射しこむ光線を、薄目を開けてぼんやり見ていると、ある考えがよぎっていった。別に突飛なことでも、目新しく意外なことでもなかった。

「バルニバービ」

私は、私の声を聞く。答えが出ないことを知っていながら、私は、私に向かって呟いてみる。ガリバーが訪れたバルニバービ国のように、言葉を完全に廃止してしまうことは、果たして可能なのだろうか……。

組んでいた脚に力を入れた。

内腿を締めつけると、性器の奥に短い痙攣が走った。真剣な表情をし、深刻そうな声を出している自分がおかしく、私は、私を笑い始める。

バルニバービの偏執的な企画者たちは、あらゆる単語というものは結局、「物」を表わす名称に他ならないのだから、話をしたければ、伝達したい「物」を携えて黙ってそれらを指し示すだけでいい、とそう考えた。そのすばらしい企画は、もし実施されれば単語を話すたびごとにこうむる肺の消耗を防ぎ、ひいては寿命を長びかせることもできるはずだった。しかし、舌を動かす自由を認めてくれ、という女たちと俗悪で無知蒙昧な輩たちによって、企画は失敗した。バルニバービの学者は、学問の不倶戴天の敵は、いつもきまって一般大衆なのだ、と言いきる。女たちの叛乱は、女がもともとお喋りだということを揶揄しているに違いなかったが、私にはそれだけとは思えなかった。

大真面目に溜息をついている自分がおかしい。

「くだらない」

がらんとした休憩室に、私の声が大きく響いた。その声を聞いて思わず顔が赤くなった。コーヒーを少しすすり、椅子に背をもたれさせる。射しこむ光線が、白くけむりがかって見える。このまま眠ってしまいたい、そう思った。眩しさや明るさは残酷だ。目を醒ましている限り、私は、この私の声の喧噪から逃れることができない。

「不幸な睡眠……」

そう呟いて、頷く。私は、眠っていても私の声を聞いている。映像を通して、眠りすらも眩しく明るく、私は、夢の中で「物」とかかわる。

しばらくすると、男生徒の何人かが休憩室に入ってきた。彼らを見て、はっと辺りを見回した。学校にいたのだな、と息をついた。終業のチャイムはいつ鳴ったのだろう。もう昼食もすませてしまったのだろうか。

窓ぎわにたむろした男生徒たちのまわりに、煙草のけむりがたちこめ始める。原《げん》ちゃん、原《げん》ちゃん、という声が耳に障った。在日学生の一部では、隠語のように本国の韓国人を「原住民」とか「原ちゃん」とか呼んでいるのだ。休憩室は、次第に学生が集まり、ざわつき始めた。

立ち上がるのは億劫だった。

同じところに坐り続けた。

「だから、先に金の交渉をしとくんだよ」

「ディスコでひっかけるのが間違いは少ないぜ、美人も多いしな」

声は急にひそひそとし始め、隠微な笑いが混ざり合う。

突然、咳こんだ。

コーヒーと鼻腔に残っていた煙草のけむりが、妙な具合いでからまってしまったのだ。男子学生は黙り、私の方をうかがっていた。

「スニ氏、ここやったの」

開け放してある休憩室のドア口に、ヘジャの顔が見え、あとからジョンミが入ってきた。

「スニ氏は勇敢やねえ」

ヘジャはそう言いながら、私の横に坐った。ジョンミは自動販売機の方に歩いていく。

「あの先生、ほんまにいややわ。前からかちんかちん、と頭にきてたのよ」

「…………」

私は機会的な感じで唇の端を曲げている。鏡に映すように自分の唇を思い描く。もう少し、照れ臭そうにした方がいいだろうか。

「スニ氏があやって急に教室から出ていったから、先生、びっくりしてしばらくおろおろしてはったわ」

「いやあ、それはねえ、きみい、日本人的発音というものなんだよ」

コーヒーカップを持ったジョンミが、国語の教師の口調を真似た。

私は、笑った。

笑いながら、まるで他人事のように二人の話を聞いている自分に、苛立ち始めていた。

「スニ氏のこと、みんなが感心しているのよ」

ジョンミが言う。

「どうして?」

私が、訊く。

訊きながら、彼女の鼻の横にある大きなほくろを見る。そしてヘジャの顔も見る。ジョンミほど大きくはないが、ヘジャの鼻翼にもほくろがある。鼻のまわりにあるほくろには、どんな意味があるのだろう、そんなことを考えている。

「学校の成績はいいいし、伽倻琴も踊りも習っていて」

「この間はテレビにも出たでしょう」

「演奏会や何かの催しがあったら、きちんと観に行ったはるのよね。一体いつ勉強しているのかなってみんなが言ってる」

立ち上がりたかった。

頭が、くらくらし始めた。

間が持てなくなっていた。二人に対してというより、二人の前にいる私と、他人事のようだと感じさせている私とに間が持てない、そんな感じだった。

「もう夏なのだな」

光線を見ながら、胸の奥で私は、呟く。私、私、私、私、……増殖する私が、らせん状のばねのように続いていく。

二人は何かを話しているようだ。

私は、頷くヘジャの顔を見、口を動かしているジョンミの口許を見る。

カチッ、カチッ、カチッ、……秒針が胸の奥で規則正しい音を刻み始めた。

一塊りになって話しこんでいる男生徒の間から、煙草のけむりがもうもうとたちのぼっている。やはり風が吹きこんでくる気配はない。けむりは射しこむ光線にまといつき、部屋全体が白濁していく。

カチッ、カチッ、カチッ、……多分、感謝しなければならないのだろう……秒針の音の切れ目から、私の声が聞こえた。……時間を憎んでいる私こそが、時間の恩恵を受けているのだ。時間のおかげで、今、今、今、この今の私から逃れることができる。……記憶の連鎖は、今、今、今、遠ざかる。そして今、この今、私はこうしてここにいる。

「スニ氏はどう思う？」

気のせいだろうか、誰かが私を呼んだ。

「ねえ、スニ氏」

ジョンミが、私の顔を覗きこんだ。はっとして向き直った。どこまでどう考えていたのだろう、信仰、という言葉がうっすらと浮かび、そのまま消えてしまった。

「ごめんね、よく聞いていなかったの」

私は、言った。

「ヘジャの下宿の話をしていたのよ。彼女引っ越したいんですって」

「どうして？」

二人は顔を見合わせ、互いに頷き合った。

「アジュモニがちょっと変わっているの」

ヘジャが話し始める。

「ころころと気が変わるのよ」

「まあ、私みたい」

「スニ氏、冗談言わないで」

「……………」

「笑っていたかと思っていたら、急にわめきたてたり。うるさくってかなわないの。朝からすぐにお金の話、いつだってお金、お金、頭が痛くなりそう」

「ふうん」

「テレビを観ている時だけが、静からしいわ」

ジョンミが代わりにそう言った。

「今日だって、朝、出掛ける時に何を言いだすかと思ったら、ヘジャ、夏休みに日本に帰ったら電子ジャーを買ってきてってこうよ」

「いろいろと頼まれる？」

「うんざりするくらい」

「スニ氏は頼まれる？」

「私の下宿の人たちは、頼み事をすることは恥ずかしいことだって知っているから、感動しているの」

「いいわね」

「でも、結局、頼まれたわ」

二人は噴き出した。

「この国の反日思想も眉つばよね」

しばらくして、ヘジャがぼそりとそう言った。三人とも黙った。

暑くてしかたがなかった。

休憩室のざわめきも変わらない。

手を洗いたい、と思った。

「眉つば、という問題ではないのよ」

思いながら、私は、口を開いていた。

「生活の幅は、必ず政治の幅からはみ出てしまう、ということよ」

私は、続けて喋っている。

パクパクと口を動かしている。

どれもこれもが、私の中ですでに話しつくされているものばかりだった。やはり、手を洗いたい、と思っていた。ウリナラ、ウリナラ、と連発する自分の声の高さが、耳に障った。喉のかわきは不愉快だった。

ひどく疲れた気がした。いつまで生きていたいのだろう、と力なく呟く声が聞こえてきた。目の前にいる二人は、何かを話し始めている。私は、二人のほくろを見比べる。

「ねえ、スニ氏」

そう言いかけたジョンミの顔を見た。

「スニ氏は魔法使いだってみんなに言われているの、知ってる?」

「へえ」

ふい打ちだ、そう思いながら、大げさに背をそり返した。

「どうして?」

「だって、何でもやりこなしてしまわはるでしょう」

私は、また大げさに身体をのりだす。

「イ・スニさんて、すごい人なのねえ」

そう言いながら、高笑いする。自分のことをことさら他人事のように冗談めかして言ってしまうと、かえって人の笑いを誘い、その瞬間に無数の私は蹴散らされる。しかし、高笑いは失敗だった。笑いきってはいなかった。

「じゃあ、私は魔法使いのおばあちゃんってわけだ。ほうきに乗って空を飛ぶんだ」

私が、私を弁護するように口を開いていた。このまま私にまかせよう、私は、思った。

急に声をおとす。

意味あり気な表情をして、二人に顔を近づける。

「実はね、ほうきではなくて、男にまたがる方が好きなんだけど」

二人は、私のどぎつい言葉に戸惑っていた。互いに顔を見合わせ、困ったように、

「いやだあ、スニ氏」

恥ずかしそうに笑った。

くだらない、と大声で吐き棄てた声が、胸の奥に拡がる。こみあげてくる苛立ちを遮るために、煙草を出した。ヘジャが、いやな表情をした。休憩室は、それでなくても男子生徒の吸っている煙草のけむりで、息苦しいほどだった。

「外に出ようか」

「うん」

「スニ氏はどうする？　アイスクリームでも買いに行かない？」

私は、顔を上げ、

「もう少し、ここにいるわ」

と言った。

彼女たちが出て行くまで、大声を出して冗談を言っていたような気がする。何を言っていたのかは、思い出したくもなかった。

動悸が激しくなっていた。

口の中の疲労感が、不愉快だった。

やっと、煙草に火をつけ、腕時計を見た。

「…………」

図柄だ。二本の線があるだけだ。時刻を読みとることができない。ぶつぶつと私は呟いた。

「韓国の女って中間がないよな。すげえ美人かドブスのどっちかだ」

男生徒たちの方から、頓狂な笑いが上がる。相変わらず、同じような話題が続いているようだ。

私は、立ち上がった。

長い間坐り続けていたせいで、ストッキングの荒い網が汗で濡れ、皮膚にくいこんでいた。ひりひりとした。だから韓国製のストッキングはいやなのだ、とふてくされた。

「君たちね」

私の足は、男生徒たちの方に向かっていた。口は、すでに動いている。

「君たち一体、さっきから何の話をしているの。少しは恥ずかしいと思いなさい。あなたたち一人ひとりの行動が、結局、在日同胞全体の印象につながっているのよ」

彼らは下を向いた。私の突然の態度に驚いていた。一人の生徒は、バツが悪そうに頭に手をあてる。

「韓国に来たくても来れない人たちが、たくさんいるってことを、少しは考えてごらんなさい」

何をしているのだろう。口がよけいに疲れることを知っていながら、何をまた喋り出しているのだろう。

「ごめんなさいね、アジュモニのおせっかいだと思って聞いてね」

私は、笑った。顔が火照っていた。

休憩室を出、廊下を歩き出す。

正面の非常口から、強い風が吹きこんできた。涼しい風だ。非常口の向こうには、テラスが続いている。数人の生徒が、風を浴び髪をなびかせながら、外に向かって走り出て行った。テラスはコンクリートに直射日光が乱反射し、目が痛くなるほど白かった。こまかい笑い声が湧き立っている。私の髪も、風になびく。全身から、汗がひいていく。

少しの間立ち止まり、目をつむった。

幸福だ、と思った。

「…………」

私は、何かを呟いた。

気づくと、踵を返し、階段を下りていた。公衆電話の前に立ち、受話器を取っていた。ダイヤルを回している。呼び出し音が聞こえている。何故掛けてしまったのだろう、と思い始めていた。こんな時間にいるわけがないのに、とぶつぶつ呟く自分の声が聞こえた。

「ヨボセヨ（もしもし）」

「ネエ（はい）」

「ペエ・チュンジャ（裵春子）さん、いらっしゃいますか？」

「ネエ」

しばらく間を置き、受話器が取り上げられた。

チュンジャの声だ。

「ヨボセヨ」

「チュンジャ？　私、スニよ」

「あら」

「チュンジャ、どうしてこんな時間に下宿にいるの？」

「電話をしてきた人がおかしいことを言うのね」

「でも」

「学校、休んだの」

「どうしたの？　具合いでも悪いの？」

「ううん、ちょっとね」

「…………」

「スニ、何の用？」

「別にどうのというわけではないんだけれど」

「…………」

「風が、すてきだったから」

チュンジャが笑いだした。

すでに後悔し始めていた。このまま電話を切り、時間を数分前に戻せたらどんなにいいだろう。

「会いたいなって思って」

しかし、私は、そう言いだしている。

「いいわよ、いつ?」

「………」

二言三言、言葉をかわしていた。じゃあ七時半にね。じゃあ七時半にね……最後に言った、自分の嬉しそうな声だけが耳にこびりついていた。

しばらく、電話を見つめた。

オレンジ色の四角い公衆電話は、掛ける前と全く同じ場所で、同じ姿で、私の目の前にあった。

腕時計を見た。

「七時半……」

長針と短針の二本の線が、その時刻を表わす扇形の図柄を思い浮かべ、私は、呟いた。

教室に向かって歩き、ドア口から中を覗いた。生徒は出払い、キムソン(金誠)がひとりで勉強していた。彼は私の気配に気づいて顔を上げ、会釈した。目許はいつものように、不安気だった。

「キムソンは、勉強家で感心ね」

その斜め前の席に腰掛けながら、私は、言った。彼は照れ臭そうにうつむく。蒼白い肌に、赤く腫れ上がっているにきびだらけの頬が、痛々しかった。

「スニ氏は、余裕があるから」

独り言のように、ぼそりと言う。何て「不幸」の匂いを感じさせる子なのだろう、そう思いながらその顔を見つめる。彼はますます恥ずかしそうに、下を向く。

「勉強はうまく進んでいるの?」

「まあまあです」

「それ、何の参考書?」

「クッサ(国史)」

「クッサね、ふうん。すごいわね、線がいっぱい引いてあるのね」

「……………」

「夏休みは日本に帰るの?」

「いいえ」

「じゃあ、大学に受かるまでは、家には帰らない覚悟ね」

「……………」

「キムソンは、いくつまでソウルにいたんだっけ」

「小学校までです」

「それじゃあ、韓国語の発音はいいに決まってるよね。日本生まれはいくら頑張ってもたちうちできないな」

「……………」

「アボジ(おとうさん)もオモニ(おかあさん)も元気なの?」

「はい」

「ソウルでは、親戚のうちにいるんだ」

「ええ」

「キムソン、兄弟は?」

「上に四人と下に一人」

「妹さん?」

「ええ」

「ごめんね、勉強のじゃまをしているみたいね」

「いいえ」

キムソンはうつむき通しだった。彼の「不幸」の来歴を知りたがっているのだろうか、と私は、私に問いかけた。悪い趣味だ、と胸の奥で笑った。だが、その「不幸」な匂いは何故か気になる。危うさ、といってもいい。「不幸」と不安が、相乗し合っている。

「夜は?」

私は、突然、そう訊いた。

びくりとした彼の顔が、一瞬、赤くなった。

「夜は、集中して勉強できる?」

「………」

「集中しなくちゃだめよ。だらだらといくら勉強してたって、少しも効果は上がらないわ」

そう言いながら、私は胸の奥で、その貧弱な性器をやさしく握りしめていた。

「ねえ、キムソン、集中できるいい方法を教えてあげようか」

彼は、顔を上げない。私のしつこさにうんざりしているようにも見える。だが、私はかまわず、腰を両手で押さえ、大げさに深呼吸を始めた。

「こうやって、三つゆっくり数えて息を思いきり吸いこむの。ほら、やってごらん」

彼は、照れ臭そうに笑いながら、一緒に深呼吸をし始めた。

「そしたら、今度は六つ、吸った息の二倍の長さで吐き出していくの。全部吐き出して下腹を締める。そしてまた三つで吸う。吸いきって胸にためこんで、止める。また六つで吐く……」

つまらなくなっていた。それでも、大げさな身振りで深呼吸していた。私は、私を、嘲笑していた。

生徒たちが、教室に戻り始めた。

ドッジボールでもしてきたのだろうか。男子生徒はしきりに顔の汗を拭いている。汗臭さや吐息が充満し、教室はむろのように暑くなった。

「じゃあね」

私はキムソンに笑いかけ、自分の席に戻った。

午後は、国史と国民倫理だ。生徒たちはほとんどが居眠りをしているようだった。隣のジョンイルも机の上に片肘をつき、教科書に見入っている振りをしながら眠っている。

白っぽく、ぼんやりとしていた。

教師の声も、遠くに聞こえた。

丸粒は、溶けているに違いない。下腹部が、時折、ちくちくと刺すように痛かった。

サンダルが床をこする音がする。

教師が、教科書を持ち、読み上げながら近づいてくる。

視線を床におとした。

サンダルの先に見える靴下に、小さな穴が開いていた。

何を、どんな順序で連想したのだろう。突然はっとし、心臓がねじりこめられるような痛みが走った。机の上にうつ伏したくなった。教室から飛び出して行きたい衝動を、どうにか抑えた。さまざまな映像がよぎっていく。私の声に私の声が重なり、悲鳴を上げ始める。ぶつっという鈍い音、絃が、十二本の絃が垂れ下がる。雁足がころがる。手のひらに、はさみの感触が甦える。カチッ、カチッ、カチッ、……秒針が時を刻む。音が耳朶で弾ける。

居ても立ってもいられない気がした。髪をふり乱した伽倻琴の姿が、私を責めたてていた。裸体の女は、今、日中の狭い部屋の中で掛け蒲団をかぶせられ、窒息しかかっている……。

昨夜からの私はおかしい。チュンジャに突然電話してしまったことも、待ち合わせ、部屋に連れてくる約束をしたことも、生理のせいだと思い始めた。生理前後には、絶対に人に会うまい、とあとになって必ず後悔するのだ。まるで咳こみそうになるほど、喋りまくり、あるいは道化、人と会っている間の自分のことを思い出せないほど、私は混乱する。人と対している私、私をそうさせている私、その私を見ている私、私、私、私……頭がくらくらとし、めまいがする。だが、一ヵ月経つと自分に言いきかせていたことも忘れ、私は何故か人と会い、人の渦中に自分がいることに気づくのだ。

今日まで、部屋を一度見てみたい、というチュンジャに、私は何のかんのと理由をつけ、断ってきていた。七時半に会い、下宿に連れて行けば、あの伽倻琴を見られてしまう。彼女を板の間に待たせておいて、急いでカバーにしまいこんでしまうのも一法だった。しかし、絃の切れた伽倻琴のそばにいて、果たして自分が堪えられるだろうか。

学校が終わったら、稽古に行く前に下宿に一旦帰ろう、と決心した。帰って十二本の絃をつなぎ合わせるのだ。私は、私に、言いきかせた。

六限目が終わった。

顔を上げると、教師はすでに教室から出て行ってしまっていた。国史の教師も、国民倫理の教師も、今日は一度もその顔を見ていなかった気がした。

帰り仕度をして、生徒が口々に挨拶をしながら、教室から出て行く。ドア口に立ったキムソンと目が合った。彼は丁寧に、

「アンニョンヒケセヨ（さようなら）」

と言いながら、頭を下げた。

少し空腹を感じた。

いつもであれば、学校の近くの軽食堂でキムバプ（のり巻き寿司）を食べ、稽古に行くところだった。伽倻琴のことを思い出し、あれほど焦っていたのに、私はゆっくりとカバンの中を整理していた。空腹感を覚えているのに、何も食べたくなかった。することがなくて、時間を持て余している、という感じだった。

「スニ氏」

ジョンイルが声を掛けた。

「今日、ディスコに行かへん？」

「残念ね、今日はダメだわ」

そう言いながら、ジョンイルの手を見た。きれいな爪だな、と私は、呟いた。

「スニ氏は忙しい人やからねえ」

「どこのディスコに行くの？」

「××ホテルですよ」

「高いんでしょう」

「いや、あそこが安くて、一番いいですよ」

「女の子もひっかけられるしね」

ジョンイルは笑った。

「スニ氏も、たまには息ぬきしはったらええのに」

「私は年中息ぬきのしっ放しですよ。ジョンイル、誰も一緒に行く人はいないの？」

「大丈夫。あのディスコに行けば、たいてい知った顔に会うから」

「へえ、在日の溜まり場なんだね」

「郷愁を慰め合うんですよ」

「何言ってるの。わざわざ勉強しに来てるのに、自覚が足りないぞ」

そう笑って言いながら、彼の頭をつついた。

一緒に教室を出た。

「スニ氏、この間の梅干し、まだ残っていますか？」

思い出したように、彼が言った。

「うん、まだあるわ。やっぱり梅干しはおいしいね」

明るくはしゃいだ自分の声に、私は少し驚いていた。

「梅干しを下宿のおばさんに食べさせてみたのよ。そしたらひどい顔をして、すぐに吐き出すの。日本人はこんなものを食べるなんて、異常だ、みたいなことまで言いだしたわ」

「梅干しは芸術品やのにね」

ジョンイルは私を見下ろして笑った。私の背は、彼の肩辺りにやっと届くぐらいだった。身体を少し動かしたその瞬間に、若々しい体臭がにおってきた。その肩に頭を寄せるようにして、においを嗅いだ。

このジョンイルも、藤田や崔教授と同じような年齢になっていくのだろうか。藤田は四十九、崔教授は五十一。四捨五入して二人を五十としたら、五十から十九を引くと三十一。三十一年経ったら、この若者はどんな顔つきをし、どんな体臭をにおわせているだろう。

「ジョンイル、ディスコばっかり行って遊んでいないで、少しは真剣に勉強しなくちゃだめよ」

説経めいた口調で言った。この子と私は七つ違うのだ、そんなことをふと考えた自分がおかしかった。

「スニ氏」

「何？」

「僕、前々から感じてたんやけど、スニ氏は、何でこの学校に通ってはんの？」

「どうして？」

「いや、ただ訊いてみたいから」

「韓国語が上手になりたいからよ。決まっているじゃない」

「ふうん」

私は、彼を見上げる。

「スニ氏を見てると、この人趣味で学校に通ってんのと違うかなって思う時がありますよ」

「趣味？」

「ええ」

「そんなに不真面目に見えるかしら、私」

「不真面目というわけではないけど、何といったらいいかなあ」

「…………」

こういう話は面倒臭くてかなわないな、と思っていた。

「暑いね」

私は、言った。

学校の外に出た。

朝から建物の中にいたせいか、直射日光が石つぶてのように感じられた。

少し、身体がぐらついた。

頭も、くらくらとする。

「暑くてかなわんね」

ジョンイルが言った。わけもわからず、その声に腹が立った。

「あなた地下鉄でしょう」

「ええ」

「じゃあ、ここでね」

「スニ氏、今日はお稽古に行かへんの？」

「ちょっと用事があるから」

それだけ言って、カバンを持ちかえた。

「ほんなら、アンニョン（さようなら）」

彼は歩き出す。

私は、横断歩道を横切って行く。

思い出し笑いが止まらなかった。何度も彼のうしろ姿を振り返り、ひとりでくすくすと笑った。あの子は三十一年経っても、「ほんなら、アンニョン」と、京都弁と韓国語を混ぜたおかしな挨拶をしているだろうか。

歩道に上がったところで、つまずきかけた。石畳の溝に靴の踵がはさまれた。振り向いて右足のヒールを見ると、革が少し剝がれていた。坂道の時計屋の上の方に、靴修理の店がある。下宿で他の靴に穿き替えて修理に出そう、私は呟く。

しばらく、歩道に立っていた。

腕時計を見た。

時刻を読んだろうか、はっきりしないうちに、空のタクシーが走り寄ってきた。手を上げて止めた。三人の女性がすれ違った。彼女たちは、車が動き出すまで、私の方を見て何やら話していた。私は今、多分美しいのだろう、ぼんやりとそんなことを考えた。

手のひらが粘ついている。

少し、腫《むく》んでもいる。

手を洗いたい、歯もみがきたい、そう思った。教室でジョンイルと別れて、トイレに寄ってくればよかった。それに……丸粒も完全に溶けているに違いない。

窓わくに手を掛ける。手の甲に当たる風は、生ぬるく、埃っぽかった。

腕時計を見た。

「三時四十九分」

時刻を読みとり、しばらくの間、その図柄を見ていた。

伽倻琴の稽古は、四時半からと初めのうちは決まっていた。しかし、今日まで守られたためしはほとんどない。いつも二、三人の弟子が稽古を待ち、私はその待ち時間を隣りの部屋で自習に当てているのだった。五時過ぎに着けば、ちょうどいい頃だろう。このまま下宿に戻って大急ぎで伽倻琴を直す。すぐに出掛ける。日課はほとんど崩れないですむ。

「七時半、七時半……」

チュンジャの顔を思い出し、そうぶつぶつと呟きながら、斜め下にわずかに開いた扇形の二本の線を、頭の中に刻みこんだ。

目をつむる。

伽倻琴を思い浮かべた。〈散調〉を口ずさんでさらってみよう、と思った。

ふいに身体が揺れた。

シートに背中が押しつけられた。

生ぬるい風が、止んだ。

目を開ける。

弾きかけていた五番目の音が、眩しさを目にしたとたん、どこかに消えた。

信号が、長く感じられた。助手席の方にのりだし、

「アジョシ（おじさん）、橋の手前にある坂道ですよ」

と私は、言った。確かに行き先は告げたと思ったが、妙に不安な気がした。

「ネエ（はい）」

運転手は前方を向いたまま、つまらなそうに答える。車はすでに三分の一は走っていた。行き先を言っていないはずはなかった。手の甲に、また生ぬるい風が当たり始めた。

「………」

喉元に言葉がひしめいているのがわかる。どういうことなのだろう。こんな風に、ほんの少し前のことさえどうしても思い出せない時がある。口から声として発せられた私の声と、胸の奥で呟いている私の声とが、全く区別がつかなくなってしまうのだ。

また、風が止まった。

「アジョシ、どうしてこんなに混んでいるんです?」

信号は見えない。なのに前方に車がびっしりと並んでいた。

「地下鉄工事をしているからね」

やはりつまらなそうに、そう言った。

歩道橋が見えた。横断幕のハングルが目に入った。

「新しい生活、新しい秩序……」

セエセンファル、セエチルソ、と口の中で繰り返してみる。左側の車窓から見えるビルにも、垂れ幕が下がっている。ソウルはどこに行っても標語だらけだ。学校に通い始めた頃、それらの標語で単語をかなり覚えた。そして、思わず顔が赤くなるような思いをしながら、その場から走り出すこともよくあった。今でも喉がかわいてくるような感じは、変わらない。

「あの角を曲がるんですね」

運転手が言った。私は、頷いた。タクシーはバス停の前を通り、厖大な空地を囲った板塀を右手にして走っている。橋の方に砂埃が吹き上がっていた。砂埃は渦巻きながら、こちらの方に押し寄せてくる。角のレコード屋から流れ出ているけだるそうな女性の歌声が、車の中にとびこんできた。轟音にも負けないようなボリュームだ。鼻に抜けた甘えかかる声は、暑苦しく、不快だった。

タクシーは坂道をのぼり始めた。

雑貨屋の前に立っているセオンニを見た。妊娠九ヵ月の大きなお腹は、いかにも重そうだった。彼女は私よりいくつ年上なのだろう、と考え、正確な歳を知らなかったことを思い出した。坂道は子供が多い。ソウルに来た当初も多いと思っていたが、数ヵ月経つうちにさらに子供が殖えたような気がしていた。来月になれば、セオンニも子供を産む。このトンネ（町内）には、出産をひかえた妊婦がまだ何人もいる。子供は着実に殖え続ける。

ブラウスも下着も、下宿に帰ってみんな着替えてしまおうと思った。足裏の汗も不快だった。

腕時計を見ようと思い、手首を上げた。

「………」

はっとして、左側の窓を見る。

写真屋が目に入った。ウインドウに飾られている写真は、写真というより修正した生々しい絵に近い。子供が原色の民族衣装を着、椅子に坐って笑っている。いつ見ても気持ちが悪くなる写真だった。肉屋、雑貨屋、中華料理店、胡麻油を売る店、文房具屋……。

彫像のように、男はじっと坐っていた。

光線が、ガラス戸に反射していた。壁に掛かった時計はよく見えない。

「アンニョンハセヨ」

私は、小さく呟きかけた。

商店のとぎれたところで、タクシーを降りた。そこから急斜面になる坂道を、歩いてみたくなっていた。

足先だけを見て歩いた。坂道をそうやってうつむいて歩くのが、好きだった。徒労感が心地いい。不思議に気持ちが落ち着いた。

表門の鉄扉は、開いたままになっていた。板の間にも勝手口にも人影はなく、ひっそりとしていた。犬たちは暑さに疲れきったように身体を横たえている。私を目で追いながら、くうん、と小さく鳴いた。

靴を脱いだ。

ドアを開け放してある居間にも、人影はなかった。昼間の、こんな時間に下宿に戻ったことは滅多にない。意外な静けさに、私は、驚いていた。石塀の向こうから、涼しい風が吹きこんできた。部屋のドアを開けようとした時、視線をかすめた二本の脚に気づいて、振り返った。

　オクスギが、両脚をのばして坐っていた。

　靴箱の横にあるミシンにかくれ、顔がよく見えない。私は、一歩動いた。オクスギは呆とした目で、板の間の一点を見つめていた。口を開け、私が帰ってきたことにも気づかずに、ぼんやりとしている。吸いつけられるように、少女の姿を見入った。釘づけにされた、といってもよかった。少女は、右手を半ズボンの中にしのばせていた。時折、何かを思い出したように唾を呑みこみ、むにゃむにゃと口を動かした。

「…………」

　少女に声を掛けようとしたのだろうか。それとも、自分に向かって何かを言おうとしたのだろうか。声は、少女の頭ごしに射しこむ光線を見て屈折し、消えていった。外で、物売りの男の声がした。リヤカーにはたまねぎとトマトが満載されているようだ。男の声は、熱気の中に沈澱している空気を、しばらくの間、波立たせた。

　少女は、膝を立てた。

だが、物売りの男の声も耳に入っていない様子だった。私の気配にもまだ気づいていない。

思いきり、カバンを板の間に落とした。

少女は、やっと身体を動かした。

視線が合うのはたまらなかった。カバンを取り上げ、ドアを開けた。部屋はむっとするほど暑かった。

数回ノブを動かし、カギが掛かったのかどうかを確かめた。

　伽倻琴の方を一瞥した。楽器は掛け蒲団の下で肩をすぼめ、暑さでぐんなりしているようだった。

窓ガラスを開け放す。

物売りの男の声が、遠のいていく。その間伸びした声の余韻を感じているうちに、ある日の光景が浮かんできた。

「先生」

私が、藤田に囁きかけている。声は湯気がたちこめた浴室に、響き渡る。

「ねえ、先生、今日のスニはかわいい?」

「ああ、かわいいよ」

藤田の声も、響き渡った。彼は、底の半分がせり上がった浴槽につかっている。私は、その上におおいかぶさりながら、壁にとりつけられた鏡を見ている。

「こっち向いて」

両手で彼の顔を包み、無理やり鏡の方へ向けさせた。鏡の中で照れ臭そうに笑う。その頬に何度も頬ずりをする。

「ねえ、本当にかわいい?」

「ああ」

「だめよ、顔を上げて、きちんと見て下さらなくちゃあ」

「ああ」

「何を考えてらっしゃるの?」

「君のことだ」

「先生、抱いて下さる?」

「………」

藤田は私を強く抱き締め、首筋に唇を這わせた。私は、その耳朶を噛み、あることを呟く。言いきらぬうちに、藤田は唇で私の唇を塞いだ。

下腹部に妙な抵抗感を感じた。あっという間もなかった。藤田の手が動いたかと思うと、血に染まったタンポンが、タイルの上にころがった。私は笑いだした。思いきり、藤田の首にしがみついた。

「先生ったら、不良ね」

そう言いながら、蛇口をひねる。湯が浴槽からあふれ出る。タンポンはベージュ色のタイルの上で、煙のように血を漂わせた。藤田の髪をかき上げ、顔中に接吻する。私の笑い声が、浴室いっぱいに響いていく。

カチッ、カチッ、カチッ、……秒針の音が、窓ぎわに立ちつくしている私の耳に響いてきた。部屋の暑さは、身体中の力をもぎとっていくような勢いだ。物売りの男の声は、いつの間にか消えていた。

伽倻琴を、振り返る。

その横のドアを、見つめる。

さっき見たオクスギの姿が、よぎっていく。少女は今も、自慰を続けているのだろうか。

三つで息を吸い、六つで息を吐いた。しばらく、深呼吸を続けた。窓から風が入ってくる気配はない。部屋の空気はこもりきったまま、流れない。自分が吐き出した息は、ますます空気を濁し、重くさせるようだ。きちんと吸いこめる空気も、ない。

カチッ、カチッ、カチッ、……秒針の音は相変わらず規則正しい。

「何のことはない」

私は、ぼそりと、呟いた。

「怠け者の見る夢……」

一瞬、目をつむり、胸の奥から声を締め出した。

静けさを突き破るように、壁の向こうで鉄扉が閉まる音が響いた。続いて犬が吼えたて始める。セオンニが帰ってきたのだろう。金切り声が犬の鳴き声に重なり、

「オクスガ、オクスガ」

そう呼ぶ声と、板の間を叩くようにして走りだす少女の足音が聞こえた。水の音だ。ざあっと流れる水の音が、犬小屋の横の方でし始める。

ふと、私は、笑う。

音にせきたてられるように急いでストッキングを脱ぎ、洗面道具を持つと、タンポンをティッシュに包んで部屋を出た。

「スニ氏、帰ってきてたの?」

玄関口に立っていたセオンニが、言った。光線を受けた彼女の腹部は、一層せり上がって見えた。

「ちょっと忘れものをしたの」

と私は、言った。セオンニは私に向かって頷きながらも、険悪な表情で犬小屋の方に気をとられている。多分、そこにオクスギがいるのだろう。

「スニ氏、この知恵足らずに洗濯させると、いつ終わるかわかったもんじゃないよ」

ぶつぶつとそう繰り返した。犬小屋の横の水道から水が流れる音がする。彼女はまた早口でまくしてる。言葉はよく聞きとれなかった。もともと舌の短い彼女の韓国語は、意味をひろうのに骨が折れた。

「セオンニ、そんなに怒鳴るとお腹の中の赤ちゃんがびっくりするわよ」

「スニ氏、私だって好きで怒鳴っているわけじゃありませんよ」

せり上がった腹部から、目が離せなくなるようで困った。バルニバービの叛乱を起こした女たちは、みな妊婦であったに違いない。そんなことを考えた。

「シックロッ（うるさい）」

彼女は、吼え続けている犬たちに向かって吐き棄てる。

私は、洗面所のドアを閉め、トイレに入った。

思い出したように、左腹が痛んだ。激痛とはいえない。しかし、うずくまりたくなるような執拗な痛みだ。新しいタンポンをゆっくりと挿入した。指先は角度を知悉していた。膣口が乾いているようだ。綿がざらざらとこすれた。

両足を洗い、洗顔をすませて部屋に戻った。乳液を軽く顔にのばし、息をつく。

壁の方をしばらく見つめる。

掛け蒲団をはがした。

楽器を床の上に、横たえた。

「…………」

複雑な気持ちで、その前に坐る。昼の明るさの中で見る伽倻琴は、裸体の女を想像させた一種の神秘さも、形そのものの美しさも、全く感じられなかった。共鳴胴の木目、その上に散っているこまかい埃、十二本の絃の切れ口……生々しさは、しばらく前まで私をあれほど追いたて、苛責を感じさせていたものとは思えないほど、醜くかった。私は、目にしたその生々しさに失望した。

苦笑する。

両手で顔を押さえる。多分、まさしく「物」でしかないとは、認めたくなかったのだろう、そうなのだろう、私は、私に向かって呟き、答えられない私を、笑い続けた。

整理棚のひき出しから、雁足を取り出した。マッチと灰皿を用意し、まず、共鳴胴の埃をタオルで拭き取った。床の上にあぐらをかいて坐る。抱き寄せるようにして楽器を膝にのせる。長く切れた絃は、残りの絃と固結びにすれば一本の絃として使うことができる。だが何の躊躇もなく、私は、切れた絃を棄て去った。

束をほどいて、一本一本、絃を引きのばした。マッチでその先を燃やし、細くして座団の穴に通していく。裏側のトルレという小さな木具に留める。絃を束ね、輪に留め、雁足の溝にはさんだ絃を引っぱる。右指で絃を弾きながら、音の高さを確かめ、雁足の位置も決めていく。

あぐらをかいた両脚は、汗でべっとりとしていた。

何故、風が吹かないのだろう、そんなことばかり考えていた。調絃を、強いられた拷問のように感じていた。左手でひもを引っ張り、腹部に力が入るたびに汗が噴き出る。生理痛の、あのうっとうしい痛みが小刻みに続いている。日延べを、せめて日延べを……と詩の一節を思い出しては大仰に呟き、呟いた私の声を、私が嘲笑し、私が歯をくいしばる。

気が散っているせいか、雁足の間隔がまちまちだった。音も思うように合わない。手前の二本の絃をそのままにして、伽倻琴を膝から離し、息をついた。壁にすり寄り、背をもたれさせた。石の硬い壁はひんやりとして気持ちがよかった。

目ざまし時計を見ようとしないのは何故だろう。秒針の音が、気にならない。煙草も、吸いたくはない。

静かだった。

犬たちもとうに鳴き止み、オクスギは果たして洗濯をしているのだろうか。水の音も聞こえない。台所の方も静かだ。光線が眩しく降りおちる音、音のない音、自分の心臓の音すらも聞こえない。私がこうしている今、この今の一瞬間は、単なる一枚の絵だ……。

突然、背中の向こうで、女の甲高い笑い声が湧き起こった。犬たちが驚いたように吼えたて始めた。

鉄扉は、ガチャン、ガチャン、と何度も閉められ、客は何人いるのだろう、笑い声、怒鳴るように話している女たちの声が板の間に拡がった。まるで、静けさをつき破るその喧噪を待っていたように、隣家から木魚を叩く音がし始めた。低い念仏の声が単調なリズムに重なる。右半身に木魚、左半身に板の間の人声、私の身体は揺れ始める。足音は居間に集まった。火がついたように、大声でやりとりが始まった。セオンニだろう、階段を踏み下りてくる足音がする。オクスガ、オクスガ、と居間からアジュモニが叫ぶ、電話の音、やはり、怒鳴り声……。

私は、笑った。

身体から、力が抜けおちた。

また伽倻琴の前にあぐらをかいて坐り直し、楽器を膝にのせた。

誰かが、部屋のドアを叩いた。

「何ですか?」

「スニや、帰っているのかい?」

思った通り、アジュモニの声だった。

「忘れ物をしたんですよ」

ドアに向かって、私は、答える。

「スニや、ちょっと開けてくれないだろうか」

アジュモニは少し酔っているようだ。いやに丁寧な話し方だった。

伽倻琴をちらりと見た。

また床の上に置き直し、立ち上がった。

ドアを開けた。

アジュモニが、私の顔色をうかがうように少し照れ臭そうに笑いながら立っている。吐息が酒くさい。目のまわりも赤かった。部屋には絶対に入れるまい、そう思い、ドアを少しだけ開けてノブを握りしめた。いつもであれば、そんな態度ですぐに何かを察してくれる。しかし、酔って機嫌のいいアジュモニは、高笑いをしながら、強引にドアを引いた。

「スニや、弁当はきちんと食べたかい？」

「食べました」

腹立たしげにぼそりとそう言ったのだが、アジュモニは何の頓着もなく、ふんふんと頷き、見るとすでに伽倻琴の前に坐っていた。私は、むっとした目でその背中を睨みつけた。

「絃が切れてしまったんだね」

そう言いながら、アジュモニは楽器の上にかがみこむ。つまんだ絃を弾いている。

目ざまし時計を見た。

二本の線を見、秒針の音を聞いたとたん、胸がきゅっと何かで縛り上げられた。

「アジュモニ、お客さんが居間で待っているんでしょう」

そう言いながら、楽器の前に坐り、アジュモニと向き合った。私は、私をなだめていた。笑っている私に、安心した。

「今日はおしゃれね。アジュモニ、見違えるわ」

「ありがとう」

アジュモニは、文机の上の煙草を取って火をつける。私は、絃を直し始める。

「居間に行かなくて大丈夫？」

「大丈夫だよ」

思いきり左手で絃を引っ張り、右手指で弾いた。予想した雁足の位置で音がぴったりと合った。

「アジュモニ」

機嫌よく笑いながら、話しかけた。

「ねえ、またトン・チョンジェンなの？」

いたずらっぽくそう言った。アジュモニは大きく目を見開き、突然大声で笑い出す。大げさに私の肩を押し、両脚をばたばたさせる。私も、大げさによろけ、声を出して笑った。頼母子講《たのもしこう》のことを、トン・チョンジェン（お金の戦争）と言い換えてみたのだった。アジュモニは誰かの悪口を言い始めた。内容はよく聞きとれない。オクスギを叱る時に使う一連の罵倒語だけが、耳についた。しきりに手を動かすので、煙草の灰が床に落ちる。唾が共鳴胴の木の上に飛び散る。

腹が立ってきた。

不揃いな雁足に、闖入者が、そして今ここにこうしていなければならなくなった昨夜の行為に、腹が立った。

「スニや」

「………」

「何で急に黙るんだい？　何を考えているんだい？」

「………」

「スニや、トラジを弾いておくれよ」

その指先にはさんだ煙草が、燃えつきかけている。アジュモニは煙草を灰皿に投げ入れ、その上に唾を吐いた。

ジュッと音がする。

私は、私を必死になだめながら、最後の絃をどうにか直し終えた。

「時間がないの。もう稽古に行かなくっちゃあ」

露骨に目ざまし時計を見た。

立ち上がり、伽倻琴を逆さにして壁の釘に掛けた。

誰かがドアを叩いた。

「オモニ、いますか？」

セオンニの声だ。アジュモニとセオンニがドアを隔て、二言三言何か言い合った。そのうちに、

「悪かったね」

と言ってアジュモニが立ち上がった。

「時間があれば、弾いてあげてもいいのだけれど」

私は、ひどくやさしい声を出していた。

「ねえ、アジュモニ、トン・チョンジェンは長びきそうなの？」

「すぐ終わるよ」

「ひょっとしたら、今夜、お友だちが来るかもしれないの。長びいたら困るな」

「在日同胞か？」

「うん」

「スニが友だちを連れてくるなんて、珍しいねぇ」

「七時半に待ち合わせたから、八時前には着くわ」

「それなら心配はない。とっくに終わっているよ」

アジュモニは顎をしゃくり、私の頭を撫でると部屋を出て行った。

目ざまし時計を振り返った。

頭がぼうっとしていた。時刻を読みとることができなかった。二本の線、数字が円形に並んでいるただの図形……。

絃をいじっていた手が汚れていた。その不快感だけは、はっきりと知覚できた。急いで洗面所に行き、手を洗った。

ドアにカギを掛けた。

文机の端に化粧ケースを置いた。ふたを開け、化粧を始めた。目許に拡がっている、こまかいそばかすが気になった。下地を終え、ファウンデーションを塗りながら、ふと伽耶琴を見上げた。

何故だろう、少しも醜くはなかった。あれほど腹立たしかった雁足の間隔も、今は全く気にならない。木目の模様も共鳴胴のほっそりとした線も、なまめかしくさえ見えるのは不思議だった。目の前に今ある伽耶琴は、単に役割を果たすだけの「物」ではなかった。妙に人を圧倒する存在感があった。

軽いめまいを覚えた。

鏡の中の私が、苦し気に笑った。

このまま眠ってしまえたら、どんなにいいだろう、そう思った。

「………」

鏡に映った唇を見、手にしているアイシャドウのケースを見て、はっとした。また鏡を見直すと、すでにアイシャドウは塗り終えられていた。唇にはいつもの順序で描かれているはずの、輪郭をたどったあとがない。化粧の順序を、私は、違えていたのだ。

いやな気がした。

どうしたらいいのかわからなかった。

私は、私を凝視した。

ふいをつくように、左腹に激痛が走った。痛みは止まらない。子宮が破けるのかとさえ思った。呻く私の声がする。声が聞きとれるようになって、やっと痛みが引いていった。

紅筆を取り上げた。何も考えまいと思った。

口紅を塗り、化粧を終えた。

居間では相変わらず激しいやりとりが続いている。アジュモニの勢いは、客を完全に圧倒しているようだった。

ファンシーケースから白いワンピースを出した。生理日なのに、白い服が無性に着たくなっていた。下着からすべて着替え、また化粧ケースの前に坐った。

「あと一分だけ」

私は、目ざまし時計に向かってそう呟いた。灰皿をティッシュできれいに拭き、煙草を吸った。

鏡を見ながら、顔を動かす。

化粧をし化粧をされた私と、私が向き合う。

けむりを吹きつける。

目、鼻、口……形がはっきりした部分に比べて、生え際の線と顎の線の不確かさはどうだろう。額の生え際は生、顎の線は死……。生れ落ちたことと、生の終止の、その不確かさを象徴しているようだ。

「首は、呪咀」

顔を上げ、鏡に首を映しながら呟いた。首と胴と頭をむすぶ。声を炸裂させる。

私が、薄く笑っていた。

自分のその表情に興醒め、化粧ケースを閉じた。

朝と同じように、中味をそのままにしてカバンを持った。重くてもカバンを持って行こうと思った。そうすることで、一旦下宿に帰ってきたことを、忘れたかった。

ドアを開けた。

壁を通して聞こえていた居間の喧噪が、はっきりとした言葉と音量で耳にとびこんできた。開け放された居間のドア口にアジュモニの背中が見えた。

玄関で靴を穿いていると、台所からセオンニが出てきた。かがんでいた私は、そのせり上がった腹部を見上げた。

「行ってらっしゃい」

「ネエ（はい）」

機械的に声を返す。

居間から、振り向いたアジュモニも声を上げた。騒々しさに少しむっとしたが、その表情が、ひどく無邪気でかわいくさえ感じた。この人なりの大胆さと、この人なりの心配りで、私は、何度も命びろいに近い思いをしてきた。

「トン・チョンジェン、トン・チョンジェン」

と口だけを動かして、私は、おどけた。アジュモニもセオンニも笑った。

玄関を出ると、いっせいに犬たちが鎖の音をたてた。飛びかかりそうな勢いで、吼えたて始める。この犬たちは、一体いつになったら私の顔を覚えるのだろう。

「シックロッ（うるさい）」

背後でセオンニが怒鳴った。

オクスギは、犬小屋の横の水道でまだ洗濯をしていた。たらいの前でかがんだ身体をゆっくりと動かし、犬の鳴き声をうるさがる様子もなく、ぼんやりと口を開けて私を見た。

眉間の辺りが、重い。

眩しい空を、見上げる。

奥歯を嚙みしめた。少女の顔を思いきりぶちたくなっていた。呆としたその目のまわりが青くなるまで、その頬が赤く腫れ上がるまで、叩きのめしてやりたい……。

鉄扉を開け、視界から少女の姿を締め出すようにして閉めきった。

坂道を歩き始めた。

息の吸いこみ方を忘れてしまったような気がする。吐き出し方も忘れてしまった。胸が何かで圧迫されたように苦しく、小刻みに続いている生理痛にも苛立った。

子供たちがキャッチボールをしていた。ボールをよけて歩きながら、子供の中の一人を睨みつけた。大人びたその顔に、持っている重いカバンを投げつけたくなった。商店街にさしかかると、下校する高校生の群れが、大通りに向かって歩いていた。朝のように道を埋めつくすほどではないが、それでも道幅が狭く見える。うしろ姿であってよかった。顔、顔、顔、が押し寄せてくる朝のあの圧迫感には、今はとてもたえられそうにない。

喉がかわいていた。

通りかかった雑貨屋を覗いた。老婆が椅子に腰掛け、ぼんやりと外を見ていた。今日まで入ったことがない店だった。店先の台にある箱には、パックのジュースや牛乳が無造作にほうりこまれている。光線が当たっていることには頓着していない様子だった。

「アジュモニ、冷蔵庫に入っている牛乳はありませんか？」

店の内の何ともいえない匂いにむっとする。

「ないよ」

老婆は、ただぶすっとしてそう答える。床の上に散らばっている紙屑が、苛立ちを逆撫でにした。

「そうですか」

私は店を出た。

わずかに振り返って、老婆を見た。老婆はさっきと同じ姿勢で、同じ視線で、外を見ていた。うしろにひっつめた薄い髪、口のまわりの皺、あるかないかの目、……何を見ているのだろう。何を考えているのだろう。

ふいに涙が出た。

喉がひりひりとし、声と声が互いにひっ掻き合った。

暑かった。

血だらけのタンポンがよぎる。腐臭を放つタンポンの山の中で、老婆が坐っている。染みだらけのつやのない肌を晒して、私が、座っている……。

時計屋の姿が目に入った。

私は、歩いているらしい。……やはり歩いている。

嗚咽は止まらない。脚がひしゃげ、その場に倒れそうになる。

「시계수리」

文字を見、文字を読んでしまったことで、さらに落ち着きを失った。読める、ということが腹立たしかった。むしり取るように腕時計をはずし、カバンの中にほうりこんだ。

胸の奥で、私の声が、騒ぎたてた。声の束がどよめき、不協和音を散らしていた。

思いきって横を向いた。

私は、男とちょうど平行になって立っていた。

「………」

睨みつけた。

男は微動だにしない。机の上の時計をじっと見ている。

下腹部に激痛が走った。

彫像から目を離し、前のめりになって歩き出した。

カチッ、カチッ、カチッ……。耳の中いっぱいに音が響く。光が裂け、小さな震動が、私の身体を揺らす。同じ歩幅、同じリズム……また光が裂ける。

「丸粒は、明らかに時を刻んでいる」

私は、私の声を聞いた。

……この私、という一個の身体に歴史を与え、今の、この今の只中に、全存在を刻みつける。

誰かが肩を押した。

はっとして辺りを見回す。軽食店の開け放された戸口から、学生たちの若い声が道にあふれ出ていた。

足早に坂を下りた。

角のレコード屋は、今度は軽快なポップスをかけていた。棚に並んだカセットテープを整理していた主人が、私に気づき身体をのり出した。衝動買いの上客であるせいか、顔を合わせるたびに慣れ慣れしく笑いかけてくる。挨拶するのは面倒だった。考え事をしている振りをして通り過ぎた。

橋を渡った。

高い空にほっとし、低い家並の、茶色がかった光景に安心した。うきうきとするわけではないが、しかし明るく、それでいて落ち着いた気分になった。腹痛も消えていた。歩道橋の横断幕も、人声も、さして気に障らない。いい状態だ、と思った。この状態がずっと続けば、と私は、私に願った。

歩道橋の階段を駆け上がった。

もう、何時になっているのだろう、そう思いながら、左手首を見た。腕時計はなかった。立ち止まり、カバンの中を見た。通行人に背を向け、ごそごそとカバンの中をかき回している自分の姿が、ひどくみじめに思えてきた。鉄柵の下に、無数の車が往きかっていた。それらの屋根に太陽光線が照り返していた。

腕時計をつけた。

扇形に開いた二本の線を一瞥した。

昇るものを抑え、歩き出した。

歩道橋の向こう側に、男が坐っていた。男はつばの裂けた麦わら帽子をかぶっていた。立てた片膝に額を当て、うなだれている。表情は見えない。男の年齢は想像すらつかない。黒く汚れた手、ぼろぼろに穿きふるされたズック……ぴくりとも動かなかった。しかし日に当り、いぶされた肩の辺りから奇妙な生命感が匂ってくる。倒したもう一方の脚は、膝から下がなかった。ズボンの裾が丸められ、まるでおもしのように、銅貨が数枚のっていた。

一歩一歩、その男に近づいていく自分の脚の動きが、呪わしかった。私を冷静にさせなくする、その光景、男の姿が、いまいましかった。うなだれて表情は見えないが、男は多分、無知な夢を見ながらにやにや笑っているに違いない。

何を示そうというのか。そこに坐り、何を訴えたいというのか……。ぶつぶつと吐き棄てる私の声が、轟音にかき消されていく。声が、心細く震えだす。

息を止め、男を睨みつけた。

もしもこの今、その肩を思いきり押し倒してみたらどうだろう。男はどんな顔をし、どんなことを口走り、階段をころげ落ちていくだろう……。

すでに階段を下りきっていた。

男の代わりに、背後で突然、わっと子供が泣き出した。カバンの底から伝った快いしびれは、まだ腕に残っていた。私は、ゆっくりと振り返る。ことさら驚いた表情をし、子供のそばに駆け寄っていく。

「ごめんね、痛かった？　ごめんね」

子供の前にしゃがみこみ、頭を撫でる。

「すみません、よそ見をしていたものですから」

そう言って母親にも頭を下げる。子供はひたすら泣いていた。ただ泣くことで懸命に驚きや痛みを訴えていた。私は、そのふっくらとした二つの頬を、思いきりぶちたいのを我慢していた。

道の向こう側に、砂埃が舞い上った。自分の靴が、埃だらけになっていることに気づいた。

興醒めて、立ち上がった。

汗が出るばかりだ。胸の奥で吐き棄てた。母子はすでに歩道橋をのぼっている。つばの裂けた麦わら帽子が見える。ふん、とつまらなそうに鼻を鳴らし、数歩歩いたところでつまずいた。石畳の溝に踵がはさまれた。右足も左足も、踵の革が剝けてしまった。

たまらなくなって駆け出した。

拳を振り、奥歯をくいしばった。

化粧の順序を間違ったのがよくなかったのだ、と思った。白い服を着たのがよくなかったのだ、とも思った。下宿に戻ったのが、タクシーに乗ったのが、チュンジャに電話したのが、学校に行ったのが、昨夜、伽倻琴の絃を切ったのが、勉強していたのが、……時間だ。時間だ。時間に何の恩恵を感じろ、というのだろう。何かが、生きることを強いている。時間の中に私を、ねじりこんでいる。

足早に角を曲がった。前方から歩いてくる人の姿は遠かった。道の脇に行ってかがみこみ、ティッシュで靴の汚れを拭き取った。息をつき、また歩き始めた。

光景全体が、けだるくぼんやりとしていた。路地を入り、近道を歩いた。幅広の道に出、数分歩くと、韓式家屋がずらりと並んでいる一隅に出た。一体、この区域には何世帯が住んでいるのだろう。歩いても歩いても、同じ塀、同じ窓、同じ木戸が続いている。目印は七棟目にある雑貨屋だ、と言いきかせながら、私は、歩いた。

伽倻琴を思い浮かべた。ほっそりとして小柄な、その裸体の線を目で辿った。抱き上げ、膝の上にのせる。絃の硬さが、指先に甦えってくる。五番目の絃を弾いてみた。音が、はっきりと胸の奥に拡がった。余韻を追いかけながら、十番目の絃を親指で押さえる。懐しさをそそる和音だった。〈散調〉を弾き始めた。チニヤンジョのゆっくりとしたチャンダン（長短——リズム）にほっとした。

通行人が近づいてくる。

胸の奥で、伽倻琴の音量を引き上げる。

みな私の顔をじっと見つめては、通り過ぎた。音色が視線を吸い寄せているのだ、そう思った。

チニヤンジョを、チュンモリに変えた。テンポはわずかに早くなった。

〈散調〉はよどみなく弾き続けられる。

風もなく、道には人影もない。

雑貨屋の前を通り、角を曲がった。ハナ、トゥル、セッ、……木戸を数えていく。表札を確かめ、カバンを持ち直す。

腕時計を見た。

〈散調〉の旋律は消えていた。

何故だろう、へなへなとしゃがみこんでしまいそうになった。

頭が、くらくらとした。

木戸を通して、中から伽倻琴の音、チャンダンを打つプク（太鼓）の音が聞こえてきた。音に混ざって、カチッ、カチッ、カチッ、と秒針の音が浮かび上がる。得体の知れない嫌悪感が胸を塞ぐ。

カバンを開き、教科書の間から藤田宛の手紙を取り出した。便箋を出し、一行も読み返さずに破っていった。紙片を封筒に入れ、カバンを閉じた。

チャイムを押す。

人の足音が木戸に近づいた。扉が開いた。

「アンニョンハセヨ」

私は、顔を覗かせた女に笑いかけた。女の名前は何というのだったろう。毎日のように顔を合わせているのに、どうしても名前が思い出せない。そのまま女のあとにつき、マダン（中庭）に沿って、ちょうど玄関とはす向かいにある部屋の入口に立った。プクは先生が叩いているはずだった。今伽倻琴を弾いているのは誰だろう。音が甘い、締まりがない、そんなことを考えているうちに、サンダルを脱いで上がった女の踵が目に入った。ストッキングがでんせんしている。親指の下にぽっこりと骨が突き出ている。インスギ（仁淑）だ、と女の名前をやっと思い出した。

先生が顔を上げ、私に笑いかけた。小さな声で挨拶し、頭を下げながらインスギの横に坐った。伽倻琴を弾いているのは、たまに顔を合わせることがある年のいった女性だった。タレントだと聞いていた。名前は知らない。

「もう稽古はすんだの？」

インスギの耳許で囁いた。彼女は首を振った。

「次はあなたよね？」

頷いたインスギが、私を見た。

「ねえ、インスギ、お願いだから先にやらせてもらえないかしら」

「…………」

「実はね、明日学校で試験があるの。急いで帰って勉強しなければならなくて」

「…………」

たいていこんな時に使う嘘は決まっていた。言いながら、何故こんなにどぎつく厚化粧をするのだろう、とその顔を見ながら考えた。浅黒い首筋との色の差が、不潔な感じさえしていた。顎は大きく張り出し、唇はぶ厚くふくらんでいる。せり上がった頬に、色濃く頬紅が塗られ、顔の欠点が化粧でかえって露わになっていた。

インスギは、しばらくして従順そうに頷いた。

「カムサハムニダ（ありがとうございます）」

そう言って大げさに頭を下げた。インスギは少し引きつった表情をし、それでも何とか笑顔を作りながら、首を左右に振った。

インスギから漂う「不幸」の匂いは、いつも私を不快にさせる。姉弟子たちに媚びるように気を使う彼女の様子を目にすると、たまらない思いで胸が塞がれることもあった。小さな頃から伽倻琴を習い、弾き続けている彼女の実力には、誰もが一目置いていた。指がまるで絃にすいつくように動くのだ。何度も血を吐いたという喉は、パンソリ独特のこぶしや抑揚を平気で歌いこなしてしまう。それなのに、彼女はどうして自分に自信を持つことができないのだろう。

「スニさんは、必ずスターになれるわ」

いつだったか、インスギが言った。

「スター？」

「ええ」

「どうして私がスターになれるの？」

「顔もきれいだし、伽倻琴も上手に弾くし」

「こんなおかしな発音じゃあ、どうかな」

「ううん、それがスニさんの味なんですよ」

何を、どう話してもそんな話題になるのだった。インスギの愚かさがたまらなかった。インスギを愚かにさせている何かを、言葉にできないもどかしさにも苛立っていた。

稽古が終わったようだ。

プクのバチを置いた先生が、

「今日は遅かったわね、スニさん」

と言った。私は、首を少しかしげて頷いた。

「あら、すてきなワンピース」

振り返った女性が、そう言って私に近づく。

「日本製でしょ？」

「ええ」

伽倻琴を習う時も、踊りを習う時も、私は日本式に「さん」づけされて呼ばれていた。そして誰もが、日本から持ってきた洋服を褒め、アクセサリーを褒めた。

「先生、次はスニさんなんです」

インスギの声で振り返った。

「明日試験があるものですから、順番を代えてもらったんです」

そう言いながら下腹部を走る激痛をこらえていた。うっと呻く私の声が、聞こえた。

先生の前に坐り、楽器を膝にのせる。一日中稽古に使われていたせいで、絃がゆるみすぎているのが気になった。共鳴胴には、らでん細工で鶴が二羽彫りこまれている。何の装飾もほどこされていない、部屋の壁に掛かっている自分の伽倻琴の方がずっと美人だ、そんなことを呟いた。

〈散調〉を弾き始めた。

先生が、プクを叩いた。間近で聞くプクの音は、背筋が引き締まるような緊張感があった。それでいて音の持つ大らかさは、チャンダンの中に人をぐいぐいとひきこんでいく。汗はひいていた。時折、ひきつるように下腹部が痛む以外は、呼吸もほとんど落ち着いていた。三十分の〈散調〉を弾く中で、数回中断し、音を直された。

「スニさん、何を考えているの?」

先生が言い、私は、肩をすくめた。カーテンがなびき、わずかに風が吹きこんだ。先生の香水だろうか、杉の木に似た匂いが流れた。

伽倻琴を初めて弾き始めたという、楽聖于勒《ウルク》のことを考えていたのだ。弾いているうちに、于勒は果たして男だったのだろうか、とふと思い、男であって女、女であって男……と考えが巡り始めた。于勒の頃の伽倻琴とは、楽器の構造も手法も全く違う。だが、ほらこの音、しばらくしてまた、ほらこの音、とじかに弾きながら、于勒がかねてそなえていた両性、というものを例証してみるのは面白かった。

やはり、時間の恩恵に浴している。私は胸の奥で呟いていた。クッコリのこのリズム、この旋律……

人々が生き、芸を伝承してきたからこそ、私は今、こうして伽倻琴を弾くことができる。しかし、私が受けた時間の恩恵は、私限りで終わっていい。「物」の意味は、「物」と対する私のあり様の中にしか生まれない。

六番目の絃を弾き、プクの音が最後をしめて、〈散調〉は終わった。

腕時計を見た。

すでに、六時半近くになっていた。

いつもであれば、新しい旋律を習うはずだった。

「ソンセンニム（先生）、今日はちょっと忙しいので」

私が言うと、先生は頷き、インスギの方を見た。私も彼女の方に振り向き、

「コマプスムニダ（ありがとう）」

と小声で言った。カバンを持ち、挨拶をして部屋を出た。薄暗い部屋の中にいたせいか、日に当たっているマダンが、真昼のように明るく見えた。

ソウルの夕暮れは長い。ゆっくりと、実にゆっくりと日が暮れていく。まだ夕暮れの匂いすらなかった。

靴を穿きながら、両方の踵のキズを見た。

しかし、平然としていた。

あぐらをほぐしたばかりの両脚には、まだわずかにしびれが残り、それがかえって心地よかった。日課の一つを守りきれたことに満足していた。

木戸を閉め、歩き出した。

……そうかも知れない。薄く笑いながら呟いた。多分、生きているから日課があるのではないのだろ

う。生きるために日課があるのだ。すべては、日課だ。伽倻琴も私が日課の中にしくんだ道具でしかない。

韓式家屋の一隅を過ぎ、大通りを横切り、また路地に入っていった。何も考えまい、と思った。このまま、この光景の中の単なる部分としてただ歩いていけばいい……。

にぎやかな商店街が近づいた。道の脇にはポジャンマチャ（布張馬車）と呼ばれている屋台が、立ち並び始めていた。台の上の、薄桃色をした蛇のようなものは何だろう。すでに赤い顔をして、真露焼酎を飲んでいる男の姿も見える。

ぼんやりとして歩いていた私の前に、急ブレーキをかけて自転車が止まった。乗っている若者がぶつぶつと何かを言って、私を睨みつけた。身体をどけようとしない私に呆れたように、若者は自転車を傾け、身体も傾けて走り出した。

思い出したように、左腹がちくちくと刺し痛んだ。

曲がりくねったでこぼこ道に入ると、さらに人の数が増えた。どこかで工事をしているのだろう、鉄筋を叩く音がゆっくりとした間隔で響いている。

路地を曲がり、ビルの階段に足を掛けた。だが、何かに躊《ため》らい、足を掛けたまま、その場で深い溜息をついた。

決心したように階段を上り始める。

稽古場のドアに手を掛ける。

いつものように音楽が流れてくるものとばかり思っていた。だが中は薄暗く、人の気配がなかった。顔色が変わり、表情が明るくなるのが自分でもわかった。ひとりで踊れる、たったひとりで踊れる、私は、うれしそうに呟いた。靴を脱ぎ、居間を覗いた。老婆が縫い物をしていた。

「ハルモニ（おばあさん）、ソンセンニムは？」

「……………」

老婆は居眠りをしているようだ。近づいてもう一度同じことを訊くと、頭を振って顔を上げ、焦点の定まらない寝ぼけた表情で、

「病院に行ったよ」

と言った。

「どこか悪いの？」

「いつものモムサル（疲労）ですよ、昨夜から調子が悪くてね」

ハルモニは皺だらけの小さな顔をかしげ、片手で肩を叩いた。

「他のお弟子さんは？」

「そうだね。今日は来ないようだね」

ハルモニは全く関心がなさそうに、そう言いながらテレビをつけた。

「そうですか」

私は、居間を出た。

稽古場の開け放した窓から、涼しい風が吹きこんでいた。

窓辺に立った。

右下の大通りに車が渋滞していた。信号が変わったのだろう、その向こうの横断歩道で、両側から人の波がぶつかり合った。目を上げると、ところどころに岩肌を晒した低い山脈が遠くに見える。山の方の空は、灰色がかっている。凹凸の激しいごみごみとした町並、レンガ造りの妙に角ばった民家が続く。そういえば、誰かが沖縄の住宅に似ていると言ってたな、と呟く。通りを往きかう車の流れ、せわし気

に歩いている人間たちの小さな姿……今の私は、風景に何の反応も示さない。

「………」

手ごたえ、といってもいい。私は、私の声の重量感を確かに感じとっていた。

壁ぎわの整理棚から、稽古着の入った紙袋を取り出した。ストッキングを脱ぎ、ハンガーに掛かっている自分のタオルを持って洗面所に行った。洗顔をし、うがいをした。足をきれいに洗い、両手に水をすくって鼻の中を洗った。生理日には、踊る前に必ず手足や鼻の中をきれいに洗わなければ気がすまなかった。

稽古場に戻り、化粧を始めた。

人がいないのは、好都合だった。チュンジャとの待ち合わせまでには、まだ時間もある。

下地を終え、ファウンデーションをのばした。注意深く順序を違えずに、化粧バッグから紅筆を取り出す。唇を輪郭だけをなぞり、アイシャドウをつける。そして口紅をゆっくりとつけていく。普段、どんなに時間がない時でも、踊る前に口紅だけはつけることにしていた。白装束の中に浮きたった赤い唇に惹かれて、神が私の身体に降りてくる……。そんな神話を自分の中で作り上げていた。

抱かれたい、と思った。

コンパクトの鏡に映った赤い唇を見ているうちに、崔教授の硬い肌が甦えった。今のこの今は、藤田ではなく、崔教授に抱かれたい。

「スニや」

その声に、びくっと私の身体は痙攣する。ぼんやりとした記憶の影像が、次第に焦点を合わせてくる。

枕の中で向き合いながら、まるで少年のような目だな、と私は思っていた。あれはいつだったろう。

藤田と会ったその翌日であることだけは覚えている。スニ、というたった一つの短い単語が、藤田が口にするのと崔教授が口にするのとでは、その響きや抑揚が微妙に違う。ただ藤田の愛撫のあとを消したいと思っていた。その日も生理日だった。

耳朶をくすぐる声を聞いているうちに、彼は腹部に手を伸ばしてきた。私は遮り、

「だめなの、今日は」

と言った。

「どうして?」

私は、頬ずりをしながら、その耳許で囁く。

「………」

「ごめんなさい。でもどうしてもソンセンニムに会いたかったの」

言い終わらぬうちに、彼は私を抱きしめた。そして、耳朶に熱い息を吹きかけ、あることを呟いた。

「いやよ、いやよ」

甘えた声を出し、枕にしがみついた。そのうちに私の手を強引に引き、浴室のドアを開けた。マゾヒスティックな興奮と気の遠くなるようなしびれが、すでに身体中に渦巻いていた。そんな私をじらすように、彼はゆっくりとシャワーを浴びる。私の身体をすみずみまで洗っていく。

彼は、便器の前に立った。私は、浴槽のへりに両腕をのせ、性器とその尖端からほとばしり出るものをくい入るように見つめた。

「ソンセンニム、いつパイプカットしたの?」

「二十年も前のことだよ」

彼は言った。

藤田の性器がよぎっていった。藤田は十年前に手術をしたと言った。崔教授には子供がひとりいる。

藤田には三人の子供がいる。藤田の負けだ。その上藤田は日本人だ。藤田の完敗だ。……ああ、くだらない。

「何を笑っているんだ」

私は、首を振る。

笑い声が止まらない。放尿をかき消すような大声で、突然、四文字の卑語を叫んだ。驚いた表情で崔教授が私を見る。

「ソンセンニム、韓国語で言ってみようか」

さらに大声を上げ、二文字ずつの卑語を叫んだ。

笑いながら浴槽からとび出し、彼の脚許にひざまずいた。放尿の終わった性器を口に咥える。躇っているその顔を、いたずらっぽい目で見上げる。彼は低く呻き、腰を動かし始める。そのうちに私の前髪を摑み、うしろに思いきり引っ張る。私は哀願するように唇をつき出す。

「ソンセンニム」

喉の奥から声を押し出した。

「スニや」

身体がうしろ向きに倒された。

激痛が、臀部を貫いた。

「痛いか?」

私は、頷く。

「痛いだろう」

何度も何度も大きく頷く。彼は二本の指で、くいしばった私の歯をこじあけた。

「ソンセンニム、スニって呼んで」

彼の指を咥えこむ。彼は背中に舌を這わせながら、低い声で私の名前を呼ぶ。

「もっと」

呻きながら、その指に舌をからませていく。

鏡の中の赤い唇が、わずかに動いた。

コンパクトを閉じた。

ごぼごぼと音をたてて、子宮口から体液がほとばしり出た気がした。丸粒は今、確かに溶けている。その強烈な匂いが、身体のまわりに漂っていく。

髪を束ね、露わになった首筋に、涼しい風が吹きつけてきた。化粧道具を片付け、カセットテープをセットした。

白いスゴン（手巾）を持ち、大きな鏡の前に立つ。

美しい、と思った。

今日は十分間のサルプリを一度だけきちんと踊りきればいい。私は鏡に向かって呟きかけた。

深呼吸をし、息づかいを整える。

テグム（横笛）のすすり泣くような音色が、サルプリの旋律を奏で始めた。息を吐き出しながら、一歩を踏み出す。吸いこみ、また吐き出しながら、二歩目を踏み出す。初めの数回のチャンダンが肝心だった。腰の安定と息のバランスが、踊り全体の心構え、出来ばえを決めていく。

身体は順序を覚えきっていた。

私は、踊っている女を見つめていた。視線の位置、腕の高さ、スゴン（手巾）が舞う、左肩で受けとめる。

女は、鼻孔に丸粒の匂いを溜める。目に血の赤黒さを甦えらせる。汗にまみれ、血にまみれた身体を称え続ける。

于勒は、三人の弟子にそれぞれ、琴、舞、唱を伝えたという。于勒は踊りにも精通していた。果たして男だったのだろうか、とまた考え始める。神はきっと、淫らでなまめかしい両性を具有した身体の中にこそ、くらくらとしながら降りてくるに違いない……。

一曲を踊り終え、スゴンを静かにたたんだ。

壁に掛かっている時計を見た。

七時をわずかに過ぎていた。頭に刻みこまれている七時半の図柄まで、長針の位置はまだ余裕があった。

洋服を着替え、稽古着を片付ける。

居間を覗くと、ハルモニがテレビを見ながら煙草を吸っていた。

「今日は、これで帰ります」

耳が少し遠い上に、テレビの画面に熱中していて、ハルモニは私の気配に気づかない。

「ソンセンニムによろしく」

大声を上げ、そのままドアに向かった。窓の外に、赤いボールのような太陽がぽっかりと浮かんでいるのが見えた。けだるさを含んだその表情に惹かれ、しばらく足を止めてじっと見つめた。

階段を下り、ビルの外に出た。

空腹を覚えた。

少し歩き、地下市場に下りて行った。市場の中に、キムバプ（海苔巻き寿司）やクックス（うどん）を売る軽食の店がある。時折立ち寄るので、でっぷりと太ったアジュモニとは顔馴染みになっていた。

地下市場はいつも独特な匂いが漂っている。肉屋も魚屋も八百屋もあり、金物屋も洋品屋も、それにそんな軽食の店も小さなタバン（喫茶店）もある。数えれば百軒を越えるだろうと思われる小さな店のそれぞれの匂いが、人いきれや明かりとない混ざり、湿気を含んで天井の下にこもっているのだ。

鳥肉屋の前では習慣的に顔をそむけた。羽根を削がれ、毛孔をぷつぷつと晒した丸裸の鳥を見るのは苦手だった。キムソン（金誠）のにきびだらけの顔がよぎった。夜は集中して勉強できる？　だらだらいくら勉強してても効果は上がらないわ……昼間の自分の声を思い出す。彼は恥ずかしそうにうつむいている。

丸裸の鳥を見てうっと思わず顔をそむけるように、肌の汚い男と話すのは苦手だった。しかし、にきびだらけの顔でも、キムソンはその「不幸」の匂いで、私を惹きつける。

アジュモニは、キムバプの海苔を巻きながら、店のベンチに坐った労働者風の男と話をしていた。

「アンニョンハセヨ」

私は、声を掛ける。

「アジュモニ、キムバプ二本とキムチね」

男の真向かいのベンチに坐りながら、そう言った。食べきれないだろうとは思っていた。しかし、キムバプ一本ではもの足りない。

アジュモニは話に熱中しているようだった。すばやく輪切りにして盛った皿を台に置き、キムチとスープの入った碗を並べると、私に背を向け、男と話し始めた。トク（もち）を売る店、ピーナッツやくるみを売る店、その横の、かごからあふれそうな赤い唐辛子の山、棗の山、……辺りを見回し、キムバプの輪切りを一つほおばった。

地下市場にこもった匂いは、不快ではなかった。今日は、妙な懐しさを感じていた。

スープをすすり、キムチを食べ、また一つまた一つ、とキムバプをほおばっていく。

空腹感はすでになかった。

手と口を機械的に動かしているだけのような気がし始めた。

男と話しているアジュモニの大きな尻を見る。スープの入った鍋からたちのぼる白い湯気を見る。調理台に並んでいるソーセージ、たくわん、ほうれん草、玉子焼きの束を見る。

「…………」

目の前が、ぶれて揺れた。

少しくらくらとし遠近感覚がなくなった。

妙な吐き気がするのは何故だろう。

全てが絵に見える。奥行も幅もない、ただの絵だ。数えきれないほどの絵が交錯し、今、今、今、の中で絵柄を変えていく。

女が、坐っている。

高価なシルク地の白いワンピースを着、美しい顔立ちをした女が、地下市場の雑踏の中で、粗末な木のベンチに坐り、キムバプをほおばっている。

女は、声が声にならないもどかしさを感じている。空腹が満たされ、悲しくさせる光景などどこにもないのに、胸がうずいている。

「君は全く、七面鳥のようだね」

記憶の中から、男の声が浮かび上がった。崔教授だろうか、それとも藤田だろうか。男は女の、気移りの激しさに呆れていた。それでいて、女が可愛くてしかたがないのだ。

「人間の心は一日に八十八万回も変化するといわれているのよ」

女は言葉の毒気を抜くように、男のこめかみを指でなぞり、甘えた声を出してそう言った。

「自分の心を、自分で完全に統治できると思って?」

「じゃあ、気の変わるままにまかせているというんだね」

「今生まれて、今死ぬのです」

「……………」

「目に見えるものはすべて物の属性よ。私という物も、属性で着ぶくれしてるわ」

喋り過ぎだ、と女は後悔していた。何を言おうと、言葉を吐くこと自体がすでに彼女自身を裏切り始める。ミイラ取りがミイラになってしまうように、裏切り尽くそうとしていた悪意が、男に対する甘えや媚にすりかわっていく。とほうもない一人称の呪縛の中に、彼女が彼女自身をおとしめていく。

喉がかわいた。

「生きるって、我慢することばっかりね」

吐き出すように、女は言った。

「一人称の、ファシズム」

果たして男の耳には届いたのだろうか。男は手を伸ばし、女の頭を撫で、いとしそうに頬をさすった。

「そうだよ、我慢することだらけだ」

直截にそう答えた男の顔が、ひどく間が抜けて見えた。

記憶の中で、女は助手席に坐っている。女は、顔を左右に動かす。日本では、男は右側の運転席に坐り、韓国では、男は左側で運転している……。

はっとして、腕時計を見た。

扇形の角度が、予想以上に挟まっていた。

「七時十八分」

時刻を読みとる私の声が、震えている。胸が何かで押さえこまれていくようだった。思い出したように下腹部も痛みだした。

しかし、私は、坐っている。

キムバプをさらに一つほおばった。

スープを飲んだ。

「アジュモニ、いくらですか」

そのうちにようやく立ち上がった。胃がふくれ、体温が上がったせいだろうか、頭がぼうっとし汗が出た。歯をみがきたい……。

「六百ウォン?・」

さいふには百ウォン銀貨が一つもなかった。千ウォン札を出し、四百ウォンのおつりをもらった。値段を知っていたのに、いくらなのか訊いたのは何故だろう。言葉を節約する努力が足りない。こんな心掛けでは、バルニバービはさらに遠くなる。大真面目でぶつぶつと呟き、私は、そんな私を笑っていた。四枚の百ウォン銀貨が、意外に重く感じられた。得をしたような気さえした。節約をしよう、と私は呟いた。言葉もお金も節約だ。明日からはタクシーにも絶対に乗るまい、毎日少しずつ貯金をするのだ、相変わらずぶつぶつと呟き続けた。

顔をそむけながら、鳥肉屋の前を過ぎる。通路を曲がり、洋品屋の並びを歩いているうちに小物を売っている店を通りかかった。

足を止め、店の中を覗いた。

「アジュモニ、貯金箱、ありますか?・」

椅子に坐り、二種類ばかりのキムチとご飯ののった盆の前にかがんでいたアジュモニが、口をもぐもぐさせながら、棚の一隅を指さした。

すぐに目に入った一つの貯金箱を、手に取った。

「これを下さい」

猿の貯金箱だった。背中に硬貨を入れる穴があった。賢そうな顔だ。私が怠けないように見張ってくれるに違いない。

包みをもらい、さいふにつり銭を入れながら歩き出した。また四枚、百ウォン銀貨が増えた。

地下市場の出口の手前に、ダンボール箱が積み重なっていた。その陰にすばやく入り、化粧バッグからコンパクトを取り出した。鏡に自分の歯を映す。海苔がついていないことを確かめる。歯をみがきたい、やはりそんなことを考えながら、コンパクトを閉じる。

腕時計を見た。

長針は、6からわずかに左にずれていた。

目をつむり、瞼に力を入れる。

長い吐息が、もれた。

多分、意識の底の私が、七時半、という時刻の図柄を崩したかったのだ……。目を開けた。通行人が、次から次に通り過ぎて行った。誰も、ダンボール箱の陰にいる私には気づかない。

「…………」

声の応酬が始まる予感に怯えていた。

カチッ、カチッ、カチッ、……秒針の音が、風景の底で鳴り響いている。

絵だ。

交錯する無数の絵が、立ち現われては、消えていく。だが、そうだろうか、果たしてそうなのだろうか。必死に呟く私の声が聞こえてくる。

耳鳴りがする。

ぶるぶると身体が震える。

カチッ、カチッ、カチッ、……やはり音は、規則正しい。絵柄は確かに入れ替わっている。私も今の今、この私として風景に立ち合っている。

往きかう人々の間から、一人の若者の姿が目を打った。若者は、斜面になった出口を、重そうな米袋を肩にのせてのぼっていた。口の中に汗が流れこむのだろう。歯をくいしばり、唇を硬く閉じ、若者は一歩一歩、足を踏み出していく。日の焼けた筋肉質の腕が光っていた。髪の毛が汗で濡れていた。見ている私の両膝に、力が伝わった。

コンパクトをしまい、歩き出した。

若者のように足を踏み出し、斜面をのぼりきる。

外は、まだ明るかった。だが、ずっと外にいたなら気づかなかったろう、ほんのわずか、闇の匂いがたちこめ始めていた。日が暮れきるまでには、まだ時間がかかる。熱気はべったりと地上にのしかかってくるようだ。昼の日射しが発酵し、辺りをおおい始めている。

人通りは増えていた。すでにポジャンマチャのベンチも塞がっている。工場はまだ続いているらしい。遠くの方で金属音が鳴り響く。

足取りは、しっかりしていた。毎日、稽古を終えて帰る道を、私は、ただ辿っていた。

視界の左側に、不動産屋の看板が見え始めると、習慣的に右側に目をそらす。不動産屋の横には、強壮剤を作る店があるのだ。黒い大きな鉄の釜が、かまどにいくつか備えつけられている。その店のウインドウを見るのがたまらなかった。液体にひたった蛇が、瓶詰めにされて並んでいる。さらに一軒置いたその先には、薬局がある。入口の壁のポスターに、水虫でただれた足元が拡大されて写っていた。羽根を削がれた丸裸の鳥と同じように、蛇の斑らなうろこも、ただれた赤い皮膚も、一秒と見てはいられなかった。

昼間通った近道の路地を抜け出ると、ようやく歩道橋が見えてきた。

大通りを歩く。

橋、橋の向こうに板塀、そして行きかう車の隙間から、バス停が見える。

七時半、と時間を指定したのは私だった。バス停で待ち合わせようと言いだしたのは私だったろうか、それともチュンジャの方だったろうか。騒々しい人ごみが嫌いなチュンジャが言いだしたとは思えなかった。かといって、道順から離れたバス停を、私から言い出したとも思えない。

歩道橋の階段に足を掛けた。

数段上がったところで、思い出したように左腹に激痛が走った。

ゆっくりと足を動かす。約束の時間を守らない罰だ、と私がぶつぶつと呟く。

つばの裂けた麦わら帽子が見えた。私と男の間を、何人もの通行人が駆け上がり、駆け下りる。男は二時間前と同じ位置に、同じ姿勢のままで坐っていた。下から近づいても、うなだれた男の顔は、やはり見えない。

さいふから、八枚の百ウォン銀貨を出し、手の中に握った。

ちくちくと、左腹は相変わらず刺し痛む。痛みから少しでも気をそらしたいのだ、理由はそれだけだ、私は呟く。声が少し震えている。

そのズボンの裾に、銀貨をのせた。深くかがみ、気をつけて置いたつもりなのに、八枚の銀貨は無神経な音をたてた。男はぴくりとも動かない。片膝を立て、額を膝頭に当てたまま、頷きもせず見上げることもしなかった。

振り返らずに歩いた。

向こう側の階段を下り始めて、ちらりと横を見た。はっとして目を凝らした。手摺りの鉄柵の間で麦わら帽子が動いた。男は顔を上げかけている。もう一段下りてみた。やはり男はうなだれたまま、さっきと同じ姿勢で坐っていた。しかし、麦わら帽子は、呼吸に合わせてゆっくりと動いているようにみえる。今にも顔を上げそうに見える。

「………」

急いで階段を駆け下りた。

大股に歩いた。石畳の四角います目を、一つ置きに踏みつけていった。橋を渡り、角のレコード屋にさしかかる。苛立ちはなく、焦りもなくなっていた。レコード屋からは、男の声で演歌が流れていた。その旋律も声も、下卑た感じがした。しかし、決して不愉快ではなかった。

学生の一団が、ちょうど坂道の角を曲がった。彼らは背中を見せ、バス停に向かって歩き出す。笑い声が起こった。両端にいた学生二人が、冗談めかして走り回った。

前方のバス停は、朝よりも混雑しているように見えた。発車したばかりの市内バスが、猛スピードで突進し、あっという間に私の横を走り去る。次から次と、バスが続く。バスが近づくたびに、右半身が剝ぎとられそうになる。

……歩いているのだな。ぼんやりと私は呟いた。呟いたとたん、脚のリズムがふいに崩れた。左足の踵が、石畳の溝にはさまれていた。目に焼きついている両足の踵のキズが、よぎっていった。無理やり溝から踵を抜きとり、振り返った。左の靴はべろりと革が剝がれ、中の骨がむき出ていた。

人に肩を押された。

ぐらついた身体が、また誰かの背にぶつかる。

まるで雑踏にほうり出された人形のようだった。自分もただの「物」であるように、他人もただの「物」でしかない。

チュンジャはいなかった。カバンを持ちかえ、

「四十八分」

長針の位置を読みとった。

ざわついた空気に、少したまらなくなってきていた。バス停の端にある売店の方に歩いて行き、その陰に立った。

バスが走り寄り、急ブレーキをかけて停車した。続けざまに、二台のバスがすれすれに接近して止まった。三つのドアが開き、車掌が道路に降り立った。次々と乗客がこぼれ出す。それぞれのドア口に駆け寄った人々が、下りる客の動作を、うずうずしながら見守っている。どのバスも満員だった。中は多分、熱気で窒息するほどなのだろう。どの顔もどの顔も、伏し目がちで疲れきっていた。バスから降りた人々は、みながみな、ほっと一息をつき、我に返った表情で歩き出す。

車掌は、まだ十代の少女に違いない。着古した紺の制服、頭に留められたえんじ色の小さな帽子、遠くからでもかさついた素肌の荒れ具合いが、手にとるように感じられた。

「あの目は、今、何を見ているのだろう」

私は、ぼんやりと呟く私の声を聞いた。一日中立ちつくし、一日中排気ガスと人いきれに晒されてきたあの小さな身体は、今、何を欲しているのだろう……。その脚の疲れ、身体の汚れの不快さに、今、とって替わり得るものなど何もない。生きていることの意味が、どんな言葉で説明されようと、世の中

のしくみが、どんなに解りやすい公式で説明されようと、今の彼女たち、棒のようになってしまったその両脚を癒せるものなど、どこにもない……。

ドアが閉まった。

市内バスは、埃だらけの薄い鉄板の箱のようだ。積みこんだ人の重さで、今にもひしゃげてしまいそうに見える。車掌は窓から手を出し、バスの腹部を叩いた。出発の合図なのだろう。バスは息を吸いこむようにわずかにうしろに動くと、慌しく走り出した。続く二台も、発車した。くすくすと、私は、笑っていた。何故だろう。おかしくてたまらなかった。

空の色は微妙だった。日が暮れきるまぎわの、妙にやるせない感じがする青だ。だが、それでいて気分を沈ませることもない。あんな色のアイシャドウはすてきだろうな、空を仰ぎ見ながらそう呟く私の声も明るかった。

チュンジャは、まだ来ていなかった。

もう八時を過ぎている。腕時計をちらりと見て、私は呟く。

うしろの板塀に身体を寄せた。

会えても会えなくてもかまわない、そう思った。

今は、立っていることが心地いい。

暮れきろうとしている空を見ていることが、心地いい。

大通りの向かい側にあるビルを見つめた。明かりのついた窓を、下から目で辿った。四階、五階、六階……つまらなくなり、視線を移した。ガソリンスタンドをはさみ、低いビルが数軒続く。路地がある。その向こうには、ちまちまとした商店がずらりと軒を並べている。ウインドウの照明で浮き上がった、白いウエディングドレスを着たマネキンが二つ見えた。マネキンの顔は、以前間近で見た時の印象が焼きついている。遠くからこうして見ていても、その顔ばかり拡大され、薄気味悪い。

目を開けていることが辛くなった。昨夜の寝不足が、今になってぶり返してきたようだ。下腹部の鈍痛も、腰全体を重たるくさせている。

疲れていた。

石畳の一点をぼんやりと見つめた。

焦点が合わず、四角います目がぶれて揺れる。

カチッ、カチッ、カチッ、……秒針が、胸の奥で音を刻み始める。

私は、私を、見つめる。

石畳に視線を落としている女を、見つめる。

女は、バス停の端で、板塀を背にして立っている。人と待ち合わせ、待ち合わせた相手を捜すべきはずの女は、何故そこに自分が来たのかさえ、忘れてしまったようだ。無数の足が、その視線の先を踏みつける。しかし、女は動かない。快、不快の感情すらも忘れてしまったように、ただぼんやりと立っている。

女が、笑った。

女の唇が、わずかに動いた。

……誰が私に語るのか、私の代わりとなって……お前が嘘をついている、と何のこだまが答えるのか……。呟き始めた詩の一節がとぎれた。……私は在るのか。在ったのか、眠っているのか、醒めているのか……。

女は、目をつむる。

瞼の裏側に、時計屋の姿がよぎっていく。男はいつものように、微動だにせず坐っている。

「…………」

女は、叫び始めた。声を嗄らせ、罵倒語を並べたてた。男は黙っている。女はガラス戸に手を当て、頬をこすりつけた。

……けれども世界は厳然としています。あなたの見ているその時計、その秒針が刻む音とともに、説明を拒んだ、全く説明を拒んだ強烈さで厳然としています。

はっとして、目を開ける。

バスが止まっている。

ドアに人々が、駆け寄っていく。

人がこぼれ、人を呑みこみ、バスが、走り出す。

カチッ、カチッ、カチッ、……交錯する絵柄の連写は、一時も止まることはない。

……私が、この風景を必要としている。私が、この今の、この風景にとりすがっている。真の呼吸も、真の矜恃さえも、この風景の中に、在る。

「スニ」

「…………」

誰かの手が、肩に触れた。

「ねえ、スニったら」

目の前に、チュンジャが立っていた。

突然、目が醒めるような勢いで、轟音や人の声が、生々しく耳許に打ち寄せてきた。

「チュンジャ」

私は、言った。私の声も生々しかった。

チュンジャの口許を見る。

パクパクと動き、音がとび出している。

突然、独り言から醒め、生々しさをつきつけられた私は、その声を、他人の声として聞きとり、言葉の意味を摑むことができずにいた。

「ごめんなさい、遅れて。急用ができちゃったの。それでも急いで来たつもりなんだけど、夕方のラッシュでしょ、それに地下鉄工事なものだから、渋滞しちゃって」

私は、やさしく笑い、首を振る。

「大丈夫よ、私も遅れてきたの」

チュンジャは、鮮やかな朱色のサマーセーターを着ていた。下はセーターよりも少し薄い同色のコットンパンツだ。暖色系の色が、何故か不快だった。そんな不快な色を着ているチュンジャがたまらなくなった。

「スニ、どうしてこんなところに立っていたの？　これじゃあ気づきっこないわ。もう帰ってしまったのかと思って、心配しちゃった」

昂ぶり、言葉を次々と早口に並べたてる。

これから彼女を連れて下宿に行き、またこのバス停に送ってくる……何時になったら、別れることができるのだろう。

「あんまり人の勢いがすごかったものだから」

私は、言った。

腕時計は見まい、と思った。見る必要もなかった。

日はすでに暮れきっている。

私は、今、もうチュンジャと会っている。……逃れられない。

「あら、もうこんな時間になっていたのね」

チュンジャが、腕時計を見ている。

その横顔を胸の奥で睨みつける。腹立たしさをまぎらすように、カバンを持ちかえた。

「行きましょう」

私は、言った。

思い出したように、下腹部が痛み始めていた。

「スニオンニ（おねえさん）」

数歩歩いたところで、うしろから声を掛けられた。ミギョンが駆け寄り、私の前に立った。見ると、長男も会釈をしながら近づいてくる。

「ミギョン、あら、オッパ（おにいさん）も、どうしたの、一緒にどこかに行ってきたの？」

「バスの中で、偶然会ったのよ。オッパは会社の帰りでしょ。私は、ちょっとお友達に会ってね」

「デート？」

ミギョンは肩をすくめ、気恥ずかしそうに笑う。私は二人に、チュンジャを紹介した。

「在日同胞ですか？」

長男が、訊いた。彼はチュンジャに向かって訊いたのだったが、チュンジャが頷く前に、

「そうよ」

と私が、答えた。私は、焦り始めていた。人が増えたことに焦り始めていた。私は、人の渦中に、いた。

「こちらは、下宿の娘さんと、息子さん」

三人は互いに、アンニョンハセヨ、と挨拶した。ミギョンは若い女の子らしく、美しいチュンジャを羨望のこもった目で見ている。

「どこに行かれるところなのですか?」

丁寧な言葉づかいで話す、長男の緊張した様子もおかしかった。

「これから私の部屋に行くのよ」

「じゃあ、一緒に行きましょう」

ミギョンが、言った。

左側の車道の方から女の甲高い声が聞こえてきた。見ると、バス停のまん中辺りを囲んで人だかりができている。私たちは互いに顔を見合わせ、人だかりの方に歩いて行った。

バスが一台止まり、その前で車掌と中年の女が、もみ合いの喧嘩をしていた。車掌は顔を紅潮させながら必死に女の肩を摑み、中年の女は、憤然として車掌の手をふりほどく。

「払ったじゃないか」

「もらっていません」

「さっき、払ったよ」

間に罵倒語がはさまれ、いさかいは終わりそうになかった。止まっているバスの中から乗客たちはくい入るように二人を見つめ、バス停に立っている人たちも、呆気にとられて立ちつくしている。そのうちに、女はものすごい力で車掌を突きとばした。歩道にしりもちをついた車掌が、女を睨みつけてとびかかる。

運転手が、しきりにクラクションを鳴らしていた。

身体が、震えた。

身の縮まりそうな思い、としか言えない。ミギョンや長男の表情は見たくなかった。彼らは今、私を観察し、私の表情をうかがっているに違いない。……何者だろう、と思った。私は今の、この風景の中では何者なのだろう。

「野蛮ね」

チュンジャの声がした。

とっさに、その声が日本語であることに安心しながら、彼女の方に向き直った。チュンジャは、鼻に皺を寄せ、露骨に軽蔑のこもった表情で、私に頷きかけている。私に合い槌を求めている。ミギョンや長男を見返す自信は、完全になくなっていた。

身体をずらし、視界からミギョンたちを押しのけた。そして彼らにわからないように、日本語で吐き棄てた。

「チュンジャ、いい加減にして。その顔つきは何なの。我慢して普通の表情でいることはできないの、横にいる彼らが、今どんな気持ちでいるのか、考えてあげなさい、早く笑いなさい。何気ない顔をしなさい」

そう言う私の表情の方が、かえって尋常でなかったに違いない。何をいい子振っているのだ、と罵倒する自分の声が、はっきりと聞こえていた。彼女は私の剣幕に驚き、目をきょとんとさせていた。だが、そのうちに顔をしかめ、今度は私を軽蔑するように見下した。

胸の奥が、痛かった。

できれば、チュンジャのその手にとりすがりたい、とさえ思った。咳こみそうで咳がでない、あの苦しさに似ていた。

騒ぎはどんな風に終わったのだろう。車掌はすでにドアの中にいて、窓から手を出したかと思うと、バスの腹部を叩いていた。何事もなかったような無表情な顔が、バスが走り出しても目の前に残っていた。

「ムシクカダ」

長男の声を聞いた。

「本当ね」

ミギョンの声も聞こえた。ムシクカダ……私は頭の中で反芻する。野蛮ね、と言ったチュンジャの言葉と意味はさほど変わらなかった。

矢継ぎ早に、胸の奥で、私のさまざまな声がとびかい始めた。不快そうな表情で、ムシクカダ、と吐き棄てた二人の兄妹の素直さが羨しかった。同時に、思っていることを思ったままに、表情に出せるチュンジャも羨しかった。

「さあ、行きましょうか」

そう言う長男の声にも、動揺はない。

四人は、歩き出した。

気まずく、しばらく言葉が出なかった。

板塀の角まで来て、

「イ・スニって、おせっかいやきでしょう」

複雑な思いを溜めこみながら、照れ臭そうに、私は、言った。チュンジャは機械的に唇の端を曲げ、何も言わずに、ただ笑った。

角を曲がるところで振り返った。

バス停の様子は、騒ぎが起こる数分前と全く変わらなかった。

空を見上げた。

模糊とした暗色の中で、いくつか星が光っていた。明日も晴れそうね、と私は、呟いた。呟いた自分の声を聞き返した。私は、自棄的にふと笑った。

私とミギョンが並んで話している間に、見ると、チュンジャと長男も言葉をかわしているようだった。長男は、数ヵ月前から日本語を習い始めていた。チュンジャと日本語を話してみたいのだろう、しきりに考えこみ、単語を思い出すようにして話す彼の声が、時々耳に入ってきた。

「オッパ、悪戦苦闘しているようね」

私が言うと、ミギョンが笑った。

「ねえ、オンニのお友だちって、すっごくきれいな人ね」

「そうでしょう」

「初め日本人かと思ったわ」

「そんな感じがした?」

「うん」

「私も、日本人に見える?」

「そうねえ」

ミギョンは言葉を切り、

「やっぱり、日本で育ったのだもの」

と、何の抑揚もない調子で言った。その素朴さが、また羨しく思えた。

いつの間にか、ミギョンは長男の横を歩き、私とチュンジャが並んで歩いていた。

「今日、本当にずる休みしたの?」

「うん」

「授業が面白くないの?」

「別に、そういうわけではないけれど」

チュンジャは、ずっとうつ向き加減で歩いている。色白の肌に、朱色の服はよく映え、似合っていた。

今は、色がさほど不快ではなくなっていた。

彼女は、ある私立大学に付属している語学研究所に通い、韓国語を習っていた。そこは在日同胞だけでなく、日本人や他の外国人も集まっている学校だった。ソウルに来て、二ヵ月ぐらいは経つだろうか。

「元気がないわね」

私は、言った。

彼女は、わずかに首をかしげた。尖がらせた口許は、何かを言いたそうだった。

「ごめんね、今日は突然電話して」

「ううん、いいの。スニが下宿に招待してくれるとは思わなかったわ」

とたんに、日中の太陽光線が、また目を打つように甦えった。

「チュンジャ、すてきなセーターね。いつ会ってもセンスがいいわ」

こみあげそうになる記憶の束を感じ、思いついたように声を発し、押し流した。チュンジャは機械的に唇を曲げ、得意そうにふっと笑う。腕時計を見てみようか、と私は、思った。しかし、胸の奥で、引き止めた。……どうあっても逃れられない。

小刻みな腹痛が続いていた。

暑かった。

風は全くなかった。

クラブ活動の帰りなのだろうか、学生の一団が、坂を下り、私たちの横を通り過ぎた。

「ずい分、大人っぽいわね」

チュンジャが、言う。

「そうかしら、私にはあどけなく見えるけれど」

「おじさんみたい」

チュンジャが、吐き棄てるように言う。

「顔がしっかりしているっていうことよ。日本の学生みたいに甘えちゃあいないわ。姿勢からして違うじゃない。士大夫たちの末裔よ。憂国、ううん、愛国の思いが浸透しているんだわ」

何を力んでいるのだろう、私の声の裏側で私の声が、聞こえる。突然、声が大きくなった。

「ソウルはすばらしい。韓国はすばらしい。ねえ、チュンジャ、そう思わない?」

「…………」

彼女は、黙りこむ。しばらくして、

「みんな元気すぎて、ちょっとたまらないわ」

また吐き棄てるようにそう言った。

「スニはこの喧噪が平気?」

「それはまあ、……平気って威張って言うことはできないけれど」

笑顔を崩すまい、と私は、言いきかせている。

「平気そうよ、スニなら」

チュンジャが、言った。

「私はがさつだものねえ」

「………」

「私自体が、喧噪そのものだもの。自分でも呆れてるの」

ずるい、と私は呟いた。私は、ずるい。何かをごまかしている。私は多分、私にしっぺ返しされる。

「スニ、ここの銭湯はきれい？」

彼女の言葉にはっとした。私は左側を向き、時計屋を一瞥した。

「ねえ、きれい？」

カチッ、カチッ、カチッ、……秒針の音がする。

「スニ」

不協和音が、胸を塞ぐ。

「まあまあよ」

やっとのことで、私は、答えた。

「じゃあ、二人は先に行ってね、ここでちょっと買い物をしていくから」

雑貨屋の前で、ミギョンと長男に言った。二人は頷き、そのまま歩いて行った。

真露焼酎一本と、ビール二本を買った。酒の入った紙袋を受けとりながら、

「スニ、それ何？」

私の持っていた小さな紙の包みを見て、チュンジャが言った。

「これ？」

包みをかかげる。

「貯金箱よ」

「スニが、貯金をするの？　まあ、感心ね」

チュンジャが、噴き出すようにして言う。

「節約を誓ったの」

そう言いながら、ふと、つまらなくなった。腕時計、と、貯金箱、……私は、ぼそりと呟く。

下宿の前に来た。

鉄扉を開ける。とたんに、犬が吼え始めた。

「気にしないで、絶対に咬みつかないから」

むっとしながらも、私は、笑っていた。

玄関口に立つと、居間から大声が聞こえた。アジュモニは、昼間の約束を忘れたらしい。

台所のドアのところにオクスギが立っていた。ぼんやりとただ私を見つめるオクスギを、思いきり睨みつけた。

「さあ、上がって」

「ここに置いてね」

靴箱の上から三段目のふたを引き上げた。チュンジャの手からサンダルを取り、自分の靴を横に並べた。二つの踵のキズを見て、目をそむけた。胸の奥の私の声は言葉を忘れてしまったようだ。チュンジャの表情を見る余裕もなかった。女たちの金切り声が居間のドアを通して響いてくる。そのまま板の間を歩いて、自分の部屋に向かった。

「スニ氏、お帰りなさい」

セオンニの声を聞いて振り返った。

「セオンニ、私のお友達なの。ペェ・チュンジャさん」

チュンジャはセオンニに向かって会釈する。苛立っているせいか、カギが開くのがいやに長く感じられた。

「チュンジャ、こんな部屋なの、散らかしっ放しでごめんなさいね。忙しいものだからついつい怠けちゃってだめなの」

できるだけ明るい声を出したつもりだった。カーテンを引き、窓を開けた。

「明日も晴れそうね」

首をのばし、空を見ながら、私は、言った。間が抜けた声が恥ずかしく、顔が赤くなった。一体誰に向かって言ったのだろう。目ざまし時計が目に入り、私は、胸の奥で罵倒語を吐き棄てた。

チュンジャは壁ぎわに坐り、うつむいていた。彼女は何も喋ろうとはしない。不親切だ、と思った。

そして、おろおろしている自分の愚かさに腹が立った。

ドアを開け、台所に走った。

「セオンニ、コップを二つね、それからオープナーと、ねえ、何かつまみになるものはないかしら」

「スニ氏、あとからオクスギに持っていかせるわ」

セオンニが言った。

洗面所に寄り、うがいをした。

部屋に戻り、ドアを閉めた。

文机は、勉強する自分と化粧する自分が、対峙し、坐っている光景を思い起こさせる。急いで、文机の位置をずらし、チュンジャを窓ぎわの方に坐らせた。

「伽倻琴ね」

吐息をもらすように、そう言った。チュンジャは楽器と向き合って坐ることになった。

「スニのところもすごいわね」

顎をしゃくり、居間の方を示しながら、彼女が言った。

私は、笑う。

「韓国の歴史は、女たちのチマの中から生まれたのよ。すごい生活力だわ。たくましいのよ」

私は、まだ、笑っている。

「元気過ぎて、やっぱりたまらないわ」

チュンジャは、同じ言葉を吐き棄てる。

真露焼酎と、ビールのふたを開けた。

「あなたは、ビールね」

コップをさし出し、自分のコップにはビールに焼酎を混ぜた。

「これ、ソーメカクテルっていうのよ」

「ソーメカクテル?」

「ソージュ(焼酎)とメッチュウ(ビール)のカクテルだから、ソーメ」

言いながら崔教授の顔を思い浮かべていた。

「韓国のビールって薄いでしょう、だからソージュを混ぜてちょうどいい味なの。このカクテルの味は世界に誇れるわ」

崔教授の口許を見つめている時のことを思い出した。まるで少年のように得意そうにしながら、彼はソーメカクテルを作る。

「スニ、お酒は相変わらずよく飲んでいるの?」

「まあね。酒癖の悪さでは、この下宿の人たちにどれほど迷惑をかけたか知れないわ。アジュモニは命の親」

「学校は、きちんと行っているんでしょう?」

「ひどい学生よ。二日酔いでお酒の匂いをぷんぷんさせながら、学校へ行くんだもの。でも、私は化けるのがうまいからね。化粧をしてしゃんと、すましてるの」

煙草を出し、火をつけた。

「チュンジャ、どうしたの、黙っちゃって。今日は本当に元気がないわね」

「…………」

沈黙の様子が、いやに思わせ振りだった。彼女にも「不幸」の匂いがあるのだ。私は呟いた。だが、彼女は「不幸」を楽観している。

「こうやってスニと日本語を話しているとほっとするわ」

チュンジャは、口を開いた。

「会社を辞めて、貯金を全部おろして、あんなに勇んで韓国に来たのに、私、自信がなくなったわ」

「…………」

「今いる下宿、移ろうと思っているの」

「下宿の人とうまくいかないの?」

「いちいちが、気になるのね。下宿だけじゃないわ。ウリナラ、ウリナラサラム、何から何までいやになる時がある」

手を洗いたい、と思っていた。粘ついた手が不快だった。できればもう一度うがいをし、ストッキングを脱いで足もきれいに洗いたい。

「この頃、韓国語を見るのも聞くのもたまらなくて」

チュンジャは話し続けている。

「…………」

「在日同胞だからって、日本語しか話せない自分を正当化したくはなかったわ。私は出自の特権を認めない。韓国語にも決着をつけなければ、自分の日本語にも決着がつかないと思ったの」

「…………」

チュンジャの声が、屈折して聞こえてしまうのは何故だろう。表情は真剣で思いつめているように見える。だが、言葉がきれいに整理されすぎていた。やはり手を洗いたいと思っていた。そう思いながら、気づくと私は口を開いていた。

「在日同胞なら、韓国に来て誰でも一度は経験することだと思うわ。お互いに年をとって勉強を始めているんだもの、素朴に吸収できないことってたくさんあるはずだわ。それに韓国語は、単なる外国語ではないもの、妙に感情移入してしまって、距離がとれなくなるのよ」

私は、私の声を追いかけることに興醒め、口を噤んだ。グラスを取り、酒を飲む。

片手で首筋を摑み、指先を肉にくいこませる。

……首は呪咀……声が、胸の奥で弾けとんだ。

誰かがドアを叩いた。

ドアを開けると、オクスギが食膳をかかえて立っていた。食膳をとり、

「ちょっと待っていなさい」

そう言いながら、カバンからさいふを取った。

「オクスギ、閑山島タムベ（煙草）を五つ買ってきて」

「ネエ（はい）」

「早く行ってくるのよ」

私は五千ウォン札をさし出す。

「何の煙草を買うのか、言ってごらん?」

「閑山島」

「いくつ?」

「……………」

「五つよ」

「ネエ(はい)」

オクスギは身をくねくねと動かしている。外に出られることが、嬉しくてたまらないようだ。

「この家の子?」

ドアを閉めると、チュンジャが訊いた。

「ううん、田舎からひきとられて来たのよ」

「へえ」

「不幸な子らしいわ」

不幸、不幸、不幸……。私は、くすりと笑う。

居間のドアが開く音がした。人声と板の間を踏む足音がしばらく続き、犬が吼え始めた。犬の鳴き声に重なって、玄関口で爆笑が起こった。鉄扉が閉った。

「戦争は終結したようね」

私は、言った。

「スニ」

チュンジャが、私を、見つめている。

「何?」

「スニにとって、韓国って何?」

「………………」

ひどく面倒臭い気がした。しかし、黙っていることが思わせ振りにとられるのは、いやだった。

「この国にはおろおろさせられてばかりいるわ、……でも、それなのに、いとしくてたまらないの」

しかたなく、私は、言った。

ドアを叩く音がした。

立ち上がり、オクスギから煙草を受け取った。

「これはあげるわ」

つり銭の中から、百ウォン銀貨を一つ、その手の中に握らせた。少女は嬉しそうに科を作り、身体をくねくねと動かした。少女は、そうしながらも、じっとチュンジャを見ていた。女の目で、自分以外の女の美しさやいでたちを裁断していた。

……この少女は、今、何を思っているのだろう。全身からにおう「不幸」な匂いは、これからどんな風に変わっていくのだろう。ナラ、ウリナラ、くに、国、韓国、日本……。

「何のことはない、怠け者の見る夢」

私は、呟いた。

酒で、神経が麻痺したようだ。下腹部の痛みは消えていた。

オクスギが買ってきた煙草の箱を開け、一本を取り出した。

「スニ、この伽倻琴、いい音がする?」

「すてきよ。それになかなかの美人でしょう」

けむりを吐き出しながら、そう言った。

「ねえ、スニ」

「何?」

「あなたに一度、訊きたいと思っていたんだけど」

「………」

「スニ、あなた、パトロンがいるんでしょう」

「パトロン?」

私は、ふっと笑う。

「どうしてそんなことを訊くの?」

「………」

「パトロンがいたらいけないかしら」

やさしい声で、私は、続ける。

性器の奥に鋭い痙攣が走っていた。

藤田、崔教授……二人の男の横顔が、何度となく重なりながら、よぎっていった。スニや、と私を呼ぶ声が、首筋をくすぐる。下腹部に顔を埋めた藤田の頭を、両脚ではさみこむ。私は、二つの性器を握っていた。握りしめ、そして、舌先で愛撫を続けた。

「いいとか、いけないとかではないけれど」

チュンジャの口が動いている。私が動揺しないので、かえって彼女の方が動揺しているようだ。

私の口も動いている。

やさしい声が何かを話し続けている。

階段を駆け上がる足音が、ぼんやりと聞こえた。医大生が帰ってきたのだろうか。しばらくして台所の方から、オクスガ、オクスガと叫ぶセオンニの声が響いてきた。

「私、帰るわ」

チュンジャが言った。膝の横に置いてあったバッグに手を掛けていた。

「もう、こんな時間だもの」

彼女は腕時計を見る。私も、振り返って目ざまし時計を見る。長針と短針は見覚えのある角度で、今の時刻をさしていた。

時刻を示す単語がかすめる。

煙草のけむりで、それらを吹き散らす。

カバンから化粧バッグを取り出し、立ち上がった。部屋を出、洗面所に行き、用を足した。念入りに手を洗った。台所を覗くと、流し台の下にしゃがみこんだセオンニが、たらいに浸した米を洗っていた。その横でオクスギもしゃがみこみ、食器を洗っていた。

「セオンニ、お友達が帰るんだって」

と私は言った。

「クレヨ（そう）」

彼女は壁に掛かっている円形の時計を見上げる。もうこんな時間か、と呟きながら、

「スニ氏、この知恵足らずがどんなに仕事がきらいか、呆れましたよ」

ぶつぶつとそう言い、少女を睨んだ。

「そういえば、さっき何度もオクスギ呼んでたでしょう、声が聞こえてたわ」

「洗い物をしているかと思ったら、ふっと姿をくらましてしまったんですよ。どこに行ってたと思いま

す？」

「二階？」

思わず訊いた。

「スニ氏、勘がいいね。屋上にいたんですよ。屋上のベンチにぼんやり坐っているんだもの。呆れて口もきけない」

オクスギはしゃがんでいても、くねくねと背中や肩を動かしていた。上目づかいでセオンニを見つめている。叱られていることのバツの悪さより、話題になっていることを照れ臭がっているように見えた。部屋に戻り、整理棚からセカンドバッグを取った。すばやく化粧ケースを開けて鏡を見る。顔を左右に動かしてふたを閉じる。さいふ、ハンカチ、ティッシュ、とバッグの中味を確かめている自分に気づいて苦笑した。チュンジャを見送ったあと、どこかで酒を飲むつもりなのだろうか。ドアにカギを掛け、ノブをがちゃがちゃと動かしている自分にも苦笑した。

靴を穿いた。

踵のキズが目に入ったが、気に障らないのが不思議だった。これで忙しかった一日が終わる。日課が全て果たされる。そんな声が聞こえてきた。玄関から一歩踏み出したとたん、犬の鳴き声が耳をつんざいた。

「うるさい犬ね」

吐き棄てるようにチュンジャが言った。私は犬を睨みつけ、すぐに笑いながら、

「そのうちにポシンタン（捕身湯――犬の肉汁）の店に、買いとられる運命らしいわよ」

と言った。

「いやだあ」

チュンジャは逃げるようにして、路地にとび出す。

犬たちを睨みつけた。

いつになったら顔を覚えるの？　私にもあのチュンジャのように、下宿を出ていってほしいの？　鉄扉を閉め、歩き出しても、犬たちは鳴き続けていた。

涼しい風を感じた。チュンジャに追いつき、一緒に坂道を下り始めた。商店のほとんどが木戸で閉じられていた。歩いている人もまばらだった。

「私もね」

ずっと黙っていたチュンジャが口を開き、ぼそりとそれだけ言って、また黙ってしまった。私は彼女の横顔を見上げる。

「スニ、私もね。ウリナラがいとしいと思うわ」

「…………」

「在日って因果ね。韓国なんて何だ、なんて思う時もあるくせに、気になってしかたがないんだもの」

「そうね」

私は素直に頷いた。言葉に初めて、チュンジャの身体、チュンジャの体臭を感じていた。彼女にも、無数の私、無数の一人称が絡みついているに違いない。

「スニ」

「何？」

「スニは将来、どう生きていくつもり？」

「将来？」

「うん」

私は黙った。黙ることが答えになるだろうと思った。しかし、すぐにそんな自分が照れ臭くなった。

「隠れて生きよ」

「えっ」

チュンジャが訊き返す。やはり美しいな、とその顔を見て思う。

「せいぜい、そう努力したいなってところよ。今はそれだけ。いい言葉でしょ。……隠れて生きよ」

大げさに照れた振りをしてみた。

時計屋が、三枚の木戸で頑丈に閉じられ、その両端から鉄の鎖が掛けられていた。男はどこに帰り、どこで眠っているのだろう……。すでに四ヵ月間もその姿を見続けている。下宿のアジュモニに訊けば、男の来歴や生活の事情はすぐに知ることができるはずだった。しかし私は訊かなかった。訊く意味もなく、訊きたいとも思わなかった。

二人は、黙って歩き続けた。

時折、気まぐれに吹く涼しい風にほっとした。

「日本にいれば、何かにまぎれて暮らしていられるのね」

チュンジャが口を開いた。何かを思い出すような、しみじみとした口調だった。

「物、にまぎれてね」

私は、言った。

「…………」

「まぎれることができる程度に、人擦れした、物、に」

「物……」

チュンジャは呟く。

「疎外でさえ、一つの価値なのだもの」

「………」

黙ったままのチュンジャに、私の言葉はどれだけ通じているのだろう。

やさしい国よ、日本て、とそう言いかけ、口を噤んだ。節約、節約、と呟き、そして、笑った。

板塀の曲がり角で、チュンジャが言った。

「スニ、ここでいいわ、タクシーに乗って帰るから」

「そう」

空のタクシーが、すぐに止まった。

チュンジャは乗りこみ、車の中から手を振った。

「スニ、ごちそうさま」

「どういたしまして」

私も、手を振る。

タクシーは走り去った。

道の向こうに、歩道橋が見えた。横断幕の白い文字も、うっすらと読みとれた。

ゆっくりと手首を上げ、腕時計を見た。

二本の線が作る馴染んだ図柄が、薄闇の中に浮き上がる。

「十一時十八分」

私は、時刻を読みとった。

カチッ、カチッ、カチッ……十九分、二十分、二十一分……私は、はっきりと読みとっていく。カチッ、カチッ、カチッ……秒針は動き続ける。

板塀の曲がり角に、ポジャンマチャがあった。男たちが数人、坐っていた。ベンチの端が、空いている。

「何にします？」

アジュモニの声に、我に返った。

台にのせられた赤黒いほやや貝やなまこにどきりとし、目をそらした。

「アジュモニ、真露を下さい」

下ぶくれしたアジュモニの丸い顔が、裸電球に照らされている。かさついた肌の荒いきめが、露わに出る。口数は少なそうだった。私は頷き、それだけでいい、と呟いた。

向い側のベンチに坐っている会社員風の男三人も、隣りにいる二人の青年も、私の様子をうかがいながら、真露焼酎を飲んでいる。わずらわしい気がした。しかし、私は立ち上がらない。数杯、続けざまに焼酎を飲み、煙草を吸った。

「アガシ（お嬢さん）」

見ると、隣りの青年が、焼酎の瓶を持ち、注ごうとしていた。私は、無表情にただ頷きながら、コップをさし出した。

ぐったりとしていた。

酒を口にするたびに、身体が重く沈んでいくような気がした。

腕時計をはずし、セカンドバッグの中に入れた。手首が重たるくてしかたがなかった。……スニとこうして日本語を話していると、ほっとするわ……チュンジャの声が甦える。……人擦れした、物、に……私の声も甦える。……何かにまぎれて……腕時計と貯金箱……カチッ、カチッ、カチッ、カチッ、カチッ、カチッ、カチッ、カチッ、カチッ……いつどこでだれがなにをどうしてどうなったいつどこで

だれがなにをどうしてどうなったいつどこで……ここで、今、私が……血だらけの女が、真露焼酎を、飲んでいる……女の身体は、醜くむくんでいる……吐き出しきれない声、吐き出しきれない体液、吐き出しきれない匂い……いつまで腫み続けるのだろう。カチッ、カチッ、カチッ、カチッ。

突然、むせ返り、咳こんだ。

煙草の火が落ち、ワンピースの裾を焦がした。

「いやあ、在日同胞が、これだけウリマル（母国語）を上手に喋れるとは驚いたなあ」

隣りの青年が、大きな声で言うのが聞こえた。私は、彼らと一体何を喋っていたのだろう。裸電球が、急に明るさを増した気がした。

「アガシ、小さい頃から、家庭の中でウリマルを使っていたんでしょう」

青年の顔が、ぶれて見える。

「とんでもない、全く日本人の生活をしていたんですよ」

私は、確かに喋っている。

「在日同胞の差別問題は深刻です。韓国人は、日本人の生活をしなければ日本の社会では生きていけないんです……」

口はパクパクと動いている。私が、パクパクと動かしている。くだらない、と胸の奥で吐き棄てる声も聞こえている。反復練習だ。私の話す言葉は、いつも他人の言葉の引用反復だ。私は話しながら、私という誰かによって言葉に抑揚をつける。反復に飽きないように、言葉を粉飾していく。

「アガシは、留学して来ているんですか」

青年の一人が訊いた。

「そうよ。あなたたちは学生？」

「大学三年生です」

私は、高笑いする。

「お互いに勉強もしないで、お酒を飲んでいるなんてだめね」

くだらない、と胸の奥で言葉が弾ける。

「それで、君たちは何を専攻しているの？」

一人一人に訊きながら、私は真面目に頷いている。そのつど、つまらないな、と呟いている。

立ち上がった。

気づくと、坂道をのぼっていた。

かなり酔っていた。どんな風にポジャンマチャを出てきたのか、会社員や青年たちとどんなやりとりをしたのか、全く思い出せなかった。

「何を歌おうかな」

呆として、私は呟いた。人通りのない静かな坂道に、声が響いた。

「何を歌おうかな」

「…………」

「何を歌おうかな」

「…………」

私は、答えない。ただ虚ろに、声だけが響く。

外灯のまわりに、小さな虫が飛びかっていた。

煙草に火をつけた。

歩きながら、煙草を吸い、指先が焼けそうに熱くなっては、投げ棄てた。

足をひきずる。

地面との距離感が、おかしい。

あやふやな足先を、ようやく視線で支える。

時計屋に近づいた。

「………」

酒気が消えた。カチッ、カチッ、カチッ、……秒針が、音を刻み始める。私は、立ち止まり、閉じられた木戸を、じっと見つめる。

歯をくいしばる。

握った手に、力を入れる。

……天性は一碧の深淵。……なのに何という苦しみ……呪われた女……。

女は、くすりと笑った。おかしくてたまらず声を上げて笑い出した。

空を見上げ、女は笑い続ける。笑いに嗚咽が混じり、喉が、焼けつく。

女は歩き出す。

セカンドバッグを持ちかえ、足先だけを見て、坂道をのぼる。

時折、涼しい風が吹きかかる。

きまぐれな風を頬に受け、ふっとやさしく笑う。

笑った瞬間、女は保護色におおわれる。

全身が、石畳に溶け、土塀に溶け、そして模糊とした空の色に溶けていく。

鉄扉に、手を伸ばした。

少し躊《ため》った。だが女の躊いを無視して、鉄扉が、開いた。突然、犬が吼えたてて始めた。

「…………」

昂るものを抑え、玄関に上る。靴を脱ぐ。犬はまだ吼え続けている。

踵のキズが、目に入った。

「…………」

光が裂けた。

絵柄が裂け、風景が裂け、刻みこむ時の音が、裂けた。

女は、両手に靴を握り、犬たちを打ちすえていた。腕を振りおろすたびに、肩に鈍痛が走った。白い服は、土にまみれていた。両足は、汚物を踏み散らしていた。

涙が、ぼろぼろとこぼれ出る。くいしばった唇の端に溜まり、唾液とともに飛び散っていく。

背後で誰かが、肩を摑んだ。身体が、強引に引っ張られる。女は抗う。女は思いきり、犬たちに向かって靴を投げつける。

記憶は、切れ切れに浮かんでは消えた。

うっすらとした明かりの下で、私が横たわっている。私の顔を、四つの顔が覗きこんでいる。アジュモニ、セオンニ、ミギョン、そしてオクスギ……。顔の輪郭を辿っているうちに、辺りは真っ暗になった。四つの顔が消えた。

自分の呻き声で、目が醒めた。

左腹に、激痛が走る。痛みに耐えきれず、寝返りを打つ。頭も何かで強く締めつけられているように痛い、身体中が、痛い。

喉がかわいていた。

やっとのことで上半身を起こした。蛍光灯のひもを引き、豆電球をつけた。

薄闇の中に、伽倻琴が浮かび上がった。

文机も整理棚も化粧ケースも、浮かび上がった。カチッ、カチッ、カチッ、……秒針の音が、耳朶を打ち始める。いつもと同じ場所に、十二個の数字が円形に並んでいる。

「短針は3、長針は……」

溜息をつきながら、起き上がった。

タンポンを持ち、洗面道具をかかえ、ドアを開けた。

板の間は、暗い。

足裏でこするようにして歩き、洗面所に入った。用を足し、顔を洗った。手も足も、念入りに洗った。

洗面所から出ると、台所のドアが、かすかに開いていた。同時に、頭の上で板の軋む音が聞こえた。

部屋に戻り、ドアにカギを掛けた。

ひもを引き、蛍光灯をつけた。

眩しさに怯え、一瞬、辺りの全ての音が、消え去った。

化粧ケースを取り上げ、文机の端に置く。ふたを開け、鏡に顔を近づける。

私は、化粧を始めた。

石の聲

一　そろえて
二　ならべて
三　いつき
四　まつり
五　さらに
六　たねを
七　ちらさじ
八　いわへ
九　おさめて
十　こころしずめて

一　そろえて

——義しさ

私は目を閉じ、瞼の裏側に自分の字体でその三文字を書きつける。ゆっくりと口の中で呟きながら瞼の裏側に、さらに文字を重ねて書きつけていく。

ただしさ、という音がまず浮かんだのだった。そのうちに、ただしさ、という言葉とその音とが、それ自体の持つ求心力と遠心力の波状に放たれる力の動きの中で、言葉自体が自ら当てはまる漢字を捜し出し、義しさ、という文字となって浮かんできた。

けれども、この不完全な感じはどこから来るのだろう。危ういような、そして少しでもこの言葉の持つ世界に身を置けば、自分が跳ね返されてしまうような、怯《おび》えとも言っていい不安な感情がまといついてくる。

毎朝、私は目醒めてからしばらくの間、布団の中でじっとしている。

目を醒ますのは明け方だ。夜はまだ残っている。瞼に、手指のわずかなむくみに、カーテンの襞の間や部屋のそこここに、夜の余韻が息をしている。

そのまま二十分、あるいは長くて三十分、電気もつけずにまだ闇が残っている薄暗い部屋の中で、物思いにふける。まだ眠りのなかにあるのか、それとも目を醒ましきったのか、はっきりとしない境目を味わいながら、まず夢を思い出す。夢を思い出した後で、ゆっくりと、意識をつまずかせないように気遣いながら、前日のことを思い返していく。

身体の内側、自分の身体を作っている骨という骨の芯の部分が、じわじわと熱くなってくるのがわかる。言いようのない安堵感だ。身体から力が抜け、緊張していながら解放され、心地よい興奮が身体全体に広がっていく。そして徐々に意識が集中しはじめる。まだ夢の中をさまよっているようでありながら、自分を感じ取ろうという意識は、いやに冴えてくる。かけがえのない、何物にもかえがたい状態が作りだされる。

そのうちに、ゆっくりと、記憶の中から湧き出てくるように言葉が浮かぶ。それは必ずといっていいほど浮かんでくる。

閃《ひらめ》く、と言ったほうが適当だろうか。だが、あの感じ、あの状態は、閃くというのとは、どこか違っている。瞬間的に遠くから飛んできて、光が散って砕けるように言葉が現れる、というのではない。湧き出てくるのだ。あるいは、噴き出してもくる。言葉たちは、明確に、確実に、浮かび上がってくる。

夢を思い出し、前日のことを思い返していくうちに、言葉は現れる。前日から朝の目醒めに至るまでの一日の記憶は、過去に連なっている。遠い過去から続く時間の連なりの意外な隙間から、言葉は姿を現す。滲み出る。まるで息をするように、吸っては吐く記憶のうねりが、言葉を意識の表面に押し出してくる。

習慣となった儀式というのに近い。

何か言葉が浮かんでくると、私は目を閉じ、瞼の裏側にその言葉を描くように書きつける。文字の一画一画をなぞり、その言葉の音を反芻していくうちに、言葉はさまざまな想念を引き出し始める。夢の記憶とも多分連なっているのだろう。言葉によって意外な映像が浮かび上がってくる時もある。

布団のなかで、そうして目をつむり、あるいは薄く瞼を開き、私は立ち現れた言葉の裏側に身を置くようにじっとしている。文字や音に現れた言葉の面を付けながら、その裏から言葉の息を聞き取っていく。

ソウルに来てからしばらくして一種の儀式のように、朝、そういう時間を持つようになった。すでに、二年近くは続いている。

詩について、自分が日本語で書こうとしている詩について考えることができる時間が、朝の、目醒めたばかりのひとときしかないと気づいた日から、その儀式は始まった。詩のことを集中して考える時間が欲しいと思いつめているうちに、知らず知らずに朝をそう過ごすようになり、それが儀式化していった、と言い換えてもいい。

言葉が浮かび、連なっていく。

それらが詩のきっかけとなることもあり、ある日は詩の一部として立ち現れる。噴き出すように、前後に連なる言葉をともない、詩が頭の中に書き留められていく日もある。

言葉たちは、待つのだ。私によって摑まれていくのを、私によって選ばれていくのを、意識のなかに漂いながら待つ。その過程で言葉の方が私を引き寄せ、他の言葉を手繰り寄せてくる。私によって摑まれた言葉たちは、言葉そのものが持つ遠心力と求心力とで意識に刻みつけられていく。言葉は自らの力で自らの流れを生み出し、私を喚起し、鼓舞していく。前日の記憶は、言葉と言葉の間やその裏側に、まるで点描された絵のように塗り込められていく。

だが、消えていく言葉たちも多い。

私によって摑まれ、脳裏に刻みつけられていかない言葉たちは、力ない余韻を残して消えていく。大抵は意識の働くままにまかせ、消えていく言葉は敢えて追いかけはしない。かえってきっぱりと、余韻も瞼に残った字面の残像も無視してしまう時もある。

二、三十分のそんな時間が、ひどく長く感じられる日があった。それでも消しがたい言葉があるのだ。消しがたいそれらの言葉の音や余韻にこだわり、とらわれていくうちに、前日の記憶がその意味や姿を変え始め、混乱しはじめる。混乱は不愉快ではなく、日によっては刺激的ですらあったが、儀式を始めた頃はつらかった。

言葉から伝わってくる力と、自分の方から向かっていく力のバランスが崩れ、ただ記憶と、記憶から放たれる印象に何の積極的な関わりも問いかけもできないまま、ぼんやりとしているだけという状態は、焦りを募らせもした。

私はそっと瞼を開き、闇が漂っている天井の一点に目を凝らす。

今朝は、ただしさ、から続く何行かの詩句が立ち現れ、ただしさ、に当てはまる漢字を思いついた後で、戸惑ってしまった。

だが、この戸惑いは、言葉と自分との力の不均衡から来たものではない。混乱したり、焦っているわけでもない。言葉自らの力が、当てはまる漢字を捜し出した。ただしさ、は、正しさ、でも、貞しさ、でもない。義しさ、と書くしかないという思いは変わらない。続く言葉たちも納得できる。けれども、この一つの言葉そのものに、危ういような、どこか不安な感情が付きまとう。

似たような状態を、前にも経験した。一体どんな言葉が浮かんできた日のことだったろう。

儀式を今日まで続けてきた一種の勘で、それ以上考えてもいたずらに時間が経っていくだけだと判断し、私は布団の中から、ゆっくりと起き上がる。

儀式の過程は、こうして目醒めの後で湧き出てきた言葉なり、詩句なりを、布団から起きて机の前に座り、ノートに書き留めることで、次の段階に入る。

いつものように、そのまま机の前に座る。

右側の引き出しからノートを取り出し、机の上に置く。

ノートは大学帳の大きさで、以前はワイヤで綴じられた少し厚めのものを使っていた。最近は、というより、もうかなり前からだが普通に綴じられたノートを使っている。ノートを開いて見開きの空白のページを上下に開き、縦書きに文字を書いて使っていた初めの頃は、ワイヤ綴じのノートの方が都合がよかった。ワイヤ綴じであれば、ノートの中ごろまで来てもページを平たく使えるので書きやすい。普通に綴じたノートは、折った部分が盛り上がってしまって書きにくいのだ。

けれども、ワイヤ綴じのノートは、誤って書いたり、書いたものが気に入らなかったりした時に、すぐにそのページを破ることができる。破りたい衝動も起こりやすい。実際に何度となく破っては棄ててきた。すると、破るという行為よりも、破ってもいいのだ、と思う自分の、ノートに対する緊張感の緩みが気になり始めた。そんな頃からノートを替え、普通の大学帳を使うようになった。

言葉と自分との関係が、ノートとノートを使う自分との関係にも当てはまっていく。何よりも自分自身がどう在るか、が問われているのだと思う。言葉に対して切実であり、着実であってこそ、書く行為と自分が一体化していくことができる。まさにそういう自分と言葉の関係のように、摑み、摑まれ、あるいは引き出し、引き出されていく過程の中で、書くことは自分を浄化し、鍛え、創り変えていくのだという気がする。

開いたノートを、上下ではなく左右に使うようになったのも、ワイヤ綴じのノートから普通のノートに替えてからのことだった。縦書きでも、横書きでも、その日の気分で好きなように書くことにしていた。

日常、韓国語は、横書きで書いたり読んだりしている。日本語で詩を書き続けて行きたいという思いと、日常使っている韓国語への思いはぶつかり合うしかなかった。横書きの韓国語、そして韓国語の音韻、響き、それらに対するこだわりや、抗いとしか言いようのない気持ちが、こういう儀式を思いつかせたのでもあったが、時間が経つうちに、縦書きにするか、横書きにするかは、あまり大きな問題ではなくなってきていた。

私はノートをめくりながら、今日の分のページを開いていく。空白の見開きのページの、前の見開きページが昨日の分だ。

儀式の第二段階は、ノートの右側のページに、目醒めた後に浮かんできた言葉や詩句を書き、そのあとで、左側のページに前日の日記を書くことになっていた。

だから、昨日の分である見開きページの、左側のページには一昨日のことが書かれ、右側のページには昨日の朝、思いついたり考えたりしたことが書かれているという格好になる。そして明日になると、これから言葉だけを書く右側のページの裏側のページに、今日の日記が書かれていくことになる。

——擬人化の罠
少しはっとして、ページを覗き込む。

昨日の分の右ページだ。……そうだ、そういえば昨日はこんなことを考えていたんだ。昨日の朝、書き記したものなのに、遠い日に書いた自分の文字を見ているような気がしてならなかった。怪訝に思いながら、数行の文章を読んでみた。

——擬人化の傲慢
人間が自然の中に見出す人間に似た姿や性格のあり方も、人間の側の想像力も、ともに詩には欠かせないものだ。

アナロジーは擬人化の前提である。しかし、人間の側の属性、性格は決定的なものなのか。こう在ると仮定せざるを得ず、仮定せずにはいられない人間の哀しみをこそ知るべきということだろうか。

——人間という概念
概念があるだけなのかも知れない。人間というガイネンを、人間と呼び続け、人間であると信じているだけなのだろうか。

ざっと読み、ページをめくる。

左右に開かれた空白のページが、現れる。

義しさを意志し
佇みつつ
問う
待ちつつ
仰ぐ

やはり、義しさ、という言葉が気になり、戸惑いは消えない。

二段階目に入った儀式は、こうして右側のページに、目醒めの時間の中で立ち現れた言葉や詩句を書き留めていくことから始まる。そして、二段階目の途中の、右ページを書いた時点で、ようやく一息つく。

顔を洗いに部屋を出、用を足し、コーヒーを入れ、また机の前に座る。二段階目は、次にノートの左側のページを書き込んでいくことで締めくくられる。

左側のページには、前日一日のことが書き込まれる。起きてから眠りにつくまでの十数時間を、二時間ごとに区切り、出来事や、印象に残った光景、気づいたことなどを、できるだけ簡略に思い出せるかぎり書いていく。

それを一気に書く。

まず一気に書き出し、一日の終わりとしての消灯時間までを書き終えてから、空いた部分に、後から思い出したことや補充したいことを書き加えていく。

一気に書くことが、肝要だった。一気に書かずに、ある時間帯やある時点の記憶に思いが集中してしまうと、他の時間帯や時点の記憶が遠のいてしまうことがある。とにかく一気に一日を辿っていき、前の日を追体験していく。これは儀式の第二段階においての初めから変わらない自分に課した鉄則と言ってよかった。

目醒めに体験する二、三十分間のことを、私は「根の光芒」と呼んでいた。そして、ノートのことを「朝の樹」と名付けていた。

「根の光芒」は、目醒めの時間帯そのものに対して名付けられたものであり、湧き上がった言葉や言葉たちと、自分が対峙し、互いに摑み合って受け入れ、互いに臨み合っては突き詰め合っていく関係や思考の質を名付けた名称だった。

だから、「根の光芒」以後に立ち現れた言葉は、違う質のものとして考えることにしていた。

「朝の樹」も同じだった。右側のページには、「根の光芒」のことだけが書き込まれ、左側のページには一気に昨日のことだけが書き込まれる。「根の光芒」にしろ、「朝の樹」にしろ、とにかくその時間にのみ意識を集中させることが大切だった。

儀式の第一段階は、「根の光芒」であり、第二段階は、「朝の樹」だ。「朝の樹」の後には、「昼の樹」が続いていくことになっていた。「昼の樹」とは、カバンの中にいつも入れて歩いている携帯用のノートのことだった。「朝の樹」と名付けたノートの両側のページを書き終え、「昼の樹」へと移ることで、朝の儀式は一応終わる。

二つのノートを「樹」という言葉を使って命名したのも、目醒めの時間を「根の光芒」と名付けたのも、朝の時間が儀式化し始めた頃のことだった。やはり、それらの言葉も今朝のように、過去から続く記憶の連なりの中から滲み出、湧き出て来るように立ち現れたのだった。


義しさ、と書かれた自分の文字を見つめる。

不完全で危ういような、何とも言えない妙な後味が、まだ残っている。この言葉には、歴史、信仰、精神、行為、そういう膨大と言えば膨大な、言いようがないほど遠大な背景や流れが、浸し込められているような気がする。だから、これほど戸惑うのだろう。

言葉に連なっている、さらに多くの言葉たちの存在を思う。この言葉に至るまでの思いを自分で納得し、解きほぐしていくためにも、それらの言葉たちの方を先ずひろい上げていかなければならないのではないのか、という焦りにも近い感情に襲われもする。

今の自分には、分不相応な言葉なのではないだろうか。果して自分に、この言葉を口にしたり扱ったりする資格はあるのだろうか。……では何故、この言葉が「根の光芒」に立ち現れたのだろう。……自分自身が言葉を思い浮かべたのにもかかわらず、問いかける相手さえ分からないような苛立ちを覚えながら、私は自問を繰り返した。

久しぶりに味わう不思議な体験だった。

以前にどんな言葉で似たような体験をしたのかは、「朝の樹」の前ページや「昼の樹」を読み返してみれば分かるはずだが、こういう言葉を思いついた原因の一つは、はっきりとしている。

ずっと書き続けている『ルサンチマンX氏へ』という詩が意識の底でいつもくすぶっているために、詩への思いが、私に、義しさ、という言葉を思いつかせたに違いない。

跳び越えたかったのかも知れない。

長く、いつまでも続きそうな詩に、一度とにかく結論めいた言葉を書きつけてみたかったのかも知れない。

息をつきながら、天井を見上げる。

「朝の樹」はまだ終わっていない。左側のページが埋められていない限り、儀式の二段階はまだ途中にある。「根の光芒」の記録から残された宿題は、儀式の法則として、次に続く「昼の樹」に持ち越されることになっている。

思い直すようにペンを持ち返し、開いたノートを、今度は横にして左側のページに昨日のことを一気に横書きで書き始める。

4月15日
6時〜8時
6時5分　起床
「朝の樹」を書く
夢で15年前の自分と出合う

家の塀の下に座り込んでいた自分の姿がくっきりと夢の中に現れた
　風呂場の窓
　窓の外に広がった朝焼け
8時～10時
　食事
　インギルの部屋を覗く
　憂鬱そうな顔　話が続かない
　テナムが通りかかったのでバトンタッチして部屋に戻る
　巣立ちの冷酷さ
　ザイニチカンコクジン症候群
　8時30分頃　父から電話
　明日の夕方アパートに行くと約束する
　引っ越しの件はほぼ決定
　8時50分　登校
10時～12時
　経営学特講3
　キャンパスのざわつき　アクロポリスに集まった
　学生たちの群れ
　雲の向こうで鈍く光を滲ませていた太陽　ゆがんだ光の輪
　ぼんやりと夢のことを考えていた

ゼラチン状とも言い切れない動く石の塊　洞窟
12時〜2時
パンと牛乳で昼食
留学生図書室に行く　キム・サンジン、ソウ・チョンジャ、パク・スミたちと雑談
誰のものかはわからないが、日本の週刊誌がテーブルのうえにおかれていた
目を背けた　言いようのない気分だった
イ・ムンジャが図書室に顔を出した　彼女の妙な視線、私たちに対する憐憫《れんびん》とも軽蔑とも言えない屈折した感情がはっきりと感じ取れた
二週間前の新入生歓迎会のことが思い出されてならなかった
後味が未だによくない
「どうしてチエイルキョッポウは母国に来ても日本語ばかりを使うのか」
スペインから来た彼女のわだかまりはまだ消えていない、それがよく伝わってくる
1時37分　図書室の外の階段で、学生が焼身自殺
死体を目の当たりにする
におい
長い時間だった　とてつもなく長く感じられた
死……そして詩
もしかしたら、詩は、死に通じているから詩か、と考える
「し」そして「S」
2時〜4時

生産管理
国文科の古典文学概論は休講
ユンミと6棟の前のベンチで雑談する
販売機のコーヒーがいやに甘かった
彼女の好意や私に対して抱いてくれている思いはありがたい
それを知っていて彼女からノートを借りてもいる
打算というふうには考えたくない　彼女を決して嫌いではないからだ
けれども、すまないとは感じている

4時〜6時
　4時半　下校、バスに乗る
機動隊の群れ　装甲車の列
5時半頃〝バンジュウル〟に到着　『ルサンチマンX氏へ』を書く

6時〜8時
　ヘヨンの家
夕食の後、日本語を教える
あの母親は苦手だ、かなわない
「スイル氏、早く結婚しなさい」　毎度のごとく同じ会話がだらだら続く
彼女は娘のヘヨンが私のことを思っていることを知らない
昨日の話から類推すると、今アメリカに留学中のヘヨンの前の家庭教師、ミスターMとも娘をむすびつけようとしていた感じだ

性は、性格の究極を規定する
それにしても、と思う
女たちは、あまりにも女でありすぎはしないか
若い男にやたらに結婚をすすめたがる年のいった女の発想というのは、ひとえに自分自身の
性的願望から来るものに違いない
アルバイトをやめようか、とふと思う
しかしヘヨンに対しては関心がある　好きといってもいい
私はだらしがない

8時～10時
　8時45分　ヘヨンの家を出てトンスンドンに帰る
《나와너《ナワノ》》に立ち寄る
カウンターには私ひとり
ミンジョンと向かい合っていた時間
ジェイムス・ブラウンをかけてもらった　懐かしかった
ミンジョンを見ながら耳の形について考えた
二回、人生を生きているという実感　ソウルに来て、日本で出合ってきた人間とうり二つと
もいえる人間に、何人も出合ってきた　ミンジョンもその一人だ
彼女は英子に似ていた
ストレートでスコッチを3杯
10時～12時

10時30分　帰宅
弟から手紙が来ていた
　手紙を読んで寝る

私は深く息をつく。

「根の光芒」から始まった儀式は、こうして「朝の樹」を書き終えることで、一応終わる。

煙草を一本吸う。

朝のこの儀式のあとで吸う煙草はうまいと思う。他には酒を飲む時に吸う。日中、たまに一、二本吸う時もある。

思いついて、カバンの中から「昼の樹」を取り出し、今日の日付とさっき「朝の樹」の右側のページに書いた言葉たちを書き写す。空いた下の空白に、義しさ、と更めて書き出し、その三文字を大きく丸で囲む。

儀式が終わると、私の動きは少しずつ早くなる。布団をたたみ、カーテンを開ける。窓の前に立ち、外の景色や空模様を見やってから、カセットデッキのスイッチを入れる。

毎朝、バッハを聴くのだ。

無伴奏チェロの音色が儀式の終わりを飾り、新たな時間を始めるに当たっての、ゆるやかな区切りを作りだしてくれる。

私の住んでいる下宿は、東崇洞《トンスンドン》に近い地域の丘の上にあった。部屋の窓は、南西を向いている。窓からは、丘の斜面に建ち並んでいる家々や市街の遠くまでが一望できた。

今日は、靄が濃い。けれども決して肌寒い日ではない。こんな日は日中はかえって晴れ上ることの方が多いのだ。

市街の遠くに見え、都市を囲み、まるでソウルをふちどるように連なっている山脈の稜線は、美しかった。西日の強さに閉口する日もあったが、山の稜線に強烈な光線を滲ませながらゆっくりと沈んでいく夕陽の壮大さには、よく胸を衝かれた。胸を揺さぶるような哀しみというしかない何かが隠されているような気がしてならなかった。

ソウルにはいたるところに丘があり、都市の特に北部は、凹凸の激しい地形が市街を波だたせるように続いていた。それらの丘に、数えきれないほどの人家が、それも小さく、いかにも貧しげな家が、丘の斜面にはいつくばるようにして建ち並んでいた。この地域もその一つで、高台となっている丘の、かなり上方に建てられた一軒家に私は下宿していた。

ひと昔前までは、東崇洞にあったソウル大学の学生たちばかりが下宿していた家だったらしいが、大学がソウルの南方にある冠岳山《ファナクサン》という山の麓に移転してからは、ソウル大生はだんだん少なくなり、最近は在日韓国人の留学生専門の下宿屋と言っていいほどになっていた。

私は窓から離れ、チェロの音に耳を傾けながら、また机の前に立つ。開いたままの「朝の樹」の両ページに目を通し、ノートを閉じる。書き加えることは思いつかない。これで「朝の樹」は終わった。

立ったまま、今度は、「昼の樹」を手にする。

今しがた、義しさ、と書き込んだページを開き、ゆっくりと前のページをめくっていく。昨日、ヘヨンの家に行く前に喫茶店で書いた『ルサンチマンX氏へ』の一部を読んでみる。

時の瞬きに
石はふるえ

親指の根に
　命はやどる
私は生まれ出る
通い合う光
時という力と献身
さらに
さらに背を
息の中に晒していく

私は新たに生まれ出る

ルサンチマンX氏は、自分の分身と言ってもよかった。

自伝ではないが、今日までの自分と、今現在の自分の姿を自分自身で確かめて行くために、一種の物語長編詩のような形で、この詩を書き始めた。

韓国のシャーマンが歌う巫歌《ムガ》の中に、『パリコンジュ』という仏教思想が多分に入っている歌がある。パリは、ポリから来たもので、捨てられた、という意味があり、コンジュは公主と書き、妃を意味する。すなわち『捨て姫物語』だ。

ルサンチマンX氏は、小さな頃に受けた深い心の傷を抱えながら、青年になって母国を訪ねる。苦しくもあったが、懐かしくもある幼年の思い出が、まず語られていく。彼は、自分がこの世に生まれたことを、この世に捨て去られたこととして捉えている。捨て去られた、あるいは放り出された自分の生を、存在というものに対する疑問として小さな頃から抱えている。

日本に生まれ育った韓国人としての彼は、自分が日本という国に生まれることになったことを、単なる偶然とは考えない。具体的、政治的な国家としての韓国という母国ではなく、たまたまの形としての母国というものに象徴される、もっと大きな存在、人間の定めを左右するほどの神というのにも近い存在が、母国以外の地に自分を生み捨てたのだと考えている。

言わば、彼にとっては、この世に生まれ、日本という国に生まれたことは、二重に生み捨てられたことを意味している。

そんなルサンチマンX氏が、母国で、パリコンジュに出合う。一応、詩の中では、Y女としたのだが、Y女に出合って、彼は、衝撃を受ける。それまで自分で自分自身をこうだと、こういう人間だと捉えていたさまざまな思い込みが、次第に打ち消されていく。

詩は、一人の男、日本に生まれ育った韓国人という属性を持った一人の男が、ふとしたきっかけで捨て姫Y女と出合い、自分自身をルサンチマンX氏と名付けて呼ぶまでに至り、まさにそれまでの自分を送別していくその過程を描くことが大きなテーマだった。それは言い換えれば、自分自身に向かっての手向けの詩、奮起の詩と言ってよかった。

Y女は、加奈だった。

加奈が日本に戻って行ってからの、この半年間、私は『ルサンチマンX氏へ』を書き続けた。

去年の十月の末に加奈と別れる時、二人は約束した。これからの半年間、手紙も電話もし合わずにいよう。自分はソウルにいて、加奈は東京にいて、それぞれの生活をし、半年後に連絡を取り合おう。自分は詩を書いて送る。そして加奈は、自分の踊りを作ってそれをビデオに撮って送る。それまでの半年間は、どんなに連絡を取りたくても我慢する……。

加奈も日本で生まれ育った韓国人だった。彼女は韓国の古典舞踊を習いに、ソウルに来ていた。留学生仲間のソウ・チョンジャから紹介されたのは、去年の春のことだった。実は自分の踊りを作りたいのだ、伝承芸能だけをしていくつもりはないのだ、とある日、加奈は私に大切な秘密を告白するような真剣な表情をしてそう言った。

――バッハの平均律と、無伴奏チェロ、そしてフーガの技法をうまく組み合わせて、それでサルプリを踊りたいわ。古典舞踊のサルプリを、もっと息の位置を低くして、動きの重心を水平的に移動させて作っていけば出来そうな気がするの。バッハの音はキリスト者の、西洋人のサルプリだと私は思っている。だから、きっと通じ合うものが見つかっていくと思う。

加奈は言った。

今、その声を思い出す。

Y女は加奈だ。自分に向けた手向けの詩を、加奈が私に書かせてくれたのだ。二人で約束した日は近づいている。今月の末までに、この『ルサンチマンX氏へ』を完成させ、加奈に送らなければならない。加奈の方は、予定通りに行っているだろうか。踊りは思うように作れているだろうか。

だが、詩は、まだほとんどが、「昼の樹」に書き留められたままで、原稿用紙には書き写していなかった。自信がないのだ。それに、詩自体が終わりそうもない。ついこの間、ルサンチマンX氏は、詩の中でY女と出合ったばかりだった。それに続くはずの、Y女の生い立ちを語る一人語りはまだ書き始めてもいない。約束の期日は近づいているのに、いつ書き終えられるのか自分でも見通しがつかなくなっている。

加奈もこうして東京の自分の部屋で、チェロの音色に聞き入り、踊りに振付を考えているかも知れない。出合い、話し合う中で、どちらともなくバッハのことが話題になり、意気投合したのだった。

——音で踊るのではないの。音を踊るのよ。

加奈は言った。

音を踊る、という加奈の言葉は私をはっとさせた。

音は、聴きながら何かを感じ取り、音に触発されたさまざまなイメージを味わっていくものと思い込んでいた私は、踊ることで音を身体の動きに取り込み、音から感じたものを音に向かって身体を使って答えていくという加奈の発想は、何か虚を衝かれたような意外さがあり、新鮮だった。

音階の反復によって、次第に高揚していくチェロの音色が、今日は何故か一段と饒舌に聞こえてくる。いや、饒舌という表現は少し違う。けれども、音色が、妙に私を煽《あお》る。身にしみてくる。

聴く曲は、ほぼ三ヵ月の単位で変わってきていた。チェロの前は、チェンバロのフーガで、チェンバロの前は、ピアノコンチェルトだった。

朝はバッハだ。バッハ以外は聴けない。

これも朝の儀式を始めるようになり、意識的に朝を過ごし始めるようになってからの習慣と言ってよかった。

反復する音、そして反復するテーマ……、バッハのさまざまな曲から伝わってくる、その反復というイメージは、単に手法、あるいは単にバッハ音楽の特徴というふうには見なせないものがあった。

バッハを聴くことによって、私は勇気づけられて来た。

「根の光芒」から始まって、「朝の樹」、「昼の樹」と続いていく儀式が、一日を経て、また翌日の「根の光芒」へと続いていく。「根の光芒」は、それに至るまでの時の連なりを含んだ新たな一日の始まりであり、また同時に、夢と目醒めの境目にあることで、時の流れとは違った次元で重層している自分の意識を発見する時間でもあった。

　儀式は、反復する。そして反復してこそ儀式は儀式としての意味を持ち、意味を新たに作り出しても行く。

　だが、反復ということには、いや、反復を意識するということには、もっと重要なことが隠されているような気がする。行為にしろ、それに伴う意識にしろ、時間的な反復という単一的な循環を意識するということは、そう意識するということ自体が、その反復からはみ出ていることを意味している。反復の渦中にいたなら、反復には気づかないからだ。前の体験とは違った自分であるからこそ、反復に気づくのだと言い換えてもいい。

　さらに重要なのは、反復は、反復を欲している……。

　もしかしたら、生きるということ自体が反復なのではないのか、と思うことがある。だが、この命題は、今の私には難しい。証明が難しいというだけでなく、必ず突き当たるはずの一種の虚無な実感を乗り越えられるだけの論理や意志的な力が、今の私にはないと思うのだ。

　反復という概念、イメージには多くの示唆が秘められている。これが分かれば、自分は新たな段階に飛躍できるに違いない、そう真剣に考えることもあった。


　抑揚に弾みがつき、覚え込んだ旋律や音そのものが、身体全体にしみわたってくる。いつものように、肩の後ろ側が微妙に反応し始める。

　手にした「昼の樹」を開いてみる。

　――義しさを意志し……

　ページをめくる。

――私は新たに生まれ出る……

聞こえてくる音の弾みの中に、言葉を滲ませるようにして書かれた詩句を何度も反芻しながら、抑揚をつけていく。

風がないのは幸いだった。

どんよりとした空と、眼下に広がるソウル市街を一面に覆いながらたちこめた濃い朝靄から伝わる朝の匂いを、深呼吸しながら深く吸い込んだ。

左肩の裏側、特に肩甲骨の下辺りに、誰かに押されているような感じを覚え始めていた。「根の光芒」、「朝の樹」、と続いた緊張した時間の後ということもあった。その上、チェロの低く、それでいて伸びやかな音が、小さな部屋いっぱいに響きわたり、身体にしみいるように伝わってくるその満足感も作用していた。

ごく自然に、はっきりと加奈の顔が浮かび上がった。

――加奈……。

私はその顔に向かって呼びかける。

窓辺に立った私の前に、加奈が近づいてきた。今となっては遠く思えるある日の、ある瞬間の姿のまま、彼女はほのかに笑いながら、私と向かい合った。

濃い美しい形の眉と、黒く長い睫毛に縁取られた一重瞼の目が印象的だった。彼女が瞬きするたびに、高鳴る感情に胸が締めつけられるような瞬間を味わった、出合った頃の日々を思い出した。

加奈と過ごした去年の約八ヵ月の思い出は、自分にとってはまだあまりにも濃厚で、鮮やかで簡単には忘れがたい。

加奈は私にとってのパリコンジュだった。

パリコンジュは、巫歌の中で歌われる韓国の土俗的な神の一人と言っていい。女の子ばかりが七人生まれ、七人目に生まれたパリコンジュは捨てられた。捨てられて人に拾われ、また別離を体験し、放浪する。地獄を経巡ったパリコンジュはとうとう菩薩となり、自分を捨てた父母を許し、衆生を救っていく。

境遇が似ているというわけではない。加奈には女のきょうだいはいず、兄が一人いるだけと聞いていた。加奈をパリコンジュにみたてる根拠は何もなかった。

けれども、加奈は、私にとって、現実に現れたパリコンジュの生まれ変わりと言ってよかった。

——ほらここに、ほくろが三つ並んでいるわ。……あら、ここにもよ。……三つずつ並んだほくろが、首筋と背中と、ほらこうして見れば、斜めに平行して並んでいる。

ある日の加奈の声が、身体の近くに蘇る。

ちょうど、左側の肩甲骨の下の、心臓の裏側になる辺りに、斜めに三つ、ほくろが並んでいるというのだった。首筋の左側に三つほくろがあることは知っていた。けれども、背中に、それも首筋のほくろと平行しているように見えるほくろがあったとは、加奈に言われるまで知らなかった。

ほくろくらいのことで、何故そんなに興奮するのか、怪訝に思えてくるほど加奈ははしゃぎ、面白いわ、を連発しながらほくろの上を指で何度も辿った。

そのうちに、いたずらめいた上目遣いで私を見上げながら、加奈は言った。

——スイルさん、私が念じてあげるわ。この三つの神さまたちに、スイルさんがいつも健康で、勉強もうまく行って、そして……そして詩が、素敵な詩が沢山書けますようにってお願いするわ。

加奈がほくろのことを言いだした、あのひとときのことは、忘れられない。

熱い息と加奈の唇の感触が、私の首筋と背中を焼いた。二箇所に三度ずつ、言いようのない快感が貫いていった。唇の感触も、こそばゆいほどだった舌先の温かな動きも、鮮烈な記憶として残っている。

加奈は、不思議な女だった。時折、神がかったようなおかしなことを平気で口にした。それも急に、前後に何の脈絡もなく、説明もないまま、突然話し始めるのだった。あの時もそうだった。

――この三つのほくろは、三人の神さまの意味よ。환인（桓因）환웅（桓雄）환검（桓倹）、三神のしるしよ。韓国、ううん、今の韓国だけではなくて、このウリ（わたしたち）韓民族全体の始祖である三神を、……創世神話の主人公たちを象徴しているほくろなんだわ。ちょうど心臓の裏側に三つ、首筋にも三つ、すごい意味が隠されているんだわ。

つい今し方まで官能的に身をくねらせていた女とは思えない、無邪気さと真剣さとで、加奈は話し続けるのだった。話自体は面白かった。加奈は意外に物知りだった。けれども、話題の展開が奇抜で、そのきっかけも前後関係も勝手気ままだった。無邪気と言えば無邪気であり、沈着さがないと言えばそうも言え、分裂症かと思わせるような印象を与えもした。

いとしくてならなかった。

私はそんな加奈を、いや、そういう加奈だからこそ、愛していたのだった。

今思えば、加奈という女から響いてくる詩の部分を愛していたのかも知れない。そんなふうにも思う。詩の部分……、そうだ。あれは詩と表現するしかないものだった。

――スイルさんは、韓国に来るように宿命づけられていたのよ。きっとそうだわ。三神が、スイルさんを呼んだんだわ。海を隔てた日本で生まれたけれど、また海を越えて、母国に戻って来なさいって……、三神が望んでいたのよ。スイルさんは、三神に呼ばれたんだわ。

笑えなかった。

それだけではない。笑うどころか、あの時、加奈の話を聞いていた私は、頭の後ろから背筋にかけて一瞬、緊張した電流とも言っていい何かが流れていくのを感じていた。それは、加奈の声によって引き起こされた磁力と言い換えてもいい強烈なものだった。

　あの日からだ。三つのほくろがある心臓の真後ろの辺りと首筋の部分が、気になるようになった。うなじに三つ、肩甲骨の下に三つ、鏡に映してみれば加奈の言う通り、それぞれ三つのほくろは平行して並んでいる。思った以上に濃く、はっきりしたほくろだ。

　——ふうん、ほくろも考えようによっては、神さまのしるしか。そういう発想自体が面白いねえ。そうか、三神か。檀君創世神話か……。

　加奈は得意気だった。

　もしかして、加奈は、私を励ますためにほくろを三神と結び付け、無理やりそんな話にこじつけてみたのではないだろうか。そう、ふと思った。だが、私は加奈を話すままにさせていた。

　——ハングルを創製した世宗大王は、知っているでしょう。私は世宗大王を尊敬しているの。スイルさん。ハングルはね、難しく言ってしまえば、その音を発音する時の喉頭器官の形があの文字の形で表されているのよ。喉を含めた口の中の形が、ㄱとか、ㄷとかの形として表現されているわけなの。ほら、試しにㄱの音を出してみて。クッって。……分かるでしょう。口の中がㄱの形になっているでしょう。すごいエスプリだと思わない？　世宗大王は天才だったんだわ。これは私個人の考えなのだけれど、言霊という言葉があるでしょう。世宗大王は、言霊の本拠地が発話する喉の中にあって、その喉の形を文字にしていくことで、文字そのものの中に、まるで言霊を宿らせていくような発想で、ハングルを作っていったのではないかと思っているの。集賢殿《チプヒョンジョン》という所に集まった鄭麟趾《チョンインジ》とかそういう当時の優秀な学者たちも偉かったけれど、基本的な思想は、世宗大王が中心だったと思う。

　——言霊の本拠地？

私は、加奈の突飛な表現を面白く思いながら、聞きなおした。

――そうよ。本拠地よ。実感こもっているでしょ。ハングルって、世界一科学的な言語だとか、いろいろ分析されているけれど、文字の命が喉にあって、それは、喉を言霊の本拠地として捉えているからだということや、そのことで、実に合理的な構造の言語が出来上がって行ったのだということって、あんまり問題にされていないみたい。

――加奈、ところで、ハングルや世宗大王と、僕のほくろがどう関係しているというんだい。

私は聞いた。

思いが高まって何かを言い出したいにもかかわらず、それを敢えて堪えるように両手を口許に強く当てながら、加奈は私の身体からわずかに退いた。ひとりで首を振り、秘密を打ち明けたいのに堪えているという感じのそんな仕草や表情は、加奈の癖の一つと言ってよかった。

――だから、スイルさんの首筋のほくろは、世宗大王のしるしということなのよ。ハングルを創製した世宗大王が、ほくろになってスイルさんを守ってくれているの。……そんなふうに、私を見ないで。馬鹿みたいなことをまた言っているって思っているんでしょう。

私は、いいや違う、そんなふうには思っていない。そう言いながら首を横に振った。加奈は少しの間、拗ねるように口を尖らせた。

――ごめん、ごめん。……でも加奈、もしそうだとしたなら、何故、三つなんだい？　三神は、檀君、桓雄、桓因の三人だからほくろが三つということは分かるけれど、首の三つはどういうことになるんだろう。

口を両手で覆っていたために、濃い眉と長い睫毛に縁取られた二つの目が、一層くっきりとして見えた。いたずらっぽく目を細めたり、笑いながら得意気に私を見つめていた加奈の瞳が、ある表情をよぎらせるのはそんな時だった。

艶然というのとは違う。単に色っぽいというのとも違っている。あの目の表情を言い当てる適切な言葉は思いつかない。

加奈は両手を顔から離し、私の目をじっと見つめた。

――三つは、三才よ。ハングルの基本思想と言ってもいい天、地、人の三才を意味しているのよ。三才は万物の始まり、子音、母音、子音の三つの組み合わせでできているハングルの構造も、実はこの三才の思想に関係しているわけ……。だから、スイルさんは、世宗大王にも呼ばれて韓国に来るようになったんだわ。やはりこれは宿命というしかないわね。言霊の本拠地に、ちょうど三つほくろがあるのは、その意味よ。そうに決まっている。間違いないわ。

こじつけかも知れなかった。私を励ますために思いついた、いかにも加奈らしい無邪気なおしゃべりかも知れなかった。

もちろん、加奈の言葉を真に受けていたわけではなかったが、韓国に来るのが宿命づけられていた、として、ほくろと渡韓をむすびつけた加奈の発想は、私にある種の安堵感と満足感を呼び覚ましたのは事実だった。かすかながら、私は嬉しかった。やはり母国に来たことは間違ってはいなかったのだ、という自信を取り戻した。

そのすぐあとで言ったのか、それともしばらく時間が経ったあとでまた同じ話題がされた時に言ったのか、記憶ははっきりとしないが、檀君神話とハングルは勉強するのよ、とまるで生徒に説教するような言い方で繰り返した、加奈の言葉は忘れられない。

――韓国語がうまくなればいい、ということではないのよ。決してそうではないのよ。もちろん、うまくなったほうがいいには決まっているけれど、ハングルの思想を知っていくほうがずっと大切だと思う。特に、スイルさんは、詩を書いているのだし……

加奈は真面目な表情で、そう言った。

あの頃の自分を思い返すと、加奈の言葉に、それもほくろと神さまを結び付けた無邪気で迷信めいた言葉に、あれほど自分が敏感に反応したのは、多分、かなり気が弱っていたからだったと思う。

ソウルでの生活には、かなり慣れて来たとはいえ、いわゆる「在日韓国人」としても、日本語で詩を書き続けている者としても、取り巻く環境とのせめぎあいは消えなかった。慣れて来たというのは、あくまでも表面上のことに過ぎなかった。そこが母国であれ、どこであれ、自分が生まれ育った所ではなく、日常的に日本語を聞いたり、日本語が染みこんだ空気を嗅ぐことができないという事実は、心の底に絶えず言いようのない空洞感を作り出した。

もちろん、韓国に来なければ出合えなかったと思うような人間に何人も出合い、暖かで幸せな瞬間を数えきれないほど経験した。けれどもその空洞感は、決して癒されはしなかった。

周期的に、と言ってもいいかも知れない。説明のしようのない寂しさは、日常の隙間にいつも隠れていて、慣れから来る満足感や安心感で日常を苦もないものと考え始めるや否や、不意にまた、襲って来るのだった。

兄、と名乗る男に会ったのは、加奈からほくろのことを言われたその日の数日前のことだった。それはちょうど、『ルサンチマンX氏へ』の書き出しを、構想も不確かなまま衝動に駆られるように書き始めた、そんな頃でもあった。

生活する上においても、自分の詩においても、すべてが定まらず、とりとめがなかった。そして何よりも、私は寂しかった。

——詩は必ず、書き終えることができるわ。三神と世宗大王が守ってくれるから大丈夫。いつか完成したら読ませてね。最初に私に読ませてね。

『ルサンチマンX氏へ』の話をした時、加奈は言った。

私はしっかりと頷いた。

自分が詩を書いていることを、自分の方から打ち明けたのは、加奈が初めてだった。日本で付き合っていた英子も、私が詩を書いていることは知っていたが、たまたま本かなにかにはさんであったものを見て気づき、私も軽く受け流しただけだったから、趣味以上のものではない、と思っていたようだった。英子に限らず、私は詩を書いていることを誰にも言わなかった。

舞踊の世界のことについては、何一つと言っていいほど分からなかったが、自分の踊りを探し、自分の踊りを作っていくために韓国の伝統的な舞踊を学びにソウルに来ていた加奈の、踊りというものに対しての考え方と、私の詩に対しての思いは、驚くほど似通い、通じ合っていた。互いがそのことを発見するのにさほど時間はかからなかった。

私たちは、詩と舞踊の共通部分、いわゆる芸術として重なりあう部分、心構えとしてつながりあう部分を多く話し合った。

——でもね、スイルさん。詩よりも、踊りの方がエライのよ。上なのよ。だって舞踊は、すべての芸術の母胎ですもの。すべての芸術の始まりは舞踊だった。でも、こっちが先だった分だけエライはずなのに、いつの間にか芸術としては下等な次元のものにされてしまったんだわ。こんな扱いをされてばかりいたら踊りの神さまは怒りますよ。今に見ていなさい。親不孝者は、必ず目も当てられないくらい堕落して行くのに決まっているんだから。

——親不孝？

ある日の会話が、懐かしく思い出されてくる。加奈独特の言葉遣いと発想が、私には刺激的であり、同時に、いとおしさを募らせもした。

――そうよ。親不孝者たちよ。絵も音楽も文学も。自分たちが初めからエラクて、芸術の主人公だったみたいに思っているんだわ。踊りという親の恩を忘れて、自分たちばかりが高尚なゲイジュツだと思っているんだから、処置なしだわ。

さまざまな日の加奈の姿や声が、矢継ぎ早に蘇っていく。

今、またその顔を思い描き、表情をなぞりながら目の前に立たせ、向かい合う。どうしているだろうか。元気でいるだろうか。

半年前に加奈は日本に戻って行った。帰って行ったという方が、的確なのかも知れないが、帰る、という言葉はあまり使いたくない。他の在日韓国人はどうか知らないが、私には簡単に、帰る、という言葉は使えない。そして加奈に対しても使いたくない。帰ったにもかかわらず、使いたくないのだ。

加奈からの連絡は、無事に東京に着き、元気に過ごしているという葉書が、一週間後に届いただけで、それ以来全くない。加奈は約束を守っている。

実に多くのことを、私たちは語り合った。けれども、恋人同士というのとは違っていた。愛し合っていることをあれだけ互いに実感し合っていながら、互いを恋人同士と呼び合うのは、今でもためらわれる。けれども、加奈と出合い、過ごした約八ヵ月間の日々は、自分にとって一生忘れられない思い出になるに違いないと、私は心からそう思っている。

うなじに三つほくろがあることは、前から自分も知っていたが、それと平行するように三つのほくろが心臓の裏側にあるのを見つけたのは、加奈だけだった。もしかしたら英子も気づいていたかも知れなかったが、今となっては確認することはできない。英子は気づいていなかったのではないかという予想の方が強い。

裸になって触れ合う時の、私に向かってくる加奈と英子の態度は違っていた。これから、他のどんな女と付き合うことになっても、背中のほくろには、加奈以外、誰も気づかないだろうと思う。ほくろを三神と呼び、たとえひとり合点であっても、そのことを素直に口にし、私を励ましてくれたのは加奈だけであり、そういう女は、後にも先にも加奈以外には現れないだろうと思っている。


窓辺に立ったまま、私はゆっくりと加奈の面影を消しながら、息をつく。

開いたノートを見やる。丸で大きく囲んだ、義しさ、という文字を口の中で読み取って行く。

これは、暗示というのにも近い。加奈という一人の巫女によってかけられた暗示だ。

ほくろのことを言われてから、バッハの音にも、私を刺激するどんな光景に対しても、それに湧き上がってくる詩の言葉にも、うなじから背中にかけての部分が、微妙に反応するようになった。こんなことは初めての体験だった。いつの間にか、その部分で反応したり、感じたものを他のことよりも大切で確かなものだと信じるようになった。身体のその部分が反応するからこそ、敏感に注目し、自分に必然的なものだと考えるようになった。

迷信めいたものや、暗示に弱いのは、なにも女たちだけに限ったことではないようだ。けれども、それにしても、まさか本当に、ほくろを三神のしるしであると真に受けているのではないだろうな。いくら気が弱っているとしても、根拠のない暗示をそのまま信じているのではないだろうな。

私は時々、自分を笑った。

加奈の言葉で勇気づけられ、心のどこかでそれを支えにしようとしていたことは事実だった。根拠もなく、証明しようのない馬鹿げた話であっても、心の襞の些細な動きに意外な力で訴えて来るものがある。根拠もなく、証明することのできない非合理的なことだからこそ、かえって価値を持ってくるのだ。

韓民族を創世したとされている檀君を含めた三人の神を三神と言うが、同じサムシンという発音で、サムシンハルモニという出産を司る神がいることを、私は加奈から教えられた。サムシンハルモニは三人ではないが、サムシンという同じ音で呼ばれているのは檀君神話と全く無関係ではないはずだ、と加奈は言っていたのだった。

だからスイルさんは、檀君ハラボジにしろ、サムシンハルモニにしろ、生み出す神に見守られているということなのよ、と加奈はやはり強調した。

たかがほくろくらいのことで、とは考えられなくなっていた。どんな思いつきであっても、どんなに根拠のない迷信めいたことであっても、加奈のように怯《ひる》まずに信じ込むということが、どれほど言葉に力を持たせるか、ということを私は、今更ながらのように考えさせられてもいたのだった。

そして、こうも考えることができる。

自分が生きているこの世界が、目に見える形や姿だけで成り立っているのではないらしいと感じ、現実の世界というものに、猜疑や不安や、一種の戦慄すら覚えたことがある者なら、世界はもしかしたら別な目でも捉えられるのではないか、と信じ、そう試みようとするだろう。

加奈と出合って大きく変わったのはここのところだとも言ってよかった。いや、もともとから持っていたものを加奈によって引き出されたのかも知れない、とも思う。

私は宗教というものを軽んじて考えないようになった。蔑むこともしなくなった。また、愛、という言葉に対しても違った実感を持つようになった。この言葉に付きまとっていた照れくささや、こそばゆさそのものを、自分で距離を置いて捉えられるようになって来た。

世界は意地悪なほど漠然としていて、不思議だった。人の営みも、生々しいほどあからさまでありながら、少しも確かではなかった。

やはり、ソウルに来て、母国の空気の中で暮らすことは加奈の言うように、宿命的なことだったのかも知れない。想像もしていなかった変化が自分の中に起こった。これほどさまざまな自分が、剝き出しになるとは考えてもいなかった。

高校に入った頃と前後して、私は詩を書き始めた。大学に入っても、そのあと就職してからも、詩は書き続けていた。

二年近く、小さな貿易会社に勤めた後、思いきって会社を辞め、韓国に留学することを決意した。ソウル大学に編入し、卒業した後に韓国内のどこかの企業に就職できればと考えた。たとえ就職が難しくても口を糊するくらいのアルバイトはあるはずだから、そうやってしばらくは、ソウルで暮らしてみたい、と思った。

最初の一年間に、海外に生まれ育った同胞を対象とした予備校に通って韓国語を習った。そして、海外同胞のための特別な試験を受けて、ソウル大学の経営学科に合格し、昨年の春、三年生に編入した。

留学生活は、ようやく始まった。

日本に生まれ育った在日韓国人の私にとって、母国であるはずの韓国は、異国だった。ありきたりな言い方を敢えて続ければ、カルチャーショックの連続と言っていい日々の中で、神経はかなり過敏になっていた。

ある事実と向き合うことがとにかく怖かった。考えまい、考えまい、と自分に言い聞かせ、ことさらあることに思いが及びそうになると、強引に背を向けるように私は大学での勉強に精を出した。

ソウルに来てまだ数ヵ月も経っていない頃のことだった。

私はよく鏡を見た。塞《ふさ》ぎきって不機嫌そうな自分の顔がいやでならなかった。自分で自分を怪訝に思い、環境の変化から来た気の弱りに違いない、そう言い聞かせた。だが、単なるカルチャーショックから来た落ち込みではないことは、誰よりも自分自身がよく分かっていた。そんなことではなかった。そういうことで承知できるくらいのことであったなら、どんなにいいだろうとさえ思った。

詩が書けなくなっていたのだ。

全くだめだった。

環境の変化に順応できずにいるから、気持ちの余裕をなくしてしまっているのではないだろうか。時間が経って落ちついていけば、今の動揺も、一種の錯覚、あるいはたまたまあるスランプとして乗り越えて行けるのではないか。

まるで自分をなだめすかすように、そういくら言い聞かせても、自分を納得させるのは難しかった。なぜなら、日本にいた時よりも、精神的には詩に近づき、切実に詩というものを生活のなかで捉えていることに自分自身が気づいていたからだった。

大学の勉強ももちろんだが、日常的に耳にしたり、口にする言葉が韓国語なのだから、今はしかたがない。日本語で詩を書き、詩を日本語で考える時間が急激に少なくなったから、こうなっただけだ。韓国語に慣れてくればそのうちに、韓国語に対する負担もなくなり、きっとまた書けるようになるだろう。そんなふうにも考えた。

けれども、一向に詩は書けなかった。

自分の血というものをめぐっての、微妙な感情のうねりが、制御するすべもないままに、私を苦しめ始めた。

詩を書くということは、私にとっては誰にもその行為を打ち明けられない秘儀と言ってよかった。いつかは詩を書くことを専門の仕事としていきたい、とまるで夢見るように、高校生の頃にはそんな思いを抱いたことはあったが、いつの間にか、詩に対する考え方が根本のところから変わっていった。自分にとっての大切な秘儀であることを突き詰めていく中で、そういう発想がかえって詩から自分を遠ざけて行くことに気づいていったのだった。

詩、それ自体と、詩を考えるという行為、それ自体に忠実であろうとするなら、詩を書く行為は完全な秘儀として、誰にも知られずに続けられなければならないものなのではないのか。

もっと素直な言い方をすれば、かけがえのないものであればあるほど、人目には晒すべきではないし、惜しむべきではないのか。そう思うようになったのだ。するとよけい詩に対しての執着が生まれ、一層かけがえのない行為として詩を捉えるようになっていった。

まるで一種の踏み絵のように、詩を取るのか、それとも民族的な行き方を取るのか、という葛藤を経験したのは、大学に入って間もない頃のことだった。

韓国生まれの韓国人である父と、日本で生まれた韓国人の母を両親に持つ私は、いわゆる「在日韓国人」という名称で括られる立場に属する人間であり、父を基準にして言うなら、私は「在日韓国人二世」だった。

もともとの性格がそうだからだということもあるが、私は声高に民族意識を語ったり、主張したりすることはあまり好きではなかった。

大学に入った頃、在日韓国人学生のサークルに誘われ、討論や集会に参加したことも何度かあったが、しばらくして足は遠のき、それきり彼らとの関わりはなくなってしまった。私は彼らの活動を決して無意味なこととは考えていなかった。政治的なことは嫌いだとか、組織的な発想は自分とは性が合わないなどという、そんな理由だけで彼らの活動を捉えてはいけないとも思っていた。

どうしようもないあるもの悲しさが、胸をえぐるように心の深い部分をよぎっていくのだった。「在日韓国人」として生まれて来てしまったことの、それこそ悶えと表現するしかない血へのこだわりが、討論や議論を繰り返させ、行動に駆り立てさせているのだ、という思いは、私の中のもの悲しさを煽った。自分にはこういう考え方やあり方はできない、というだけで、彼らがそうあることの底にある部分まで、批判する気持ちにはなれなかった。

言いようのないもの悲しさは、私自身にも通じていた。

詩に帰って行った。

やはり、帰って行くしかなかった。

息の仕方、とでも言ったらいいだろうか。サークルで出合った学生たちの、その一人ひとりの真摯さは認めることはできても、息の仕方と言うしかない思考の、ある種の現れ方において、私は距離感を感じてならなかった。

漠然とした言い方になってしまうが、それがたとえ自分の血の問題につながることがらであっても、すでに価値や意味が定められ、すでに是とされ、多くの人が承認する感情や認識というものに、疑いを覚えずにはいられなかったのだ。

政治的な言葉で語られ、縁取られていく人間や事物の姿は、こう在り、こう在るべきものとして、すでに価値や意味付けによって作り上げられ、規定されたものばかりのように思えてならなかった。

社会性、という言葉が気になった。

社会的実存、という言葉も気になった。

わが民族の悲劇、歴史的要請、仮借ない日帝の弾圧……、すべてを今、思い起こすことはできないが、そういう言葉も気になってしかたがなかった。

——私は決して、政治を軽んじて考えようとは思っていないんです。

ある日、二学年ほど上級の学生に向かって私は言った。

ひどく暑い日だったことを思い出す。サークルに顔を出さなくなった私に、彼のほうから連絡を取って来たのだった。

汗でずれおちそうになるのか、喫茶店で向かい合った彼は、しきりに眼鏡を押さえていた。一重瞼の目と角張った顎をした、いかにも韓国人という感じの顔だちで、どことなく有名な野球選手に似ていた。

——人間は社会的な存在である。

社会的、民族的な自覚を持ってこそ在日韓国人としてのアイデンティティを確立できる……。

彼はそういう主張を、さまざまな例を挙げながら話し続けた。饒舌だった。反論する隙間も、素朴に言葉を挟む瞬間も与えないくらいの勢いだった。

気になって仕方がない言葉ばかりが、耳を突いた。次第に私は、鬱々とした重苦しい感情を抑えきれなくなり、滔々と続く彼の言葉を断ち切るように、自分は政治を軽んじて考えてはいない、と言い出したのだった。その学生とどんな会話をかわしたのか、本音のどのあたりまで話したのか、正確なことはもう思い出せない。

しかし、妙に後ろめたいような、いやな後味が残ったことはよく覚えている。多分それは、彼の主張や考え方もどこか正しく、それなりに真実なのだ、ということを認めていたからだろうと思う。

囮《おとり》だ。これは与えられた価値や与えられた意味の、囮にされていることなのではないだろうか……。

そこまで、その学生には言わなかったが、私のそういう直観は、当時も今もさほど変わっていない。自分の中での詩と、自分が「在日韓国人」であることから問われてくる生き方が、あの時もぶつかり合い、観念という塊りがぎしぎしと擦れあった。

強者と弱者、抑圧者と被抑圧者、支配した者とされた者……という捉え方は、確かに歴史や現実を見定める時には、有効な解釈の道を与えてくれるかも知れない。

だが、人間の持つ測り知れないほどの謎や秘密は、遠い過去から恐ろしいほどの威力を秘めて、人間自身を脅かし、怯えさせて来たのではなかったろうか。作られた価値としての人間のありようにのみ目を向けていくのは、単に片手落ちというだけでなく、人間を知るに当たって、大きな誤謬を犯すことになるのではないだろうか。人間という存在が持つ真実からますます遠ざかって行く行為に等しいのではないだろうか。

「人間は、社会的な存在である。」という一つの真理と言っていいこの命題も納得できる。しかし、その納得も実は片手落ちと言っていい、ある一方的な了解の上に成り立っている。単に政治参加をすれば、この命題を正しく理解したことになるのかというと決してそうではない。政治にかかわり、政治を語ることが、即ち社会性を持った生き方であるとは私には考えられない。体制か反体制かを明らかにし、それを標榜することが、そのまま社会的な生き方に通じていくと考えやすい一種の常識にも、単純に与《くみ》することはできない。

社会性という言葉は、政治性、時事性という側面を強く含むことが多いが、この言葉の真の意味は、決して幅の狭い視野では納まらない深遠な立体性を背景にしている。社会的、あるいは、社会性という言葉に対する一方的な意味付けや誤解から、この言葉自身を先ず解放する必要さえある。もちろん社会的、社会性という言葉を狭義に時事的な意味合いにのみ使っている場合は別だが、しかし、それこそこの言葉たちを一定の価値の中に落としこめて来た大きな原因でもあったのだ。

同じように、民族という言葉や、民族をめぐってのさまざまな言葉たちも、すでに与えられた意味や価値から言葉たち自身を、解放してやらなければいけないような気がする。

でなければ、私たちは作られた一つの価値としての人間、その自ら作りだしてきた価値や意味の呪縛の流れから抜け出ることはできない。「在日韓国人」であるからこそ、そう思う。

——たとえば、言葉……。

私は、向かい合った先輩の学生に言った。

じっとりと額を濡らしていた汗は、喫茶店の冷房でいつの間にか引いて行ったが、鬱々とした思いをどう言い表したらよいかを思いあぐねているうちに、今度はその焦りや苛立ちが汗となって額に滲み始めた。

たとえば言葉だ。

人間は、発語を始めた時点から、社会性というものをその存在において帯び始めたに違いない。社会性という言葉の真の意味は、言語の発生、人間にとってのレトリックの始まりというところにまで行き着いて考えていかなければ、実は捉えられないのではないか。だから、言葉の真の意味において、社会的でない人間などいないのではないだろうか。

たどたどしい私の言葉を、彼はじっと聞いていた。決して蔑んだり、私を遮ったりはしなかった。

——人間は、人間自身の持つ秘密や謎に、これからも自ら怯え続けて行くしかないのかも知れない。

私は言った。

言葉に詰まった。

もしかしたら、人間などいないかも知れないのだ。在る、と語ることすらできない存在かも知れないのだ。……人間は、人間という概念を知っているだけに過ぎないのかも知れない。いつの間にか、人間という概念を作りだし、そして教え合い、人間と信じ、呼び合っては来たが、実は、瞬時瞬時に映し出された概念としての映像と、概念から輪郭化された人間という、一種の幻覚の中に生きているだけに過ぎないのかも知れない。

しばらく、一人で自分の生き方を自分なりに考えてみたい、と私は言った。そういう態度が、あなたの言う、「意識」が足りない態度だとしても……。

私は詩に帰り、そして、母国にやって来た。

詩へのこだわりと、自分が何者かということへのこだわりは、通じ合っている。だが、確かに境界線をはっきりと定めることができないほど複雑に絡み合いながら通じ合ってはいても、あるところでは反撥し合い、あるところでは互いが互いのこだわりの中身を問う、という形でせめぎ合う。

いやな顔だ、と私は鏡に映った自分の顔を見ながらよくそう呟いた。

これほどの思いで母国に来たというのに、母国が私に詩を書けなくさせたのだ、という屈折した妄想がつのり、韓国語を聞くのも話すのも忌まわしいことのように思えてならない日々が続いた。違う、単にスランプだ、書けない時期にぶつかってしまっただけのことだ、と、どれほど自分に言い聞かせてみただろう。答えは見つからず、苛立ちや苦痛が錯綜し、詩にこだわっている自分自身を嫌悪し始めるようにもなった。

だが一方で、何かが近い、今のこの苦しみを乗り越えれば、自分はこれまでの自分とは違った段階の自分に行き着ける……、という予感が、心の片隅でうねってもいた。このままの状態を続けていてはいけない、という願いが詩に対するこだわりと重なり合い、そういう予感の形で自分自身を励まし始めたのだろうと思う。

あれは今でも忘れることができない。

夢を見たのだ。

そしてある言葉が啓示のように浮かんだ。

眠りから目醒めに移るわずかな間のことだった。夢の内容も、目醒めに味わった緊張感もはっきりと思い出せる。

「根の光芒」は、すでにあの日から始まっていたのだと言える。

夢の中で、私はこんもりとした森の奥深くにある小さな駅に降り立った。その森を、次の場面では私自身が上空から見渡し、陰影の濃い木々の海原が果てしなく広がっている光景に見入っているのだった。そのうちに誰かに案内され、私は劇場に行った。まだ建て始められたばかりのもので、骨組みの丸太がいやに白く、鉋《かんな》の削りかすがそこかしこに散らばっていた。

「あの額には、Wという文字を入れて下さい。」と私が言った。次の場面で舞台の上に掲げられた額を、舞台の真下から見上げている自分が現れた。かなりおなじところに立って見上げていたが、Wは書かれなかった。

案内者は誰なのか分からないまま消え、私は一人で劇場のあちこちを歩いた。螺旋のように劇場を取り巻く階段を上がっているうちに、二階座席に立った。そこから舞台の上の額を見た。Wの文字が二つ、いつの間にか二つになった額の中に書き込まれ、横に並んでいた。

「二つはいらない。必要はない。」と私が呟くと、いつの間にか、また舞台の真下に自分が立っていて、半ば呆れ、半ばあきらめながら、二つの額を見上げているのだった。

そのうちに案内者が現れて、「どうか、追悼の辞を」と言った。

場面は変わり、私はちょうど肩の高さぐらいの石塀に両腕をのせ、すぐ目の前にある白くぼた山のように盛り上がった墓を、横から見ていた。石塀は墓の右側と後ろだけを囲んでコの字型に続いていた。ぼた山の墓は雪だった。白いのは雪だからだったのだ、と私は思った。雪でできたぼた山の墓は美しかった。いやに固そうに見えるのは凍っているからなんだな、と考えていた。ぼた山の真ん中辺りに雪をへこませて、平たい段が作られ、そこに写真が飾られていた。石塀からは写真があることはわかっても、誰の写真なのかは分からなかった。

私は、歌を歌いだした。

ビブラートする自分の声が、目を醒ましたあとも耳にはっきりと残っていた。


「アー」と長く伸ばしながら、ジャズにも近いゆっくりとしたリズムに合わせて、かなりの高音にもかかわらず、難なく歌いのけているのだった。

そういう夢の中身と、どういうつながりがあったのか、目醒めと眠りとの境目で朦朧《もうろう》としていた自分には定かではないが、はっとしながら「アー」と喉を揺らせながら歌っている自分の声で目が醒めた時、私は確かに目の前をよぎっていく文章を見たのだった。文章は何行も縦書きに並んでいて、どこかで既に読んだことがあるような懐かしさを感じた。

夢のなかで見たこんもりとした森が、ちらついた。あの白い雪でできたぼた山の墓は、誰の墓だったのだろう。そういえば、何人かの人間が墓の前で手を合わせては通り過ぎていったようだ。それを見ながらも私は石塀に手を掛けながら動かず、ただ歌っていたのだった……。

消えた文章の映像を追いかけたい、と思いながらも、それを遮るように強く残った夢の記憶の一つひとつがよぎっていった。それらをまた味わいなおしているうちに、ある言葉が、夢の記憶の向こう側からひらりと翻って、まるで目の前に着地をするように、ふいに立ち現れた。

その自然な立ち現れ方に、かえって当の私自身が驚かされた。はっきりと目醒めているのにもかかわらず、これはまだ夢の中のことかも知れないと思っている自分がいた。

――意識して、生きる。

一つの命題のように、そんな言葉が瞼の裏側に描き出された。かすかに頭痛を感じたが、すぐに消えた。脳全体が緊張しているような強張りを覚え、喉が締めつけられる息苦しさが走ったが、不思議に私は安心していた。

目醒めの時間に、ある詩句やある言葉を思いつくという経験は初めてのことではなかったが、その朝のことは、今になってもこうして微細に覚えているくらいに鮮烈で、二年前の当時の私にとってその言葉は一種の啓示でもあったせいか、他の体験とは違ったものとして、今もこうして振り返ることができるのだ。

私は厳粛な気持ちで、立ち現れた言葉を口の中で繰り返した。

目醒めの時間が儀式化し、それが大切な日課として定着していくのにさほど日数はかからなかった。「根の光芒」という名称も、続くある日の朝、意識の奥底から湧き出るように浮かんで来た。「根の光芒」には、さまざまなイメージと朝の時間に対する私の思いが、重ね合わされていた。目醒めに続く時間を一つの厳粛な儀式として捉えていたからこそ、そのかけがえなさを表現する名称も、朝のその時間に立ち現れたのに違いなかった。

私なりに摑んでいた時のイメージと、樹のイメージは似ていた。

ある日の朝、胸が衝かれるような思いの中でその実感を追いかけた。

時は過ぎ行くもの、消え去り、流れ去って行くもので、樹は、形や姿やあるいは色が季節や時のうつろいの中で変わって行くものであるとしても、年輪を刻み、その年輪を内側に秘めながら、その根はますます地下深くに向かって伸び、幹は厚みを増して行く。まるで反対のイメージのようでありながら、時と樹は似ていた。

葉を繁らせては葉を落として行く、その途切れることのない現れの変化はあっても、樹は時を吸い込み、含み込んで行き、時も人や物のあり方、姿の中にその意味や影を落とし、あるいは示しながら連なる時を含み込んで行く。

私は、〈意識して生きる〉、という命題の意味に従って、日記の書き方を考えだしていった。ノートを二冊買い込み、朝と朝以外の時間に使うものとして使い分けるようにした。ノートを「朝の樹」、「昼の樹」とそれぞれ名付けたのは、時と樹の二つのイメージを重ね合わせてみたからだった。ノートの一枚一枚をめくりながら文字を書きつけて行く行為と、ノートそのものが、二つのイメージとして溶け合った。

朝は義務的ではあっても、昼のノートは書きたい時に書くということを前提とした。書けなければ、書かないでいい。書きたくなるのを気長に待てばいいのだ。

それらのアイディアも「根の光芒」の時間に思いつき、少しずつ形となって行ったものだった。

だが「朝の樹」の両ページを埋めていくという作業は、想像以上に大変なことだった。右側のページが空白のままになってしまう日があることは、目醒めの状態にかかっているからしかたがないことだとしても、初めのうちは、左側のページすらよく埋められない日が続いた。

私は、記憶というもののいい加減さ、曖昧さを改めて痛感させられた。自分がどれほど日常を意識せずに、時の過ぎるままに生きてきたかを、目の当たりにしたのだった。

前の日のことでありながら、いざ思い出そうとすると、それは決して容易なことではなかった。毎朝、毎朝、同じ作業を続けていくうちに、ある時間帯が妙に思い出しにくく、また、ある時間帯がいやに明確に思い出されていくことに気づいた。前夜のことが、書く時点となっている翌日の朝に近い分だけよく思い出されるかというと、そうではないのだった。思い出しやすい時間帯は、その日によって、あるいは数日を一つの周期のようにして変わってもいった。

思い出しにくいということは、その時点なり、時間帯を、意識的に生きていないということだと私は判断した。現に、思い出しやすい時間帯にはそれなりの事件や印象的な光景を目にした等の、何らかの出来事がある。その記憶が強いから、強く鮮やかな分だけ記憶に残り、思い出しやすくなるのだ。

けれども、それこそ、当然と言えば当然過ぎることのように思えることであっても、実際に一日経った後で記録するとなると、当然と思われたことがどんなに厄介で、いい加減であるかに気づかざるを得なかった。

意識的にその瞬間を自分の中に刻んでいなければ、いくら印象的な出来事に立ち会っていたとしても、曖昧なものとしてしか記憶には残らないのだ。出来事の輪郭すらどこかに消えてしまうこともある。

そのうちに、私はこんな方法を取るようになった。たとえば、前日の二時から四時までの記憶がどうも曖昧だとする。そうであれば日記を書いた日の、即ち、前日からすれば翌日の二時から四時までを意識して過ごすようにする。

けれども初めのうちは、この方法も何度か試行錯誤を繰り返さなければならなかった。

記憶というものが、ある意味ではこれほど単純で、意識の仕方や集中の仕方いかんで、どうにでも調整できるものなのかとさえ思ったものだが、すると今度は、確かに二時から四時の間のことはよく思い出せても、その代わりにとでもいうふうに、他の時間帯の記憶が薄まっていくことがあった。

二年近くの間、もちろんサボった日もあり、朝の忙しさの中で書き忘れたこともあったが、それでも私はこの儀式を止めなかった。

そして、こういう日記を書き続けていくうちに、一日は出来事の連続であり、すべてのどんな些細な現れにも、出来事にも、それなりの意味と価値が隠されていることに気づいていった。それらの意味や価値は、皆、私の性急な判断や解釈を拒んだ。思い入れも無視も無関心も、結局は判断に違いなく、記憶は時のうつろいとともに、そういう私のさまざまな判断を果敢に拒否して、時の根の彼方に息を潜めていくのだった。

まだ、「朝の樹」を滞りなく過ごしているとは言い切れない。思い出しにくい時間があったり、それが前日のことだったのか、古い過去のことだったのか、あるいは想像したり夢に見たことであって、実際にはどうであったかわからない、という奇妙な記憶の混乱はまだ確かにある。

その上、「根の光芒」である目醒めの凝縮した時間に、どんな想念や映像、あるいは感情が立ち現れるかによって、「朝の樹」にのぞむ自分自身が動揺し、前日の記憶を辿って行くという行為すらが無意味に思え、ノートの前に座っても何も書けない、書きたくない、と抵抗する自分に出合うこともあった。

一気に書くこと、という鉄則は、記憶の曖昧さから来る難しさだけではなく、そういう「根の光芒」との関係から来る難しさともぶつかり合った。

〈意識して生きる〉、というある朝立ち現れ、私に朝の儀式を思いつかせた啓示とも言っていい命題は、思いのほか、難題だった。けれども、難題であった分だけ、実際に続けてみなければ知り得なかったことも、多かったのだ。

「朝の樹」を通して、私は、意外にもかなりはっきりとした形で、自分のなかの韓国語と一種の対決を始めることになった。「朝の樹」においては、翻訳不可能な固有語以外は一切ハングルを使わないこと、どんなに面倒でも、漢字で書かなければならない言葉は漢字で書くこと、を私はもう一つの鉄則とした。

韓国語が身につき始め、ハングルを使い慣れて来るに従って、ハングルで書いた方が簡単に手早く書けるため、いつの間にかめっきり、漢字が書けなくなってしまっていることに気づいていたのだ。

その事実は、詩が書けなくなったということとも絡み合って、実に複雑で微妙な感情のうねりを煽っていった。それは、微妙でありながら、大胆に思考を支配し、あるいは変化させ、左右せずにはおかないいきわどいうねりだった。

外国で暮らすことになった者なら、誰でもが体験することなのかも知れない。自分の母語と外国語の間に挟まれて混乱するのは、必然的とも言っていい通過儀礼の一つかも知れない。

けれども、決して自分を特別視して、こう言うつもりはないのだが、私にとって韓国語は単なる外国語ではなかった。また日本語にしても、単純に自分の母語と見なすには思い入れが強すぎた。

大げさだ、個人的な事情をことさら針小棒大に解釈しているだけに過ぎないのではないのか……、と受け取られるかも知れない。だが日本語には、私にとっての詩がかかっていた。会話や読書や思考のための手段、あるいは道具以上のものだと言ってよかった。

気障《きざ》に聞こえるかも知れないが、詩は私にとって、自分という存在の裏打ちとも言える精神的秘儀であり、何物にも代えがたいかけがえのない行為であることは前にも言った。その詩を、私はずっと日本語で書き続けて来たのだ。

二つの言語に挟まれた私の中に湧き起こった感情のうねりは、微妙なものだった。いや、微妙にならざるを得ないものだった。これが、たとえば英語やフランス語や、他の外国語であったなら、うねりの様相は違ったものになっていたかも知れない。葛藤することは免れなくても、対象をはっきりと外国語と見なし、言語を知識として受け取る次元で、感情の整理もそれなりに可能であったかも知れない。韓国語は、肉親の言語だった。

知識としての言語でも、研究対象としての言語でもなかった。

二つの言語は、私という存在の根の底で、私の今を問い、ある時は、私の今を断罪さえするのだった。微妙な感情のうねりであるにもかかわらず、その引き裂かれ方が露骨にならざるをえないのは、やはり、私が「在日韓国人」のそれも日本生まれの二世であるからなのだろう。

韓国語は、確かに、日本語のなかで育った者には外国語だ。だが「在日韓国人」にとっては単なる外国語ではない。また、単なる外国語とは見なせないという過去の事情がある。それ以上に、「在日韓国人」自身が、韓国を母国と、あるいは祖国と思うかぎり、たえず自分にとって韓国語とは何か、という問いは突きつけられていくのだ。

外国で暮らしはじめた者が、必ず経なければならない言語上の葛藤として、自分と韓国語との関係を捉えることができたなら、どんなにか楽だろう、と私は何度も考えた。

このことも、日本にいたなら到底想像もし得なかったことの一つだった。

自分が日本生まれだから、よけいに厄介なのだった。日本と韓国との、厄介でややこしい関係の中に生み落とされた「在日韓国人」二世だからこそ、当然背負いこまなければならない厄介さに違いなかった。ぶすぶすとくすぶっていた韓国語に対する嫌悪感や一種の抵抗は、単に外国語との葛藤やその通過儀礼からきたものと見なすには、事情は厄介すぎた。その引き裂かれ方も、言語という、ある意味では目に見えない実に精神的なものにかかわる事柄だったために、実際的な処方箋は見当たらず、ただ途方にくれるしかなかったのだ。

韓国語が、自分に詩を書けなくさせている……、という妄想は、不快なものだった。後ろめたく、それに何よりも、ソウルで暮らしてみたいとあれほど日本で思い悩み、決意するまでに至った日々のことや、その間に払ったさまざまな犠牲を考えると、その妄想は、私にとってあまりにも残酷だった。

しかし、実際に、詩が書けなくなってしまったのだ。それだけではない。実際に、こんなに簡単な漢字も、と驚くほどの漢字がいつの間にか書けなくなってしまっていたのだ。

「根の光芒」において、よく単語が韓国語で浮かんで来ることがある。

日常使っているのがほとんど韓国語なのだから、それはしかたがないことだと認めはしても、「朝の樹」においても単語をハングルで書いてしまいがちになるのだった。

たとえば、図書室、と書かなければならないところを、도서실と思わず書いてしまう。トソシル、という音の方が先に浮かんでも来る。ハングルの方が漢字を書くよりも手早い上に手間もかからない。そういうハングル文字の持つ長所に頼って、普段何かのメモをする時も、多くの単語をハングルで書くようになっていた。大学の授業にしても、ハングルで書くから講義をどうにかノートできるという、ハングルの効能に救われている面もあった。

漢字を忘れていくのは、当然だった。

自分でも気付かない間に、まさかと思うほどの簡単な漢字までが、頭の中でハングルとすりかわってしまっていた。

妄想に過ぎないとしても、根拠が全くないわけではなかった。だが、だからと言って根拠を突き詰めていけば、韓国にやって来たこと自体が間違っていたのか、という自分の選択に対する懐疑がつのってくる。日常のカルチャーショックは、さほどつらいものではなかった。それが知らない間に、詩に密接にかかわっていることに気づいた頃から、妄想の密度は否応なく濃くなっていったのだった。

韓国に学びに来ている学生であり、片言の韓国語も喋れなかった「在日韓国人二世」が、母国に来てこれほどハングルを身につけたということは、どう考えても、よいこと、望ましいことに違いない。そのことで苦しむのは矛盾ですらある。

けれども実際、私は愕然としていた。たまらない、と思った。その思いは、自分にとっての詩ということに直截的にかかわっていく、本能的とも言っていい反応だった。これだけは譲れない……、意識の奥から自分の叫び声が聞こえて来るような日々が続いた。

あの日々は、今、思い返してみても悲惨だった。「在日韓国人」という集合名詞で規定されることを、人一倍嫌がっていた自分が、どうしようもなく「在日韓国人」であることを、母国に接したことで知らされ、詩に対しては、日本人以上に、「日本人」と言ってもいいほど日本語にこだわっていたのだった。そしてその呪縛は、人間にとって言語とは何かという存在の根本の部分で絡み合っていたのだ。

詩は棄てられなかった。

同時に、自分の血に対するこだわりも棄てられなかった。

あれはまだ、朝の儀式を始めて間もない頃のことだった。

日本にいる英子から、一通の手紙を受け取った。その返事が書けずに、私は数週間を費やした。韓国語とのせめぎあいはもちろんのこと、「朝の樹」の右側のページを埋める言葉が思うように浮かばず、左側のページに書くはずの日記にしても眉をしかめたり、唸りながら首をかしげ、スムーズに書くことができずにいた、そんな日々のことだった。

英子は大学時代の同級生で、私がソウルに来るまでの約五年間、恋人として付き合っていた。

私は東京の北新宿に生まれた。私が育った小さな二階家は、中学生の時に売り払われてしまったが、それ以後も同じ北新宿のアパートに母と弟と三人で暮らしていた。

父親が何年か前に亡くなっていた英子は、四人きょうだいの末っ子だった。東北の小都市から上京し、大学の近くのアパートに一人で住んでいた。私は英子を母や弟に紹介し、英子の母親が上京した折りには、私も彼女の母親と会い、挨拶していた。互いが就職してからも二人の付き合いは続き、いつか結婚する間柄であることは、二人を取り巻く友人も家族も認めていた。

英子が末っ子であり、父親がいないということもあったろうが、英子の母親は私が在日韓国人であることをことさら問題にしたり、二人の関係を反対したりしなかった。初めの頃は驚き、不満を口にしていたようだったが、それはできれば韓国人でなかったら、という程度のものだったらしい。

よく問題にされている「在日韓国人」故の結婚差別、あるいは就職差別というものを私は露骨な形で体験することはなかった。

大学を出てからソウルに行くことになるまで、約一年十ヵ月の間勤めていた小さな貿易会社の社長は、私の出自については全くと言っていいほど難色を見せなかった。もちろん、もっと大規模で名の通った企業に就職することを望んでいたなら軋轢《あつれき》は当然あったろうが、そういう気が私にはなく、望んでもいなかった。

結婚にしてもそうだった。万一、英子の家族が、私が「在日韓国人」であることで二人の関係に反対した場合、果して自分がどんなふうに反応していたかは何とも言えないことだが、少なくとも現実として、露骨な反対はされなかった。

——初めはよくても、時間が経って行く間に、必ずいろいろと問題が出てくるんだよ。

母はよくそう言っていたし、母の言う意味は、私なりに理解できた。

さほど仲のよい親子というわけでもなく、かといって憎み合っているわけでもなかったが、私は母に、小さな頃から距離感を感じていた。相性が合わないと言った方が早いのかも知れない。母は、万事をひねくれた見方で捉える傾向があった。父との不幸な結婚生活が、母の性格をそういうふうにしてしまったのかも知れない、と思いやる気持ちもないわけではなかったが、私はどうしても母を好きになれなかった。だから、母のそんな言葉を聞いたからといって、別に動揺することはなかった。

二人の関係が、民族の違いによってあとで悪くなるにしろ、どうなるにしろ、とにかく私たち二人に対しては外側からの露骨な反対はなく、俗に言う、「差別」を私は直截的に体験することはなかった。

問題は、すべて私の側にあったのだ。

英子も、英子の家族も、民族のことをあげつらって私を苦しめることはなかった。苦しめたのは私の方だった。私は一人の女性をどうにでもなる自分の所有物のように扱い、劣等感や焦燥感から来る憤りをぶつけていたのだった。私が「在日韓国人」であることなど、そういう男としてのあり様においては何の言い訳にもならないはずだった。しかし卑怯にも、まるで個人的な悩みが結局は「在日韓国人」故のものであるかのように、私自身がその言い訳を使い分けていたのだ。

暗黙のうちに結婚が前提となっていた付き合いを続けていたのだったが、私の方が、最終的な結論を避けていた。

外見は決して美人ではなく、そばかすだらけの丸顔で、その上、彼女は吃音《きつおん》だった。英子はひたむきだった。あれほど忍耐強く、優しい女性はいるだろうか、と思うほどだった。いつの間にか英子は韓国語を習い始め、朝鮮や韓国に関する本を読み始めるようにもなった。同棲とまでは言えなくても、すでに英子の部屋には私の着替えが置かれている、そんな関係が続いていた。

そうだ、彼の名前はイ・サンスと言ったのだ……。大学時代に、サークルに来なくなったことで私を喫茶店に呼び出した、二年上の先輩は確かイ・サンスと言った。

のか？

——スイル君は何故、日本人の女性と付き合っているんだ？　このままその女性と結婚するつもりなのか？

彼はそう聞いた。

決して私を咎《とが》めるような口ぶりで言ったのではなかったのだが、できることなら日本人との結婚は避けた方がいいと言い、彼は「在日韓国人」の帰化現象や、日本人との国際結婚の急増現象について話し出すのだった。

サークルに一時顔を出していた頃、そこで何人かの女子学生と出合い、私もいわゆる「在日」同士の恋愛ということを考えた。しかし、英子のことがあったから、というだけでなく、サークルで出合った女子学生たちに対して、私は特別な関心を持つまでには至らなかった。かえって避けようともしていたくらいだった。理由はうまく言えない。サークルが打ち出している政治的なスローガンの響きと、男女の出合いの場、あるいは「在日」同士の恋愛のきっかけを作り出せる場、というイメージは、あまり心地よいものとして結び合わなかったのだ。言い過ぎかも知れないが、どことなく不徹底な感じがした。

私の中の、言わば詩の部分がそういう感じに後ずさりしていた、と言い換えてもいい。

今、二人の女子学生の顔がぼんやりと浮かんでくる。私といかにも親しくなりた気な視線で話しかけてきた「在日韓国人」の女子学生たちだった。

彼女たちは、その後、どんな生活をしているのだろう。あのイ・サンスもそうだ。果してその主張通りに「在日」と、結婚しただろうか。

英子との関係は私に多くのことを教えてくれた。私は英子を通じて、まさしく私自身を知って行った。あの当時、英子がいなくては、日々つきまとう不安や苛立ちの中で、もしかしたら私は自爆していたかも知れない。

会社に勤め続けることは苦痛だった。

就職する時点においては確かに「差別」は受けなかったが、その後の社内の生活が私には耐えられないものとなっていった。その会社は、電子器具の部品を韓国にも輸出していたのだったが、国柄の違いもあってのトラブルが頻発し、日常、韓国や韓国人に対する陰口が社内で何の遠慮もなく話される場面に、数えきれないほどぶつかった。

韓国人を庇《かば》いたいと思った。

もちろんビジネスなのだから、約束を違えた方がよくないに決まってはいても、そうまで軽蔑したふうに言うこともないのではないか……、心の中でそう必死に庇いながらも、行き場のないやるせなさで息が詰まって来るのだった。隠微で時には露骨な、それこそ「差別」的な言動は、直截的に私自身に向けられたものではなかったが、自分のことを言われているかのように私を突き刺さずにはおかなかった。

高野という三十代半ばの男がいた。その男がよく煽った。一人、そういうアジテイターがいると、周りの者も節制を忘れ、言葉を合わせたり、同調するようになる。何度か、他の社員たちも一緒の席で、付き合い上しかたなく酒を飲んだことがあったが、彼の担当だから仕方がないとしても、それこそ話題らしい話題は、韓国に関してのことしかないのだった。

あんなところには、二度と行きたくない。韓国人とは仕事はしたくない……。それが高野の口癖だった。

タクシーの運転手に金をぼられた、という話に始まって割り込み運転、道路事情の悪さ、韓国人は場所もわきまえずに大声を上げて喧嘩を始める。公衆道徳というものを知らない。……そのうちに彼は毎夜ソウルで買ったキーセンの品定めのような話題を延々と続け、そういう話題からまた、仕事上で起こったさまざまなトラブルの話に帰っていく。それを後輩の同僚たちも、相槌を打ったり、笑い合いながら、飽きた顔もせずに聞いている。

しかし、高野がどれほど韓国を嫌悪しているような話題を続けても、その口調には、韓国を他の誰よりもよく知っているという一種の自負が滲んでいた。初めから韓国や韓国人を見下しているからこそ、相手の欠点をいちいち取り立て、話題にもしていることはあからさまなくらい明らかだったが、その心理には自分を高みにおくことでようやく自分の位置に安心できるという屈折したものが隠されているような気がしてならなかった。

不健康、という表現しか思いつかないのだが、高野の言動に表れた不健康な心理は、広く解釈していけば多くの日本人、いや日本人だけではなく、人間というもの自体が隠し持っているある共通した不健康さなのかも知れなかった。

私が「在日韓国人」であることを知らない者は、社内にはいなかった。高野も当然知っていた。本国の韓国人と、日本に住んでいる韓国人は違うのだという前提が、すでに彼らの中にあるのか、私の前でそういう話題をすることの無神経さにも気づいていないようだった。

いたたまれない気持ちの中身は、複雑だった。

同胞の、即ち、自分の身内についての話を外側の人間が、それも「日本人」が平気でしている、ということへの憤りはもちろんだが、そのことに毅然と反発したり、抗議することができない自分の弱さやふがいなさが恥ずかしかった。憤ったなりに、その思いをたとえ素朴な言葉であっても表現することができたらどんなにいいだろう。どんなに気持ちがすっとするだろう。

勇気がない自分が、嫌でならなかった。

血としては「韓国人」でありながら、韓国語も知らず、「韓国人」を自分の同胞として弁護し、その名誉を守ろうとするほど、自分が「韓国人」であるとも言い切れない……、そんな中途半端さが苛立たしかった。

思い出すのも息苦しくなるような思い出の一つだが、ある日、会社でこんなことがあった。

韓国に出張中の高野から、ＦＡＸが流されて来た。そのＦＡＸを受け取った女子社員が、急に頓狂な声を上げた。社内にいた皆が、何事が起ったのかという表情で、彼女の方を見やった。

――これを見て。

彼女の周りを同僚たちが取り囲み始めた。私も立ち上がって近づいて行った。

ＦＡＸには、紙に大きく、ピストルのイラストが描かれていた。そのうちに、二枚目のＦＡＸが流れてきた。そのＦＡＸにも同じようにピストルのイラストが描かれていた。皆の驚きは、次第にくすくす笑いに変わって行った。高野の発想の奇抜さに笑ったのか、それともＦＡＸの下に書かれているメモを読んで苦笑したのか、私には判断がつかなかった。

手から手へと手渡されたＦＡＸをじかに見た時、ついさっきまで他人事のように聞こえていた皆の隠微な笑い声が、こめかみの辺りを針のように刺し始めた。

ＦＡＸの右下の空白には、こう書かれていた。

――ＳＯＳ！　今日も一日を潰してしまいそうだ。奴らには呆れた。韓国人とは仕事をしたくない。45口径を送ってくれ。あいつらにぶっ放してやる。

二枚目のＦＡＸはこうだった。

――通訳がダメなのかと思っていたが、そうではなかった。これは長引きそうだ。前に金課長と話がついていたことが、李部長の耳には全く入っていなかったらしい。交渉は初めからやり直しだ。上司と下役の関係がどうなっているのか理解を越える。とにかく頼むよ。何丁でもいいから送ってくれ。

私は身動きが取れなかった。どんな表情をしたらよいのかも分からないまま、息をただ押し殺していたのだった。

卑怯、という言葉以外に当時の自分を言い当てる言葉はないだろうと思う。いたたまれなかっただけではなかった。そういう「日本人」に囲まれていたことのつらさばかりを言っていけば、悪いのは、高野や「日本人」の方になる。だが、それだけではなかったのだ。

自分でも信じられないような、そして今でもできれば思い出したくないような、情けないいやな自分を、私は何度も目の当たりにしていたのだった。……それでもおまえは韓国人なのか、それでもおまえは男なのか、とうんざりするほどの自己嫌悪に苛まれていたのだった。

呆れるしかない話だった。

私は、会社の同僚たちと、いかにも韓国を誰よりもよく知っているとでもいうような顔をして、韓国人を非難する言葉に同調し、一緒に陰口を叩くようになった。醜悪なことには、そういうふうに同調し、陰口の仲間に入ることで、皆が言っている韓国人とは違うのだ、と心のどこかで自分を正当化し、自分を誇示しようともしていたのだった。

会社勤めをしていた約一年十ヵ月の間に、私が秘かに書き綴っていた詩は、詩というよりは呪文と言った方が近いようなものばかりだった。ある時などは、政治的な組織から強要された自己総括文のような文章が、ノートに書き連ねられている時もあった。

日本と日本社会の側に問題があるのであって、「在日韓国人」である自分には責任はない。屈折せざるを得ないようにしてしまった日本人と日本社会こそが問われなければならない問題なのだ……。私は、よくそう考えた。それは、絶好の逃げ道のように、しばらくは私をほっとさせた。何かさっぱりとしない後ろめたさやこだわりはくすぶっていても、ある瞬間はとにかく胸を撫で下ろすことができた。

だが、問題は、もっと私という個の内面に肉薄したところにあったのだ。

「在日韓国人」とは、何だろう。

「日本人」と「韓国人」の板挟みになってさすらう者と言えば聞こえはいいかも知れないが、板挟み、と言えるほど、立場をはっきりと摑んでいるわけではなかった。

母国に対しての侮辱を耳にしながら、それを否定もできず、身体を張って、相手に戦いを挑むこともできない。いたたまれない気持ちはあっても、口の中で思いを嚙み殺しているだけで、敢然と背を伸ばし、相手の口を封じることもできない。その上、時には、「日本人」に同調し、母国を平気で悪く言い、あるいは知った顔をしながら批評し、その場しのぎの安心を得て胸を撫で下ろす。得意にさえなる時もある。

自分の中に占めている、「日本」というものの巨大さを思った。

イム・スイルという一人の人間を、これほどまでに卑屈な人間に作り上げた「日本」とは何なのだろう、と考え込まずにはいられなかった。

何よりも日本人や、日本社会が悪いのであって、「在日韓国人」である自分には責任はないのだ、という考え方は、一時は逃げ道を与えてはくれても、憂鬱になる気持ちを救ってくれるだけの説得力はなかった。もちろん、現実的にはそうに違いない。日本人と日本社会に巣くっている「差別」的な構造や、意識こそが、先ず問われなければならないのだ。……だが、そうか。果して問題はそれほど単純なものなのか。

すでに私は、自分の心の中の大きな矛盾を目の当たりにしてしまっていた。そんなことで納得できるくらいなら、自己嫌悪など、とうの昔に消えてしまっているはずだった。

私は高野という人間を、決して尊敬できないと思うのと同時に、高野を、自分自身の中に引き寄せて捉えてもいた。私には、高野がそうあることのわけが分かるような気がしていたのだ。自分なら韓国に関する同じような話題を平静な気持ちではとてもできない、という違いはあっても、私は高野に、自分と似通った何かを感じとっていたのだった。

もっとはっきり言い切ってみたらこうなる。

私は、高野という一人の日本人、一人の男、一人の似た世代の人間に、自分と共通する精神的な秘密を読み取っていたのだった。どこかで通じるある心理の類似性を感じていたのだ。……その意味で、高野は、私でもあった。

だが、それにしても、尊敬できない、という感情は、いくら相手を自分に引き寄せて捉えようとしたところで、限界があった。会社内で、私自身は「差別」はされていなかった。仕事自体にも不満はなかった。けれども、勤めを続けることは、当初は想像もしていなかった苦痛を強いた。次第に私は仕事にも意欲をなくしていった。

果して、自分が日本人であったなら、それなりにそういう職場でも耐えていけただろうか。自分がたまたま「在日韓国人」であったから、つらかったのだろうか。

当時の私を取り巻いていた事情や自分の心の動きが、「在日韓国人」であったからこそ引き起こされ、派生したものであったとしても、それだけでは説明がつかないような気がしてくるのだ。何よりも、詩という世界が傍らに、いや、私の芯の部分から絶えず離れずにあったから、ああいう生活が耐えにくかったのではないか、そう思えてならない。

「差別」という言葉も、だから実は気に障る。その言葉自体が、意味や価値をでっち上げられているという不快さを覚える。

就職するに当たっては、私は「差別」を体験しなかった。私に対して面と向かって出自のことで指をさす者はいなかった。けれどもそんなことは少しも本質的なことではなかったのだ。

結局は、会社においての葛藤と同じように、英子との関係においても、問題はもっと私という個の内側にあったのだ。

彼女に対しては残忍な告白になることを敢えて知りながら、私は言わなければならない。一度、きちんと吐き出してみなければならない。

私は、英子にただすがりついていたのだ。自爆することに怯えていたのは私自身だった。日々、会社の中で体験させられるいたたまれなさも怯えに拍車をかけていた。

何にも自信が持てず、自分が何者かも分からず、けれども人を羨望するには、やたらに自尊心ばかり高く、それでいて、劣等感は人一倍だった。

あれは、八つ当たりと言うことで済ませられるものではない。恋人同士によくありがちな誤解や喧嘩というものでもない。そんな言い訳などできないことは、私自身が誰よりもよく知っている。

私は、よくぶった。英子によく暴力を振るった。……今でもあの日々の記憶は忌まわしい。ぶつことで、あるいは蹴飛ばすことで、一時は鬱憤が晴れたり、苛立ちが収まったりはした。だが、そのあとに襲ってくる絶望的なほどの呵責と罪悪感、自分に対する憎悪、恨み、言いようのない自己卑下の感情は、私を、その根本のところからうちのめさずにはおかなかった。

ある日、私ははっとした。自分は、あの父の子だ。父の血を、そっくり受け継いでしまったのだ。……不意に、身体を揺さぶるような衝撃とともに、その実感は、脳裏を貫き、私を震えさせた。ぼんやりとは、かなり前から感じてはいたのだ。けれども、私は避けていた。考えるのが、どこか怖い、と思っていたからだと思うが、そういう考えがよぎるたびに、自ら顔を背け、考えつづけること自体を否定した。

英子は、それでも決して別れたい、とは言い出さなかった。私の暴力をいつでも母親に告げ口することはできたはずなのに、母親どころか、友人にも話さずに、じっと一人で耐えていたのだった。卑怯な私は、そういう英子の性格をよく知り抜いていた。甘えきっている自分を知りつつ、英子の前でのみ高飛車に、身勝手に振舞える快感に負けていたのだ。

高野は、だから……私でもあったのだ。

弱いもの、自分よりも低いと見なしたものの前でしか、傲岸《ごうがん》に振舞うこともできず、自分の位置を確かめることもできないのは、同じだった。たまたま違った様相で現れ、そこに、「日本」や「韓国」にかかわる微妙な問題や、「差別」をともなう問題が含まれていたから、高野のほうが、いわゆる社会的な道徳や道義の面で、分が悪いというのに過ぎなかった。

会社を辞めるべきだ、と真剣に考えるようになった。

高野を含めた同僚たちの言動にいたたまれなくなっていたからだけではなく、自分の立場の中途半端さ、ややこしさ、そして情けなさに辟易しきっていたのだ。その思いは、英子との関係にも当てはまり、底の底で、通じていた。

私は気づいていたのだ。英子が、即ち、「日本人」であるからこそ、少なくとも自分は、英子の前では「日本人」ではない「在日韓国人」でいることができ、とにかく相手には測り知れないような苦悩と痛みがある振りすらできるのだ、ということを。私はそのことに気づいていながらも、英子にすがっていた。英子は、どんな事柄に対しても、人を謗《そし》ったり、悪く言ったりすることなどとてもできない性格だった。私のそんな心理を、探り当てようとしたり、そのことで私を非難して来ることなど、英子にあっては想像もできないことだった。

違った人間でいられる。その者といれば、少なくとも自分が何者かでいられる……。

英子といれば、自分は「日本人」ではない者としていられる。気が滅入った時に物を投げたり、罵倒したり、歯向かえない女を叩いたり蹴ったりすれば、自分は相手を生かしもでき傷つけもできる男でいられる。それだけではない。詩を書いたり論じたりもできない英子といれば、自分は、いわゆる芸術に、たとえ秘かにではあってでも携わっている人間として、英子よりも自分は高いところに立った人間として見なしていられる。

穿《うが》ちすぎだ、考えすぎだ、と思いながらも、それこそ私は数えきれないほど自問を繰り返した。

私は、潔くない自分が、恥ずかしくてならなかった。英子のような弱者が傍らにいなくては、自分が何者かであることも確認できず、そのことが、詩に対する誠実さすら左右するなど、あってもいいことだろうか。「日本人」がいてこそ、「日本人」でない自分を感じることが出来、叩かれては泣くだけの女がいてこそ、辛うじて男でいられ、詩を解さない知的に低い者を前にしてこそ、詩人でいられる。それを自尊心の根拠にしている……。

何もかもが、私に弁解を許さなかった。当時の私の生活は、潔くないだけではなく、少しも美しさがなかった。ここだけは譲れないというような芯がなかった。

それでも、英子は、私を待ち、どこかで怯えながらも、別れることはないと信じていた。英子は、私が精神的なさまざまな理由で英子に頼りきっていることを直観していた。説明するのは難しいが、なにか決定的な事件でもないかぎり、別れることは難しいだろうと私も思っていた。

つくづくと、出合いの不思議さというものを考え込まされてしまう。

自分の内面に対する自己分析がどれほど鋭く、厳しいものであったとしても、だからと言って、別れる、別れない、という結論がすぐに出せるものではなかった。二人の関係が息をつく間もなく、絶えずつらい自己分析を私に突きつけていたわけでもなかった。英子は温かな女性だった。料理がうまく、私にとって英子の料理を食べることは一つの楽しみでもあった。

大学時代、顔だちがきれいで、口のきき方もスマートな目立った女子学生は、何人もいた。交際を申し込もうとすれば、すぐにでも親しくなれそうな女子学生もいたし、それこそ自分で言うのも気恥ずかしいが、多くの女子学生からお茶に誘われたり、電話をもらいもした。

けれども、私は英子にひかれた。かえって英子の方が、私の積極的な態度に戸惑っていたくらいだった。

加奈に対してもそうだが、英子に対しても、私は運命的と言うしかない出合いの意味を感じている。二人の女は全く似たところがなかった。にもかかわらず、私のある時期に現れ、私にとってかけがえのない存在となり、私に私自身を知らしめてくれた、その大きなバネになってくれたという意味で、二人は運命的に出合った女たちだった。

英子は吃音がひどく、話していることがほとんど聞き取れないことがあったが、それも初めのうちだけのことだった。人には聞き取れないことも、私には何故か不思議に英子の言いたいことが伝わり、理解できた。

こんなことを言っても、もしかしたら英子自身も信じないかも知れないが、私は英子に感激していた。私は、英子の中に、一種の神性を感じ取っていた。もちろん大げさな言い方かも知れない。けれども、神性という言葉でしかこの思いは表現できそうにない。

吃音であったせいもあるには違いないが、彼女は、人に合わせて適当に振舞うということができない性格だった。だが、人と言葉を交わして来なかった分だけ、内側に貯め続けて来た生きることに対する底力、としか言えない力を、私は彼女の姿全体に感じ取っていた。

そんな英子を、私は幸せにすることができなかった。肉体的にも、精神的にも、私の方が彼女を苦しめ続けた。

——ぐずぐずしやがって。

機嫌が悪い時の、私の口癖だった。

英子は怯え、震えだした。そういう姿がよけいに神経を逆撫でするのだった。

自分が見いだしていたはずの、英子の中の神性の現れだった吃音や、のろまな動作が、気分によっては彼女を罵《ののし》り、打擲《ちょうちゃく》する口実と成り果てた。申し訳ないと心の中では謝罪していた。容赦なく、私は自己分析し、自分のだらしなさ、みっともなさを断罪した。英子のためにも、そして自分のためにも別れるべきだ、と数えきれないほど考えた。

けれども、別れる、という結論は簡単には出せなかった。本当に、何か突発的な、二人ではどうしようもできない事件が起こりでもしないかぎり、別れることはできないだろうと思っていた。英子も同じように考えていたと思う。もし、万が一別れることになったとしても、多分二人は一生の間、互いの存在を忘れずにいるだろう、そうも思った。


別れる時期は、迫っていた。意外な勢いで迫って来ていた。

私の中に流れている血。

外からはその赤さも濃さも見えないが、身体という器に潜んで、脳髄から足の裏までを自在に経巡る血の流れは、父の姿、父の気質を、刻印していた。英子を苦しめたのも、その血だった。英子を苦しめているることで、自分が苦しんできたのも、その血のためだった。

それだけではない。ぐずぐずとして結論を出せず、別れるべきだと思いながらも別れることができなかった、その優柔不断さも、父から受け継いだ血としか思えないものだった。

私は、一時期、身悶えするような思いの中で考えた。

父を克服するためにも、自分の中の父と果たし合うためにも、このまま英子とは別れてはいけないのではないか。父を乗り越えていくためにも、現状にとどまり、自分自身を変えていかなければならないのではないか……。会社に勤め続けるのがつらいのであれば、辞めればいい。少なくとも会社での鬱憤を英子にむやみにぶつけるのは、一日も早く止めるべきだ。自分のために、英子のために、そして何よりも詩のために、そうするべきだ。……私は、歯を食いしばるような思いの中で考え続けた。

しかし、事実は皮肉なものだった。

父は、また現れた。

そこまで考えていた私を、どこかですでに見越していたとでもいうように、別れるきっかけにも、父は、やはり、立ち現れたのだった。

ある日、私は社長に呼ばれた。そして、近いうちに、高野と一緒に、ソウルに出張してほしいという旨の話を突然聞かされた。部品の輸出に関する仕事ではなく、部品の設計の部門で、ソウルの某中小企業と技術提携をすることになり、その話を詰めるために、相手方と顔見知りの高野と行き、その後の交渉は、私が中心となって進めていく、という計画も具体的に聞かされた。

——林君は、韓国には、もちろん行ったことがあるんだろう？

社長が聞いた。

とっさに、私は首を振った。

その申し出については、よく考えてみたいと、その場は冷静に、答えはしたが、乗り気がしないような私の表情に社長のほうが、かえって驚き、怪訝そうに私を見つめていたことを覚えている。

まるで、亡霊のようだ……。私は、突然立ち現れた父の姿に、身体の均衡を奪われた。とうとう来た、とうとうまた現れた……。そのうちに、自分の息づかいが、人の息づかいのように聞こえだした。それが父の息づかいだと気づくまでに、時間はかからなかった。私は自分の息につんのめり、つんのめる私の耳元を塞ぎ込むように、父の息が、その息づかいが、自分の息として響いてくるのだった。

会社を辞める決意をしたのは、あの日のことだった。いつか、韓国に出張させられるかも知れないとは思ってはいた。それが想像していたより早かっただけだった。高野や同僚のような「日本人」たちに、もしも出合っていなければ、会社の命令通りに韓国に行っていたかも知れない。会社勤めの中でさまざまな葛藤をもしも体験しなかったなら、すんなりと申し出を受け入れていたかも知れない。

だが、もしも、という仮定はもう当てはまらなかった。利害がかかった目的を持って韓国に行くことなど出来なかった。仕事だと割り切ることは難しかった。

英子とも、これで別れることになるのだとはっきり思い至ったのも、あの日のことだった。そして、自分だけで、果たし合いをするような覚悟で韓国に、自分の母国に行かなければならない、と確信したのもあの日のことだった。

父の息は、鮮やかな幻覚となって私の息に重なった。会わずにいた歳月の長さなど、取るに足らないような隔たりだった。私の方が、もしかしたら待っていたのかも知れない。とにかく立ち上がり、一歩を踏み出すきっかけを待ち望んでいたのかも知れない。

どう話を切り出すべきか、どういう順序で自分の思いを英子に伝えるべきか、整理がつかないまま、私は数日後の日曜日、英子を散歩に誘った。

神田に出て、行きつけの古本屋を何軒か覗いたあと、北の丸公園を歩いた。天気のいい日曜日には、二人で古本屋の次には公園、というこのコースを、よく散歩したものだった。

——会社でね、ソウルに出張に行け、と言われたんだ。

私は言った。

秋の深まりを見せた公園の樹木のなかを歩きながら、英子は、わずかに肌寒さを感じたのか、両腕を組み、肩を震わせた。

小さな女性だった。私の肩にもとどかなかった。二人で歩くとき、初めのうちは、ただでさえ吃音であり、小声だった英子の言葉を聞き取るのは大変だった。しかし、私が聞いていなくても、相づちを打たなくても、英子は、話したいだけ話すと、口をつぐんだ。分かってもらう、聞き取ってもらう、ということが不可能であることをすでに身に沁みて知っていたからだと思う。私が、ちぐはぐな受け答えをしても、英子は、それすらも、黙って聞いていた。それで苛立つとか、不快な表情をするなどということは、英子には考えられないことだった。しかし、不思議なことだが、私は次第に巧みに、ほとんどの内容を聞き取れるようになっていた。

——寒いのかい？

返答がない英子のほうを見やりながら、私は聞いた。

はっとし、英子に近づいた。その肩を抱き、耳を傾けるように頭を合わせた。英子は何かを話していたのだ。私は自分のことばかりに気を取られ、そのことにすら気づいていなかった。

そんなことなど、日常茶飯事のようにあったのにもかかわらず、不意に、こめかみが痺《しび》れだすような、ある悲しさが、私のなかを貫いていった。

——よかったわねえ。ソウルに行ったらお父さんに会えるわね。お父さん、て、アボジっていうのよね。

私は聞き取った。

その日のことは、多分これからも、英子のことを思い出すたびに、私の胸を締めつけることだろう。

こんな風にして、じっと耐えていく生き方が、あるのだ。思いを表す言葉を、人にうまく伝えることができない人間は多い。表現の拙さや、言葉の足りなさ、あるいは多さで、時には誤解もされ、理解を得られないことで苦しむ人間は多い。それが人間の、宿命とも言える日常の姿かも知れない。

けれども、英子は、それ以前のところに立って耐えている。かといって、彼女は、自分を放棄しているわけではない。人を恨んでいるわけでもない。何も強いず、諦めもせず、彼女は、じっと、ただそうあるように生きている……。

今更のことのように、私は英子の姿に打たれていた。別れ話を持ち出さなければならない、という、もしかしたら後ろめたさが敏感にさせていたかも知れない。悲しさ、としか言えない重い感情に胸を締めつけられたまま、私は、会社を辞めようと思っていること、会社を辞めて、韓国に留学しようと思っていることを、ゆっくりと自分に話して聞かせるように英子に話した。

父のことも話した。

五年近く付き合っていながら、自分の父親のことについては、英子に詳しく話したことはなかった。中学生の時に母と離婚し、今は、ソウルで家庭を持って暮らしている、という概略だけは話していたが、父とはその後、会ったことも連絡を取り合ったこともない、というふうに英子が思っていることにも別に否定もせず、敢えて詳しい事情を話すこともしなかった。

自分の父親の生き方を、現れた事実のまま、英子に話すのはためらわれた。それは英子に対してだけではなく、他の人間に対しても同じだった。恥ずかしかった、ということもある。自慢できない父親を持った恥ずかしさ、……もちろんそういう感情も働いていたには違いない。だが、私の、父への思いは、簡単には語りきれないものだった。父のありようの、表に現れた事実だけをとって話すことで、自分の父への思いが変わったものになっていくのが、何よりも怖かったのだ。

英子はうつむいたまま、私の話を聞いていた。

話しながら、あの父のことが、他のどんなことよりも大きな比重を占め、私から自身を削《そ》ぎ、自分を卑屈にさせていたのかも知れない、と思っていた。

――周一さんの、新たな出発ね。

英子は言った。別れを意味している私のさまざまな言葉を、英子は、じっと聞いていた。

――君を、心から尊敬していた。信じてはくれないかも知れないけれど、本当なんだ。これだけは、誓ってもいいんだ。

私は、言った。

自分にどんな苦しみがあったとしても、人にも言えないつらい事情があったとしても、この英子の心の地平にまでは行き着いてはいない、……そう思いながら、その肩を抱きしめた。


振り返れば、際限なく、その時々の思い出の意味は、今現在に息づく意味となって浮かび上がる。忘れる、という人間の特技は、確かに恩寵、恩恵であるのに違いない。意味の深みを自らの覚悟で見つめ、自らの意志でその根にまで至りつこうと試みる者は、日常を放棄する以外にないだろう。意味という深遠、意味という残酷、あるいはまた、意味という人生における光彩、世界における磁力。日々にこそ、意味がある、という箴言《しんげん》を私は信じる。胸が締めつけられるような思いのなかで、この言葉を、今、繰り返している。


英子から、手紙が来た。

前にも言ったように、二年前の、ちょうど朝の儀式を始めたころのことだった。

周一さん、

お変わりはありませんか。

東京は、お彼岸の前からぽかぽかと暖かく、もう本格的な春が来たのかと思わせるほど、上天気が何日も続いていたのに、昨日の昼すぎから急におかしな空模様になってしまいました。いやに外が暗くなったと思ったら、雨が降りだしてきて、そして夜は大雨。雨の音が耳について眠れず、それでもうとうととはしたけれど、今朝もやはり屋根を打つ雨音で、目を覚ましたほどでした。

今日は朝から、みぞれまじりの暴風雨です。寒くて仕方がないのですが、ストーブもなにもかも荷作りしてしまったので、部屋のなかですがオーバーを着込み、マフラーを首に巻き付けて、この手紙を書いていています。

ソウルはどうですか？

お勉強の方も順調にいっていますか？

さて、今日は、周一さんに是非、お伝えしておきたいことがあって、ペンを取りました。これで、周一さんに連絡をするのは最後になるかも知れません。

今、私の部屋のなかは、がらんとしています。荷物をすべて荷作りして、入口のキッチンの所に運び出しやすいように積み上げたので、この部屋には、あなたも知っているあの小さなちゃぶ台しかありません。（そのちゃぶ台で、今、お手紙を書いています。）かさばる家具類は、昨日、処分しました。

私は、明日引っ越しをします。本当は、今日引っ越しの予定だったのだけれど、運送屋さんの都合で明日になったの。この大雨だから、今日が引っ越しだったら大変でした。荷物はきっとかなりの量になるだろうと思っていましたが、捨てたり、あげたりしていたら、意外に整理がついて、思ったほどの大荷物ではなくなったので、ほっとしました。姉の知り合いの方が運送屋さんで、ちょうどM市から東京に来る便があったので帰るときに荷物を積んで行ってくれるということになっているのです。

M市に帰ることになりました。

東京の生活も、今日が最後の日となりました。運送屋さんの都合だったとはいえ、一日延びてよかったと思っています。こうして、周一さんにお手紙を書く気持ちになれたのも、一日引っ越しが延びたからです。M市に帰ってから落ち着いたころに書こうとは思っていたけれど、あまり自信はありませんでした。

外は、ものすごい雨です。

感傷的になるにしては、ちょっと不向きな夜だから安心してください。……引っ越しの前の夜、それに独りぼっち、がらんとした部屋、……でも大丈夫です。何よりも寒いし、それに、周一さんも思い出すでしょう。安普請《やすぶしん》のアパートだから、雨が屋根に当たって、とにかくうるさいったらないの。感傷的になったから、手紙を書きはじめたのではありません。

どこからどう説明したらいいのか、この、本当に、一ヵ月くらいの間に、いろんなことが起こりました。それで、M市に帰ることが決まったのです。実はかなり前から、帰ってきてほしいとは言われていました。周一さんには言わなかったけれど、姉の具合が、よくなかったのです。それでも、私が帰るほどではなかったのだけれど、少し前に姉が、倒れてしまいました。過労と神経の使いすぎです。下の姉も、それに兄も、M市の近くに住んでいるとはいえ、それぞれ家庭を持っているから、姉の代わりに家のことをやれるわけはなく、それで私が帰ることになったのです。

あの姉のことを思うと、人間て、自分ではどうすることもできないような定め、みたいなものを背負わされて生きているんだなあって、つくづく思います。でもそれは姉だけに限ったことではありませんね。私も同じだし、周一さんも同じです。……多分例外なく、皆そうなんだと思います。

周一さん、私、変な気持ちなんだけれど、こうしてお手紙を書いている自分が、周一さんと付き合っていた時のどんな自分よりも自分らしくなっているような気がしてならない。

私は、ぐずだから、周一さんにしかられてばかりいたけれど、それは誤解よって言いたいときが何回もありました。その度に、手紙を書こうかなって思ったのですが、かえってまた怒らせてしまうことになったらいけないと思って書きませんでした。それに、言葉でもうまく伝えられないくせに、それを文字にしたからといってうまく伝わるかどうかも、自信がなかった。

思えば、今日だから、こうして素直に手紙が書けるのかも知れません。すらすらと文章も書けそうです。笑われるかしら、とか、叱られるかしら、とか、そんなことも思いません。今日まで話せなかったことも、みんな書けそうな気がしています。


周一さん、ソウルでの生活は、思った以上に大変そうですね。あなたに電話をしたのは、一ト月前になるけれど、声の感じで何となく分かりました。覚えています。あの日は、M市に帰る前の日だったの。姉が倒れて、帰ることになったのだけれど、今回帰れば多分、東京を引き上げなければならないという話が出るだろうと予感していました。だから、あなたに国際電話を掛けてみたの。声の感じで、いろいろなことを私、直観したわ。

大変そうだな、でも周一さんは当分は、ソウルからは帰ってきそうにないな。そう思いました。強い人だから、きっと初心は貫き通すだろうと思いました。

正直を言うと、弱音をはく、というのか、もうお手上げだから帰る、みたいなことを言ってくれるのを心のどこかで期待していたのです。もしそうだったら、どうするというはっきりした考えもないままに、そんなことを期待していました。

あの電話は、でも、ちょっと残酷だった。なんで電話をしてきたんだといわんばかりに初めは話していたのに、あなたのほうが、まるで電話を切りたくないみたいに話しつづけるんですもの。私、少し混乱して、まだ私のことを思っていてくださるのかしら、待っていれば、戻ってきてくださるのかしら、……田舎に引き上げるのは止めようかしら、……頭がぼんやりとしてくるくらい、電話を切ったあと、考えつづけました。

でも、M市に帰るのは、私の「定め」のようです。きっと周一さんは、淋しかったから、私と長電話をしたかつたのに違いない、と思いなおしました。それに、田舎にはどうあっても帰らなければなりません。姉が、可哀そうです。重たい荷物を、今日まで、一人きりで引き受けてきたのだもの、もう休ませてあげなければ可哀そう。

周一さんには、このことは言っていませんでしたね。

私には、実は母親が、二人います。

私や、姉たちを生んでくれた母と、そして、母の前に父に嫁いでいた母です。その母に子供が生まれないということで、私の母は嫁いできました。こういう家は、他にもあるらしいけれど、まあ、言ってしまえば、妻妾同居。父が死んだあとは、二人の母の面倒を一番上の姉が見てきました。

周一さんと、いつか私の田舎に行くということになったら、こういう事情をはっきり説明しようとは思っていました。でも、あなたは行ってみたいと言うだけで、実際に誘うと、(もちろん都合が付かなかったことは私も分かっているけれど)あなたは行かなかった。行きたくなさそうにもみえた。だから、言う機会がなかった。

さほど大きくもない家の、同じ屋根の下で、一人の男をめぐって二人の女たちが一緒に暮らすということ。その二人の内の一人の女から生まれた子供たちが、両方の女を同じように母と呼びながら暮らすということ。……詳しくは書きません。父を私は決して悪い人とは思っていませんし、何も恨んではいないけれど、死ぬときまで、心から尊敬するという気持ちにはなれませんでした。

その義理の母は、性格が難しい人だった。彼女のおかれた立場を思えば当然かも知れないけれど、私たち四人の子供たちは、小さな頃から、気難しくてそれに声が、なんて言ったらいいかしら棘のある金切り声のその義理の母と、本当の母とのあいだで、苦しい思いをたくさんしてきました。

東京に、出てきたかった。

私は、そんな家からどうにかして出ていくために、一生懸命勉強しました。家は昔は、かなりの地主だったけれど、父があるとき商売に手を出して失敗してからは、大変だった。ようやく持ち直して、スーパーを経営するようになったわけだけれど、兄は、私と同じように家にいたくないから、会社員になって離れてしまう。二番目の姉も結婚して家から出ていってしまう、……結局は、二人の母の面倒やら店の切り盛りは、一番上の姉がするようになってしまいました。

小さなスーパーだとは言え、スーパーの経営は重労働です。その上、義理の母は太りすぎもあって心臓が弱く、何年も前から、足のしびれを訴えて、ほとんど歩けずに家のなかで暮らしています。私たちの母は母で、今日までの義理の母との生活で溜まりきっていたストレスが、父が死んでから爆発したみたいに、奇妙な湿疹がお腹に出ては消え、食欲がないものだから、義理の母とは全く対照的に、やせ細ってしまいました。

二人の母のために食事の用意をし、二人を連れて、病院に通い、義理の母がお風呂に入るのを手伝い、そして、スーパーのレジに立ち……、それこそ姉は一体何のために生まれてきたのか、というような生活をしています。

「あの英子が、東京の有名な大学に入った。」そう言われて、田舎中の評判になって、それで私の念願だった上京は果たせたの。父は、私には弱いところがあったし、町中の羨望の的になったから悪い気持ちはしなかったのね。残された姉には心苦しかったけれど、私はわがままを通して、東京に出てきてしまいました。

もしも、父が生きていたなら、周一さんとのことは絶対反対されていたと思う。実は母だって、あなたには言わなかったけれど、すごいショックを受けていた。母はね、周一さんが朝鮮人だとか韓国人だとかいうこと以前に、そのことで、あの義理の母に皮肉を言われることのほうが、苦しかったの。母を誤解しないでね。私は母がとっても好き。決して私の母は、人をむやみに傷つけたり、偏見を持ったりするような人ではありません。

母は、今回、私が東京を引き上げてくると決心したのをみて、周一さんとのことは想像がついたらしく、詳しく聞き出そうとはしませんでした。

私、今回、田舎に行って、はっとしました。今まで、母と似ているのは、一番上の姉のほうだと思っていたの。顔かたちも、母と姉はうりざね顔でまああの美人、骨太で着痩せしてみえるのもよく似ていました。私は明らかに父に似て、丸顔で、小太り。それに背が低いのも似ていた。

でも、きょうだいのなかでこの母に一番似たのは、私だったのではないかしらってしみじみと思ったの。たどっている人生が似ている、というのかしら、そんなことを思った。姉は、家の苦しみを全部背負ってしまったみたいに見えるけれど、姉はこう、何と言ったらいいかしら、生まれた星の強さとでも言うのかしら、身体から滲み出てくるような力があるの。これはうまく説明できないけれど、姉は元気になったら、妹の私も帰ってきてくれたことだしって、もしかしたら、新しく商売でも始めだすかも知れない。そういう底力みたいなものを持っている人です。

自分はあの母親に似ている、と感じたことは、自分が母親みたいに不幸な境遇を強いられる人間だ、とかそんなふうに感じたからではありません。私そんなにひがみ屋さんではないわ。

これからは、この二人の女性たちと暮らしていくんだ、そう考えながら、母と義理の母、その二人をじっくり、まるで観察するような冷静な気持ちで見つめてみたの。顔に刻まれた皺や、その声や口許、手の甲に浮かんでいる染み、……今までは気づかなかった表情もたくさん見つけた。

小さな頃は、善玉、悪玉みたいな区別をつけがちでしょう。こっちがよい人で、あっちが悪い人、というふうにはっきりしていたほうが、混乱もしないし、それに考えるのに楽だもの。母たちに対してもそうだった。義理の母は皮肉屋で、いつも意地悪、母は苦労のしどおしで義理の母に苛《いじ》められてばかりいる……。

これは、自分がようやく大人になってきて、それにまた、女の目で母たちを捉えられるようになってきたということなのかも知れないのだけれど、この二人は、切っても切れないすごい縁で暮らしてきた人たちなんだなあ、と思いました。いいお婆さんたちなのに、二人がやり取りするのを見ていると、少しも可愛くないの。あれはすごいと思ったわ。達観なんてほど遠い。二人とも、すごいエネルギーで、まだお互いを意識し合っているの。

なんてことだろう、ああ、そういうことだったのか、……私は、あることに気づいて胸が塞がれるような気持ちになった。

この二人は、お互いの影をそれぞれの中に見つけ合ってきたんだわ。もちろん入り組んだややこしい影だけれど、お互いが一種の分身同士とも言っていい間柄だったのよ。それが分かりました。意外な母の姿を見ました。こういう面も持っていたのか、と驚かされた義理の母の姿も見ました。気づきませんでした。気づかずにいたことを申し訳なくも思いました。縁、とさっきは別に深い考えもなく書いてしまったけれど、この言葉以外に、適当な言葉はやはり浮かびません。

二人の女たちが作りだしている、奇妙な共同体意識みたいなものがあるのよ。たとえ子供であっても入り込めないような、二人だけが分かっている意識のやり取りがあるの。……すごいものです。母に似たのだ。自分もこの母のように、影にさらされ、影におびえ、ある時は影に自分を見破られながら、離れることも、憎みきることもできずに生きていくのだ。そう思いました。二人の女たちは、確かに悲しいし、確かに不幸。でも、そう言い切ってはいけないのよ。人間て、多分もっと強いものなのよ。それなりに、真実を生きていて、それなりに、その真実に満足して生きているんだわ。そうに違いない。

周一さん、長々と書いてきたけれど、私の今の気持ちは、田舎に帰ることになってよかったとさえ思っているの。二人の母たちを見て、励まされました。田舎に帰った後で、私を待っているのは、あの二人の母たちとの単調な生活だと思う。スーパーの仕事にしたって、労働としては大変だろうけれど、きっと単調なものだと思うわ。

でも、あの二人の母たちと生きていく、ということに何だかぞくぞくするような期待、というのかしら、興味がある。私に与えられた、神さまが私に与えて下さった、私にしかできない仕事なのかも知れない。

周一さん、私はあなたをどれくらい理解してあげていたのか、と思うたびに、心苦しくなります。

でも、あなたも、あなた自身のことでいつも心が一杯で、私がどれほどあなたのことを心配したり、考えていたか、気づかなかったと思います。

自分のことばかりが、どうしてそんなに大変なのってちょっと反抗してみたい気がしたほど、あなたは、あなたのことだらけの中で生きているように見えました。抱えた事情や問題の大きさが、あなたをそうさせていたことは分かります。あなたの真面目さが何よりも、あなたをそうさせずにはおかなかったこともよく分かります。でも、つらいのは、あなただけでは決してない、ということ……。苦しさは人それぞれなんだということ……。これだけは伝えたく思うの。

誤解しないでくださいね。私はあなたの苦しみの何分の一も理解できずにいたのかも知れないけれど、自分や自分を取り巻く問題を深刻に考えれば考えるほど、人は、ある落とし穴にはまり込んでしまいがちになるのではないかしら。「日本人」のくせにそんなことを言う資格はあるのか、なんて言わないでください。私は確かに「日本人」かも知れない。在日韓国人のあなたに何かを言う資格なんてないかも知れない。

でも、私、勇気を出して言ってみたい。人が抱えている苦しみは、分量では絶対に測りきれないのではないのかしら。歴史的な過去の事実や関係によってだけ、個人の苦しみの質が決められていくものでもないはずです。人間て、もっともっと幅が広くて、もっともっと生々しくて、そしてもっともっと深いものだと思う。

私ね、今だから告白するけれど、何度かこんな罪深いことを考えたわ。もしかしたら、周一さんは、私がこんなふうにコンプレックスを持った女の子だから、私に関心を持ったり、私を好きだと言ってくれたのではないかしら、って。最後に、あなたは、私を尊敬していると言ってくれたでしょう。あなたがお父さんのことを私に初めて話してくれた日にそう聞いて、私の中のわだかまりはふっと消えました。私が弱い者だから、同じ弱い者にひかれるように、私を好きでいてくれたのではないかしら、と思っていた自分の心根そのものが、不潔に思えてなりませんでした。

周一さん、ごめんなさい。あなたを傷つけるつもりなど、毛頭ないの、こんなこと言わなければそれで済むことなのに、伝えずにはいられませんでした。失礼を承知で、とにかく罪を告白しなければ、あなたにかえって失礼になるような気がしたの。誤解しないでくださいね。

私にとって、周一さんとの出会いは、一生忘れられない大切な出会いだったと思っています。私はあなたに感謝しています。そしてあなたを尊敬しています。

ソウルでの生活が、あなたにとって、あなたの人生にとって必ず意義深いものになることを、私は確信しています。

最後に、お願いを一つだけ、書いておきます。

女性に対して、もっと自由であって下さい。周一さんの、これは真面目なところですし、美点と言っていいところだとは思っていますが、あなたは、女性に対しても、堅苦しくなりがちです。お父さんのお話を聞いたとき、もしかしたら、お父さんのことがあって、あなたはことさら女性に対して潔癖になろうとしているのかも知れない、と私なりに納得したのですが、あなたはもともと女性にもてる人です。女性にもててしまうことを、嫌悪する必要なんてないと思う。もっと自由であって下さい。これはお願いです。

もう、そろそろ二時です。真夜中ですが、雨は、まだすごい勢いで降っています。夜中までこんなふうに集中して手紙を書いたことなんて、長い間なかったような気がします。

思い出がたくさんこめられているこの部屋で、最後の日に、こうしてあなたにお手紙を書くことができたことを、幸せに思います。

おからだを大切にしてくださいね。
ご活躍を心から祈っています。
さようなら。

お忙しいと思います。この手紙を負担に思わないでくださいね。御返事は要りません。……英子から来た手紙の最後には、こんな追伸も書かれていた。

読み続けると、それ自体が、自分に自分の精神的な力を試してくるような手紙だった。今すぐにでも日本に行き、英子に直接会って話をしたい、という衝動に何度も駆られた。

近くにいながら、あれほど近くにいながら、何も知りえず、何も理解していなかった、という呵責にも似た思いをなだめるのには、時間がかかった。英子を、その生な姿ではなく、文字によってようやく身近に感じ得たという皮肉にも、私はうなだれるしかないような、言いようのない苦しさを感じていた。

何故、観念は、人間の具体的な生や、なまな生を、引き受けられないのだろう。許せないのだろう。具体的で、なまなましい生のありようからこうして離れてこそ、引き受けられ、寛容にもなれるということは、どういうことなのだろう。こうして、文字として伝わってきた英子だから、自分は英子を切実に感じ取れ、いとおしくも思い、会いたいとすら思うのではないか。……この今の、英子に対する思いも、観念や知の次元でのいとおしさ、こだわり、なのではないのか。

――あなたは、あなたのことだらけの中で生きている……。

英子のくぐもった声が聞こえてくるようだった。自分は、こんな時でも、考えることを止めることができない。なまな生を観念は何故許せないのか。具体的なあの日々の中で、何故自分は、英子も、また自分をも、許せずにいたのか。そう問わずにはいられないでいる。

この心の地平にも、自分は行き着いていない、と英子に感じていたものは、もしかしたら、そういう自分のある種の限界に気づいていた無意識から来る、羨望にも近い感情だったのではないか。

返事を書かなければ、と思った。

自分のそういう限界が、英子を傷つけていた以上、英子の新たな生活に対する決意を祝福し、励ます返事を誠実に書くべきだ。尊敬の気持ちは、それでしか、伝えられない。


時は、人を作る。

人は、時の中で、生のさまざまな相貌に向き合い、過去を体験し、記憶を通して観念化された生を生きなおす。生きなおすことで、作っていく。作らねばいられず、観念化せずには作り得ないことを知っている。

生とぶつかり合い、生を嫌悪するのが観念であるにもかかわらず、人は、観念に依らなくては、今を、作りだすことができないのだ。この矛盾は、生の意味に通じている。生の根、とも言い換えていい。

いつから人は、このことに気づきはじめたのだろう。

生の根拠観念という一種の敵とともに共存し、その敵なくしては、生の意味も確かさも確認できないという皮肉に気づいた人間は、一体、何を感じただろう。震えがくるほどの実感とともに、一体、何を考えただろう。


しばらくの間、「根の光芒」は、英子に書かなければならない手紙の返事をめぐって、うなされるような不安の時間が続いた。

返事は書けなかった。自分のどんな言葉も、誠実、というフィルターにかければこぼれ落ち、残っていくものはないような気がしてならないのだった。朝の儀式は、自分の詩への思いに支えられていたのだったが、その意義すらが、私に懐疑の感情を煽った。

在るように、書けばいい。今在る自分のまま、思いを素直に書き綴ってみたらいい。……私はそう言い聞かせた。

しかし、そういう自己鼓舞の言葉ですら、誠実さにかけ、虚ろに響いてならなかった。

観念に倚りかかることを、いつの間にか覚え込んでしまった自分は、人の生を、その具体性の中で味わい、捉えきることはできなかった。もしかしたら、それは自分自身の生についても当てはまるかも知れない。自分の生についても、もしかしたら、同様の過ちを犯しているかも知れないのだ。

在るがままの姿、在るがままの自分、そういう言葉に、まるで酩酊するように酔いしれていたことを思い出す。それすらが不誠実だったのではないかと、苦々しい思いの中で、昔の自分を思い返す。

何よりも、在るがままを嫌悪していたのは、自分だった。生を、その姿そのものとして捉えきれず、また、捉えられるとも信じられずにいたのが、他ならない自分だったのだ。

「在日韓国人」として、あるいは、あの父の子として、自分を見極めたく母国に来たという、生き方の上での選択も、自分の生の観念化、言い換えれば、こう在り、こう在りたいという生に対する一種のフィクション化から生み出されたものだと言うしかない。在るがままでありきることは、そう意志することと自体が、観念化の呪縛を引き受けるということなのだ。

であれば、生に対する真の誠実さとは何だろう。

真に誠実である思考とは、行為とは何だろう。

人間の生の根において、すでに観念は不可欠な矛盾の一部を成している。いや、それは単なる一部では終わらない。生の全体、あるいは、生そのものの裏側に、不透明で膨大な輪郭を匂わせながら、観念は生の根に絡みついている。人間を在るがままではいさせない観念によってしか、過去も捉えられず、未来をも志向できない人間にとって、果して今日まで一度として在るがままだったことなどあったのだろうか。フィクション化、観念化されなかった瞬間などあったのだろうか。

――精神という緻密な誘惑。

ある朝、「根の光芒」に、そんな言葉が立ち現れた。まるで許しを乞うように無意識の中に背を丸め、うなだれ続けてきた自分を、言葉自体が見届けてくれたかのように、ようやく立ち現れたのだった。

しかし、私は苦笑した。

有り難いが、英子にこの言葉をそのまま返事として出すわけにはいかない。……気障な男だ。結局言葉だけに捕らわれている淋しい男だ。……。明け方の薄暗い天井を見つめながら、私は溜め息をついた。代わる言葉は、それでも見つからなかった。どんなに気障に聞こえようとも、この言葉以上に自分の思いを代弁できる言葉は探し出せそうになかった。私に母国に来ることを決意させ、今日までとにかく生きることに駆り立てて来たのは、この思いだと言い切りたかった。

精神という緻密な誘惑から、私は逃れられない。

今こそ思うが、自分が「在日韓国人」であることでぶつかってきたさまざまな苦しみも、緻密で入り組んだ精神という誘惑から引き出された一つの現れだったような気がする。そうでしかなかったとさえ思える。……英子、君といた頃は、まだそれが自分でも自覚できなかったのだ。私が「在日韓国人」という属性に囚われていたように君には感じられたかも知れないが、それは、私自身が自分の思いをもっと本質的なところで把握できなかったからなのだ……。

書きたい衝動に何度か駆られ、返事の文面を脳裏に刻むように、私は言葉を果てしなく反芻した。気

障だ、淋しい男だ、と吐き捨てながら、その日、私は思いきって起き上がり、「朝の樹」を開いた。だが、右側のページに、

――精神の

と書いたあと、次が書けなくなってしまった。

――ちみつ……。

漢字が浮かばないのだ。どう思い出そうとしても、ちみつ、を漢字で書けないのだ。みつ、は密だと分かった。だが、ちみつのちの字が書けない。思い出せない。

チミル、치밀、チミル、치밀……、とハングル文字と韓国語の読みはすぐに浮かんでくる。

私は唖然とした。括弧で二文字分の空白を開け、

――な誘惑。

ととりあえず続けた。ゆうわくは、すんなりと、誘惑、と書けた。それでも不安だった。誘惑、という漢字ももしかしたら間違っているかも知れない、という不安に駆られて数回書き直した。

私は、身体を不意に摑みこまれて別な世界に放り出されてしまったような、動揺と眩暈を覚えていた。そして、ようやく辞書を開き、緻密、と漢字を確認し、括弧の中の空白に二文字を書き込んだ。

ハングルが身につくうちに漢字をよく忘れるようになり、そのことで思わず歯ぎしりしたくなるような苛立ちを体験したのは、一度や二度ではなかった。緻密、はかなり難しい漢字だった。忘れてしまってもしかたがないかも知れなかった。けれども、その日のショックは、他の日に味わってきたショックとは違っていた。

自分の今を語ってみたい。それを他の誰でもない英子に伝えたい。そう考え尽くしてようやく思いついた言葉が、すんなりと書けなかったのだ。

微妙な感情のうねりとして始まった韓国語とのせめぎあいは、英子からの手紙を受け取り、その返事を書かなければならない、という出来事に出合ったことで、うねりにさらに深い断面を私に意識させることになった。漢字が書けなくなった、という事実も、精神が突きつけてきた一つの緻密な誘惑として、私を揺さぶらずにはおかなかった。謎が、新たな謎を呼び込んで来たと言ってもいい。

一つの出来事に秘められた意味は、奥深い。そして簡単には解きあかせないくらいに、意味は交錯している。英子への返事を書くということから始まったその出来事は、内面でのさまざまな自問自答も含めて、いまだに私の心の中では尾を引いている。

その出来事は、一面においては韓国語と自分とのせめぎあいがどれほど深刻なものであったかをよく示しているが、問題の根を手繰り寄せて行けば、そのことだけでは語りきれないことが歴然としてくる。それは、私という男、即ち、イム・スイルという男の性格そのものが、言語という問題と絡み合ったところで現れた出来事と言ってもよかった。

私はつくづくと思う。

そもそも言語の問題であれ、詩の問題であれ、男女の問題であれ、また「在日韓国人」、あるいは他のどんな立場の問題であれ、個人の性格やその個人の特有な志向性を無視して語れるものなど、果してあるのだろうか。

すべての現象は個人的である、ともちろんこう断定するには勇気がいる。

私たちは、私たちを取り巻くあらゆる現象や事物を、一定程度抽象化する思考過程を経なければ、体験を体験として自分のものにはできない。フィクション化、観念化の宿命は生の瞬間瞬間に取りついている。その上、個は集団という背景を絶えずかかえた存在でもある。個を含めた集団が持つ傾向性ということも確かに否定しにくい事実としてあることも、私たちは知っている。

だが、それでも、ある出来事から抽出される問題性の一面や、一つの意味を語り始めたとたんに、置き去りにしてしまった他の意味の大きさ、貴重さにはっとし、後味の悪い思いのまま口を閉ざしていくというのは、私だけに限った経験ではないように思う。


英子への返事は、今日まで書けていない。

多分、その焦りや後ろめたさが追い打ちをかけ、そして加奈との出合いも拍車をかけていたはずだ。

朝の儀式を始めて約一年目に、私は『ルサンチマンX氏へ』という詩を書き始めた。遅々としながらも、「朝の樹」や「昼の樹」のページに、ソウルに来て初めて詩と呼べそうな言葉たちが、少しずつ書き綴られていったのだった。

いつになるかはまだ見通しもはっきりとはしていないが、この詩を書ききることで、英子への返事としようと私は思っていた。同時に、ソウルで出合い、私に詩を書き続けることの勇気を与えてくれた加奈のためにも、この詩は必ず完成させたかった。

『ルサンチマンX氏へ』は、想像以上に長い作品になりそうだった。出来ばえはどうであれ、長編詩というものを書けるようになったこと自体に、私自身が驚いてもいた。この詩がいつも傍らにあったから、今日まで朝の儀式を続けて来られたのだと思う。この詩が支えになってくれていたから、挫折もせずに留学生活を続けて来られたのだとも思う。

自分にとって思い返すのもつらく、心苦しい思い出としか言えなかった英子との日々も、以前より冷静に、そして果敢に捉え返せるようになった。やはりそれなりに運命的な出合いだったのだ。

英子と出合わなければ、ソウルにいる今日の私はいなかった。英子との出合い、英子との関係を続ける中で自分を剝き出しにし、ああいう自己分析や自問自答をして来なければ、今日の選択はなかった。そしてまた、詩をこれほど切実なものとして捉えることもなかったはずだ。英子が、今日の私の基礎とも言っていいあれらの日々を支えてくれたのだ。

私は、窓辺に立っている。

眼下の町並みを覆いつくしながら、朝靄が白濁した空から流れ続けている。じっと見ていると、空一面に広がった厚い雲の塊りが、かすかに身体をじらすように動いている。それが白濁した空に、波状の濃淡を滲みださせている。

もうかなりの間、雨が降っていなかった。昨夜、ヘヨンの家で見たテレビのニュースでも、全国に異常乾燥注意報が出ていると、アナウンサーが話していた。きっと今日も雨は降らずに、昼近くにはからりと晴れ上がっていくだろう。

眼下に続く丘一面に建ち並んだ民家の間にあちこちから、人の動きやその気配が、さまざまな音を放ち始めている。遠くに響く轟音が、丘の斜面をはい上がり、ほぼ頂上に近い私の部屋まで打ち寄せて来る。

外ばかりではない。この下宿の中でも、朝は始まっている。ドアの向こうでは、階下から漂い始めた朝食の匂いとともに、同居している者たちの足音や声が、少しずつ聞こえ始める。

——七時三十五分。

私は振り返りながら、机の上の時計を見る。

今朝も、昨日の朝とほぼ同じように六時を少し回って起きた。六時から八時までが一区切りで、八時からは次の区切りに入る。翌日の「朝の樹」を書くために習慣のようにそんなことを思い、また外を見やる。

手にしていた「昼の樹」が、床に落ちる。それを拾いながら、いつの間にかバッハが終わっていたことに気づく。床に座り込み、カセットを裏返す。「昼の樹」をまた開いてみようかどうかと迷ったが、義しさ、と口の中で呟き、そのまま窓の下の壁に背をもたれさせる。

それにしても、と思う。

この言葉が突きつけてくる力と、意味の奥深さはどうだろう。自分で思いついておきながら、言葉そのものに気圧されている。思いをかければかけるほど、言葉はかえって遠のいてしまいそうだ。

気を取り直すように、バッハを口ずさむ。少しひんやりとした風が吹き込んで来る。しかし、立ち上がって窓を閉めようとは思わない。音の中に、詩の中にうずくまっているような、どこかぼうっとしたそんな時間が心地いい。

そのうちに、昨日の記憶が断片的に浮かんで来る。

焼身自殺をした学生の死体。

雲の向こうに鈍く滲んだ光線の輪。

父の声。

ユンミ、ヘヨン、ヘヨンオンマ、ミンジョン、……女たちの顔。ミンジョンの耳、耳の形。

記憶は、そのうちに突然、幼いある日の明け方の光景を映し出す。小学校五年生の時のことだ。

昨日も、十五年以上も経っているというのに、当時見ていた夢とほとんどそっくりな夢を見た。最近になって、よくこんなことが起こる。ふとした瞬間に、遠い過去の記憶が蘇るのだ。それも自分でも忘れ、思い返すこともしなかった記憶だ。記憶一つ一つの意味深さに気づくようになったのも最近のことだった。

韓国から帰って来た父親を迎えての団欒《だんらん》は、母親の不機嫌な表情と言葉遣いとで、無残に壊れていった。かなり久しぶりに父が帰って来た時のことだったと思う。母が一体どんな言葉を吐き、それが父親とのやりとりの中で、どういうふうに父を怒らせることになってしまったのか、経過については、はっきりとは覚えていない。

当時、両親はほとんど別居同然の生活を続けていた。父は家に帰って来ると、またすぐに韓国に行ってしまった。長くて数週間、でなければ数日して出掛けて行ってしまう時もあった。多分、父にしてみれば、韓国にある家の方が、帰って行く家だったのだろう。

父は、韓国の南の方にある海南と麗水という所で海産物の缶詰工場を経営していた。海南には、父の最初の妻に当たる人が、私の異母きょうだいに当たる三人の姉たちと住んでいた。

だが、当時すでに、父は今一緒に暮らしている女性とソウルで家庭を持ち始めていた。ミンスッとチョンスッという私にとっては異母きょうだいの妹たちも生まれていた。もちろんそれはかなり後で分かったことで、母も知らなかったはずだ。けれども当時の母の苛立ちを思い返すと、母は父の生活のほとんどを知っていたのかも知れないという気がしてくる。

去年、私は兄だと名乗って来た男に初めて会った。父はすでに、海南とソウル、そして東京の私たちとの家庭以外にも、もう一つの家庭を持っていた。母には分かっていたのかも知れない。

喧嘩ばかりだった。父が帰って来れば必ず繰り返される両親の喧嘩は、いつも凄まじいものだった。

私は弟と一緒に、よく風呂場に逃げ込んだ。両親の喧嘩が始まると、私は泣きじゃくる弟を抱えて、まるで条件反射で覚え込んだように風呂場に逃げ込むのだった。無力ではあっても二人を止めに入ろうという子供らしい衝動は湧いてこなかった。もしかして何度かそうしてみたのかも分からないが、記憶には残っていない。

ある明け方、私は空の浴槽の中で目を醒ました。浴槽の背に肩を押しつけてうずくまっていた自分の膝に、頭を埋めて眠りこんでいる弟の寝息に起こされたのだ。辺りは静まり返っていた。浴槽の中だからよけいに弟の寝息が響き、間延びした余韻が震えて聞こえた。私はそっと弟を離し、立ち上がった。そして風呂場の窓に手を掛け、わずかに開けて外を見た。

朝焼けが、空の裾からはるか上方にかけて、それこそ空一面に、目に痛いほどの鮮やかさで広がっていた。

朱色に輝く朝焼けの、その美しさに私は気を失うような感動を覚えた。光の力に胸を締めつけられていた。雲の間から流れ続ける光線の波は、漂う煙を思わせるように柔らかだった。なのに、朝焼けは眩しく、鋭く目を刺し、少しの身動きも許さないような強烈さで私を釘付けにした。

死という言葉も概念も知らなかったはずなのに、私はあの日、あの日の明け方、あの朝焼けを見つめながら、死を感じていた。死という言葉でしか言い表し得ない何かを実感していた。

あの日に突き刺さったその何かを抱えて、今日まで生きてきたような気がする。その何かは不気味で空恐ろしい実感でありながら、自分によく似合い、見合っているものだった。すでに知っていたような懐かしさも感じた。


義しさ、という言葉と、あの実感はどこかで通じている。そう思えてならない。古い記憶が意識の底に潜み続けていたのだ。それが腐食し、変容し、十五年以上も経ったこの頃になって、こういう一つの言葉として立ち現れてきたのかも知れない。

この頃になって、それも私がソウルに来て、朝の儀式を始めるようになってから、古い記憶がよく浮かんでくるようになった。今朝のように「根の光芒」に意外な言葉が立ち現れたり、遠い過去の記憶が不意を突くような勢いでよぎったり、夢に出てくるようになったのは、私が『ルサンチマンX氏へ』を書き始めたことと無関係ではないはずだ。

記憶は、私自身の現在と呼応し合いながら、新たな鮮やかさと鋭さとで浮かび上がる。

過去の光景そのものの意味と、それらの光景を今思い出すようになったということの意味は、義しさ、という言葉の意味とともに解いていかなければならないことなのかも知れない。

——砂粒の倦怠を
　跳ね上がる水が笑う
　輝く朝焼けの麗しさを
　…………

あの朝焼けの美しさと私の感動を中断させてしまったのは、浴槽の中で寝返りを打った弟の大きな寝息だった。私は弟を起こすために、いたずらで水道の蛇口を開けた……。

——小さな弟の寝息が食む

そう続けてみようか……。

私は苦笑する。

そしてはっとし、我に返った思いの中で「昼の樹」を持ち直す。こうして次々と思い浮かぶさまざまな考えや、考えに引き出されて思いついた短い詩句を、すべて書き留めておくことはできない。「昼の樹」を手に持っているのにもかかわらず、文字となって記録されないことの方が、圧倒的に多い。

現に、今思いついた数行の詩句も忘れかかっている。十分前に何を考えていたか、窓辺に立って外を見ていた時には何を考えていたか、もう忘れかけている。

これが明日の朝になったならどうだろう。今過ごしているこの時間のことを、自分はどこまで覚えているだろう。そして、「朝の樹」にはどう書くだろう。

こんな時がそうだった。

朝の儀式を続けていることとの充実感とは裏腹に、全く相反した感情として、どうしようもない空ろな無力感を覚える時があった。

それは単に、忘れ去られてしまう瞬間があまりにも多いということから来る無力感ではなかった。忘れ去られる瞬間の量ではない。瞬間の、その只中に重層している意味の膨大さだった。瞬間に秘められた意味も摑みきれずにいることへの苛立ちと言ってもよかった。

空ろな思いに捕らわれだすと、必ず私は自分に八つ当たりをするように、こう問い始める。

——立ち現れる過去の記憶も含めて、すべての光景には意味と価値がある、というのは果して本当なのか。いくらそう信じていたとしても、どの光景を真に光景と感じ、どの光景に思いを集中させて行くかは、あくまでも恣意的なことではないのか。その恣意性の中にどれだけ必然性を見出していけるか、ということも、やはり恣意的なことではないのか。

私は答えられない。

気が済むまで自分に言わせ、言われるまま黙っているしかない。

——〈意識して生きる〉などという命題は、欺瞞だ。お前は幼稚だから天からの啓示と信じてこの命題を信奉しているようだが、命題そのものの中に、すでに矛盾があることに気づいていないのだ。一体、誰が「意識」するのだ。「生きる」のだ。私？　……この私だって？　冗談ではない。「私」などどこにいるのだ。いいかい。もしお前がこだわっている光景など、この世界を作り上げている夾雑物の一つに過ぎないとしたならどうなる。もしそうだとしたなら、光景に対するこだわりなど、迷信や幻想と少しも変わらない類の思い込みになりはててしまうのではないか。

——そんなふうに考えてはいけない……。

私は不機嫌な自分に向かって力なく反論する。しかし、すぐに遮られてしまう。

——果してある光景が単なる夾雑物であるのか、それともこだわる価値や意味が秘められたものであるかは、どう区別しうるというのだ。瞬間の観念化によって、過去という時間の堆積が作り出され、現在の観念化が、今、生きていることの体験の前提となり、その今が、途方もないような光景の意味と向かい合っている。それはそうだ。だが、よく考えてみるといい。瞬間を観念化するという思考における行為は、即ち、瞬間を意味化するということなのだ。もともと決まったものとしての意味があるわけではないのだ。

——…………。

——だから、お前が普段考えている観念化の呪縛という人間の生に取りついた宿命は、「私」だと信じているこの「私」というものでさえが、どれほどはっきりしないものか、どれほど実体としてあやふやなものなのかをかえってお前自身に突きつけているとも言っていいのだ。究極的には、一体誰が、一体何が、何者が、意味を意味と認めていくのか。観念化ですらが恣意的なものであるとするなら、一体誰が、瞬間を体験する主体だと言えるのか。

——でも、「私」は「私」を信頼するしかない。信頼しなければ、まるで糸の切れた凧同然だ。「私」も、「私」によるフィクションだとしても……。

反論にもなってはいなかった。ようやくという感じで言葉を返していく自分の語調は、いつも力なかった。やるせないほどの虚脱感が、背筋とすれすれのところに取りついて、手を伸ばしては不意に襲いかかって来るような、そんな思いによく陥った。

儀式など止めろ。

胸の奥に響き続ける自分の声は執拗だった。

いやだ。君はただ私の足を引っ張ろうとしているだけだ。僕はまだ若い。幼い。光景が夾雑物なのか意味あるものなのかを、まだ見極める能力がないというだけの話なのだ。集中力が足りないということだけかも知れないのだ。

成り損ないの神にでもなりたいのか。

…………。

お前みたいなナルシストがいるから、世界はいつもこんなに愚かなんだ。絶えず神話を作りだし、絶えず何らかの偶像を作っている。神話や偶像を否定しても、今度は否定する神話に酔い始める。意味に倚りかかってばかりいて、その上なにしろ意味にかかわる自分を信じている。お手上げだよ。呆れて口もきけない。

…………。

こみ上げてきた憂鬱な感情を押し止めようと、私はカセットテープのボリュウムをあげる。しばらくは何も考えまい。こういう苛立ちなど、一度や二度のことではなかったではないか。これからもきっと果てしなく続いていくのだ。乗り越えなければいけない。そう言い聞かせながら静かに息を整えていく。

次第に、何も見えなくなる。

私という光景の中に私が映し出され、チェロの音が、ある飽和を暗示していく。徐々に近づき、不意に突進し、わずかに嗄れた太く低い音色が、ある飽和に向かって反復を繰り返しつつ登りつめて行く。

この今を体験しているのは私だった。

そう信じようと信じまいと、この今、この音とともにあるのは、私だった。

音の根と、言葉の根が、混じり合う時に出合いたい……。生の根に行き着く行程が、今のこの瞬間に隠されているのなら教えてほしい。生の根から滲み出る光が、今の、この光景のどこかに潜み、私の息が届くのをもし待っているのだとしたら、気づくきっかけだけでも教えてほしい。

そう呟いているうちに、はっとした。

義しさ、という言葉の意味とその実感をすぐにでも摑めそうな瞬間が、波のように寄せては引いて行った。


誰かがドアを叩いた。

私は、私だけでいた時間を破られ、むっとしながら顔を上げた。

——スイルさん、お早うございます。

テナムの声だった。

思わず、手にしていた「昼の樹」を胸に抱いた。立ち上がり、机の引き出しを開けた。「朝の樹」がきちんとしまわれていることを確認し、「昼の樹」をその上に重ねた。引き出しを閉めながら、

——お早う。

と、同じ日本語で答え、ドアを開けた。

キム・テナムという。漢字では、金泰男と書いた。にきびが両頬や額一面に広がり、顔が赤く腫れ上がって見えるほどだった。痛々しいくらいのそんなテナムの顔を真近に見るなり、妙な予感に襲われた。

ドアの向こうに広がった板の間に目をやり、その向こうに並んだ二つのドアの、右側のドアが開いたままなのを見て取ると、

——インギル、大丈夫か。

と聞きながら、私は身体を乗り出した。

——スイルさん、奴、おかしいんです。ちょっと来てみてください。

テナムに向かってすぐ頷き、分かった、と言いながら、振り返って机の上の時計を見た。そして、テナムと一緒に板の間を歩き出した。

　七時五十八分　テナムが私の部屋のドアを叩く儀式の司祭者とメフィストフェレスが、また例の如く言い合い、バッハのおかげでようやく折り合いをつけてたところだった

　すでに、他者からなる光景の渦中にいる自分を思う

　明日の「根の光芒」にはどんな言葉、どんな映像が現れてくるだろう　明日の「朝の樹」に書き入れる今日が、この今の中に予告されている

明日の朝、自分は「朝の樹」にこうしてこの時間のことを、こういうふうに書くだろうか。

事細かには書き得ない。それは絶対に書き得ない。だから、「朝の樹」の左側のページの日記は、敢えて前日のことを簡略に書き記すようにしているのだ。翌日になっても、記憶が少しも薄れずに残っていることなどない。そうあったことも一度としてなかった。現に、

——…………

氷の天

賜れた困惑が
溶けた隙間から流れ出す
…………

と、インギルの部屋に向かいながら、わずかな時間の間に、どういう連想をしたからなのか、『ルサンチマンX氏へ』の冒頭に近い部分を思い出している。続けて、今朝思い浮かんだ数行の詩句を反芻し、義しさを意志し……、という一行の前に、氷の天のイメージと、無に関連するイメージを展開させなければならないのではないか、と考えている。

インギルのことで湧き上がってきたインギルに付きまとうイメージと、テナムの顔や声、瞬時によぎっていった窓の外の光景、消える気配を見せ始めた朝靄のたなびき、目醒めてからの時間の流れの中で体験してきた瞬間の堆積……、それらがすべて今という瞬間に作用し交錯して、詩の冒頭部分を思い出すことになったのだ。

明日の朝、ここまで克明に「朝の樹」に書き込むことなどできないだろう。思い返すことすらできないはずだ。相当な集中力で気にとめていない限り、義しさ、という言葉を使う前に、無、氷の天、それらのイメージを展開させなければならない、と今思いついたアイデアは忘れ去られてしまうだろうし、これっきりどこかに消えて、もう二度と思い出すことはないかも知れない。そして、今こう考えていることすらも、明日の朝になれば忘れているかも知れないのだ。

書き留められず、記録し、残すことのできない、無数の瞬間の一つとして、今というこの瞬間も過ぎ去ろうとしている。こうして多くの思念、多くの言葉が消え去って行く。

どこに行き、どう果ててしまうのだろう。

私におけるさっきまでの今も、一体どこに行ってしまったのだろう。

この今をこうして確かに体験している私は、どういう意味で、私であるのだろう。

開け放たれたドアの前に立って、布団をかぶったままのインギルを見やった。私は横にいるテナムに目と手で合図した。テナムは急いで部屋に入り、部屋の窓を開けた。アルコールの匂いとインギルという二十歳になったばかりの男の持つ体臭が混じり合って、異臭と言うしかないいやに湿気た匂いが鼻を突いた。

――酒を飲むのはいいけれど、こいつ、無茶なんですよ。

テナムはいかにも臭い、というように顔をしかめながら鼻を手でつまんだ。布団を頭からかぶったインギルは、そのうちに布団の端を摑み、私たちに背を向けて身体を丸め込んだ。

インギルの枕元に屈み込み、聞こえよがしにテナムが喋り始めた。

――スイルさんの言うことなら、こいつ聞くみたいなんだけれど、結局また、こんなふうになってしまうんです。夜中じゅう何を言っているのか、ぶつぶつ独り言ばかり言って、気味が悪いったらないんです。しくしく泣いているかと思うと、急に叫び声は上げるし、気になってこっちはろくに勉強もできませんよ。心配して、どうしたんだって聞いてもドアも開けてくれないし。……とにかくずっとこの調子なんです。

くぐもった奇妙な呻き声が聞こえた。うるさいとでも言っているのか、まるで駄々をこねている子供のように、インギルは布団の端を引っ張りながら背中を揺すぶった。

――スイルさん、今度こそはっきり言ってやってくださいよ。一体何をしにソウルまで来て勉強しているのか。学校には行かないし、部屋で酒ばかり飲んで、一体何を考えているんだろう。さっき、こいつがトイレから戻ったところで、僕、強引に部屋に入ったんです。そうでもしないと、僕だと絶対にドアを開けてはくれませんからね。このままだと、こいつおかしくなっちまう。

四畳半あるかないかの狭いインギルの部屋は、敷きっぱなしの布団とあちこちに脱ぎ捨てられた服、酒瓶、本、洗面用具などが散らばって足の踏み場がないくらい雑然としていた。すでに長い間その前に座ったことなどないのが一見して分かるほど、窓の下に置かれた文机の上も雑然とし、溜まった埃が目についた。

インギルの部屋の窓からは、隣接した家の壁しか見えない。

丘を見下ろせる私の部屋に移ったならば、少しは気分も変わってくるかも知れない。そう思いながら、布団にくるまったインギルを見やる。

一階と二階に五つの下宿部屋があり、階下の台所の奥に主人のハルモニ（おばあさん）が住んでいる居間があった。二階の三つの部屋に私とキム・テナム、そして今布団をかぶっているチョン・インギルの三人の在日韓国人留学生が住み、階下の二部屋には、Sホテルの客室課に勤めているイ・サングと、二週間ほど前に肝炎にかかって日本に戻って行った国文科のパク・インソギが住んでいた。

ミスター李と私たちが呼んでいるイ・サング以外の四人は日本生まれの韓国人で、ミスター李が引っ越して来るまでは彼の部屋には金某という、私は面識がなかったが、やはり日本生まれの韓国人留学生が住んでいたということだった。

——一週間、いや、十日、もっとなるかも知れませんね。こんな状態をいつまで続けるつもりだろう。おい、インギル、こんなことをしていたら、からだがやられてしまうぞ。いい加減にしろ。

テナムは屈み込んだまま、耳を布団ごと押さえつけているインギルに向かって言った。

何か言ってやって下さい、といわんばかりに、テナムは私を見上げた。私もテナムと一緒にインギルの枕元に屈み込んだ。焼酎の空き瓶を手で払いのけると、敷き布団の下にもまだ空き瓶が隠れているのが見えた。

——インギル、顔を見せろよ。返事をしろよ。

私は言ったが、無理やり布団をめくるのはためらわれた。テナムも同じことを考えているようだった。インギルの身体には、小さい頃に熱湯をかぶってできたという火傷の跡が、右肩から二の腕にかけてと胸に広がっていた。皮膚が引きつり、その火傷の跡が妙にぬめっとして見えるのも不気味だったが、胸のちょうど真ん中に縦に十センチほど、赤みを帯びて盛り上がった心臓の手術の跡もあり、身体全体の細さや色の白さの対比と、それに加えインギル独特の一種のはかなさを感じさせる表情とで、火傷やその手術の跡は、正視できない痛々しさと気味悪さを覚えさせるのだった。

——インギル、起きて朝飯でも食べたらどうだい。ハルモニにクンムル（スープ）があるかどうか聞いて来てやるよ。何か食べた方がいい。

私が言うと、インギルは布団の中から、また呻くような声を上げ、よけいに身体を丸め込んだ。男としてはあまりにも小さな身体だった。布団の膨らみで、細く小さな身体つきがかえって強調され、目についた。放っておいてくれといわんばかりに寝返りを打ったが、しなだれかかって来たいのを我慢している甘えのようなものが、丸い背中の線から伝わった。

同情だけではなく、いくら気味の悪さを覚えさせるといっても、インギルは、その一方でどこか放っておけないような、黙ってはいられないような、そんな思いを起こさせた。

テナムは私を見て一人で頷き、部屋から出て行った。

——僕、ハルモニに聞いて来ます。水ももらって来ます。

私は低く、うん、と言い、板の間を歩いていくテナムの後ろ姿を見送った。

三人の中では私が一番年上だった。インギルと私との間にあって、テナムはインギルにとっては先輩であり、私に対しては後輩という立場を使い分けていた。

テナムは日本で大学を終え、私立の語学研究所に通って韓国語を学んだあと、Ｋ大学の歴史学科の修士課程に入っていた。この下宿には去年の秋に越してきた。

彼の部屋にはそれまで彼の従兄弟に当たるキム・ソンジンが住んでいた。ソンジンは、高校を卒業してすぐに私が通っていた予備課程の学校に通い、Ｅ大学に入ったのだが、三年生になったところで中退した。一旦日本に戻ってからアメリカに留学するのだと言っていたが、テナムに聞くと、そのまま日本に留まって焼肉店をしている家の仕事を手伝っているということだった。

ソンジンの声が思い出される。あいつはいい声をしていた。特に笑う時の声が印象的だった。テナムが階段を下りていって誰もいなくなった板の間を見つめながら思う。

私はインギルの肩の辺りに手を置く。

秒を刻む時計の音に気づく。

置き時計が、壁際に脱ぎ捨てられた革ジャンパーの下に隠れているのが目に入る。

インギルを見つめていた時間
どういう言葉を投げかけてみたらいいのか分からない　私はインギルを真に励ます言葉を持っていない　誰もインギルを助けられないはずだ　冷酷なようだが、どうしようもできないことなのだ

立ち上がり、窓の外を見る。

インギルが私の部屋に移れば、きっとよい気分転換になるだろう。私の部屋の窓から、遠くに連なっ

ている低い山脈の稜線が息づく朝日の輝きや、あの夕焼けの美しさを味わったなら、きっとインギルの中に新たな力が生まれて来るだろう。しかし、それ以後のことはインギル自身にかかっている。インギル自身が立ち上がれるように、私は祈っているしかないのだ。

あの父のアパートに自分が引っ越すことになったのは、やはり単に偶然とは思えないものが感じられてならない。今日までの経過を思えば、私が引っ越していくことになるように、何かそう状況が動いているように思えてならないのだ。そしてインギルもこういうふうになってしまった。私が父のアパートに移ることが、偶然にもインギルを助けるきっかけになるかも知れなくなっている。

一応父の四番目になる奥さんのことを、私はまだ一度も何かの呼び名で呼んだことがなかった。アパートには何度か行って食事をしたが、呼ばずにいても困ったことはなかったし、不便も感じなかった。しかし、これから一緒に暮らしていくことになれば、彼女をとにかく何らかの呼び名で呼ばなくてはならないだろう。

――呼び名か。

私は複雑な思いで溜め息をつく。

昨夜読んだ弟からの手紙を思い出す。にいさんは、にいさんは、と、四枚の便箋に書かれた手紙の中で、弟は私にそう呼びかけていた。文面から伝わるその抑揚は、決して温かいものではなかった。便箋の中から、にいさんは、という文字ばかりが目についたほど、呼び名には力が込められ、敢えて言えば、憎しみに近い感情が滲み出ていた。

窓から見える隣の家のベランダに、キムチや醬油を入れている黒々とした甕がいくつか並んでいた。空から靄が消え始め、強い朝の光線が並んだ甕に当たっていた。

インギルの姿を見下ろした。

弟の顔が何度もよぎった。私は無意識のうちに首を振り、耳に蘇る、にいさんは、という弟の声を押し消した。

血とは何だろう。血に絡みつく呼び名とは何だろう……。


一週間ほど前のことだった。

インギルが私の部屋にやって来た。そして私はある話を聞かされた。

インギルの父親は、インギルが物心もつかないうちに、かなりの額の借金を作った挙げ句、母親と自分を捨てるようにして家を出て行き、それきり行方は分からないままだと言った。母親は日本人で、貧しい二人きりの母子家庭に育った。高校を出た後はエンジニアとして東京の郊外にある工場に勤めていたが、自分の身体の中に韓国人の血が混じって流れているというこだわりは消えず、父親は韓国にいるかも知れない、という母から聞いた話を支えにして、韓国語を習いたく、ソウルに来たということだった。

——韓国にいると、僕はどこに行ったってチョン・インギルでいられる。オモニが日本人であっても、チョン・インギルと誰もが呼んでくれます。韓国語が喋れないことで皮肉は言われても、そんなこと、僕にとってはつらいことでも何でもないんです。一つの名前で呼ばれることがうれしいんです。

この下宿に来たばかりの頃、インギルは私にそう言った。

三ヵ月だけ韓国語を習い、田舎を旅行して日本に戻るつもりだったが、授業中に出てきたある単語に衝撃を受け、それきり学校には行きたくなくなったのだ、と言った。一ヵ月もしないうちに、チョン・インギルという名の響きはインギルを苦しめ始めた。

——スイルさん、僕、チョッポ（族譜）という言葉を知らなかったんです。ポンガン（本貫）という言葉も知らなかった。授業中、グループに別れてそれぞれ会話しながら、自分のチョッポやポンガンについて話せ、と先生に言われたんですが、僕は何のことか分からなかった。韓国人であれば、皆持っているし、血の証しのようなものです、と言うけれど、一体何のことなのか分からないので恥ずかしくてしかたがなかった。チョン・インギルと自分が名乗っている以上、そんなことも知らなかったのか、と思われるのも嫌で、僕はずっと黙っていました。言葉の意味を知らなかっただけではないんです。僕は、父親がどこの出身なのか、ポンガンがどこなのか、そのこと自体も知らなかったんです。母親からは、釜山の近くらしいということくらいは聞いていたんですが、母親すらもはっきりとは知りません。

インギルが布団の中で寝返りを打つのを、窓辺から見下ろしながら、一週間ほど前に交わした会話を思い起こしていく。文机にある小さなやかんを取り上げてみると、中は空っぽだった。そばにあるガラスのコップはまだらに白濁していた。

——僕は、何故韓国にやって来たんだろう。僕はチョッポもポンガンもない混血です。僕は、韓国人ではなかったんです。

インギルはしばらくの間、私の前で声を上げて泣き続けた。小さく細い身体でも、声は太くしっかりとしていた。その釣り合いの意外さも、インギルのどことなく不気味で不安定な印象を作りだしているような気がした。

——スイルさんは、自分のポンガンは分かっているんでしょう。当然ですよね。チョッポはどうなんですか。……そうだ。スイルさんはアボジがソウルに住んでいたんですよね。アボジに聞けばいいことなんですよね。

私は少しの間、口ごもってしまったが、

——そんなに知りたいものかな。ポンガンとかチョッポとか、そんなに大切なものかな。

インギルの表情の動きを見ながら、そう言った。持っている人には、こういう苦しみは分からないんですよ、とでも言いたげなインギルに向かって、それ以上言葉を続ける気持ちはなかった。

何故、自分は、このインギルという男にひかれるのだろう。

部屋の中に立ち込めている異臭といい、コップの汚さや散らかり放題の様子といい、一見すれば、義務を怠って部屋から出ずに惰眠し、酒ばかり飲んでいるだらしのない学生の生活、という印象には違いなかった。それはソウルだけではなく、東京でも、多分世界中のどこにでも見かけることができるはずの光景であり、決してインギルという学生にだけ特徴的な光景なのではなかった。

関心を寄せずにいてもよいものだった。知らん顔をし、困ったものだ、と言い捨てて自分の部屋に戻ってしまうこともできた。他の人間であれば、そうしたかも知れない。そうする人間も必ずいるに違いない。

韓国人を父親に持った彼も、言わば「在日韓国人」の一人だった。たとえ母親が日本人であったとしても、その属性が父親の血をめぐって通じているからひかれるのだろうか。男同士であり、インギルよりも年上の自分が、先輩としての一種の義務や責任を感じているからだろうか。またそれとも、火傷や手術の跡、それに加えて、男であれば劣等感を抱かずにはいられない小さく細い身体や、童顔でもどことなく陰鬱な表情など、インギルが背負ったハンディを憐れみ、同情しているからだろうか。

すべてが、ひかれている理由かも知れなかった。同時に、それらのすべてを合わせても言い足りない何かがあるからこそ、ひかれているのだとも言えた。

さまざまな、実にさまざまな在日韓国人に出合ってきた。その一人ひとりが個性的で、独特な魅力を持ち、特殊で複雑な事情を抱えて生きていた。大学の時以来、日本では出合う機会がほとんどと言っていいほどなかったせいか、「在日韓国人」というのは実際にこんなに沢山いたのだ、という驚きの方が、初めの頃の正直な印象だった。

特殊であり、それぞれが独特で多様でありながら、日本に生まれ育った韓国人は、「在日韓国人」という名称で括られていく。

自分という存在が一つの名称で括られて行くことに、生理的とも言っていい拒否感を覚えたにしても、人間は、集合名詞に括られる宿命から誰一人逃れきった者はいない。そのことを、私はソウルに来てから一層痛感するようになった。

出合った者を一括して「在日韓国人」というふうに呼び、それで何かが了解しうるなどというのは思い込みに過ぎないのではないかと考えざるを得ないほど、「在日韓国人」は多様であり、それぞれが特殊だった。一人ひとりがその名称からはみ出、こぼれ落ちるのではないかと思うほどだった。

けれども、それほど多様な「在日韓国人」の二世や、時折出合う三世たちでも、言葉で巧くは言い当てられないかも知れないが、ある共通した傾向を持っていることに気づくまでに、それほど時間はかからなかった。

日本で出合っていたなら、これほど痛切に感じなかったことかも知れない。私もそうだが、母国という場所に来て、知らない間に一めくりずつ外皮がめくられて行くような体験をそれぞれがしているのだと思う。日本では表面に現れることがなかった部分が、ある傾向を読み取ることができるくらいにあらわになっていくのだろう。

それを、「在日韓国人症候群」と私なりに捉えていた。

在日韓国人症候群の要になる共通事項は、家だった。それも、不安定で、不幸で、ややこしい事情ばかりが取りついた家だった。何故、皆、家というものから離れて生きていくことができないのだろう。出合ったどの在日韓国人も、話し始めれば途端に家族構成の複雑さ、世代の確執、家族内部における母国観の差異と歪み……、もちろん中身は多様でありながらそのほとんどが、共通する悩みを背負っているといってもいいほどだった。

生の根は、現実としての家にあるのではないはずだ。人間という存在の意味にかかわる生の根は、個別の家を越えたところに、続いているのに違いない。しかし、それでも人間はすぐ近くの足許にある根としての家にその生き方や性格、性向を規定されていく。

今、こうしてインギルを見ていても、インギル個人の苦しみの中に大きく比重を占め、彼に付きまとっている家、というものの底知れなさを思わずにはいられない。

概念としての家は、確かに古いものかも知れない。家という概念自体が崩壊してしまったのではないか、という議論があることも知っている。それを批判的に捉えようと、肯定的に把握しようと、概念自体がすでに語り尽くされているような、今更何を、と思わず一蹴してしまいがちなそんな古さを感じてしまうのは否めない。

しかし、家とは、古い問題であると同時に新しい。

「在日韓国人」にとって、家は母国である韓国にも、そして日本にもない。少なくとも家と家と語りうる家はない。自分が何者なのかを絶えず問い続け、たとえ、答えを摑みかけたとしても実体として、生活として、確固とした根拠を見いだし得ないとしたなら、そういう者たちが作りだす家というものも、また似たように動揺や振幅の多いものにならざるを得ないだろう。

少なくとも、民族へのこだわりが「在日韓国人」に付きまとう限り、一人ひとりの「在日韓国人」にあってはこれからも、家の問題は特殊で多様でありながら一つの共通性として現れ、付きまとっていくのではないか、と思う。

真に個人である、ということ
人は、どこまで個人的であり得るのか
インギルにはそのことを考え、実践していく条件が揃っている　選ばれた存在でもある　羨
ましいとさえ思う
それに気づけるかどうかで条件は意味を持つ　力となる

階段を駆け上がって来るテナムの足音が聞こえてくる。見ると、テナムが食事をのせた盆を持ち、小さなやかんを片手の指に引っかけて板の間に現れた。

どうですか、というふうに顎をしゃくり、インギルの様子を窺いながら、目配せをする。私は首を振る。

――おい、インギル。食事を持って来てやったぞ。スイルさんも心配しているんだ。いい加減に起きろよ。

テナムは文机の上を適当に片付け、盆とやかんを置いた。そして、布団の上から、インギルをつつき、名前を何度も呼んだ。インギルは低く呻くだけで何も答えず、名前を呼ばれるたびに布団を強く摑み、耳を押さえた。

光が弾けて行くような瞬間を、私は味わった。ある思いが胸の奥を貫いて行った。

もしかしたら、インギルは、名前を呼ばれるのを、いや自分の名前自体を嫌悪しているのかも知れない。韓国名であろうが日本名であろうが、名前の音、名前の音にこもった記憶、出自を含めた過去と現

在の自分に思い至らずにはいられない響き……、インギルは生を受け、名前を持たされたこと自体に嫌悪を覚えているかも知れない。

名前……か。

私は窓辺に立ち尽くしたまま、足がすくんで来るような光景の意味深さに、息をのんでいた。

除籍謄本

運転手が走り寄って、私の頭上に傘をかざした。アノラックのフードを被っていても、雨は頬を伝い顎の先に流れていた。静かに薄く目を開け、顔を上げる。独特な色彩で描かれた木戸の門は映画の中の回想シーンのように周りを白くぼやけさせながら、私の前で厳かに閉じられていた。木戸門から左右に伸びた石塀は、雨が浸みていく（降りそそぐ）陵墓全体をとり囲んでいる。私は合掌していた手を離し、アノラックのポケットからハンカチを取り出す。額、頬、顎にかけて拭きとると、ハンカチは手の中で皺だらけに丸まった。傘をかざしていた運転手が話し始めた。全羅地方の方言が強い運転手のウリマル（母語）は早口で聞きとりにくい。

「雨……アガシ（お嬢さん）……テジョイソンゲ（太祖李成桂）……傘……公園……」

単語だけどうにか聞きとった私は、無言で笑い返し、また合掌して軽く頭を下げるとタクシーの止めてある方に向かって歩き出した。陵墓の周囲を少し歩いてみたかったのだが、肩をびっしょり濡らしている運転手に気の毒だった。タクシーが動き出した。運転手は言葉が通じないので話しても無駄だと思ったのか、黙ったままハンドルをきり、丘を下りて行った。私は窓を開け、顔にまともに雨を受けながら、首を突き出して陵墓を見送った。

今朝は日本にいて、今は韓国、全州にいる。時計を見るともうすぐ五時になろうとしていた。朝九時の成田空港発の飛行機に乗って二時間あまりで金浦空港に着き、そのまま江南ターミナルに向かい、全州行きのバスに乗った。陵墓が丘の上に見えなくなる。私は窓を閉めて座り直した。冷えきった車内、窓ガラスは雨脚があたり灰色に曇っている。ソウルでは雨は降っていなかった。バスが全州市内に近づき始めた頃から降り出したのだ。だが雨に感謝したいと思う。もし雨が降っていなければ、私は生まれて初めてウリナラ（母国）にやって来たという、その感動でもっと浮き上がった落ち着きのない気分になっていたことだろう。

タクシーが止まった。

「アガシ、この旅館がいいでしょう」

運転手が振り向く、私は頷いて料金を払った。ドアを閉め、道路に降り立つ。雨はさっきと同じ強さで顔にあたり、道路を濡らしていた。旅館から少年が走り出て、運転手が降ろした旅行カバンを受けとり、肩にのせた。少年は私に無言で会釈し、笑いながら石段を駆け上がった。

私が通されたのは、三階の廊下に並ぶ五つのドアの三番目、三〇五と示されている部屋だった。ドアを開けると上がりかまちのような台があり、右手はトイレ兼用の浴室、正面のドアを開けるとそこが寝室になっていた。八畳ほどのオンドル（温突）の部屋には大きな寝台と鏡台、そしてソファのセットが壁に沿って並んでいた。少年は荷物を床の隅に置いて部屋を出ていった。

窓を開けようとカーテンをひく。サッシ窓の手前に細い鉄棒が格子状に並んでいた。少しびくっとしながら鉄棒の間に手を入れて窓を開ける。夕暮の迫った全州の空を見て鉄格子を見た時の不快感は消えた。部屋に吹きこんでくる雨の混じった全州の空気を思いきり吸いこんでみる。

匂いって何だろう――そんな書き出しで始まる小説があった。窓を閉め、部屋着に着替える。顔を洗ってさっぱりとすると私は寝台に横たわった。今日は三月十五日、私の誕生日だ。そう思うとここ数ヵ月間の慌しさが一挙に思い出され、寝台に沈みこんでいくような疲れを覚えた。だが、いざこうして全州に着いてみると、この間の慌しさがいかにもあっけなく遠い昔のことのように思えてくる。

ドアを叩く音がする。私は起き上がりドアを開けた。廊下に若い男が立っていた。私は思わずはっとして日を見開く。薄暗い廊下を背景にした色黒の、その若い男の目は白さを浮き出させて鋭い眼光を放っていた。吸いつくような男の視線に私は一瞬たじろいだのだ。悪意のある目ではない、だがどこか強引で力を隠微に溜めこんでいるような鋭い目だ。男は頓着なしに宿帳のカードをさし出した。私はボールペンとそのカードを受けとる。名前生年月日、旅券番号、入国日、出発予定日、私はおろおろしながらカードに記入し、ドアロに立ったままの男に渡した。短髪で三十歳前後のその男はひき締まった若者らしい体軀をしていた。韓国の若い男性は皆そうであろうと想像していた通り、精力的で鋭敏な匂いがする。男はカードを読んで言った。

「ソンニム（お客さん）日本人ですか?」

男は低いゆっくりとした口調で言った。同じ質問を今日、私は何度訊かれただろう。

「いいえ、私、在日同胞です。両親が日本に帰化したんです」

私は、この会話だけはこれから一番上手に話せるようになるのではないかと思いながら心の中で苦笑した。この男もその次を訊いてくるだろうか、アガシ、それでどうして韓国に来たんですか、と。案の定、男は訊いた。

「親戚の墓参りです」

私がそう言うと、男は頷くのでもなく、

「アガシ、いつ出発する予定ですか?」

と事務的に言葉を返した。男の口調はゆっくりなので私には聞きとりやすかった。カードに私は未定と書き入れた。三月末までにソウルに着いていればいいのだ。全州に何日間滞在するかは明日になってから決めたかった。私はどうにか単語を並べてその旨を伝える。男は相変わらず何の反応もない。私は極力視線を合わせないように男の肩の辺りを見て話した。男はカードを見ながら考えこむような仕草をしている。金浦空港の入国審査でもそうだったが、こういう風に相手の反応を待っている間の不安な感情は名状しがたい。

「アガシ、夕食はどうしますか?」

男は正面に向き合って言った。どこかで肩すかしをくらったような気がしながらも、私は男に見据えられてぎくりとした。

「ど、どうしたらいいのでしょう」

拙いウリマルはこういう時に便利だと思いながら私は訊いた。内心の動揺は言葉の拙さで相手に知られないですむ。

「韓式の食事、食べられますか?」

「ええ、もちろん」

「それじゃあ、注文しておきます。何時にお持ちしましょうか」

私は七時と答えた。男は最後まで同じ抑揚で話し廊下を歩いていった。ドアを閉め、走るようにして寝台に駆け上がる。うつ伏せになって窓を見上げた。雨は弛いリズムで窓を打っている。雨の音は聞こえない。鉄棒が並んだ窓も私を見下ろしている。

寝台の上でカバンから出しておいた『韓国史新論』と辞書を開く。栞をはさんでおいたページを開いて読み始めた。
※韓国史新論(李基白著)の李成桂の部分。

この本は日本にあるので、わざわざこちらで買わないことにします。

要約すれば、
李成桂という人は、李氏朝鮮を樹立した人で、高麗時代末期、貴族、中央権力者たちの腐敗に対してたち上がった地方官吏、即ち、士大夫と呼ばれた地方の知識人が李成桂を中心にクーデターを起こして、親元派を打倒、明を宗主国とした朝鮮王朝を創ったのです。

けれども李成桂が明と手をむすんだのはあくまでも方便にすぎなかったとする——李成桂は反事大主義者だった——説があり、朝鮮という国号のセンスにしろ、文学的教養も感じられてかなりの大人物。

ここの部分には、李氏朝鮮の成立前後の事情に関する引用が入る予定。


本をふせ、辞典を重ねて寝台を降りる。窓を開けると雨はすでに上がっていた。ソファに座り煙草に火をつけるとけむりが心地良く喉を刺激した。


正男の声が聞こえる。

「君のそのぼんやり病は、きっと離人症というんだよ、前に何かの本で読んだことがある。自分が何者なのか、何を今やっているのか、やろうとしているのか、解らなくなる病気なんだ」

「離人症?」

「ほら、既視体験てやつ、この風景はいつかどこかで見たって感じる……あれも離人症の一種らしいぜ」

座っているだけでじっとりと汗が滲み出してくるむし暑い夜だった。正男は豆腐を口にほうり込み、ビールを飲みほした。

「そうかな、仕事はちゃんとしているつもりなんだけど……」

私は壁に背をもたれさせ、襟の大きく開いた部屋着の裾をまくってうちわであおいでいた。扇風機の風が嫌いな私は、正男が買ってきた扇風機を押し入れの奥にしまいこみ、頑に使おうとはしなかった。

正男はたいてい私の主張に折れた。

「家でもぼんやりの君が……本当かな？」

正男の言う通り、昼間、アルバイト先でもぼんやりすることが多くなった自分を認めざるを得なかった。

正男と同棲を始めて二年近くがたつ。T大の生協に勤める正男は五歳歳上で結婚を前提にするということで母の許しを得、一緒に暮し始めた。正男は私にとって初めての男だった。

「夢を見るのよ、おかしな夢」

正男は台所に立ち、冷蔵庫からビールを取り出す。私は誰に話すというのでもなく、口を動かし始める。

「夢の中で私はある部屋の前に立っているの。部屋の中に、小山羊とも犬とも見分けのつかない黒い動物が……二匹だったかな、三匹かな……じっとしてるの、すると動物たちは部屋の中を歩き始めて、私、急に走り出して……動物を捕えようとするのよ。でもするりと手の中からいなくなって……捕えた感触さえないし、鳴き声もない……変だなって思いながら、私、部屋中を走って息切れさえしてる。早く捕えなくちゃって、とっても焦ってる。そしてね、黒い動物がふっと飛んだかと思うと……見るとベランダの柵の向こうに飛びおりていくじゃない、あっ危いって私、動物の尻尾を捕えようとするの、でも身体が今度は動かなくなってる。すると今度はじっとベランダを見ている私の後ろ姿を入口に立った私が見ているのよ」

「おかしな夢を見るものだな」

正男はしきりにうちわを動かしている。テーブルの上の小皿に、醤油がなくなっていた。私は何故か夢の話に自分で興醒めて、醤油を取りに台所に立った。

夢は何を物語っているのか解らなかったが、寝醒めの気分はよくなかった。職場にいても何の気なしに夢の中の情景が立ち現われる。正男は私のぼんやりを離人症だと言った。いつ頃からか机に広げた帳簿の細かい数字や伝票の束が、単なるモノにしか見えなくなった。人の声も、自分の声すらも、声として自覚できず、オトとしてしか捉えられない時がある。

「何してんの、電話が鳴っているじゃない」

前の机に座って私と向かい合っているT子が怒鳴る。私ははっとして電話を見る。電話は確かに鳴っている。だが、私はそのオトを聞き、どうしたらよいのか迷っている。T子は私を睨みながら、私に代わって受話器をとり上げた。それでも私は、自分ではなく他の誰かが叱られ咎められているような気がしている。

秋口に入り、私は夜の行為が疎ましくなった。ある夜、私は、

「面倒なの」

と正男に言った。正男はウイスキーを飲み目の周りを熟柿色に染めていた。そして私におおいかぶさると頰を両手で包みながら哄笑《こうしょう》した。正男が私のスカートのファスナを下げる。私は身をよじらせ、言葉にならない声を上げて拒絶した。正男は私の仕草を一種の媚と取り違え、得意気にワイシャツを脱ぎ始めた。苦痛なのでも正男を嫌いなのでもなく、ただ面倒なのだ、という感情をどう伝えればよいのか、そう考えることさえ面倒になって私はされるまま身体を横たえていた。正男は私の下着を剝ぎ取り、強

く乳房をつかむ。そして私の腰を自分の胸許に押しつけるようにして抱きしめる。正男の頭髪が視界の隅で左右に揺れる。私はそれをぼんやりと見ているだけだった。

「な、早く結婚しよう、な」

正男は酒の臭いを放ちながら私の乳房を吸う。声がとぎれ遠くに消えていく。

税理事務所に勤め始めたのはその春からだった。私の雇い主である高中という税理士は椅子に座ると、いつも布袋腹を突き出してそり返り、机に前かがみになって働かなければならない具体的な仕事はすべて、古参の平沼にまかせきりだった。

高中は銀行や得意先との接待でよく外国旅行に行った。それもフィリッピンや韓国ばかりで、私は帰ってきたばかりの高中を見たくなく、そんな日は仮病を使って休んだ。平沼は機嫌をとるように旅行中の土産話を訊く。高中は相好をくずして夜の一部始終や同行者の失敗談を話し始めるのだった。T子は高中の長年の愛人だった。私はT子の様子を偸《ぬす》み見る。T子は嫉妬する振りをして口を尖がらせ、媚びて高中を睨みながら茶を運んでいた。ぶすっ、ぶすっ、と音をたてて私の背筋の辺りで何かが弾け始める。その弾ける何かを感じているうちはまだよかった。次第に私はその音を聞かなくなり、代わってぼんやりすることが多くなっていった。

夕方五時になって片付けをし税理事務所を出る。クリスマスにはまだ一ヵ月もあるというのに、駅前のアーケードのウインドーには白い霧が噴きつけられ、歳末セールの貼り紙やポスターが視界の中で目障りなほどぐるぐると回っていた。ポスターのコピーが八方から目に突きささり私は苛立つ。だが、駅に向かって歩いている機械的な自分の動作、今日まで同じ動作を繰り返してきた自分に驚きもしている。

翌日、私はアルバイトを辞めた。ぼんやりが少しも治らないのを見て決算で忙しい事務所の方も私を辞めさせたがっていたようだ。

T子は別れ際、

「妊娠でもしたんじゃない？」

と、はしゃいで冷やかすように言った。私は何も答えずにそのまま歩き出した。

税理事務所を辞めた私は、母国留学に関する方法を知るために韓国領事館のビルにある文京部をたずねた。国籍の事情を話すと係員は、

「ほほう、ご商売の都合で帰化したんですか？」

と訊き、珍しいケースだと言って書類を開いた。

「よく解りません」

私はそう答えるしかなかった。本当によく解らないのだ。係員は説明し始めた。ソウルに在外同胞だけを集めて一年間ウリマルを教える教育機関があるのだという。だがそこは同胞だけを対象にしているので私が同胞であること、即ち、両親が以前韓国人だったことを証明するものが必要なのだ。母親が日本人の場合、子供が日本籍を持つというケースは多いのだが、そういうケースは父親が韓国から国民登録をとりよせれば済むのだと係員はつけ加えて言った。

父と母は長い間別居していた。たまに父に逢うことはあっても、ここ四、五年は全く逢っていない。一体どう証明すればよいのだろう。係員はしばらく席をはずし、上司に訊いてきたらしく椅子に座り直して言った。

「区役所に行って戸籍謄本を取り寄せるのです。そうすれば謄本に何年何月帰化、という記載があるはずです」

私はその足で本籍のあるS区の区役所に行った。だが私の本籍は移転していた。移された本籍はK区○○町——となっている。それは現在の父の住まいだった。移転した四年前程の日付を見て私は合点し

た。四年前といえば、父が正式に離婚を言いだし、母が連日連夜、電話口で大声をあげ、わめいていた頃だ。結局、離婚話は棚上げとなり、両親は別居を続けることになった。私の本籍が移されていることを母は知らないに違いない。五歳の時にM市からS区に引越し、私の本籍はすでに一度変わっているはずなのだ。父に電話をかけ、その意図を訊き質したいと思った。だが私はこみ上げるものを抑えてそのままK区役所に向かった。

物心ついた時から、父と母は別居していた。父から連絡があり、たまに逢うことはあっても私はそれを決して母に言わなかった。私は父のくれる小遣い銭だけを目当てに父と逢っていた。父は一種の後ろめたさで金をとり出し私に手渡していたに違いない。だがその行為で父が瞬間の心の平静を得ても、積み重ねられた関係性の何を相殺できるというものでもなかった。私は当り前のこととして金を受けとり、短く礼を言う。それは小学校六年生の頃から続いていた。それから七年間近く、父のくれる小遣い銭の大半はあるスター歌手を尾行するタクシー代に消えた。新興宗教を転々と変え、子供に対して無関心な自分に苛責を覚えると、思い出したように溺愛し始める母からも、私は遠ざかっていたかった。そのスター歌手が女優と結婚した日、私は現金封筒にカミソリの刃を二本入れて速達で送った。スター歌手が普通の男であったことに興醒め七年近い尾行は終わった。そして父と逢う必要もなくなったのだった。

K区役所で戸籍謄本を見ると、私の謄本には帰化の記載がなかった。係員に問い質しても埒があかず、私は父に電話した。出てきたのは彼女だった。高校に入学した頃、父と逢って食事をしていた時にふいに現われた彼女は紺色のキモノを着ていた。帯留のオレンジ色が鮮明な印象となって残っている。私が名前を言ったとたん、彼女は声音を変え、よりかかるような口調で挨拶を繰り返した。それを遮るように、

「父を出してよ」

と、ぶっきらぼうに言うと、すでに傍に立っていたように父がすぐ受話器をとった。とっさに挨拶する言葉が出てこない。する必要もないのだと思い返し、私は言った。

「おとうさん、私が朝鮮人だってこと、どうしたら証明できるの」

「急に……どういうことだ」

「おとうさんとおかあさんが朝鮮人で、それで日本に帰化したんだっていう証明が必要なのよ」

「働いているところでそう言われたのか」

「冗談じゃないわ、朝鮮だってこと解ったらクビになっちゃうわよ、実は……もう辞めたんだけど……私、韓国に留学するつもりなの、それで、必要なのよ」

「留学？　……」

「お金はある。おとうさんに迷惑かけないわ……かける筋合いじゃないもの……そんなことどうでもいいんだけど、ねえ、おとうさんその学校韓国人しか入れてくれないの、だから証明しなくちゃなんない」

「日本人で留学できるところに行けばいいじゃないか」

「ひどいこと言わないで、私は朝鮮人よ」

「………」

「日本にいたって何も変わらないもの……」

私はほとんど涙声になっていた。自分の本音を自分の言葉によって知らされたような気がした。

「弁護士に訊いてみるかな」

「係の人がね……あのね……戸籍謄本を取り寄せれば解るって……でも……私の本籍、どうしてＫ区に変わってるの……いつ間にか私の承諾もなしに……おとうさんのすることは全部そう……ねえ、帰化と書いてある謄本はどこにあるの？」

「君が日本で生きにくい思いをしないですむように帰化したんだ、それに本籍を移せば帰化という文字がなくなる、だから移したんだ君のためを思ってしたことだ……兄妹もいないのだし……」

私は声がふるえるのを制止することができない。父の言葉は父自身を裏切っているような気がする。ふいにさまざまな思い出が湧き上がってきた。一齣ひとこまが縁どられた映像となって頭の中を連写していく。父は私の声に驚いてしばらく黙ってから口を開いた。

「除籍謄本をとればいいんだな、それは」

「……除籍謄本？」

「君が生まれたM市に行って、区役所で除籍謄本をもらうんだ、郵便でも送ってくれるだろうが」

「…………」

「おとうさんがどんな思いをして帰化したか……ま、いつか解ってくれると思うが」

私はそのまま電話を切った。これ以上話せば、私の吐く言葉も私自身を裏切り始めるような気がした。

M市役所に電話で問い合わせ、翌日、私はM市に向かった。師走に近づいた突風のふきまくる日だった。私はM駅に降り立ち、乾いた風の中を歩いた。

父は日本に帰化し、娘の戸籍をキレイなものにするために本籍を移した。私は父の辿った道を一枚いちまい皮を剝がしていくように逆に辿ろうとしている。突風を全身に受けて私は歩いた。

ドアが叩かれた。私は我に返り、ドアを開ける。若いさきほどの男がぼそぼそ言いながら私を押しのけるようにして部屋に入ってきた。彼は壁を見上げた。

「ドアのチャイムが故障しているので……」

多分そう言っているのだろう。私は強引な彼の闖入に驚かされたまま、身の置き場に困って部屋に入り、鏡台の前の椅子に座った。後ろ姿を見せたまま無心に壁の白い箱をいじっていた男が突然振り返って私の方に歩み寄る。視線が合い、どきりとして私の身体が硬張った。彼は相変わらずくい入るような鋭い目で私を見ながら近寄ってくる。

（何をするつもり……）

もう半歩というところまで私に接近して彼はぼそぼそと何か言った。

（何と言ってるのだろう、たすけて、どうするつもりなの）

彼は上半身をかがませた。声を出そうとしても声が出ない。私は目をつむり、両手を硬く拳を握った。もうどうにでもなれ、という思いだった。彼が肩を突つく。きゃっと声をあげて私は目を開けた。彼は私の座っている椅子を指さしていた。

「アガシ……椅子を貸して下さい」

私はほっとし立ち上がる。思わず顔が火照った。彼は椅子をかかえ、壁ぎわに置くとその上にのって白い箱をとりはずし始めた。彼が白い箱を持って部屋を出て行っても動悸が静まらない、自分の思い過ごしが恥しく私は何度も頭を叩いた。

食事までもう少し時間がある。私は服を着替え、気分転換のつもりで外に出た。

全州の町は二階建て以上の建て物が少ないせいだろうか、空がずっと遠く高く感じられ、人々が等身大に感じられる。雨上がりのひんやりとした夜気が私を包みこむ。匂いって何だろう。私はやはり、小説の冒頭を思い出した。明日は明るく晴れた天気で全州が見られそうだ。そう思って星が散らばっている夜空を見上げる。

（この星、正男も見ているだろうか）

私は心の中でつぶやいた。あんな別れ方をしたのに、それでもかまわないと思っていたのに、今、何故か正男が懐しい。

　正男はアルバイトを辞めてからぼんやりが治ってきたと喜んでいた。私は留学のことをずっと秘密にし、あとはビザがおりるのを待つばかりという時になって初めて打ち明けた。それでも言いそびれて打ち明けた時は二月に入っていた。正男は全て決めてから打ち明けた私の態度を詰った。そのためか、男としての露わな感情が刺激されて正男の語気は想像以上に強かった。

「君はおやじさんのことを批判できないよ。君だって相当な独りよがりだ。自分勝手なんだよ。いつだってそうだ」

「…………」

「どうして、そんなに朝鮮人ということにこだわるんだい。君は日本人だよ、僕はそう思う。だってそうじゃないか、言葉だって、生活習慣だって……それに国籍だって……」

　簡単に言い返す言葉は私の中にいくらでもあった。だが私は黙っていた。何かがそうさせるのだ。正男と過ごしてきた今日までの時間の積み重ねが私を黙らせるのだろうか、それとも背筋の辺りにある何かがそうさせるのだろうか、正男は怒鳴った。

「君はあんまり、自分中心に物を考えすぎるよ、僕は君にとって何なんだい。僕は君が何人であろうとかまわない、目の前の君が好きなんだ」

　この正男と私は二年近くも一緒に暮してきたんだとひと事のように考える。

「本当に好き?」

「……君は一体どうなんだ、僕をどう思っているんだ」

「…………」

「力まずに生きろよ。民族だの、国家だのって流行らないよ、今どき」

「私……いろんなことひっくるめて、私……よ」

数日後、私は自分の荷物を母の家に運んだ。

箱を後ろに高く積んだ自転車をこぎながら老人がすれ違っていった。私は時計を見て旅館に急ぐ。途中で雑貨屋に入り、真露焼酎を買った。

旅館に戻り、階段を駆け上がる。三階にさしかかった時、上の踊り場から男の声がした。あの若い男だ。一緒に話しているのは旅館に着いた時に荷物を運んでくれた少年だった。

「イルボン（日本）、アガシ……」

その単語を耳にして私は足を止めた。ふっふっという隠微な笑いが時折り混じって私は立ちすくむ。私のことを話しているのだ。静かな階段に若い男の声はよく響いた。だが私には二人の会話はほとんど聞きとれない。払い《ママ》あげられる単語から脈絡を判断するしかない。

（日本人じゃないって言ってたぜ、両親が帰化したらしい）

（いやアニキ、彼女は日本人ですよ、日本の女の顔だ）

（日本に帰化したのなら日本人だよな、帰化する奴は許せねえ、売国奴だ）

（そうですよ、ウリマルもろくにしゃべれないじゃないですか）

（同胞のくせにな……オレは驚いたよ、煙草を吸っていやがる）

（アニキ、やっぱり日本の女だ、あれは）

（日本の女と一度やってみてえな）

（アニキ、どうです、今夜）

（ふっふっふっ）

少年が早足に階段を駆け降りてくる。少年は私を見ると全く普通の表情で会釈した。知らぬ顔ですれ違っても、私の心臓はぎゅっと強いもので締めつけられていた。三階の廊下には誰もいない、若い男はどこに行ったのだろう。

旅館を変わってしまおうか、今ならできる。だが理由がない。いや私は客なのだ、いちいち理由を言う必要はないではないか、二人の会話は私の想像だし、実際は他のことを話していたかも知れない、思い過ごしだ……そう思いたい。でも……イルボンアガシという単語が何度も出て来たっけ……、部屋の中を往ったり来たりしながら、私は何度も唾を呑み込んだ。

ドアを叩く音がした。私は息を殺してドアを開ける。ドアの外には、若い男が膳を肩の上に持ち上げて立っていた。一瞬にっと笑ったような気がして私は目を伏せた。男は部屋の中央に膳を置き、何も言わずに出て行った。

膳のまん中にある黒い石鍋から美味しそうな湯気が立ち、部屋中にテンジャンチゲ（味噌鍋）の匂いがたちこめていく。膳の上には他に十種類ほどのおかずがのっていた。私は朝から飛行機の機内食以外、何も食べていなかった。しかし何故か箸を持つ気になれない。うろうろと膳を見ながら部屋の中を歩き回る。ごろりと寝台に横たわって膳を見つめる。次にした自分の行為を私はどう説明したらいいだろう。私は旅行カバンの中から服を包んでいたビニール袋を取り出し、膳に並んだおかずを箸でつまんでその中に入れ始めた。自分が食べたと思われる分だけ、スプーンでテンジャンチゲをすくい、ごはんをすくう。取り終えるとビニール袋をしばり、紙に包んでまた袋に入れた。部屋のゴミ箱に棄てて、もしあの男に見つけられては、と思ったので私はその袋を寝台の下に隠した。

ソファで本を読む振りをしていると男がドアを叩き、膳を持ち上げて出て行った。

テレビをつける。私は呆としながら画面を見ていた。買ってきた真露焼酎をグラスに注ぐ。昨夜はあまり寝ていない。お酒を飲めばこのまま眠れそうな気がした。

空腹だったためか、酔いはすぐに回ってきた。朦朧としながらテレビを見る。知っている単語や画面の中の動きで脈絡を追いかけるのに疲れて、私は寝台の上で大の字に身体を伸ばした。長い溜息をつく。階段で聞いた男たちの会話や、若い男の視線、苛立ち、それらがみな、初めてウリナラに来たという自分の昂りが錯覚させたものに思えてきた。

テレビから物哀しい古典音楽が流れ始めた。宮中の衣裳を着た女性が侍女を連れて歩いている。時計は十一時になろうとしていた。時代劇は終わったようだ。私はかなり酔っていた。画面が幾重にもぶれて見える。

ドアを叩く音がする。朦朧とした頭でドアの外に立っている若い男を想像する。だが、身体がだるく、寝台に貼りついたようになった自分を起こすことができない。

あっと声を上げて私は首を上げた。男がドアを開け、入口に立ってじっと私を見ている。確かにあの若い男だ。男は右手に何かを持っている。だが私にはよく見えない。

「な、なんのご用ですか?」

男はにっと笑った。目も鋭く光る。

「オレは一度、日本の女とやってみたかったんだ」

「…………」

男は少しずつ近寄ってくる。

「あ、あの、ちょっと待って」

金しばりにあったように私の身体は硬張った。

「私、今日説明したでしょう、私はれっきとした朝鮮人なんです」

「朝鮮人?・」

「……あっごめんなさい、韓国人なんです」

「うるさい、反日思想が恐くて嘘をついていやがる。おまえたちのために韓国人がどんな目に遭ったか、知っているだろう」

「ねえ、待って、待って下さい。話し合いましょう。大きな誤解です。私、あの、私の祖先は李成桂なんです。ほら、太祖李成桂、全州李氏なんです、私の家は。何代目かに済州島に流されたのでしょう、父は済州島から日本に来ました。私もいろいろあって、それで留学を決意したんです。四月一日からソウルの学校に通ってウリマルを勉強することになっています。日本でも一人で勉強してきたんです。挨拶や買い物ぐらいはできるように、単語をたくさん覚えてきました。それで、まず全州に来て、李成桂の墓を参拝しようと……今日、実は私の誕生日なんです」

「黙れ、黙れ、同胞がその程度のウリマルでどうする、おい、ウリマルで一円五十銭と言ってみろ(注)」

「イルウォンオシプチョン……ですか」

「そらみろ、日本人の発音だ」

男は右手に持っていた物を顔の前にかざした。ナイフだった。私はあまりの怖しさで声が出ない。男はにっと笑いながら次第に距離を縮める。

「全同胞に代わって、おまえを処罰してやる」

「す、少し待って、ねっ、私、ウリマルはだめかも知れないけれど歌が好き、歌なら歌えます。何曲か覚えました。南道民謡、そうだセ・タリョンを歌ってみましょうか、鳥の啼き声も練習したんです」

「よし、歌ってみろ」

私は、セ・タリョン（鳥の歌）を歌い始めた。男は首をかしげながらも、時々頷いているように見える。

「まあまあだな、だが、歌ぐらいで」

「そうだ、私、除籍謄本持っていいます。あの旅行カバンの中に入っているの、コピーなんですけど取り出してお見せします。帰化したことや、両親の以前の韓国名や、それに済州島の住所もちゃんと載っています。私が韓国人だということ唯一証明できるんです」

「除籍謄本？」

「すぐにお見せします。だから少し待って」

「おい、オレをなめるなよ、そんな紙切れが何になる、おまえは日本人だ」

男は寝台の上に飛び上がり、ナイフをふり上げた。私は意識を失った。


じりじりと耳をこする音がする。薄く目を開けてみる。鏡台の椅子が見え、首を回すと寝台と床のすき間が見えた。背中に鈍痛が走る。寝台からころげ落ちたのだ。じりじりとまだ耳をこする音がする。はっとして上半身を起こした。顔を押しつけて眠っていたので右腕は感覚がない。つけ放しだったテレビの画面は白黒の雨を降らせてじりじりと鳴り続けていた。夢だったのか、と思いながらテレビのスイッチを切る。背中をさすりながら立ち上がる。鉄格子の間に手を入れて窓を開けると、空は白み始めていた。ふいに自分の後ろ姿が瞼に浮かんだ。ベランダを飛び降りていった黒い動物を捕えきれずに私はうずくまっていた。

（注）一九二三年関東大震災の時、朝鮮人が井戸に毒を流し火をつけているとの流言がとび、東京各地で六千人

の朝鮮人が虐殺された。自警団は、「一円五十銭」と言わせることで、訛りのある者を選別し、殺していった。因に、一円五十銭は朝鮮人の発音で言えば「イチエンコチュセン」となる。

Ⅱ　エッセイ

言葉の杖を求めて

このたび、ほぼ二年間かけて「由熙」を完成させ、発表することになった。作品には、韓国に留学に来たけれども、韓国での暮らしに適応できなくて日本へ帰っていった在日同胞女子学生の姿が、彼女が下宿していた家のオンニと叔母さんの回想を通して描かれている。

本国に住んでいる韓国人の目を通して在日同胞の姿を描いてみたいという私の着想は、当初の動機が自分自身をより客観的に、より徹底的に把握せねばならないということにあったので、想像もつかなかった苦しみを、自分から招いた格好になり、そんなことから二年という時間が必要だったともいえる。

一言でいうと、私は自分の中にあった「由熙」を葬り去りたかったのである。「由熙」を棄てて「유희《ユヒ》」を私自身が越えていかない限り、私は例えば「우리《ウリ》(われわれ)」という言葉の音と訓、自分の体内を流れている韓国人としての血、そしてその血が沸きたち苦痛となって迫ってくる、精神的な自立を得ることが覚束ないだろうことを、先刻承知していたのである。

「由熙」は、「아《ア》」と「あ」の間で言葉の杖をつかむことができなくて、思い悩み、結局は日本へ帰っていく。けれども私は、ようやくこのような「由熙」、つ

まり私の中にもいた「由熙」に別れを告げ、新たな力を得て、またしても母国と接しなければならないと考えている。

いま、多くの方たちに感謝したい私の気持ちは、とても言葉でいい表わすことはできない。

物事をそれとしてあるがままに見る目、そうした力を私は心底から持ちたいと思う。あるがままを見る目とその力の大切なことを教えてくれ、励ましてくれたのが、まさにこの国であり、この国の空気と光と風を共有している人たちの姿だった。

そのような意味で、私に「由熙」を書けるようにしてくれたうえ、さらに、私に「우리（われわれ）」という言葉の深みと温もりを悟らせてくれたすべての人たち、じかに出会った人たちは言うまでもなく、顔も名前も知らないこの国のすべての人たちに、感謝したいだけである。

一九八九年一月
李良枝

木蓮によせて

クリーム色の、ぽってりと厚い花びらを咲かせる木蓮の木に、私は憧れ続けてきたような気がする。

単に好きだからなのではない。

木蓮の、その花だけではなく、幹、つぼみ、枝、樹皮の感触、色合い、すべてに私は憧れ続けてきた。満開になった春の日も、花をすっかり落としてしまった夏も秋も冬の日も、木蓮は在り、その在り続ける姿に、私は圧倒され、励まされ続けてきたように思う。

教室の外に、学生たちの怒号がとびかい、キャンパスを踏みならしていく足音が聞こえていた日、アクロポリスを埋めた学生たちの集会が、楯を持った黒々とした一団に蹴散らされ、そのうちに辛《から》く、声を出すことも息することも苦痛になる催涙弾が連射され、おいたてられるようにして大学から帰っていった日……、無数の、日付けすらも忘れてしまった数知れない日々の中で、木蓮は私に囁きかけた。

吐息せよ。

と。冠岳の美しい山脈よりも、高く青い空よりも、キャンパスの片隅にあった一本の木蓮の木が、無数の日の私を力づけた。

心の中では、涯しない自問自答が続いていた。

人の生は、まるでX軸とY軸のように、物質と精神、肉体と心、集団と個、社会史と個人史……が重層的に交錯している。

もちろん、政治の質を問い、生活の変革を追求しようとする学生たちの姿勢は正しい。

しかし、どのようなイデオロギーであっても、結局それらは、「制度」という問題の範囲を出るものではない。

思想の価値と、思想の性格とは、決して同じものではない。

真か偽か、が問われる価値よりも、キャンパスの中に響く学生たちの声や文字は、思想の性格の方にとらわれすぎているような気がしてならなかった。今、どちらが善いか悪いか、危険か穏健か、進歩的か反動的か、……それらは、思想の効果にしかつながらない外的性質にすぎないのだ。

だが、在日同胞であり、母国留学生である自分に、一体何が言えるというのだろう。

どのような革命も変革も、結局は「制度」の問題でしかない、と言える、自分にどんな資格があるというのだろう。

参与することなどできない。

韓国社会の構造的矛盾にどれほど気づき、憤怒を覚えていても、自分は、替えれば何倍かのウォンになる日本円で生活している。何を言いきり、何を断罪できるというのだろう。

心の中でかわされるたったひとりきりの議論は、終わりがなく、休む時がなかった。

「授業拒否」

「試験拒否」

それらのスローガンは、私にとってはまた心の拷問が始まる、という予告だった。

母国修学生という名分は、学生たちの意志と否応なく敵対していく。勉強をしに、一日も早く母国を知るために留学してきたのだ。だから少しでもよい成績を取らなければならない。そういう義務感と姿勢が、「拒否」を実行しようとする学生たちの意志と反していくことは、つらい皮肉だった。

ノートを貸してくれる学友たち、聞きとりにくく筆記しにくい単語を、親切に教えてくれる学友たちを裏切ることはできない。日々机を並べ、会話をかわしている学友たちが困るようなことは、少くともしたくない。

答えが出ないまま、その全体主義的な発想に対する疑問も嫌悪も口に出せないまま、私は「拒否」に加わった。胸苦しくなるような心の中の議論の応酬はますます出口をなくし、悲しく、憂うつになっていくばかりだった。

何度も木蓮の前に立った。

毎日のように催涙弾を吸いこまされ、叫び声、怒号に晒されていても、木蓮の木は同じ場所に、同じ美しさを保ちながら立っていた。

持つ者、持たざる者、
支配者、被支配者、
強者、弱者、
できる者、できない者、
………。

この二項対立を超え、突きぬける論理は、この世の中にはないのだろうか。

私は、数知れないほど木蓮に向かって問いかけた。いつ伐り倒され、その幹、枝が傷つけられるかも知れないのに、生殺与奪をすべて他にゆだね、沈黙を甘受している木蓮の木に、まるでとりすがるような思いで問い続けた。

母国での生活になじめず、政治以前に、民族的主体性という一種の呪文に怯えている自分という存在、在日同胞という特殊性がかかえている意味、理想とは違った우리나라《ウリナラ》と、生活することの生々しさ、それらに当惑し震えている自分の弱さ、実体、……木蓮に問いかけることは日一日と増えていった。

あの連想は、多分、思考の飛躍には違いない。

〈終声復用初声……〉

訓民正音の中の一節が、私に啓示と示唆を与えた。

一文字の한글、その終声が必ず初声の子音群の中に戻っていくという論理。子音と母音、という二分説ではなく、子音、母音、また子音に循環していくという三分説の論理。

終わりは始まりであり、その始まりにすでに終わりの音がふくみこまれている。私の連想は、忙しくかけめぐり始めた。

状況は、あらゆる可能性を、その現在の姿の中に内包しているのだということ。苦しみからの出口、問いに対する答えは、問い続けることの、その行為の中にすでに暗示されているのだということ。

祖先たちの賢明な知恵、偉大な生活思想が訓民正音の中に、すなわちハングルの発声の中に流れ続けていたことを、私は知らされたのだった。日常の言葉の中に、生というものの一つの真理が宿っていた。訓民正音から受けたこの感慨は、私を勇気づけた。

人との交わりによってのみ、文化や歴史が息づいていくとしたなら、何よりも声、人を呼び合い、互いの思いを伝え合う声が、その基層となり、土台となっていくのだろう。

言葉は文化である、とは、そのような認識に対する緊張と、謙虚さと、祖先たちに対する敬虔な態度にあってのみ言い得る真理である、と私は確信するようになった。

木蓮を見つめる自分の視線が変わっていった。

そのうちにはっとした。

冬の日だった。

花を全くおとし、冷たい風の中に樹皮を晒しながら立ち続けている木蓮の木を、私はくい入るように見つめた。

春になれば、また花が咲く。

四月になり、風の感触も温度も変わり、日ざしもやわらかになれば、またあのクリーム色の花が咲く。

今、花びらはない。

花を咲かせていた春の日の木蓮とは、全く違った姿をしている。

しかし、自分は確かに花の咲いた木蓮を見てきた。そして次の春にはまた見るだろうことを知り、予感している。

今、花びらはなくても、花びらはあったし、またあるのだ。ない花びらは、一体今、どこにあるのか。

花びらはすでに木蓮の中にある。

息づいて、咲き誇る日々をじっと待っている。

終わりなどなく、終わりは始まりであり、あの春の日の花をつけた木蓮の姿の中に、今の、花のない姿が隠されていたように、この今の、花のない一本の木の中に、美しい春の日の姿がすでに宿されている……。

世宗大王も、集賢殿の学者たちも、きっと植物が好きだったに違いない。私は久し振りに笑った気がし、ひとりで勝手な想像に浸りきった。祖先が身近に感じられ、心がおのずと温まってくるような、それは心地よい時間だった。

また四月が巡ってきた。

私がいる下宿の庭に、大きく堂々とした木蓮の木が立っている。

窓を開ける。

もうすぐ、あのクリーム色の花びらが、樹液のうねりの中で、咲き始めようとしている。

私にとっての母国と日本

I　はじめに

　今日ここに尊敬するたくさんの先生がたをお迎えして、「私にとっての母国と日本」というテーマでお話しできる機会を得たことをとても光栄に思います。ことに、このような機会を設けて下さった韓日文化交流基金理事長李漢基先生と、そのほかの関係者の皆様に厚くお礼を申し上げます。

「私にとっての母国と日本」。このようにテーマを決めて、いざ文章にまとめるためにこれまでの年月を振り返ってみましたら、慌ただしく遣り過ごしてきたおびただしい月日がいっぺんに胸に迫ってきて、とても形容できない気分に落ちこんでしまいました。なぜかと申しますと、今年は私が初めて母国の土を踏んで、ちょうど十年目になるからです。

　日本で生まれた在日二世の私が、自分の民族や自分の身体の中に流れている血、あるいは精神的な主体性つまりアイデンティティーの根拠というものを模索し始めたのは、高等学校三年のときでした。それから、早稲田大学へ入学して初めて伽倻琴《カヤグム》と踊りに出会いましたが、その後、さまざまな紆余曲折を経ながら本格的に、本場である母国で民俗音楽や踊りを学ぼうと決心したのは、私が二十五歳のときの一九八〇年五月でした。

　十年前に初めて母国の地に降り立った自分の姿を振り返ってみて、年月の早さをいまさらのごとく感じ、同時に母国での暮らしがどれくらい大きな変化を自分にもたらしてきたかに、驚かざるをえません。

　正直に申し上げて、母国は、精神的にも具体的な生活の面でも、私に大きな変化をもたらしました。

　もしもあのとき母国へ来ていなかったら、恐らく「ナビ・タリョン」という私の最初の作品は書けなかったでしょうし、その後の作品はもちろん、「由熙」も書けなかったと思います。それくらい母国との出会いは私に、大きな変化と宿題をいつももたらしてきたと言えますが、それは言い換えるなら、小説家としての李良枝、あるいは伝統芸術の修業を積んでいる駆け出しとしての李良枝を離れて、一人の在日同胞もしくは一人の人間としての立場から考えてみても、留学生活は大きな意味を持っていたということになるでしょう。

　ものを書くようになってからは、同時に、母国へ来て初めて味わわなければならなかった多くの苦しみと葛藤を一つ一つ作品に投影させ、そのつど、ものを書く作業を通して気持ちを整理し、精神的なピンチを切り抜け、また一方では自分が書いた作品に勇気づけられ、ときには励まされながら、今日まで留学生活を続けることができました。

そして、併せて、踊りの世界がものを書く作業の後ろにいつも潜んでいて、またとない貴重な力の源になってきたことも、正直に申し上げなければなりません。

私は韓国の踊りから多くのものを学びました。それは踊りの形や技術的な問題にとどまらないもので、私としてはより民族的で土俗的な世界のほうが、究極的には民族という枠を超えることができるという逆説を実感をもって提供してくれる、まさに精神的な普遍性という問題の根源を教えてくれた世界だったといえるでしょう。

一言でいって、私は韓国の踊りを通して、今日の自分自身を存在させてくれた多くの祖先と、舞踊的想像の世界で巡り合うことができただけでなく、あたかも地下水のように流れる民族の心を自分なりに感じ取ることができる、きっかけを私につかんだといえます。このような貴重なきっかけを私につくってくれた踊りの世界は、ひいては在日同胞という立場の特殊性とか、在日同胞である私自身の存在を考えるときぶつかるしかない韓日間の近代史に関する視野がもつ、ある意味における狭さのようなものを克服できる道を暗示してくれたりしました。

悠久な、長い歴史の通過点の一つでしかない現在の時点に私が存在し、異国の地に生まれていながらもこのように母国へ来て、長らく祖先たちによって伝承されてきた伝統的な踊りの修業に励んでいるという事実は、単なる喜び以上のものでした。母国で味わわなければならなかったさまざまな苦しみに打ち克つ勇気と併せて、挫折から救ってくれる力になってきたのです。自分の属性や自分の生に対する疑問や苦しみから逃げださずに、とことんこだわり直面する態度を通じてのみ疑問と矛盾に包まれている存在、それ自体の姿を明らかにし、解きほぐすことができるという一つの真理を、私は韓国の踊りがもつ律動感と思想性を通して切実に感じてきたといえます。それがとりもなおさず、私にとっては精神的な普遍性を意味するもので、すでに先に申し上げた、より民族的な世界が究極的には民族的な枠組みを超えることができる道を示せるという意味にも相通じるものと説明できるでしょう。

言葉でもって成り立つ文学の世界、または言葉を否定し言葉以前の身振りによってのみ成り立つ踊りの世界、この二つの世界をまるで両手につかんで両立させるようにして、私はこれまで母国と日本の間に身をおいてさすらう在日同胞としての生を模索し、次のように自分なりの方法でアイデンティティーの根源を求めてきたと申せましょう。

・在日同胞にとって母国とは何であり、どのように認識されなければならないのか？
・また、自分が生まれ育ってきた国でもあり、家族や兄弟が住んでいる日本をどのように認識すべきか？
・母国語とは？
・母国とは？
・二つの国のはざまに生きるものとしての精神的な主体性は、どこに根をおいて確立されるものか？
・より普遍的な生に対する志向は可能か？
・もしもそれが可能なら、どのような実践を通してか？

要約すると以上のような疑問の渦の中で、これまでの十年間を過ごしつつ、さまざまな試行錯誤を繰り返しながら留学生活を続けてきたと言えるでしょう。それらの疑問の一つの段階的な結論として『由《ユ》熙《ヒ》』が書かれたのであり、この『由熙』を書き継ぐ作業を通じて明らかに何かが私の心の中で、突き上げるようにして沸き起こり、また決算されるのを自分でも感じ取ることができました。

実質的にこの作品を書き始めて完結させるまでには、二年近くの時間を要しました。けれども、ただいま申し上げたような実情から見たとき、この作品はすでに、初めて母国へ来た十年前のある日から私の中で書き始められていたといえるでしょう。

結論的に言えば、とうとう私は本国生まれの人物を作中に設定して、本国人の目で在日同胞の姿を描けるようになったのです。

私にとってそれは、単なる小説技法上の問題を越えた重要な分岐点、もしくは転換点を意味していました。

『由熙』の中に登場する、オンニも叔母さんもそして由熙も、すべては私の分身です。私はようやく本国人の気持ちや立場を多少なりとも理解できるようになったのであり、また理解していく道こそが、在日同胞である自分自身の姿を客観化して浮き彫りにできる道であることを悟ったのです。

すでに『由熙』を書き上げた私は、いま初めて長篇小説を書き始め、次なる段階をめざして新しい試みの第一歩を踏み出しているところです。

けれども、現在の心情を確認するという意味でも、また、いつも初心に立ち返って心構えを再確認しなければならないという意味でも、ここでもう一度『由熙』にたどりつくまでの過程を振り返ってみたいと思います。

II　母国留学を決心するまで

一、日本史の片岡秀計先生との出会い

私は山梨県南都留郡西桂町というとても静かな山間の町で、二男三女のうちの長女に生まれました。日本を代表する山として名高い富士山のすぐふもとにある、典型的な田舎町でした。

父は日本の植民地統治下の一九四五年、済州島から日本へ渡り、船乗りなどさまざまな職業を転々とした末に、山梨県の名産物だった絹織物の行商をするようになり、その関係でこの地方に住みつくことになったのです。

この西桂町で私は三歳まで過ごし、その後そこからほど近い富士吉田市へ引っ越して、高校二年まで住んでいました。

子供の頃、父や母にともなわれて大阪に住んでいる親戚の家へ何度も行ってみたことがあります。当時は「朝鮮人」という日本語が、とても侮辱的で差別的な意味で用いられる時代でしたが、私があまりに幼かったせいか大阪の親戚が住んでいる町へ行っても、その異質な環境や雰囲気をかえって面白く稀《めずら》しいものとしてのみ受け入れ、それを否定的にとか恥ずかしいものとしてとかは考えなかったように記憶しています。

私が育った地域は典型的な日本の田舎町だったたう

え、近所に韓国人が一人も住んでいなかったので、一年に一度くらい訪れる機会があるかなしの大阪との距離は遠く、自分が「韓国人」であることをほとんど意識しないまま子供の頃を過ごしました。また父と母も、日本の社会、ことに閉鎖的な田舎町での生活や風習に順応するために、皮肉な話ですが日本人にもなして日本人らしく暮らすことを、外面的にも内面的にも強いられていたように思います。

キムチというものを一度も口にしたこともなければ、韓国語を耳にする機会などまるきりない環境のもとで育ちながら、時たま訪ねていく大阪の親戚たちの存在と韓国人がたくさん住んでいる町の風景とのつながりを、自分でもそれと気づかぬうちに次第に恥ずかしいもの、あるいは隠しておかなければならないことと感じるようになったのが、果たしていつごろからだったのかについては正確に思い出せません。

あからさまにいじめられたとか辱められたとかいう、直接の経験もありません。けれども、なぜそうなったのかはっきりしないまま、自分が「朝鮮人」だということを一つの大きな欠点みたいに感じるようになり、否定的なこととして受け止め始めました。これは、「目に見えない差別」と表現するしかないものかもしれません。

父と母は、私が九歳のとき日本へ帰化しました。当時はいまと違って、帰化の手続きがすごく難しかったことを思うと、父と母にしてみれば子供らの将来のために、より模範的な日本人であることを日本政府に証明し、また誓わなければという考えから帰化したと見ることができるでしょう。

しかし、私にとって日本の国籍を持っているという事実は、精神的に何の助けにもならなかったし、また何の解決にもなりませんでした。

高校の二年を終えてから、私は学校を中途退学しました。そして家出も同然のありさまで京都のある観光旅館へ勤め、下働きなどをして過ごしました。

高校を中退して家出するまでの動機と経過は、簡単な言葉に整理して説明することは出来ません。とても形容し難い心情と、複雑な事情が絡まっているからです。

もちろん、自分が韓国人であるということからきた劣等意識と、将来に対する漠然とした不安も大きな要因でしたけれど、長い間続いていた父と母の不和と、それがもとで生じた離婚騒ぎなど、思春期に特有の鋭敏な感受性をもってしてはとても耐え難い事情が複合的に作用していたことも、隠しようのない事実でした。その頃、日本の高校生や大学生の間では三無主義という言葉が流行っていました。つまり無気力・無関心・無感動、この三つの無をとって三無主義と名づけたのです。六〇年代から七〇年代にかけて続いた安保闘争によって高揚したはずの、学生運動も挫折に終わり、学生たちの社会全体が奇妙な虚脱感に覆われていた頃でした。このような環境への嫌悪感も同時に作用して、学校を止めるべきだし、止めるしかないという決心が切実な問題として自分に迫ってきたといえるでしょう。

高校を中退して一年ほど旅館で働いてから、その旅館の社長さんの口利きでもう一度高校へ通うようになりました。京都府立鴨沂《おうき》高校三年への編入学が許されたのです。

片岡先生にお目に掛かるようになったのも、この学校でのことでした。その後の私に深い影響と大きな転機をもたらしたのも、この学校で過ごした一年の間に得たものと申せましょう。

日本史の最初の授業時間に、片岡先生は次のようなことをおっしゃいました。「私は歴史を愛する日本史の教師として、この教科書を使って授業をしなければならないことを、たいへん残念に思っている。なぜならば、日本史を論じることは朝鮮史を論じることでもあり、とりわけ日本の近代史は、朝鮮史との関係を抜きにしたら成立すらしないからだ」

先生が言われたこのようなお話を聞いて、私はすごいショックを受けました。そのときまで「朝鮮人」という言葉の響きに自分から恐れをなし、ひたすら韓国人である事実は隠さなければならないこと、あるいは恥ずかしい致命的な欠陥としてしか考えたことのなかった私にとって、先生のその言葉はショックであるよりほかにありませんでした。

このとき以来、同じ「朝鮮人」という言葉の意味と響きはがらりと変わってしまい、胸を張って口にすることができ、さらには、ちっとも恥ずかしがる必要のない言葉として認識できることを、教えられたのです。

何日かすると私は個人的に先生をお訪ねして、自分が韓国人であることと、それまでは絶えずそのことを否定的にばかり考えてきたことを告白しました。

先生は私を励まして下さり、そしてたくさんの本を貸して下さいました。この頃、先生からお借りした本を通じて、私は日本の植民地統治の実態を知るようになり、韓国と日本の悲しい近代史、ひいては両国の遠い昔からの深い関係を認識するうえで、大きな助けが得られるようになりました。

私はとうとう、どうして自分が日本で生まれたのかなど、在日同胞という存在が持つ歴史性を自覚するようになり、民族への愛着と関心こそはまさにみずからの主体性とも直結する、存在における中心的な課題であることを痛切に感じるようになりました。

二、早稲田大学への入学と日本の国籍問題

このように、京都府立鴨沂高校での一年間は、その後の私の生きていく方向を決定づけるくらい、大きな意義を持っていました。

旅館の社長さんは、鴨沂高校を卒業してからも私が引き続き旅館にとどまり、働いてくれることを期待していましたが、高校を卒業すると私は京都を離れて東京へ出てきました。

片岡先生との出会いを通じて目覚めた、民族意識とアイデンティティーへの差し迫った義務感ともいえる問題意識は、もっと多くのことを知りたいという熱情と併せ、日を追って私の心の中の大きな部分を占めるようになったのです。

東京へ来てから一年間の受験勉強を経て、一九七五年に早稲田大学の社会科学部へ入学しました。この大学を選んだのは、その頃「韓国文化研究会」これを縮めて「韓文研」という、在日同胞学生ばかりで構成されたサークルが各大学につくられていましたが、とりわけ、早稲田大学に在学していた同胞学生たちの活動が際立って活発に見えたからです。当時の私の関心事はひたすら民族に関することばかりで、それ以外に何もありませんでしたから、早稲田という大学へ入るためよりも、「韓文研」というサークルに入るために受験したといってもよいでしょう。

振り返ってみると、私と民族との出会いというのは、まことに観念的だったといわずにいられません。「目に見えない差別」に怯えながら暮らしてき

た、幼い頃の環境が動かし難い事実であったにしても、日常的に韓国または朝鮮を感じ、接しながら暮らす機会はなかったのだし、韓国的な生活習慣もまったく知らない状態だったうえ、韓国人の友人もなかった環境のもとで、私が初めて民族と接するようになったのが、書籍を通してだったからです。書籍を通して得た知識はほとんどすべてが、母国の悲惨なありさまと許し難い歴史の連続でした。当時の私としては、ある種の正義感とともに民族的アイデンティティーの問題はまさに、政治的立場の確立といった命題に直結させなければならない問題としてしか、把握できなかったのです。

そして何よりも、当時の韓国は朴正熙大統領の政権下にありましたし、韓国に関する日本のマスコミの報道は故意にとさえいえるくらい、「救い難い暗黒政治によって苦しめられている国」というイメージをつくり上げていましたから、母国との関わりもおのずと政治的な面に集約されざるをえない状況にありました。

早稲田大学へ入学した私は、たくさんの同胞学生と知りあうようになり、大学の授業よりも、彼らとの討論やサークル活動に熱中するようになりました。ところが、想像だにできなかった失望と挫折がまるで待ち受けていたように迫ってきて、大きな障壁のように立ちはだかったのです。

あまりにも観念的なうえ、あまりにも政治的傾向の強い討論の連続に、まず疑問を感じないわけにいかなかったし、同時に、私が日本の国籍を持っている事実に対する同胞社会の冷淡な反応が、喩えようもないくらい大きなショックだったと申せましょう。

早稲田大学の先輩に当たる梁政明（日本名は山村政明）さんが、日本の国籍を持っていることへの呵責の念と、同胞社会から背を向けられた苦悩を遺書にとどめて自殺したのは、一九六〇年代のことでした。

素朴な気持ちから、ひたすら自分の民族的アイデンティティーを確立したいという情熱を持って接していった、同胞社会の実態がわかってくればくるほど、こうした事実はショック以上のものとして迫ってくるよりほかはありませんでした。

その頃まで書籍や文字を通してしか得ることができなかった知識をもとに、勝手に思い描いてきた在日同胞の社会というのは、力を持たない、抑圧されている者同士が集まって互いに助け合いながら暮らしている、そんな姿しか想像できなかったのです。ところが実際には、南北分断の現実が色濃く影を落としており、中でも帰化同胞は、背を向けられて孤立している存在とされていたのです。

私の心の中で、疑問の鎖はますます複雑に絡んでいくよりほかはありませんでした。そもそも真の意味の政治的節操というのは、国籍問題だけをもって論ずることができるのだろうか。韓国語の読み書きもできなければ母国に住んでいる韓国人の生活の実態も知らずに、一体どこに依拠して「連帯」を語り、「反体制」を呼び掛けることができるというのだろうか。さらにいえば、学生という特権と身分をこれまで通りに享有したままで、果たして真の意味の革命というものをめざすことができるのだろうかなど。私は国籍問題に対する同胞社会の、ヒステリックなまでの反応に出くわすたびに疑問を覚えるようになり、口先だけの「我が国」を論じ「革命」を叫ぶ「韓文研」の活動に、懐疑を抱くようになりました。

結局、たったの一学期で早稲田大学を中退してしまいましたが、あの頃の私の胸の中には新たな模索が芽生えていたからです。

日本の国籍か、韓国の国籍かという、二つの国のどちらの国籍を持っているのかという問題が、韓国人としてのアイデンティティーを決定するかのような論議には従いていけなかったのです。なぜならば、政治的な節操というのは国籍を超えた次元のものであって、生の根本的な問題と見なすことはできないからです。しかし私は、この頃の経験を通してある一つの決心をすることになりました。

アイデンティティーの問題が国籍の問題にのみ根ざしたものではないとしても、しかし帰化をするという行為は、韓日の歴史的な文脈の中から見るならばいまもなお不当なものであり、不自然な行為であることに変わりありませんでしたから、少なくとも日本の国籍を持っているという事実によって得ることのできる、自分にとって利益になる生き方だけは拒否していかなければならない、このように決心したのです。

このような決心をしてからというもの、今日まで私はただの一度も、日本の大企業に就職しようとするとか、安定した職を求めようとするとかいう発想はしないで暮らしてきました。日本の国籍を利用したことといえば、せいぜい国民健康保険証をもって病院へ通った程度だったし、そうした生活意識を私は自分自身に義務化させてきました。

ここで強調したいのは、このような発想が、日本の国籍を持っていることへの、一種の呵責の念からきたものでは絶対になかったということです。

私は権力だとか、あらゆる特権的なものを憎悪し、軽蔑しています。差別されている者または抑圧されている者の中にも差別があり、別の抑圧があるという事実、言い換えるなら、差別されている者がある別の人々に対しては差別者にもなりうる現実にぶつかり、それを自分の問題として実感した結果、私は以上のような結論にたどりついたのです。差別というものはあらゆる権力と特権の母体となるという事実に対する、私の一つの態度の表明として、これまで述べてきたような人間としての態度を選んだのです。

けれども、私の模索は続いていました。

早稲田大学を中途で退学してから、私はいわゆる「朝鮮人」がたくさん集まって住んでいる地域のある、荒川区へ移って暮らしながら、同胞が経営しているヘップ工場で働き始めました。

また同じ時期に、在日同胞一世である李得賢《イドクヒョン》さんが冤罪によって二十数年間も刑務所暮らしを強いられている、「丸正事件」についても知るようになりました。この事件は、日本人弁護士が真犯人を突き止めて告発したのに、あべこべに名誉毀損で訴えられ、弁護士の資格を剝奪される事件まで派生させたので、事件そのものは社会的に大きな話題になりましたが、刑務所の中で引き続き無罪を主張してきた李さんの存在は、ほとんど無視される実情にありました。そうした一連の事実を知ると同時に、私は救援運動に積極的に加わり、一九七六年の夏にはたった独りで、東京の銀座にある数寄屋橋公園で一週間のハンガーストをやってのけ、たくさんの支援者と同調者を集め、彼らと一緒に李さんの釈放運動を繰り広げたこともありました。

その頃の私としては、実体もなしに言葉だけを弄ぶ政治的なスローガンよりも、個別的な問題に目を向け、生き方においても特権的なものとは無縁の態度をめざしながら、実感のともなう運動を展開していく方向で自分の生きざまを確認し、また把握したいと思っていたのです。

けれども、結局のところヘップ工場での生活も救援運動も、私の民族意識と道義感ないしは精神的な主体性の模索において、満足させてくれるものではありませんでした。

三、伽倻琴との出会い

自分の国に「伽倻琴」という楽器があることを知ったのは、私が早稲田大学へ入学した直後のことでした。

実をいうと、富士吉田市に住んでいた時分から日本の琴の稽古をしていました。高校に在学していた頃は箏曲部の部長にまでなったこともあり、将来は琴のお師匠さんになるのが夢だった時期もありました。

琴の稽古は京都へ行ってからも休みませんでしたが、鴨沂高校へ通っている間に民族意識に目覚めてからというもの、途絶えがちになりました。もちろん、学校の勉強や旅館の仕事に追われて時間的な余裕がなくなってきたからという理由もありましたけど、民族的な問題を考えるようになったのに日本の楽器にこだわり、稽古を続けることに矛盾を感じたからでした。

そんな折に、自分の国にも琴があることをある同胞の学生から教えられて、その驚きは、言葉で表現できないくらいでした。いわばそれくらい、新鮮なショックを受けたのでした。

私はすぐに、ちょうどその頃、結婚するために東京へ来てとどまっていた池成子《チソンジャ》先生を訪ねて弟子入りし、伽倻琴の稽古を始めました。政治的、観念的な世界でばかり母国との出会いをもっていた私の目の前に、具体的なうえ象徴的なものとして、伽倻琴が出現したのです。

伽倻琴は早稲田大学を中退して荒川区に住むようになってからも、いつも傍にいて頼もしい付き添いのように私を慰め、励ます役割を果たしてくれました。伽倻琴は音そのものに秘められている魅力ばかりでなく、日本の琴を稽古してきた私にとっては祖国のイメージの象徴でもありましたし、伽倻琴と琴の構造的な違いや音の違い、技法の違いなどから日本と韓国の文化的な違いまで連想させられ、まさに、民族意識を裏づける大きな役割を果たしてくれることさえありました。

没頭し、その世界にどっぷりと浸かるようにして伽倻琴に打ち込んでいた頃の自分の姿を振り返ってみると、民族意識を取り戻すためにしているという義務感からというよりも、単にこの楽器の音が好きだったからという気持ちも、隠すわけにはいきません。

繰り返される政治的言語、繰り返される討論の連続など片方の生活は結局、義務感や使命感によって成り立っていたものでしたから、そんな私にとっては独りになり伽倻琴に打ち込んでいる時間だけが、自分が本当に自分らしくなれる時間だったといえるでしょう。

また、言い換えれば、文化と政治という二つの命題の間でもっとも悩み、彷徨った時期がこの頃だったと言えます。

私は伽倻琴という楽器を通じて、自分なりに母国の姿を思い描き、また音を通じて母国の歴史と関わりを持ち、たくさんの祖先が愛でてきた音の中におのれの存在を投影させてみたりしながら、その頃突き当たっていたいくつもの壁を乗り越える道を模索していました。

時間さえあれば伽倻琴の稽古に没頭していたあの頃、私は心底から、どれだけ上手に伽倻琴を弾けるかによって祖先への自分の愛を証明することになり、ひいては民族の一員になる資格となるとまで信じておりました。

韓国について聞かされる情報や新聞の報道はまだ、好ましくないイメージ一色の状況でしたけど、しかし、政治的にはどんな問題があろうとも、本腰を入れて伽倻琴の修業をしたいという欲望は、日増しに膨れ上がってきました。

池先生について修業を始めてから五年目になる年のある日のこと、私は先生から伽倻琴併唱の人間文化財（人間国宝）の一人、朴貴姫《パククィヒ》先生に引き合わせて戴きました。朴先生はその場で、私の身元保証人になることを快く引き受けて下さり、憧れの韓国へ留学する問題は現実のこととして目前に迫り、私の心は名状し難い興奮に包まれていきました。

III 母国での生活を始めながら

一、巫俗《ムソク》舞踊との出会い

一九八〇年五月、光州事件のさなかに私は初めて母国の土を踏みました。

朴貴姫先生が私の身元保証人になって下さったので、何の心配も要らない訪韓でしたが、長らく日本で、韓国に関する報道を見たり話を聞いたりしてきたので、ある種の先入観のようなものができていて、訪韓する直前まで動揺し、また恐れたのも事実でした。

多くの人たちの記憶にとどめられているように、その頃は全斗煥大統領の統治下にありましたし、日本のマスコミは依然として韓国の社会の悪い面や暗い面、あるいは否定的な面ばかりを好んで報道する傾向にありました。そうした傾向の中で、ほとんど大多数の日本のインテリは、反韓国を標榜し、反韓国を主張しなければ良心的な知識人であることの証明にはならないような通念が、あちこちに広がっていました。そのような状況のもとである部分に位置する人々の間では、韓国へ「行かない」態度をまるで政治的節操の信念とし、韓国へ「行く」ことはとりもなおさず、非民主的な韓国政府を容認する行為と断定することも少なくありませんでした。

そんな風潮の中で、ただひたすら伽倻琴の修業がしたいという気持ちから韓国へ行こうとした私の態度が、果たして彼らの目にどのように映りまた批判されたかは、容易に想像できるものと思います。

十年後の今日と比較して見ても、隔世の感という言葉のほかには適切な言葉が思い浮かびません。近ごろではたくさんの在日同胞や日本人が、民族芸術を鑑賞したり学ぶために韓国へ来ているし、また韓国語を学ぶために訪韓しています。それから芸術だけでなく、文化のさまざまな面が紹介されています。文化的な交流は最近になってようやく始まったといえるでしょう。

ソウルへ到着した日の翌朝、朴貴姫先生のお宅の一室で目を覚ました私が初めて聞いたのは、リヤカーを牽いて野菜を売って歩いているおじさんの売り声でした。ソウルは光州事件とは関わりがないかのように、まるでよその国のことでも見ているように静かだったし、同時に人々が、昨日と同じく日常生活を始めるために朝を迎えていることに妙な感動を覚えた、あのときの気持ちがまだ生々しく記憶に残っています。

伽倻琴の独奏曲である散調と併唱の稽古は、緊張の連続でありながらもすごく面白いもので、稽古からくる疲れも毎日のやり甲斐のある結果としてのそれでしたから、私には愉しいそしてうれしい経験でした。

そうしたある日、一九八〇年もほとんど暮れ方にさしかかったひどく寒い日の晩でした。私はたまたま立ち寄ったある小劇場で公演されていた、金淑子先生のサルプリの踊りを観る機会がありました。

そのときのショックと感動は、伽倻琴との出会いとも肩を並べる、いやそれ以上のものでした。とにかく踊りを観ているものの十分から二十分くらいの間の経験が、まるで長時間にわたった経験のように、何かが私の胸の奥深くに大きな刺激として残されていると言えるくらいですから。

私がソウルへ来たその年の十月、上の兄が突然、蜘蛛膜下出血という病気を患って亡くなり、さらに下の兄が原因不明の病に冒されて病院へ担ぎ込まれ、植物人間になりました。そんな事情が重なったものですから、留学を諦めるべきか、それとも続けるべきかと思い悩みながら、東京とソウルの間を行きつ戻りつしていた私にとって、金淑子先生のサルプリの踊りとの出会いは大きな示唆と励ましになるものでした。

金淑子先生の公演を観てから数日後、私は伽倻琴の稽古が終わるのを待ってすぐに舞踊学院へ駆けつけ、我を忘れて踊りの稽古を見学しました。毎日のように踊りの稽古を見学しに通う私の手に、金淑子先生はある日のこと、サルプリの舞いで小道具として使われるスゴン（手巾）をつかませてくれました。まさにその瞬間から、私は踊りの稽古も始めることになったのです。

母国との出会い、その間に生じた上の兄の死、意識を失くして植物人間になってしまった下の兄の姿、子供の頃から胸を痛めてきた父と母の不和とその不幸な結末など、その時分の日々を振り返ってみると実にたくさんの出来事が、私のまわりで起きていました。

そんな私にとってほかのどんな踊りよりも、土俗的で恨《ハン》の心情が泌みこんでいる金淑子先生の踊りのほうが、大きな感動でもって私を包みこんでくれたのです。と同時に、言葉というものを超えた、動作や身振りによって伝承されてきた踊りの世界の、幅の広さに目を向けるきっかけとなり、急速にのめり込んでいったと言えるでしょう。

「抑制された息遣い、緊張のうちに温和なものを同時に孕んでいる所作、そのうえ〈恨の心情〉と表現するしかない、そうした表現がいまだに残されて生きていることを知っただけでも、私は母国へ来た甲斐がありました」と、日本にいる友人に宛てた手紙に書いたことをいまでも覚えています。

都市化が進んでいくソウルの姿に失望し、同時に「新舞踊」的な踊り、言い換えるなら、どこへ行っても見せるための踊りばかりが盛んになっている実情にも、ありていに言うと少なからず失望し、ある種の悲しみと苛立ちを感じていたこの頃の私にとって、いろいろな意味で、金淑子先生のサルプリの踊りは一条の光にもひとしい希望を与えてくれた、衝撃だったといえるでしょう。

かつて、日本の琴と併せてほんのしばらく、日本の古典舞踊の稽古をしたこともありましたので、伽倻琴の稽古を始めるときと同じく私には、日本舞踊との違いが文化的な違いにまでつながっていました。そのせいで、踊りの一つ一つの所作は新たに母国との出会いを意味するものでありましたし、やはりものすごい情熱を持って踊りの世界へのめり込んでいかざるをえませんでした。

二、小説「ナビ・タリョン」の脱稿

ソウルへ来た明くる年の一九八一年、私は在外国民教育院（ソウル大学予備課程）の一年間の課程を終えて、その年の末にソウル大学国語国文学科へ入学することになりました。

大学を選んだ動機はまず、何よりもウリマル＝韓国語をマスターしなければならないということと、さらにまた、ソウルでもう一度大学へ入って勉強がしたいという気持ちが生まれてきたからです。早稲田大学を中退してから十年近い歳月が流れてようやく、私は学校へ通うことの大切さを覚ったのでした。

ところが、入学したとたんに休学するしかない出来事が、とうとう起きてしまいました。一年以上も植物人間の状態で入院生活をしていた下の兄が亡くなり、それにともなうさまざまな複雑な家庭の事情が生じたのです。

私は日本へ戻り、下の兄の四十九日を済ませてからふたたびソウルへやって来ました。そして一九八二年三月、およそひと月半ほどかけて、午前は踊り、午後は伽倻琴、それから晩には原稿用紙を前にして暮らすという毎日を続けながら、「ナビ・タリョン」の草稿を完成させました。

前にもお話しましたように、当時の私にしてみればすごくたくさんの事件や用件が、自分勝手に絡み合っていました。そんな中で、いつごろからか文章を書きたいと思うようになりました。それもまるで遺書みたいに、これまでの暮らしを整理して一篇の作品に完成させたいという気持ちが湧いてきたのです。「ナビ・タリョン」という表題もおのずと頭に浮かんで来、二度と母国へ来ることはないかもしれないし、いよいよ母国との出会いも終わりになるかもしれないという漠然とした怖れの中で、草稿を書き上げたのでした。

習作の機会もなしに、作家になりたいといった野心などまったくないまま、私は文章を書く行為を通して、一つの再生、言い換えるなら過ぎ去った年月の間の人生を整理して自分自身を客観化し、ふたたび生きていく力をそこから得ようと試みていたのかもしれません。

そのため、心構えは遺書を書くような緊迫感と切迫感のうちにありましたし、またそのような気持ちで書いたにしても、結果は必ずや、読むに耐える作品になっていなければならないと考えておりました。もしも自己満足的なもので十分だと思うなら、手記を書けば済むことだし、そうすることによって文章を書くという行為だけで満足できるかもしれないけれど、ふたたび生き返りたいという欲求と蘇生に対する願望こそが根本的な動機でしたから、単なる手記で終わり、そのことに満足してしまう自分が許せなかったのです。

自分というものをどれくらい遠くまで放り投げ、距離をおいて自己分析できるだろうか？　当時の私はひたすらこうした気持ちと目標をもって、毎晩のごとく原稿用紙を前にしていました。

完成した原稿をもって、ひとまず私は五月ごろ東京へ向かいました。以前から知り合いの、講談社の『群像』という文芸雑誌の編集者に会って、それを見てもらうためでした。

初めて書いた小説でしたから不十分なところ、恥ずかしいところも少なくありませんでしたが、幸いなことに人格的にも優れているうえ人柄が親切なだけでなく、実力を認められている編集者の忠告のおかげで、このときから本格的に、小説を書くというのはどういうことであり、どんな注意と要領が必要かを教えられるようになりました。こうして何度も書き直し、さらにまた書き直した末に、ようやくその年の十月に「ナビ・タリョン」は『群像』に掲載されました。このような私の最初の小説は、発表されるとたちまち文壇の話題になり、年末には芥川賞の候補作に選ばれ、私の作家としての道はこのときから始まりました。

三、ふたたび母国へ戻って

八二年十月に「ナビ・タリョン」を発表してから、私は「かずきめ」「あにごぜ」「刻」などを相次いで発表しました。「かずきめ」と「刻」もおのおの芥川賞の候補作に選ばれました。

ほぼ二年余りにわたって東京で小説を書く暮らしを続けながらも、時たまソウルへ来て伽倻琴や踊りの稽古をしたりしていたし、東京にいるときもスタジオを借りて、自分一人で欠かさずに稽古を続けていました。

その時分の私にとって大きな事件といえば、とうとう父と和解したことでしょう。

高校を中退して家出をしてからというもの、父とはいっさいの音信を断ち、せいぜい母との離婚訴訟の裁判があるとき、裁判所で顔を合わせるほかには断絶した関係が続いていたのです。

ところが、「ナビ・タリョン」を発表した頃、父と私のどちらが先にそうしたのか判りませんが、素直な気持ちで会うようになり、私はそんな機会を利用してようやく、心底から父に謝罪することができました。

実に長い時間をかけ、たくさんの出来事を経てからの出会いだったし、お互いに深い愛情で結ばれていたものだから、その分だけ憎しみも大きかったのだろうかと思いたくなるくらい、父との和解はいとも容易く実現したのでした。

　長い時間と、そして大きな犠牲を通じてとうとう法的に離婚が成立した父と母は、互いに次の人生を別々に始めることになり、私の家族に襲いかかった不幸な波風もひとまず、すべてが治まったわけでした。

　私は休学中の二年間をもっぱら東京で過ごしてから、ふたたびソウルへ戻って復学することに決めました。なぜかというと、やはり踊りの修業を続けたかったし、また母国語を十分にこなせないのに日本語でものを書く暮らしを続けることに、ある種の限界と不満を感じていたからでした。

　私がもう一度ソウルへ行って大学へ復学することを決心したときの、文芸雑誌の知り合いの編集者たちの反応はまちまちでした。やっと日本の文壇に名前を知られるようになったこういうときこそ、作家としては引き続き作品を書いていかなければならない大切な時期だといって、ソウル行きに反対する人たちも少なくありませんでした。一部のインテリの中には、前にもお話したことがありますように韓国に対する偏見と政治的批判から出発して、私の行動を非民主的な韓国政府にくみするものだと決めつける人たちもいました。

　けれども私は、いまでもしみじみとそう思わずにはいられませんけど、立派なよい編集者たちがいつも私の傍にいてくれたし、その方たちが飽くまでも私を支持してくれ、変わらぬ態度で見守ってくれたのでこれまで引き続き仕事をして来れたのだし、母国での勉強も続けることができたのでした。そのことを私は、いつも有難く思っています。

　八四年三月にソウルへ舞い戻り、大学へ入学して二年ぶりに本格的に学生生活を始めてから、春と夏、そして冬休みのたびにほぼ一篇ずつ小説を書き上げて発表してきました。

　やがて一つだけ、不思議なことが起きました。いまだにその理由をはっきり説明することは難しいのですが、小説を書くようになってからというもの、伽倻琴に対する気持ちに徐々に変化が生じ、いつごろからかほとんど稽古をしなくなったことです。

　比重はすっかり伽倻琴から踊りのほうへ移り、私の留学生活も大学と舞踊学院、そして下宿とこの三ヵ所を、まるで輪の中で懸命に走り続けるりすのように通う暮らしが、大学を卒業する日まで繰り返されたのでした。

伽倻琴に対する愛着と情熱に、なぜ変化が生じたのでしょうか?

憎らしくなったのでもなければ嫌いになったのでもなく、飽きてしまったわけでもありませんでした。この疑問に対する解答は自分でもまだはっきりと整理できずにいますが、きっと、私と伽倻琴との間につくられてきた世界が、ものを書く行為の中に収斂されていったのではなかろうかと思っています。

「ナビ・タリョン」からこれまでずっと私と一緒に仕事をしてきた編集者は、このことについて次のように解釈してくれたことがありました。「恐らく、初めて伽倻琴と出会い、伽倻琴のお稽古をするようになった十九歳のときから、小説の習作を始めていたと見ることができるでしょう。ものを書く代わりに伽倻琴を通して、そのときからものを書いていたといえるでしょう」と。

Ⅳ　私にとっての母国と日本

一、母国語と母語の間で

以上のような過程を経て私は八八年の春、無事にソウル大学国語国文学科を卒業しました。

けれども、ソウル大学での四年間はそれまでとは異なり、すっかり母国に腰を据えることになったという意味で、文字どおりの私の留学生活はそのときから始まったといえるし、またもっとも象徴的であるばかりでなく、母国と衝突することになったさまざまな葛藤や矛盾が、集中的に襲いかかり味わわなければならなかった時期だったと申せましょう。

私はまるで韓国語の海にもひとしい国文学科での留学生活を通じて、人間にとっての言語、言い換えるなら人間における母国語と、さらに母国とは何だろうかという問題を、自分自身の存在つまり実存の問題と直結する深刻な問題と考えるようになり、そんな自分を韓国語の海へ投げ出されて漂流する、遭難者のごとく見なすしかない日々を過ごしたといえるでしょう。

まず、大義名分として私には、一日も早く韓国人にならなくてはならず、自分の身体に染みついている日本的なあらゆるものを清算して、韓国を理解し韓国語を自在に操れるようにならなければならないという、義務がありました。実を言うと、そうなってこそ留学する当初の目的と動機を満たすことができるのです。そしてそれは、疑問をはさむ余地のない当然のことで、私にとっては至上の課題ともいえるものでした。

ところが、そうした大義名分ないし義務感などは、現実と実際の私の生き方によって、裏切られるよりほかはありませんでした。

まことに、母語つまり幼かった頃の、母親から聞いて耳にこびりついてしまった言葉というものは、まるで暴力的といえるくらい人間の思考を支配し存在を左右することになるという事実を、逆説的ですが母国へ来て、とりわけ母国語の海にもひとしい国文学科へ入って実感させられたのです。

名分上もしくは観念の上では、韓国語は母国語であり、私のアイデンティティーの中心に位置すべき言葉であることに間違いはありません。けれども実際には、母国語である韓国語はどこまでも外国語であり、異国の言葉としてしか受け入れることができなかったのです。

とりわけ言葉というものは、それを使用する人間の存在のすべてと深い関わりがある、言い換えるなら感受性のすべての産物であると同時に、感受性のすべてを支配し拘束する、まるで生きている生命体のようなものですから、日常的な暮らしぶりはただちに言語生活に影響を及ぼすしかないのです。生活習慣の一つ一つに適応していけないとき、あるいは拒絶反応を感じたときや感情を逆撫でされたときなど、私は幾度となく言葉そのものを失ってしまい、言語それ自体を否定する自閉症のような状態に落ちこむことさえありました。こうした言葉の問題は、ひいては人間にとっての理想と現実ないしは観念と実体との乖離という、より一般的な命題にまで関連させて考察できる問題であることを教えられました。

在日同胞の場合は、韓日間の不幸な歴史と深い関わりをもつ存在でしたから、このような問題ではより矛盾がひどくなり、複雑な気持ちが絡み合い、現われる様相も露骨になっていく傾向にあると見なすことができます。つまり、一日も早く母国に順応しなければならないという大義名分が、在日同胞の場合はことに深刻になるしかなく、またそうした名分以上のものを実際に韓国の社会からも要求される存在が、在日同胞だからです。

　その結果、内面的にも外面的にも名分ばかりが先行し、現実と理想との乖離はますます深刻になるよりほかにない相乗作用を自分から受け入れるようになり、そのことに対する解決も自分から進んでしなければならないので、実存的な問題を当然のごとく背負うようになるのです。

　実際には、どんなに努力を重ねても韓国人になることが難しいという、そうした不安と罪の意識に苦しめられながらも、同時に日本といういわゆる先進国からやって来たという、自分では意識しない間に身体に染みついてしまっている傲慢さと優越感など、相反する感情がいつも屈折したまま絡み合っているのが、ほとんど大部分の在日同胞の心情ではなかろうかと思います。

　母国語と母語。

　さらに、頭の中で思い描いてきた母国の姿つまり理想と現実の実際の姿。

　私にとってはことに、日本語で小説を書き、その作品を発表しなければならないということも同時にありましたので、そうした矛盾と相反する感情がなおのこと鋭敏に、問題になっていたのかもしれません。

　数え切れないくらい、留学を断念して二度と母国へ来てはならないと思い詰めたことがありました事実を、この場で素直に白状したいと思います。

　しかし、過ぎ去ったソウル大学時代を振り返ってみると、いつかきっと直面しなければならない問題ばかりだったし、途中から尻尾を巻いて逃げ出さなかったおかげで、自分自身に対するある程度の判断と客観化が可能だったといえるでしょう。

　私がソウル大学を受験したとき、一緒に合格した在日同胞学生は四人でした。ところが卒業したのは、結局のところ私一人でしかなく、ほかの三人は途中から大学を止め、別の道を求めてソウルを離れました。

　さっきお話した在日同胞がもっている矛盾と葛藤のさまざまは、絶対に私個人の問題に局限されるものではないという確信が、次第に胸の中で膨れ上がっていき、それが「由熙」という作品の中で昇華していったと申せましょう。

「このように暮らしている私」または「あんなふうにならなければならない私」。こうした実際と希望の狭間にあって、私と母国との出会いでの一つの段階的な締め括りとして、さらには、新たな中心線の設定を願い、それを追求するために「由熙」は書かれたのでした。

二、あるがままに受け入れる勇気と生きることへの姿勢

すでに初めに申し上げましたように、私にとって「由熙」は結局、初めて母国の土を踏んだときから、心の中で書き始められていたのです。そしてほぼ十年近い歳月を、母国との葛藤のうちに過ごしたおかげで、書きあげることができたと言えるでしょう。

皮肉な見方をすれば、「由熙」は、作者である私が、作中人物である由熙のように母国での暮らしを諦めて日本へ帰っていったりはせず、ソウル大学を卒業することが出来たから書けたのです。

今日までの母国での毎日はまるで、私の中の由熙との闘いでした。由熙が体験した危機と挫折をどれだけ冷静に観察して分析できるかの、試練の連続だったといえましょう。

「由熙」を完成させる過程で私がもっとも苦しんだのは、まさにこのような、自分の中に存在する由熙との葛藤を、どのようにすれば引き出せるかという問題でした。

そうした課題を前にして私は本当に新しい自分に生まれ変わるために、自分が持っているもっとも弱い部分や、他人に見せることが憚られる痛くて恥ずかしい部分を直視しないではいられなくなったのです。

由熙によって象徴される在日同胞の問題というのはまさしく、すべての人間が背負い彷徨っている、理想と現実の乖離という問題にまで普遍化されなければならないことだったのです。わずかに在日同胞という属性が特殊なだけあって、あらゆる属性、あらゆる立場に立っている人々には共通の、人間の実存の問題にまでつなげていく問題としなければならないというのが、私が「由熙」を書く際にもっとも心を配った点だったと言えます。

結局、由熙は理想と現実との乖離に突き当たり、その壁を乗り越えることができなくて日本へ帰っていってしまったのでした。

由熙が乗り越えなければならなかった壁の実体は何であり、乗り越えることのできる道は果たしてどこにあったのでしょうか？　その問いに対する答えは決して一筋縄でいくものではありません。けれども、現時点で下すことのできる一つの、私なりの結論は、一言でいって、多分「生きることへの勇気」という言葉で集約できるものと思います。

どんなに大きな希望と理想が、現実を前にして崩れ去ったとしても、由熙はめげることなくなおのことその現実を直視し、その現実の中へ飛び込んでいかなくてはならなかったのです。現実がどんなに絶望的で否定的であるにしても、その道のほかには、由熙にとって真の意味での精神的な解放はありえなかったといえるからです。

母国語と母語との葛藤。日本と韓国という二つの国の間の葛藤など。結局はすべてが、究極的には現実をあるがままの姿で受け入れ、許容する勇気と力みたいな、人間の存在における根本問題と結びつくものであったに違いありません。

現実と衝突しながらもそれを乗り越えることができず、頭の中で思い描いてきた理想が崩れ去り、挫折したまま日本へ帰っていった由熙は、別の面から見ればそれほど母国を愛していたのだし、母国に憧れを抱いていたと言えます。けれども、理想と現実の乖離というのはどこへ行ってもあることでして、由熙は日本へ帰ってからも、あるいはよその国へ行ってもまたふたたび、同じような壁にぶつかるでしょうし、いつの日かきっと、自分の弱点と卑怯なことに目覚めるしかないだろうと思います。

このように、いろいろな面から「由熙」は、作者としての私よりも一人の人間としての大きな転換点と、生きることへの新しい認識を得るきっかけをもたらしてくれた作品になったのです。

由熙はきっと、ふたたび母国へ戻ってくるものと私は信じています。由熙の面倒を見てくれたオンニや叔母さんだってそう思っているでしょうし、何よりも「由熙」を書き上げた私自身が、引き続き母国にとどまっていますから、実感を持ってそのように信じることができると言えましょう。

「あるがままに受け入れる勇気と生きることへの姿勢」。まさにこれこそは、私が母国との出会いを通じて母国から学びえたもっとも大切なことだったと言えるでしょう。

V　結びの言葉

一九八八年の春にソウル大学を卒業した私は、梨花女子大学大学院の舞踊学科に研究生として入学しました。いまでは正式に碩士課程に入って学業を続けています。

ものを書いて作品化する作業を通じて、私自身の中にいる由熙を埋葬しようとした過程と併せ、もう一方にあった踊りの世界でも大きな変化と転換点が迫りつつあったと言えるでしょう。

ほぼ十年近く土俗的な巫俗舞踊の修業を続けて来ましたけど、ようやく別の種類の韓国の踊りも学ばなくてはならないし、もうちょっと視野を広げて、別のあらゆる分野の踊りへの認識も深めていく必要があると考えるようになりました。

知れば知るほどに、踊りの世界は文化の根幹を象徴するくらい別の学問の分野と密接に関わりあっており、歴史とは言うに及ばず、とりわけ国語国文学科で学んだ言語学とは切り離して論じることが許されないくらい、深い背景と関連性があることも理解するようになりました。

以上においてお話しましたように、ソウルで大学を卒業したことと「由熙」を書きあげたこととは、数え切れないくらいさまざまな変化と新しい課題をもたらしてくれた、新しい出発点を意味していたと言えるでしょう。

最後にもう一つ、変化について申し上げたいと思います。

正直に言いますと、私にとって富士山は、長らく複雑な感情を抱かせてくれた対象でした。

子供の頃は我が家の窓越しにいつだって眺めることができたし、また学校へ通う道すがら、学校の教室の窓越しにも富士山はいつもその厳かなたたずまいをひけらかすように、私の目の前にそびえ立っていました。

そのたたずまい自体が漂わせる品格と、微動だにしない堂々たる姿は一方では尊敬と感嘆の対象でしたけど、また別の一方では、あまりにも大きくあまりにも堂々としているので、私にとっては憎しみの象徴でもありました。

あれほどまでに悩んでもなお辛い人生を強いられている私の、か弱くて移ろいやすい心や揺れ動く気持ちの振幅の大きさと比べて、富士山はいつも同じ場所で私を嘲笑しているように見えることもあれば、ときには人間のちっぽけなことを蔑んでいるようにも見えました。

家出をして山梨県富士吉田市の我が家を飛び出したとき、私は自分なりに富士山と訣別したのでした。

そして、民族について考え始めてからというもの富士山は、恐るべき日本帝国主義と祖国を侵略した軍国主義の象徴として私の目に映るようになり、否定し拒否しなければならない対象となったのでした。

母国へ留学するようになってからは、富士山はまた別の姿、より複雑な対象として私の目に映るようになりました。もちろん、一日も早く否定され清算されなければならない日本の象徴であることに変わりはありませんけど、母国へ来て思い知らされた、自分の中に染みついている日本というものを認識すればするほど、否定しようとすること自体が不自然に思え、かえって愛着と執着を裏返しにした心理をそこに見いだし、自分の心の奥深いところを占めている富士山の存在をむしろはっきりと感じるのです。

ある日、私はある方からこんなことを訊かれた覚えがあります。

「日本でのふるさとはどちらですか？」

私はこう答えました。

「富士山をご存じじゃありませんか？　その富士山のすぐふもとにある、ちっぽけな町で生まれましたの」

その方もすかさずこのように答えました。

「富士山ですって？　知ってますとも」

このとき私は、富士山を知っているという相手の答えを聞いて、どんなにうれしくまた懐かしく思ったかしれません。

こうした経験を通して、私はまるで深い恩義のある方に対して陰にまわって悪口を言っているような、奇妙な自責の念を感じるよりほかはありませんでした。そんな自分の気持ちや素直に感じたままを、少しずつ整理し始めたのもやはり、「由熙」を書いている間のことだったと記憶しています。

いよいよ「由熙」を書きあげてから、私はようやく、これといった愛情も憎しみもなしに、あるがままの富士山と向き合うことができるだろうと自信を持つようになりました。それは、やっと本国で生まれた人物を通して在日同胞の姿を描けるようになり、やっと本国の人々の気持ちを少しでも理解できるようになったという、自己発見と時期を同じくしていました。

山梨県の田舎町を飛び出してから十七年目になる昨年の春、私は自分が生まれ育った町を訪れ、富士山と対面しました。

目に馴染んできた姿がこれまでと変わらずに、やはり同じ場所で、依然として堂々とそびえ立っていました。

十七年ぶりに対面する富士山を前にして私は、新しい自分と向き合っていることにも気がつきました。何の動揺もなしに、感情的な何の起伏もなしに落ち着いた気持ちで富士山と向き合い、向き合うことができるようになった自分を確かめながら、自分に対するある種の安堵感を覚えていたのです。

私にとっては富士山との闘いもようやく、一つの峠を越えたように思われました。

あるがままを見る目と心で、素朴にかつ素直に富士山の秀麗なさまを称えることができるようになり、十七年ぶりに再会した幼友達たちとも暖かい友情を分かち合うことができました。

実に長い時間と紆余曲折を要しましたけれど、私は母国との出会いを通して、本当にたくさんのことを得てきたと思わずにはいられません。

我が母国の空気の中でともに息づき、ともに生きているすべての方たちに、ひいては今日の私のようにこの国へいざなって下さったすべての祖先に、心の底よりの感謝を捧げたく思います。

ご静聴ありがとうございました。

解説　切実な世界性を帯びた李良枝の文学

温又柔

二十三歳のとき、一篇の小説が、わたしに自信を与えた。日本語はあなたのものでもある、とその小説は教えてくれた。

日本語は、わたしのものでもある。

そう断じる勇気を得たおかげでわたしは、自分を取り囲む世界の輪郭や細部が、以前とはまるで違って見えるのを確かに感じていた。そして、小説を書いてみたい、本を書く人になりたい、という幼い頃からずっと淡く抱いてきたあこがれが、ほんものの野心へとみるみる変容していった。

その一篇の小説とは、李良枝の「由熙」である。

当時のわたしにとって、李良枝の文学と巡り合えたことは、とてつもなく大きなことだった。そのため、李良枝という作家について本格的に論じる前に、まずはわたし自身について少々詳しく述べることを許して欲しい。

書くことに限定すれば、日本語は、わたしにとって、たった一つの、自在に操ることが可能な言語である。わたしは日本人ではない。しかし、あたかも、それだけが「生まれながらの自分のことば」であるかのように、日々、日本語を書いていた。

わたしは、ほとんど無意識のうちに、日本語でものを書くのであれば、日本人のように書かなければならないと思っていた。わたしは得体の知れない何かに対して、知らず知らずのうちに遠慮していた。日本語は日本人のものであり、わたしのものでは決してないのだ、と。

ところが、「由熙」を読んだことによってわたしは、日本人として生まれなくても、日本語の中で堂々と生きていいのだと知った。それは、日本語ということばに対して、日本人ではない自分が過剰に礼儀正しく振る舞わなくてもいい、という気づきとも繋がっていた。さらに、この気づきによって、それまでは日本語では掬いあげることなど到底できないと思いこんでいた領域をも射程に入れて、小説を書いてみたいと夢想するようにもなった。書き上げることができたら「好去好来歌」と題するつもりで、その小説を書く日々が始まった。

わたしは、自分が進もうとしている道はきっと正しいはずだと祈りにも似た気持ちで、繰り返しくり返し、李良枝を読んだ。自分自身の小説を模索しながら、「由熙」に至るまでの李良枝が歩んできた道筋を、何度も辿り直していたのだ。

＊

田中淑枝（たなかよしえ）。

李良枝の「本名」である。正確には、戸籍上の姓名だ。普段は「淑枝」ではなく「良枝」の字を使っていたという。一九四〇年に済州島から渡日した良枝の父親は「李」ではなく「田中」と名乗って日本での生活を切り開く。この「田中」という姓が、富士山麓に居を定めた一家が日本に帰化する際の戸籍名となった。父母の意志による帰化をめぐって、のちに作家となった彼女は自筆年譜に「私は未成年で、自動的に日本国籍を持つことになったが、当時十六歳だった長兄が日本帰化に反対していたことを、二十歳を過ぎて知ることになる」と書く。

典型的な田舎町で生まれ、近所には韓国人が一人も住んでいない環境の中で、日本式の生活になじみ、日本人としての教育を受けて田中淑枝（良枝）として生きてきた。両親はめったに韓国語を使わないし、キムチも食べなかった。韓国語を話す親戚とたまに会えば、「文化が遅れている」とか「野蛮だ」と感じるほどだった。高校一年の夏、戸籍謄本を見て、はっきりと自分が朝鮮人であることを知る。初めこそ、その出自を「しじゅう隠そう隠そうとする意識と、違う違うと首を振っている自分が、心の底でうごめいていた」が、ある日、チョゴリ（朝鮮の民族衣装）を纏った朝鮮高校の女生徒たちが堂々と朝鮮語を喋る姿に胸を打たれて、「日本と朝鮮の歴史」について熱心に学び始める。その学びは、朝鮮人である父母の来歴や出自を否定的なものとして切り捨てたかった自分の思考が、日本の歴史や社会の中でどんなふうに形成されたのかを知ることとも直結していた。

二十歳になり母国語を習い始めると、「自分の名前をイ・ヤンジと読むことを知った」。そして、その時期に、田中淑枝だった「それ以前の私」に別れを告げるかのように、「在日朝鮮人の一女性として」李良枝を名乗ることを決意する。同じ頃、韓国の琴、伽耶琴《カヤグム》と韓国舞踏も習い始めている。十五歳の時から日本舞踊と日本の琴を習い「将来は琴のお師匠さんになるのが夢だった」ほどの李良枝にとって、伽耶琴との出会いは「言葉で表現できないくらい」の出来事だったという。それぐらい「自分の国にも琴があること」は新鮮な驚きだったのだ。

五年後、二十五歳になった李良枝は韓国をついに訪れる。民主主義を求める学生と市民のデモが行われている光州事件のさなかだった。初めて訪れた母国で李良枝は、伽耶琴の独奏やパンソリ（語り歌）の弾き語りを本格的に習い始め、また、土俗的な巫俗《ムック》舞踏に出会って衝撃を受けるのだ。チマチョゴリを着て、音の中でただ踊れば、韓国語も日本語も忘れられる。「踊っている時だけが、二つの言語の間でうずくまっている自分を起き上がらせることができた」とのちに李良枝は当時について振り返る。そしてこの時期に、韓国滞在中だった作家・中上健次と李良枝は巡り会う。『輪舞する、ソウル』で中上健次は、作家になる前夜の李良枝との出会いを記している。

焼酎の真露《チンノ》を飲みながら、若い女性は、後に小説家の李良枝《イ・ヤンジ》になってから書いたのと同じ自分の身の出来事を話した（……）自分も銀のスプーンを咥えて生まれてきたと思っていないから、薄幸の少女が在日韓国人である事、両親が不仲になって別居した事、家出して京都に住み込みのお手伝いに入った事、太っちょの私にそっくりな兄が死んだ事、二番目の兄が植物人間になった事を、まるで我が事のように思って耳傾け、胸つまらせている。

話を聴いて小説家の私は、「それ、書きなよ」と言う事しかいつもできない。「手記だって日記だっていいんだ。書いて治めるしかない」。

若い女性は照れくさがった。照れながら心の中でひょっとすると書けるかもしれないと気持ちが弾んだのか、「オッパ、うたうね」と言い、伽倻琴《カヤグム》を習いながら歌も習っていると、師匠から教えられたとおり姿勢を正し、「セガナラドゥンダ」とセタリョンをうたいはじめる。

書いて治めるしかない。ひょっとすると書けるかもしれない……おそらくこの出会いがきっかけで、のちにソウルで行われた講演「私にとっての母国と日本」で語るように、それまで作家になりたいという野心などなかった李良枝は、まるで遺書を書くような緊迫感と切迫感のただなかで、デビュー作「ナビ・タリョン」の土台となる草稿をソウルの下宿で書き上げたのである。完成した原稿を携えて東京に戻った李良枝は、知り合いの編集者をたずね、小説を書くというのはどういうことであり、どんな注意と要領が必要かを学びつつ、何度も書き直し、さらにまた書き直した。一九八二年十月、そうやって完成させた原稿が「群像」に掲載されると、無名の在日韓国人女性による、決して穏便ではないみずからの半生を材とした自伝的なデビュー作はたちまち文壇の話題となった。「ナビ・タリョン」は第八十八回芥川龍之介賞の候補作にもなる。

その後、主に東京で暮らしながら「かずきめ」「あにごぜ」の二篇を書いたのち、一九八四年の三月、李良枝はふたたび韓国にその拠点を移す。次兄の死によってやむを得ず休学していたソウル大学国語国文学科に復学することを決意したのだ。ソウルに舞い戻った李良枝は、「まるで韓国語の海にもひとしい国文学科での留学生活を通じて、人間にとっての言語、言い換えるなら人間における母国語と、さらに母語とは何だろうかという問題を、自分自身の存在つまり実存の問題と直結する深刻な問題と考え」るようになる。ちなみに在日同胞（在日韓国人）としてソウル大学国語国文学科で卒業を果たした最初の一人は李良枝だったという。決して楽ではないはずの学業に励みながらも、春と夏、そして冬休みのたびに、「刻」（一九八四年）、「影絵の向こう」「鳶色の午後」（一九八五年）、「来意」（一九八六年）と、ほぼ一篇ずつ小説を書き上げて発表してゆくのだ。韓国語の海に投げ出されて漂流する、遭難者のごとく国文学科の留学生であるというプレッシャーに晒されながら、そうであるからこそ、小説を書くことは、自分の中の日本語を守る気持ちとも繋がっていたに違いない。

やがて李良枝は、本国に留学したものの母国語と母語の間で引き裂かれんばかりになる、という在日韓国人の「苦悩」を、「理想と現実の乖離」という「人間の存在における根本問題」と考えるようになる。そしてその思索は、「在日」が「在日」であるがゆえに否応なく抱え込まされる矛盾と葛藤を、「在日」固有の問題に局限しない形で書く方法を模索することへと繋ってゆく。

一九八九年。作家自身にとって以前までの作品と比して「単なる小説技法上の問題を越えた重要な分岐点、もしくは転換点を意味」する「由熙」が第百回芥川賞を受賞すると、「李良枝」の名は、さらなる注目を浴びた。

しかし、芥川賞受賞ののちに取り組んだ長篇小説「石の聲」を書いているまさにその途上、急性心筋炎で李良枝は急逝する。三十七歳という若さだった。

＊

李良枝が惜しまれながら亡くなったのは一九九二年。わたしは小学六年生だった。十二歳のわたしは、李良枝という作家の存在を知らなかった。ましてや、いつかの自分が、由煕のように、幼い頃に遠ざかった「母国語」の再習得に挑む段階で、予想以上の困難に陥るとも想像していなかった。

「光州事件のさなか」、李良枝が初めて韓国を訪れた一九八〇年五月、わたしは台湾・台北市で生まれた。父も母も、日本の統治下にあった頃からの台湾に根を下ろす家系である。わたしが生まれて初めて口にしたことばは日本語ではなく、中国語か台湾語、あるいはその二つのことばが交ざりあったものだった。そのまま台北にいたならわたしも、台湾の小学校に入学し、中国語を母国語として本格的に使う日々が始まっただろう。しかし三歳のときに一家で日本に移り住み就学年齢を迎えたわたしは、日本の公立小学校に通い、その後も日本の中学高校へと進み、自分以外はほぼ全員が日本人という環境の中で、ごく平凡な思春期を経て、成人を迎えた。

自分が「韓国人」であることをほとんど意識しないまま子供の頃を過ごし、韓国人であることが理由で、「あからさまにいじめられたとか辱められたとかいう、直接の経験も」ないと語る李良枝と同様、わたしもまた、台湾人であるという一点が理由で、理不尽だったり不愉快な目に遭ったりしたことは、記憶にある限り、ほぼない。ただ、自分としては限りなく日本人に近しい心境で生きているつもりでも、数年に一度、家族揃って入国管理局に出向いて在留資格を更新する際や、わたしが台湾人だと知った人から「日本は長いんですか?」とか「日本語がお上手なんですね」といったことを言われる際などには、わたしってやっぱり日本人とは違うんだな、と意識することはあった。でも、その程度だ。

李良枝の没後十年にあたる二〇〇二年。大学卒業を翌年に控えたわたしは、奇妙な宙吊り状態にあった。台湾人として生まれたからには、もっと中国語ができるようになりたい。そのためにも、いずれ「母国」留学したいとは考えていたものの、自分にとって「母国語」であるはずの中国語を勉強することが、当時のわたしは楽しいとは微塵も感じられず、率直に言えば、苦痛でしかなかった。そのせいもあって二十二歳のこの頃は、仮に、自分が日本人であったのなら、わたしはそれでも中国語を学びたかったのか？　と自問自答するような日々を送っていた。

生まれた台湾で育っていたなら「母国語」として習得していただろう中国語を、日本の高校で「第二外国語」として学び始めた頃のわたしは、中国語に対してもっと前向きだった。わたしにとってのそれは、ただの外国語などでは決してなく、赤ん坊としてこの世に生を受けたばかりの頃の記憶と親密に結びついている。日本で育つ過程ですっかり忘れていたと思っていたことばが徐々に蘇ってゆくのを感じながらわたしは大学進学後も「第二外国語」として中国語を学び続けた。

大学二年生の秋学期には、中国の上海で、約四ヶ月半にわたる語学留学も経験した。しかし、上海は、わたしの「母国」に属する都市ではなかった。日本育ちの台湾人として中国にいるという自分を自覚すればするほど、上海では見つけられなかった自分の居場所が、台湾にならきっとあると空想するに至ったわたしは、次は台湾留学がしたいと思うようになった。

日本に帰国後、わたしは在籍していた法政大学の派遣留学選抜試験を受けたが語学力が足らず不合格となった。台湾人である自分の中国語力が、ほかの日本人たちよりも劣っていると突きつけられたことにわたしは激しく動揺した。それは、自分と中国語の間にある、埋めるべき溝の深さを思い知ることでもあった。意気消沈した自分が、その日、日記に書き殴った内容を、いまも、はっきりと思い出せる。

——いっそ、中国語なんか、自分とはぜんぜん関係ないと割り切れたら楽なのに！

このときだけではない。記憶にある限り、日記が手放せなくなっていた中学生の頃にはもうわたしは、心乱される出来事に遭遇するたび、書くことで、自分の気持ちを鎮め、整えてきたように思う。その傾向が、「母国」へ留学する計画が白紙になったこの頃、一気に甚だしくなった。まさに、のちに読むことになる由熙や李良枝のほかの小説の登場人物たちのように、「母国語」であるはずのことばと自分自身との間に、致命的な距離が生じるのに焦燥しつつ「日本語を書くことで自分を晒し、自分を安心させ、慰めもし、そして何よりも、自分の思いや昂りを日本語で考えようと」することで自分を支えていたのだ。

そして、そのまま、モラトリアムを延長するつもりで進学した大学院でわたしは、李良枝の文学に巡り会ったのである。

限りなく自伝に近しいデビュー作「ナビ・タリョン」をはじめ、李良枝のほとんどの小説には、「日本」と「韓国」という、二つの「国」の間でさすらうことがあらかじめ運命づけられた「在日韓国人」の人物たちが出てくる。


「日本」にも「ウリナラ」にも怯える私は、（……）どこに行っても非居住者——いびつな裸体を晒して浮遊する生き物としてある以外にないのだろうか。

（「ナビ・タリョン」より）


どこに行っても「非居住者」とみなされ、「いびつな裸体を晒して浮遊」させられている生き物とは、言ってみれば、民族と言語と国籍は等式で結ばれているはずだという、未だに多くの人々が信じて疑わずにいる思考の枠組みからはみ出た者たちのことだ。しかし、国家や国民、国語や国籍……「国」を冠するさまざまな概念が、そもそも欠陥のある抑圧的な権威なのだとしたら？　むろん、だからといって、国境に惑わされるな、国家はただの概念に過ぎないと無責任に謳いあげるのは、まさしく欺瞞だろう。では、その欠陥に気づかされながらも、みずからの意志のみでは、そこから完全には自由にもなれないと自覚した者は、どのように生きればいいのか？

国と国の狭間にある自分は何者なのかという煩悶を、可能な限り精確に描き出そうとする李良枝の筆致は、ただ単に、日本と韓国（日本語と韓国語）という、国と国（国語と国語）の狭間で安定した着地点を見出せずにいるのみならず、ことばは世界を表象し得るという、その基本的な機能を、徹底的に疑っているようにすら感じられる。ところが、「言語それ自体を否定する自閉症のような状態」に陥る危機に幾度となく見舞われながらも李良枝は、日本と韓国の狭間に在るみずからのありようを、ほかならぬことばによって表現することを決して放棄しなかったのだ。わたしは、李良枝という一人の作家の根底には、「感受性のすべての産物であると同時に、感受性のすべてを支配し拘束する、まるで生きている生命体のようなもの」であることば自体への信頼と希望があるように思えてならなかった。

日本と台湾そして中国も含む国と国の狭間で揺れ、惑う最中にありながら、たった一つの自分のものではないと感じさせられていた日本語を書くことによってみずからのありようを紐解き、どうにか自分を保っていたわたしにとって、「ナビ・タリョン」から始まって、「刻」や「由熙」そして「石の聲」へと連なってゆくまでの李良枝が、小説によって切り拓いた境地は、ひたすら眩しく、まさに希望の灯火にも思えた。その輝きが、強固なボーダーラインに守られ、その枠内に安住していられるのではない立場にある者の強みとして放たれていると思うと、なおさら勇気づけられるのだった。

二〇〇六年三月、わたしは「日本人として生まれなかった日本語作家・李良枝の主題と作品」と題した修士論文を提出した。その年の五月に二十六歳を迎えると、自分はいま由熙と同じ年齢なのだとことさらに意識した。わたしは本格的に自分の小説を書き始めたばかりだった。李良枝が「言葉でもって成り立つ文学の世界、または言葉を否定し言葉以前の身振りによってのみ成り立つ踊りの世界、この二つの世界をまるで両手につかんで両立させるようにして」、「母国と日本の間に身をおいてさすらう」生を模索したように、わたしもまた、自分の周囲に溢れていた音やだれかの声として発せられた響きの数々が、それぞれ日本語とか中国語とか台湾語などとはいちいち区別されない「言葉以前」の領域を起点に、自分のそれまでの半生を小説にしてみたかった。その原稿に取り組んでいる間、わたしは李良枝にとっての日本語と、自分にとっての日本語の違いについてよく考えた。「母親つまり幼かった頃の、母親から聞いて耳にこびりついてしまった言葉」という意味で、自分の母語は日本語であると李良枝は言っている。しかしわたしは、日本語こそが自分の母語なのだと思い切るのにはためらう。同時に、日本語はわたしの母語ではない、と思おうとしてもしっくりこない。もしも自分が、日本語こそがわたしの母語なのだ、と迷わず断定できる立場なら、あるいは、日本語などわたしの母語ではない、と頑なに拒む立場であったら……このような自分でなければ決して書こうとはしなかったはずの小説を、いま、自分は書いているのだろうという予感だけがあった。

「好去好来歌」をやっと書き終えたとき、オンユウジュウ、という姓名を名のりながら育ったからこそ日本語とこのような関係を結び得た自分を、わたしは初めて少し誇りに思えた。それは、「由煕」、そして未完ながらも「石の聲」に至る作品群を書き継いだ作家の名が、タナカヨシエ、ではなく、イヤンジ、でなければならなかったという必然を、身をもって知った瞬間でもあった。わたしは二十九歳。すでに由煕よりも三つ年上になっていた。

＊

それから十二年が過ぎた。

この月日の中で、あなたが最も影響を受けた作家はだれかと問われるたび、李良枝、と答えてきた。わたしにとって李良枝について書いたり語ったりすることは、日本人のふりをしながら日本語を書くことはしまいと決意した、自分の小説家としての原点を再確認することでもあった。国民を同一化し統合をはかるための理念として構築された「国民国家」という枠組みに照らし合わせれば、わたしは確かに基準から外れていて、生まれた国と育った国のどちらの「国家」にも、それぞれべつの意味で「安住」できない。しかし自分自身が生まれた国と育った国の周縁に置かれているというこの状態は、文学を志すわたしにとっては「禍」などではなく、むしろ「福」をもたらしてくれた。国と国の狭間にある個のありようを果敢に見つめ続ける李良枝の文学が、わたしに気づかせてくれたのだ。表現者にとって境界線上の地点ほど豊穣な空間はない。

言うまでもなく、同じ「在日」外国人ではあっても、一九八〇年代初頭にいわゆるニューカマーの一・五世として来日したわたしの境遇と、一九四〇年に済州島から裸一貫で渡日した父親の娘として五〇年代半ばの日本で生まれ育った在日韓国（朝鮮）人二世である李良枝とでは、背負わされている歴史の重みと昏さは全然違う。この当たり前の事実をわたしは、李良枝を初めて読んだ頃からずっと、自分が日本の作家になったいまも、決して度外視したくはないし、してはならないと自分に言い聞かせている。

たとえば、山梨県の富士山が見える町で「日本人からの信頼を得ることがこの日本の地で生きていくためには不可欠」と判断した両親が日本に帰化したことによって九歳のときに「田中淑枝」になった彼女が、最初から日本人の家庭の子どもに生まれていたのなら。人生のある時点で、戸籍上の本名である「田中淑枝」ではなく、「在日朝鮮人の一女性」として「李良枝」と名乗ることを引き受ける覚悟をしなかったのなら……。

この日本社会にあって以後私がどう生きて行くべきなのかという、自分の位置に対する認識とともに未来に向かう一つの方向性、あるいは展望を志向していくという態度によってのみ、歴史的事実は刻明に、また鮮明によみがえるのである。このことは現時点においても私の課題とする最大の問題であり、いつでも点検されねばならない問題であると思う。

（「わたしは朝鮮人」より）

作家になる遥か以前、二十歳のときにこのように綴っていた李良枝は、約十六年後、小説「石の聲」にこう書き刻む。

記憶は、私自身の現在と呼応し合いながら、新たな鮮やかさと鋭さとで浮かび上がる。

（「石の聲」より）

遺作となった小説に李良枝が記したこの一文は、台湾人の両親や祖父母、曾祖父母の代までにも遡って、日本列島、台湾、中国大陸を跨った東アジアの歴史を意識した小説を書きたいと願うわたしにとって、いまも重大な指針の一つであり続けている。

二十五歳だった李良枝が初めて韓国を訪れた年に台湾で生まれたわたしが、満二十六歳の由熙どころか、「由熙」を発表当時の李良枝の年齢を超え、「石の聲」の執筆に専念し始めた年齢をも上回った。とうとう李良枝には生きられなかった四十代を迎えてからは、よりいっそう胸に堪えるのだ。

三十七歳は、若すぎる。

二〇二二年三月。わたしは「祝宴」と題した小説を書き上げると、その冒頭にフィオナ・タンのことばを引用した。

三十年後も憶えているであろうことを思い浮かべる。三十年後に思い浮かべるであろうことを憶えている。

李良枝が世を去ってから流れた月日のこともわたしは意識していた。

日本と朝鮮半島の近現代史と日本の現代史の中で、「在日」が「在日」であるがゆえに被らざるを得なかった差別や蔑視の歴史を宿命的に抱え込まされた李良枝がわたしたちに遺した小説の数々は、いまもなお、日本列島を超えた、東アジアの文学として、日本語を読み得る、すべての者に向かって開かれていると思う。そして、その日本語を読む者の中には、日本とはべつの国にも根を持つ人々も少なくないのだろう。父母が、あるいは父か母のどちらかが、日本以外の出身で、幼少期から二つ以上の国々の「間」で成長した人々は、三十年前よりも確実にこの日本に増えている。日本語は、日本人のものであると同時に、このわたしや、そんな彼や彼女たちのものでもある……国家と国家の狭間に限らない。あらゆる境界地帯で、「標準」や「規範」とみなされているものを疑い、「世界はもしかしたら別な目でも捉えられるのではないか、と信じ、そう試みようとする」人々にとって、あるがままの自分を十全に表現するための方法を模索する李良枝のことばは、輝かしいはずだ。

没後三十年を記念して刊行される本書『李良枝セレクション』には、この国で生き、何らかの「基準」や「規範」から外れた者にとって、ますます苛酷になりつつある現代の日本で、この世界のこわばりを解きほぐす勇気を促す力となる四篇の小説と、二篇のエッセイ、そして李良枝が自身のことばで「私にとっての母国と日本」について語る貴重な講演録を収録した。

以下、各収録作について紹介していきたい。

Ⅰ　小説

「由熙」

由熙、は、ユヒ、と読む。小説の作者の、良枝（ヤンジ）、と同じく、「在日韓国人二世」の女性の名である。

本作によって、李良枝は第百回芥川賞を受賞した。

「海外に育った」韓国人として、韓国最高水準のS大学国文学科に留学中だった李由熙が、その大学を中退し、韓国から日本に発った日から始まる。小説の語り手は、「私」。「本国に住んでいる韓国人」だ。日本語ではなく韓国語が母国語であるこの「私」の目をとおして、母国であるはずの韓国や母国語であるべき韓国語との適切な距離を摑みかねて、その距離の狂いに懊悩する由熙の姿が描かれる。たとえば、ウリナラ（우리나라）、という韓国語に対して、由熙は激しい葛藤を抱く。

ウリナラ、とは、母国。ウリ（우리）、は、我々の、ナラ（나라）、は、国、を意味するので、直訳すれば、我々の国、という意味である。

韓国人でありながら、その出自によって日本語が母語と化した由熙は、母国語であるはずの韓国語で、母国であるべき韓国を、わたしの国、と言う（書く）ことができない……この国は、わたしの国ではない。わたしは、この国の人ではない。いや、違う。この国は、わたしの国なのだ。わたしは、この国の人にならなければいけない……「韓国人にならなければならない私」と「日本人のようにしかいられない私」。

ことば一つひとつに対する感受性が、厄介なまでに鋭い由熙にとって、母語と母国語の不一致は、そのままみずからの理想と現実の乖離と一致してしまう。その由熙が「自嘲するように」、あるいは「皮肉と軽蔑をこめて吐き棄てるように」、韓国ですれ違う人々や、韓国そのものについて、「이《イ》 나라《ナラ》 사람《サラム》（こ

の国の人)」とか「이《イ》 나라《ナラ》(この国)」と言い続けるのは、「우리(我々)」の中に、韓国人らしくない自分はどうあっても安住できない、したくない、し得ないことを自覚しているからなのである。さらに由熙にとって不幸なことは、韓国語では、「母語」は「우리말(我々のことば)」と呼ばなければならないことだった。

小説の語り手である「私」は、最初から最後までこの国の人でいられる立場にあり、「韓国人として、韓国人になろうとして」あがきながらも、結局、この国の人になりきれずに韓国からいなくなってしまった由熙に対して、やるせない思いを抱く。しかし小説の終盤で、この国の人であるはずの「私」も、あの国と、この国の間で「日本(語)」か「韓国(語)」か、という二者択一を迫られ、引き裂かれんばかりになる由熙の心境を、ほとんど追体験するかの状態に陥る。「私」を突如襲う動揺は、小説を読んでいるわたし(たち)にも及ぶ。

書かれている内容ではなく、ことばそのもので、「自分の確かなありか」を求めようとして失敗し、宙吊り状態になってしまう由熙を想像させる小説の構成は見事としか言いようがない。

「刻」

ソウルで留学生活を送る「私」の一日が、時系列に沿って克明に綴られていくという形式の長篇小説。作家がソウル大学国語国文学科に復学したのち、まさに留学生活を送る只中で書かれたものだ。

刻一刻を生きつつある「私」の自意識は、くに(日本)、と、ナラ(韓国)、という、彼女にとって二つの「母国」の狭間を絶えず揺れている。冒頭の場面で、「私」は鏡に映る自分自身の顔を睨みつける。

(……)ウリナラ、ウリナラ、と呟く自分の声が、次第に大きくなる。

口紅を取り上げた。
紅筆で、また口紅を塗り始めた。声は、私の鋭い視線に怯えたようだ。

自分のもののはずである声と視線とが、分裂してゆく。一人の人間の、一つであるはずの身体の中で、常に二つ以上の何かが、せめぎ合っている。その頑なな二つが、一つに束ねられてたまるものかと常に抗っている。そのせいで、全篇にわたって不穏な緊張が漲る。

何を言おうと、言葉を吐くこと自体がすでに彼女自身を裏切り始める。（……）とほうもない一人称の呪縛の中に、彼女が彼女自身をおとしめていく。

一人称の呪縛。「刻」の主人公である「私」にとって、私という主語を用いてものを語ることは、そのために使用される言語が日本語であろうと韓国語であろうと、自由を不当に制約してくる圧力でしかない。国民国家の言語たる韓国語と日本語が内包する、韓国人はかくあるべし、及び、日本人ならばこうであれ、という圧政の下、「私」は「ガリバーが訪れたバルニバービ国のように、言葉を完全に廃止してしまうことは、果たして可能なのだろうか」と考える。それが、母語であろうと母国語であろうと、「私」にとっては、究極のところ「他人の言葉」でしかないようなのだ。

反復練習だ。私の話す言葉は、いつも他人の言葉の引用反復だ。

しかし、わたしたちの一体、だれが「他人の言葉」をまったく反復や模倣することなしに、自分自身のことばを獲得し得るのか？　出自や境遇は関係ない。赤ん坊の状態でこの世に生を受ける限り、ことばとは本来、どんな人間にとっても「外」から来るものであって、「他人の言葉」として降り掛かってくるものなのだ。そして、ことばとは、他人の存在なしには成り立たない。

突然、独り言から醒め、生々しさをつきつけられた私は、その声を、他人の声として聞きとり、言葉の意味を摑むことができずにいた。

日本（語）と韓国（語）の狭間で、その交錯地点に在る者として、「国語（こくご）」及び「国語（クゴ）」というイデオロギーに隷属するのではない形での、自分自身のことばを希求する痛ましいほどの闘いの痕跡が、「刻」と題されたこの小説の随所には、克明に刻まれている。その顕れは、ほとんど痙攣に近い。

「石の聲（一　そろえて）」

本篇は、原稿約千五百枚にも及ぶ全十章からなるはずだった長篇小説の第一章にあたる。イム・スイルと名づけられた語り手「私」の性別は、李良枝作品としてはめずらしく男性だ。

前作「由熙」の由熙は、朝、目醒めた時、アー、という声のような、息のような音を、日本語からなる杖と韓国語からなる杖の、どちらで摑んでいいのかわからないと呟くのだが、イム・スイルこと「私」は、「朝、目醒めた時」に、「明確に、確実に、浮かび上がってくる」言葉たちを待つ。

言葉たちを、待つのだ。私によって摑まれていくのを、私によって選ばれていくのを、意識のなかに漂いながら待つ。（……）私によって摑まれた言葉たちは、言葉そのものが持つ遠心力と求心力とで意識に刻みつけられていく。言葉は自らの力で自らの流れを生み出し、私を喚起し、鼓舞していく。

詩人の「私」は、目醒めた瞬間に湧き上がった言葉や言葉たちと対峙し、「互いに摑み合って受け入れ、互いに臨み合っては突き詰め合っていく」その時間帯を、「根の光芒」と名づける。

言葉に対して切実であり、着実であってこそ、書く行為と自分が一体化していくことができる。

そして、このイム・スイルもまた、これまでの李良枝作品に登場する人物たち同様、「特殊であり、それぞれが独特で多様」な「日本に生まれ育った韓国人」の一人なのである。

「母国という場所に来て、知らない間に一めくりずつ外皮がめくられて行く」中で、どこまでも言葉に対して切実かつ着実であろうとする彼は、「在日韓国人」という一つの名称で自分という存在が括られて行くことに「生理的とも言っていい拒否感を覚え」ながらも、「すべての現象は個人的である、ともちろんこう断定するのは勇気がいる」とも考える。「在日韓国人」に限らない。どんな人間にとっても、「集合名詞に括られる宿命」から逃れきることは不可能に等しい。そして、集合名詞とは、要するに言葉なのだ。

言葉に連なっている、さらに多くの言葉たちの存在を思う。

全十篇からなる長篇の各章のタイトルは、すでに一から十まで決まっていた……そろえて、ならべて、いつき、まつり、さらに、たねを、ちらさじ、いわへ、おさめて、と続き、最終章には、こころしずめて、と付けられる予定だった。書かれるはずだった長篇の、そのほんの始まりの地点でいつもわたしは、さらに多くの、書かれることのなかった李良枝の幻の小説の存在を思っては、一人の作家が、突如、この世からいなくなってしまったことの欠落を思い知らされる。

儀式は、反復する。そして反復してこそ儀式は儀式としての意味を持ち、意味を新たに作り出しても行く。

壮大な構想のもと、作者の急死によって、ついに完成することのなかった長篇の第一章にあたるこの一篇を再読するたび、ここに至るまでの作家の軌跡をもう一度はじめから反復したくなる。その都度、李良枝文学に備わる、自分にとっての新たな意味が立ち上がるのを感じる。

「除籍謄本」(未完作品)

タイトルからしてすでに禍々しい響きがある本作は、草稿のまま残された、いわば未完作だ。「かずきめ」「あにごぜ」を発表ののち、「刻」に取り掛かる前に執筆された。文章中の※は李良枝の覚え書き。また、(注)も本人が付したもの。

物語は、朝鮮半島出身の両親をもつ「私」が「在外同胞だけを集めて一年間ウリマルを教える教育機関」へ留学するために韓国に到着した日から始まる。宿泊先の旅館で「私」は、イルボンアガシ(日本の女)、という隠微な囁きを耳にしたために悪夢を見る。ナイフをちらつかせた男から、オレは日本の女とやってみたかったんだ、と迫られるのだ。強姦の危機に晒された「私」は、自分は日本人ではなく韓国人だと必死に主張するのだが、ならば一円五十銭と言ってみろ、と命じられる。イルウォンオシプチョン、というその発音を聞いた男は「私」を日本人と確信し、全同胞に代わっておまえを処罰してやる、と言う。なおも男に向かって、自分は日本人ではない、と「私」は必死で懇願する。

「そうだ、私、除籍謄本持っています。（……）帰化したことや、両親の以前の韓国名や、それに済州島の住所もちゃんと載っています。私が韓国人だということ唯一証明できるんです」

「除籍謄本？」

「すぐにお見せします。だから少し待って」

「おい、オレをなめるなよ、そんな紙切れが何になる、おまえは日本人だ」


本作は、作家本人の（注）にもあるように、一九二三年の関東大震災ののち、井戸に毒を入れられた、という流言のせいで大勢の朝鮮人が虐殺された歴史を「反転」させる意図で構想されている。たまたま女性であった「私」は、日本人とみなされることで犯されそうになった。ほんとうは朝鮮人（韓国人）なのに日本人のような発音しかできないので日本人として同胞であるはずの韓国人の男から報復の対象として選ばれてしまった……命にかかわる二者択一を迫られたとき、「除籍謄本」という証明書に示された彼女が朝鮮人であったという来歴は、文字通り、紙切れのごとく吹き飛ばされる。代わりに、その舌に刻み込まれてしまっていた日本語訛りの韓国語のせいで、日本人なのだと彼女は判別される。

イチエンコチュセンとイルウォンオシプチョン。

「他人の言葉」を模倣するしかない我が身を神経質に嘲笑う「刻」のスニ。日本語及び韓国語からなることばの「杖」のどちらか一方しか選んではいけないと思い詰める「由熙」。そして、日本人以上に日本語ということばにこだわりながらも韓国人である自分の血に対するこだわりが棄てられない「石の聲」のイム・スイル。

のちに書き継ぐ小説に通底する、韓国人であるべきなのに、日本語が血肉化してしまった己れのありようを、「人間にとって言語とは何かという存在の根本の部分で」把握しようという、作家の覚悟がこの未完の作品にはすでにある。

「僕は君が何人であろうとかまわない、目の前の君が好きなんだ（……）力まずに生きろよ。民族だの、国家だのって流行らないよ、今どき」

しかし、力まずに生きることが、複雑に絡み合った己れの根から目を逸らし、そのすべてがことばで成り立っているはずの「歴史・文化・生活」への感度を鈍らせることを意味するのであれば、李良枝という稀有な作家は誕生しなかっただろう。

「私……いろんなことをひっくるめて、私……よ」

いろんなことをひっくるめた私が、ただ私であるという状態を、何にも脅かされずに生きる。ただ生きる。そのことが、これほどまでに難しい人たちが、いまもまだ、わたしたちのすぐそばにいる。

II　エッセイ

「言葉の杖を求めて」

韓国語版『由熙』の「あとがき」として綴られた文章（日本語翻訳は安宇植）。「自分の中にあった『由熙』」を葬り去ることでやっと、「우리（われわれ）」ということばの「深みと温もり」を知った李良枝にとって、小説『由熙』を書きあげたことは、由熙、という存在を、ユヒ、と、유희、という二種類の文字で

呼ぶことの愛おしさを受け入れることでもあったに違いない。「아」と「あ」の、どちらか一方の杖しか摑んではいけないと思い詰める彼女の名は、ユヒ、であると同時に、유희、でもあるのだから。

母国の読者に宛てた、この慎ましやかなエッセイに現れる「유희（ユヒ）」という表記は、だからこそ輝かしい。

母語と母国語。韓国語と日本語。

二つのことばの中に共通してある音の響きに新たな厚みを与えるかのように、ユヒ、と、유희、という、本来ならば外国語同士の関係にある二種類の文字は、ごく自然に隣り合っている。

こうして「新たな力を得た」李良枝は、三十四歳になるこの年の春、梨花女子大学舞踏学科大学院修士課程に入学した。

「木蓮によせて」

梨花女子大学舞踏学科大学院修士課程に進んだ春、韓国の東亜日報に寄せたエッセイ。

李良枝にとって、木蓮は特別である。花だけでなく、幹、つぼみ、枝、樹皮の感触、色合い……すべてをひっくるめての木蓮の、その清廉な在りようは、政治の季節の只中にあり、催涙弾やスローガン、怒号が溢れる「母国」の大学内で「在日同胞」として留学生活を送る李良枝の「数知れない日々」を潤し、慰め、支えた。「花びらはすでに木蓮の中にある」。ソウルの冬の厳しい風の中に樹皮を晒す木蓮の木の前で李良枝は思うのだ。「この今の、花のない一本の木の中に、美しい春の日の姿がすでに宿されている……」。

李良枝は自分を取り巻いているこの世界はいま目に見えている形や姿だけで成り立っているのではなく、もっとべつの「あらゆる可能性を、その現在の姿の中に内包している」はずだと信じていた。この信頼は、「持つ者、持たざる者、支配者、被支配者、強者、弱者、できる者、できない者」といった二項対立を超える論理を希求するしなやかな強さに支えられている。冬の冷たい風の中に樹皮を晒す木蓮の木を見つめ再びめぐってくるはずの春を予感しながら「終わりは始まり」なのだと確信する李良枝。本書のカバーデザインには木蓮をあしらい、木蓮を愛した作家への敬愛を込めた。

「私にとっての母国と日本」

「母国の土を踏んで、ちょうど十年目になる」一九九〇年、ソウルにて、韓日文化交流基金の招聘に応じた李良枝は、母国語によって、母国の聴衆に向かって、「一人の在日同胞もしくは一人の人間」として自身にとっての「母国と日本」について語っていた。

その講演録である本篇には、「富士山のすぐふもとにある」山間の町で「日本人にもまして日本人らしく暮らす」父母のもとで育った生い立ちから始まり、「自分の民族的アイデンティティーを確立したいという情熱」を燃やしながらも「言葉だけを弄ぶ政治的なスローガン」に失望した青春時代、伽倻琴や韓国舞踏と巡り合うことで母国との繋がりを見出し、のちには巫俗《ムソク》舞踏にも魅入られ、やがて「言葉以前の身振りによってのみ成り立つ踊りの世界」と「言葉でもって成り立つ文学の世界」を「まるで両手につかんで両立させるようにして」、小説「由熙」を書き遂げるまでのその半生が、李良枝自身の明晰なことばによって記されている。韓国と日本。二つの「母国」の間で、過去から未来に続く時間の流れの中にある個としての自分自身を見つめ続けた一人の人間の、ことばなるものへの姿勢は、どこまでも清々しい。

自筆年譜によればこの講演のために準備した原稿は李良枝にとって「学校のレポート以外では初めて自分で直接韓国語で書いたものとなる」。(日本語訳は安宇植)

いまや世界をほんの少し見渡せば、個人がいくつかの国々を行き来して成長したり、親とは異なる言語を母語として習得したりすることは、決して珍しいことではない。その意味でも、李良枝の文学は切実な世界性を帯びている。自分にあてがわれた複数の「ことばの杖」を選び損ねて躓く我が身を由熙に重ねる読者は、海の向こうでも少なくないと聞く。ドイツ語では「由熙」とともに「ナビ・タリョン」「あにごぜ」が翻訳刊行されている。中国語圏では台湾にて「由熙」「青色の風」が訳されている。また、没後三〇年にあたる二〇二二年の今年十二月、「由熙」と「ナビ・タリョン」の英訳の刊行も決定したそうだ。ちなみに李良枝にとってもう一つの母国である韓国では、全ての小説が翻訳刊行されている。

李良枝　年譜

一九八九年三月まで李良枝記。

一九五五年（昭和三〇年）
三月十五日、李斗浩《イドゥホ》、呉永姫《オヨンヒ》の長女（兄二人、妹二人）として、山梨県南都留郡西桂町に生まれる。
父は一九四〇年、十五歳の時、済州島の最南端にある摹瑟浦《モスルポ》から渡日、船員、絹織物の行商などをしながら富士山の麓に居を定める。田中という通名を名乗っていた。

一九五九年（昭和三四年）　四歳
西桂町から富士吉田市に移り住む。

一九六一年（昭和三六年）　六歳
下吉田小学校に入学。

一九六四年（昭和三九年）　九歳
両親は日本に帰化する。田中淑枝《たなかよしえ》が本名となるが、良枝の字を使っていた。私は未成年で、自動的に日本国籍を持つことになったが、当時十六歳だった長兄が日本帰化に反対していたことを、二十歳を過ぎて知ることになる。

一九六五年（昭和四〇年）　十歳
小学校五年のとき戯曲を書き、クラスの女の子全員を集めて猛練習、男子生徒たちの前で公演した。題は「心に太陽を持て」。主題歌も作り、それを今でも時折口ずさむことがある。

一九六七年（昭和四二年）　十二歳
下吉田中学校に入学。太宰治やドストエフスキーの小説を知り、読みふける。

一九七〇年（昭和四五年）　十五歳
山梨県立吉田高等学校に入学。
藤間流日本舞踊を藤間豊久先生に、小原流華道を武藤光蓉先生に、山田流箏曲を渡辺紫京先生に師事する。琴の師匠になることを夢見る。永井荷風を読んでいた。

一九七二年（昭和四七年）　十七歳
高三に進級。すぐに中退。すでに両親の不和は、別居から離婚裁判へと進んでいた。何度か家出を繰り返し、京都に行く。観

近所の月江寺境内にて（富士吉田市）。左から、さか江（二女）、哲夫（長男）、哲富（二男）、良枝（7歳頃）。

山梨県立吉田高校に入学後、藤間流日本舞踊を藤間豊久先生に習う。

光旅館に、フロント係兼小間使いとして住みこむ。

一九七三年（昭和四八年）十八歳

旅館の主人のはからいで、京都府立鴨沂《おうき》高等学校三年に編入。日本史の教師である片岡秀計先生との出会いを通して、自分の血、民族のことを考え始める。

一九七五年（昭和五〇年）二十歳

早稲田大学社会科学部に入学。一学期で中退。
韓国の琴、伽倻琴《カヤグム》と出会い魅了される。池成子《チソンジャ》先生に師事して韓国舞踊も習い始める。
『青空に叫びたい』（高文研）に、「わたしは朝鮮人」という手記が収録される。

一九七六年（昭和五一年）二十一歳

冤罪事件として知られる丸正事件の主犯とされていた獄中の李《イ》得賢《ドクヒョン》さんの釈放要求運動に参加し、〝日本と日本人を告発する〟として、八月に一週間、数寄屋橋公園でハンガーストライキをする。多くの支持者を得たが、名分や建前、スローガンだけを口にしている自分の生き方に屈折した嫌悪感を覚え始めていた。
武田泰淳、河上肇、クロポトキンに熱中する。

一九七九年（昭和五四年）二十四歳

季刊「三千里」誌に、「散調《サンジョ》の律動の中へ」という手記を発表。伽倻琴の古典的独奏曲である散調を弾くことだけが生き甲斐のような毎日だった。翌々年、『手記＝在日朝鮮人』（龍溪書舎）に収録される。

一九八〇年（昭和五五年）二十五歳

五月、初めて韓国を訪れる。光州事件のさなかだった。
人間文化財である朴貴姫《パククイヒ》先生に師事し、本格的に伽倻琴独奏や、パンソリ（語り歌）の弾き語りを習い始める。土俗的な巫俗《ムソク》舞踊に出会って衝撃を受け、金淑子《キムスクチャ》先生に師事することになる。

十月、長兄・田中哲夫（31）がクモ膜下出血で急死する。

一九八一年（昭和五六年）二十六歳

十二月、次兄・哲富（30）が原因不明の脳脊髄膜炎となり死去する。
在外国民教育院（ソウル大学予備課程）を一年経て、ソウル大学国語国文学科に入学。しかし、入学手続きと同時に休学届を出し、日本に戻る。

一九八二年（昭和五七年）二十七歳

二人の兄の死が契機となり、高裁にまで進んでいた離婚裁判が終わり、両親は正式に離婚する。

ソウルの下宿で書き上げた「ナビ・タリョン」（嘆きの蝶）を「群像」十一月号に発表。

恨《ハン》を解くとされている巫俗伝統舞踊である「살풀이《サルプリ》」に使われる長く白い手巾《スゴン》のイメージが、当時の私にとっては〝生〟というものの象徴だった。

一九八三年（昭和五八年）二十八歳
「かずきめ」を「群像」四月号に発表。

「あにごぜ」を同誌十二月号に発表。

九月、単行本『かずきめ』（講談社）が刊行される。

一九八四年（昭和五九年）二十九歳
ソウル大学国語国文学科に復学する。

「かずきめ」の韓国語訳をタイトルとした『해녀《ヘニョ》』が、ソウルの母音社《モウムサ》から刊行される。収録作は「ナビ・タリョン」「あにごぜ」「かずきめ」。

「刻《こく》」を「群像」八月号に発表。

一九八五年（昭和六〇年）三十歳
二月、単行本『刻』（講談社）が刊行される。
韓国中央日報社《チュンワンイルボウサ》から、『刻《カク》』が刊行される。
「影絵の向こう」を「群像」五月号に発表。
「鳶色の午後」を同誌十二月号に発表。

一九八六年（昭和六一年）三十一歳
「来意《らいい》」を「群像」五月号に発表。
「青色の風」を同誌十二月号に発表。
韓国語版『来意《ネエウイ》』が図書出版三神閣《サムシンカク》から刊行される。

一九八七年（昭和六二年）三十二歳
エッセイ「巫俗伝統舞踊」を「アサヒグラフ」に掲載。

一九八八年（昭和六三年）三十三歳
ソウル大学国語国文学科を卒業。

卒業論文は「바리공주《パリコンジュ》とつながりの世界」。

口碑文学である巫歌《ムガ》「바리공주《パリコンジュ》」（捨て姫）に現れた韓国人の他界観念、神観念を、女性史の視点からまとめた。巫俗における仏教受容の意義の大きさについて考え直すきっかけとなった。

梨花女子大学舞踊学科大学院に、研究生として一年間通う。

「由熙《ユヒ》」を「群像」十一月号に発表。

一九八九年（昭和六四、平成元年）三十四歳

ソウル大学卒業式の日。

一月二日、李得賢さん（75）が、三島市で逝去。一九七七年に仮釈放され再審請求中だった。一生かかっても解けないと思われるほどの大きな課題を私の心に残して、逝かれた。

一月、「由熙」が、第百回芥川賞受賞作品となる。

二月、単行本『由熙』（講談社）が刊行される。韓国語版『由熙』（三神閣）が刊行される。収録作は「来意」「青色の風」「かずきめ」「ナビ・タリョン」「由熙」。

三月、梨花女子大学舞踊学科大学院修士課程に入る。巫俗と仏教の習合現象を通して、仏教儀礼舞踊に現れた反復性の美を、舞踊学的に整理することを研究テーマとする。

三月、富士吉田市民文化スポーツ栄誉賞を受賞。

四月、エッセイ「木蓮によせて」を東亜日報（韓国）に発表。韓国語版『ナビ・タリョン』（三神閣）が刊行される。収録作は「ナビ・タリョン」「あにごぜ」「影絵の向こう」「鳶色の午後」「刻」。

六月、梨花女子大学大学院を一時休学。台湾の皇冠出版社から中国語（繁体字）版『由熙』が刊行される。収録作は「由熙」「青色の風」。

七月、日本に一時戻る。

十月、出雲市、富士吉田市などで「ブジョンノリ」「僧舞」「サルプリ」等の踊りの公演を行う。

十一月、大庭みな子氏と対談。

十一、十二月、出雲に滞在。

一九九〇年（平成二年）　三十五歳

第100回芥川賞授賞式会場にて。

三月、梨花女子大学大学院復学。

十月、韓日文化交流基金招待講演（ソウル）。演題、「私にとっての母国と日本」。この講演の元原稿が学校のレポート以外では初めて自分で直接韓国語で書いたものとなる。このころ、山に関心を持ち、北漢山などへよく登る。

十二月、ソウルの文芸会館大劇場にて、金淑子先生らと踊りの公演を行う（「僧舞」「ブジョンノリ」）。十一月から翌年三月まで、ソウル市の新羅ホテルに滞在。

一九九一年（平成三年）　三十六歳

四月、いままで暮らしていた、ソウル市鍾路区孝子洞より、同市麻浦区上水洞へ引っ越す。大学へ通いながら、「石の聲」の執筆を始める。

十二月、韓国伝統舞踊への関心のきっかけともなった、恩師の金淑子先生が逝去。

梨花女子大学大学院単位取得。

一九九二年（平成四年）　三十七歳

一月、二週間の滞在予定で日本へ戻る。妹の急病で予定を変更。

二月、妹の家で、久しぶりに家族とともに生活する。このころ、いままで避けてきたワープロを使用し始める。ソウル行きをしばらく保留。

三月、「石の聲」執筆に専念する。

四月、新宿区にマンションを借り、一人暮らしを始める。

五月、妹（さか江）が結婚のため、渡米。その間、妹が創刊準備中であった四ヵ国語情報誌［We're］の編集協力に熱中する。

五月十八日、軽い風邪の症状を訴え、風邪薬を服用。

十九日、頭痛と高熱のため、終日自宅にて療養する。

二十日、熱が下がらないので救急車にて新宿区の東京女子医科大学病院へ行くが、単なる風邪ということで安心し、夜、家族とともに食事をした後、妹の家で過ごす。病院の薬を服用し、一時熱も下がる。

二十一日、早朝、再び胸の痛みを訴え、同病院を訪れ診断の結果、肺炎を併発していると言われるが、同病院のベッドの空きが無いため、杉並区の病院に救急車で運ばれる。しかし、そこではすでに処置が出来ないほどの重症と診断され、再度東京女子医大病院の集中治療室にうつされる。夕刻、同病院心臓血液センターに移動、痛みと呼吸困難のため、麻酔を受け、昏睡状態となる。その後、専門医による治療が行われ、一時安定状態を保つ。

二十二日早朝、病状急変との報告が医師より家族に伝えられる。午前八時四十二分、急性心筋炎のため死去。

「石の聲」（第一章）が「群像」八月号に掲載される。

九月、単行本『石の聲』（講談社）が刊行される。

十二月、韓国語版『石の聲』（三神閣）が刊行される。

一九九三年（平成五年）

一月、富士吉田市立下吉田中学校に「李良枝記念コーナー」が設置され、手紙や写真、本などが展示される。

四月二十四日から六月十三日まで、山梨県立文学館にて〈現代の女流作家〉展が開催され、「李良枝コーナー」に生原稿や学生時代の読書ノート、舞踊の衣装などが展示される。

五月二十二日、『李良枝全集』が講談社から刊行される。

六月、「かずきめ」の韓国語訳をタイトルとした『해녀《ヘニョ》』（三神閣）が追悼刊行される。収録作は「あにごぜ」と年譜。

一九九九年（平成一一年）

四月十日から六月十三日まで、山梨県立文学館にて開館一〇周年記念展１〈やまなし・女性の文学―樋口一葉・李良枝・津島佑子・林真理子を軸に―〉が開催され、「ナビ・タリョン」「由熙」「石の聲」草稿や芥川賞正賞の懐中時計、ソウル大学卒業証書、愛用の筆記具などを展示。

九月、父田中浩より「由熙」草稿他が山梨県立文学館に寄託される（のちに追加寄託）。

十月三日から翌年一月三十日まで、山梨県立文学館にて開館一〇周年記念展2〈山梨の文学―21世紀へ―〉が開催され、「戦後から現代―21世紀へ」コーナーに「由熙」草稿などを展示。

一九九七年（平成九年）

九月、講談社文芸文庫『由熙／ナビ・タリョン』が刊行される。「ナビ・タリョン」「かずきめ」「あにごぜ」「由熙」を収録。

一九九九年（平成一一年）

十二月から翌年三月（一九九九年度末）にかけて、山梨県立文学館常設展示室が改装され、李良枝コーナーが新たに設営される。

二〇〇一年（平成一三年）

九月二十九日から十二月二日まで、山梨県立文学館にて企画展〈富士百景―その文学と美―〉展が開催され、「李良枝―二つの祖国と富士」コーナーで「ナビ・タリョン」「由熙」「石の聲」草稿や芥川賞正賞の懐中時計、ソウル大学卒業証書、「李良枝―富士に踊る」ポスター（一九八九年）などを展示。

二〇一〇年（平成二二年）

五月、講談社文芸文庫『刻』が刊行される。講演録「私にとっての母国と日本」を併録。

二〇一三年（平成二五年）

四月二十七日から七月七日まで、山梨県立文学館にて特設展〈富士山と文学〉が開催され、「富士山と私」原稿コピー、「李良枝―富士に踊る」ポスターなどを展示。

六月、ドイツ語版『由熙』（Avera）が刊行される。収録作は「ナビ・タリョン」「あにごぜ」「由熙」。

二〇一六年（平成二八年）

三月十五日から六月五日まで、山梨県立文学館の春の常設展で、期間限定公開展示〈芥川賞作家　李良枝〉が実施され、「ナビ・タリョン」草稿、「木蓮に寄せて」韓国語訳草稿、芥川賞正賞の懐中時計などを展示。

二〇二二年（令和四年）

五月二十二日、『ことばの杖　李良枝エッセイ集』が新泉社から刊行される。李良枝の詩やエッセイ、作家・大庭みな子との対談「湖畔にて」、実妹・李栄によるエッセイ「姉・李良枝のこと」を収録。

六月七日から十一月三十日まで、山梨県立文学館の夏・秋の常設展で、期間限定公開展示〈山梨の芥川賞・直木賞作家〉が実施され、「由熙」の草稿や芥川賞正賞の懐中時計などが展示される。

七月、「由熙」「ナビ・タリョン」の英訳が決定。十二月に刊行予定。

一九八九年（平成元年）三月までが李良枝本人による自筆であるが、韓国語版の収録作については今回新たに加えた。それ以降は『李良枝全集』（講談社、一九九三年）収録の年譜（作成・編集部）をもとに、韓国語版と中国語版について新たに加えた。一九九三年五月以降は今回追記。

初出一覧

Ⅰ　小説

由煕

『群像』一九八八年十一月号

刻

『群像』一九八四年八月号

石の聲（一　そろえて）

『群像』一九九二年八月号

当初の構想では全十章の長篇小説になる予定で、章タイトルまで決まっていたが、逝去により、完全原稿に近い第一章のみが遺稿として掲載された。

除籍謄本

『李良枝全集』（講談社、一九九三年）

一九八三年末から八四年初めにかけて執筆されたが、小説として完成する前に、次の長篇「刻」に取りかかり、草稿のまま残された。

Ⅱ　エッセイ

言葉の杖を求めて

『由煕』韓国語版あとがき（三神閣、一九八九年二月）

翻訳・安宇植。

木蓮によせて

「東亜日報」一九八九年四月一日

「東亜日報」は韓国の新聞。原文は韓国語で書かれているが、本書には韓国語に翻訳される前の、本人の自筆日本語原稿をもとにしたテキストを掲載している。

私にとっての母国と日本

「韓日文化講座」No.15（一九九〇年十月）

（財）韓日文化交流基金主催による、講演会の講演録。

翻訳・安宇植。

＊収録したテキストは、すべて『李良枝全集』（講談社、一九九三年）を底本とし、韓国の地名などには適宜ルビを追加した。

編者

温又柔（おん・ゆうじゅう）

作家。一九八〇年、台湾・台北市に生まれる。三歳の時に家族と東京に移住し、台湾語混じりの中国語を話す両親のもとで育つ。二〇〇六年、法政大学大学院・国際文化専攻修士課程修了。李良枝の文学と出会い本格的に作家を志す。〇九年、「好去好来歌」ですばる文学賞佳作を受賞しデビュー。一一年、『来福の家』（集英社、のち白水Uブックス）を刊行。一六年、『台湾生まれ　日本語育ち』（白水社）で日本エッセイスト・クラブ賞受賞。一七年、『真ん中の子どもたち』（集英社）、一八年、『空港時光』（河出書房新社）、一九年、『「国語」から旅立って』（新曜社）、二〇年、『私とあなたのあいだ——いま、この国で生きるということ』（木村友祐との共著、明石書店）を刊行、『魯肉飯のさえずり』（中央公論新社）で織田作之助賞受賞。

協力
李栄
李敏子
朴和子
山梨県立文学館

写真クレジット

Ⅰ小説　扉写真　撮影：朝岡英輔

Ⅱエッセイ　扉写真　撮影：島﨑哲也太

富士吉田市で行われた踊りの発表会で「ブジョンノリ」を披露する李良枝。（一九八九年十月）

「ブジョンノリ」とは、「雑鬼や悪心を追い払い、場を清めるための踊り。左手に持った扇と、右手で振り鳴らされる鈴の音、地をふみしめていくような足の動きで神々が呼び出され、クッが始まることが告げられていきます。」（李良枝記）

＊年譜に掲載の写真は著者のご家族より提供いただきました。

著者

李良枝（イ・ヤンジ）

作家。一九五五年三月十五日、山梨県南都留郡西桂町に生まれる。父親は四〇年に済州島から日本へ渡ってきた。六四年、九歳の時に帰化し、田中淑枝《よしえ》が本名となる。高校生の時に日本舞踊と琴を習う。七五年、早稲田大学社会科学部に入学、この頃から韓国語を学習し、伽倻琴《カヤグム》と韓国舞踊を習い始める。早稲田大学を中退した後、荒川区のサンダル工場で働く。八〇年、初めてソウルに行き、巫俗《ムソク》舞踊を見て衝撃を受け、習い始める。八一年、ソウル大学国語国文科入学。ソウルで知り合った中上健次に小説を書くことを勧められ、八二年、「ナビ・タリョン」を『群像』に発表、芥川賞候補に。八四年、「刻」を『群像』に発表、芥川賞候補。八八年、ソウル大学を卒業。八九年、「由熙《ユヒ》」で芥川賞受賞。同年三月、梨花女子大学舞踊学科大学院修士課程入学。九一年、大学に通いながら「石の聲」の執筆を始める。九二年、日本へ戻り「石の聲」の執筆に専念する。五月二十二日、急性心筋炎のため死去。享年三十七。二〇〇〇年、山梨県立文学館の常設展示室に李良枝コーナーが設置される。著書『由熙／ナビ・タリョン』（講談社文芸文庫）、『ことばの杖　李良枝エッセイ集』（新泉社）など。小説は韓国語、ドイツ語、中国語（繁体字）でも翻訳刊行され、英語版も二〇二二年十二月に刊行予定。

李良枝セレクション

二〇二二年八月二五日　印刷
二〇二二年九月一五日　発行

著者 © 李良枝
編者 © 温又柔
発行者 及川直志
発行所 株式会社白水社
〒一〇一－〇〇五二
東京都千代田区神田小川町三－二四
電話 営業部 〇三－三二九一－七八一一
編集部 〇三－三二九一－七八二一
振替 〇〇一九〇－五－三三二二八
www.hakusuisha.co.jp
印刷所 株式会社三陽社
製本所 株式会社松岳社

乱丁・落丁本は、送料小社負担にてお取り替えいたします。
ISBN978-4-560-09454-9　Printed in Japan

白水uブックス

台湾生まれ 日本語育ち

◆温 又柔

「子どもの頃も含めると、あなたの母語は何ですか？ と数えきれないほど訊かれてきた。」――三歳から東京に住む台湾人の著者が、台湾語・中国語・日本語の三つの言語の狭間で揺れ、惑いながら、自らのルーツを探った感動の軌跡。日本エッセイスト・クラブ賞受賞作の増補新版。

来福の家

◆温 又柔

台湾で生まれ、日本で育った楊縁珠は、大学の中国語クラスで出会った麦生との恋愛をきっかけに、三つの言語が交錯する家族の遍歴を辿り、自分を見つめ直すが――。すばる文学賞佳作受賞の鮮烈なデビュー作「好去好来歌」に、希望の光がきざす表題作を併録。解説・星野智幸。